KAT MARTIN
Wilde Rose

Buch

Priscilla Wills, eine temperamentvolle Schönheit, hat ihr gesamtes Hab und Gut verkauft, um einen mächtigen Landbaron zu heiraten, den sie in ihrem ganzen Leben noch nie gesehen hat. Doch alles kommt ganz anders als geplant: Bei einem Duell wird Priscillas bezahlter Beschützer, der sie zu ihrem Verlobten begleiten sollte, von einem Revolverhelden ermordet, der von nun an ihr Leben völlig auf den Kopf stellt. Trotz seiner ruchlosen Tat vertraut Priscilla diesem Brendan Trask völlig, und sie glaubt seinem Versprechen, sie wohlbehalten zu ihrem Verlobten nach Texas zu bringen. Nie hätte sie sich träumen lassen, sich ausgerechnet in einen Abenteurer zu verlieben, wo doch eine sichere Heirat mit einem reichen Landbesitzer winkt. Und auch Brendan kann sich nicht vorstellen, sein wildes und ungebundenes Leben für eine Ehe aufzugeben – obwohl ihm die heißblütige Lady ganz schön den Kopf verdreht. Als Priscilla schließlich Anstalten macht, ihren Bräutigam tatsächlich zu heiraten, da sie mit Brendan keine Zukunft zu haben glaubt, greift dieser dann doch zu drastischen Maßnahmen, um die geliebte Frau für sich zu gewinnen...

Autorin

Kat Martin studierte an der University of California Geschichte und Anthropologie. Sie lebt mit ihrem Mann Larry, ebenfalls Schriftsteller, in Bakersfield, Kalifornien.

Bereits bei Goldmann erschienen:
Kreolische Feuer. Roman (42054)
Der Pirat und die Wildkatze. Roman (42210)
Hungrige Herzen. Roman (42409)
In den Fängen der Leidenschaft. Roman (42699)
Duell der Herzen. Roman (42623)
Heißer Atem. Roman (42224)
Süße Rache. Roman (42826)
Dunkler Engel. Roman (42976)

Wilde Rose

ROMAN

Aus dem Amerikanischen
von Ingrid Rothmann

GOLDMANN

Originaltitel: Natchez Flame
Originalverlag: Dell Publishing, a division of
Bantam Doubleday Dell
Publishing Group, Inc., New York

Umwelthinweis:
Alle bedruckten Materialien dieses Taschenbuches
sind chlorfrei und umweltschonend.
Das Papier enthält Recycling-Anteile.

Der Goldmann Verlag
ist ein Unternehmen der Verlagsgruppe Bertelsmann

Deutsche Erstveröffentlichung Dezember 1995
© der Originalausgabe 1994 by Kat Martin
© der deutschsprachigen Ausgabe 1995 by
Wilhelm Goldmann Verlag, München
Umschlaggestaltung: Design Team München
Umschlagillustration: Ennis/Schlück, Garbsen
Satz: Uhl + Massopust, Aalen
Druck: Elsnerdruck, Berlin
Verlagsnummer: 43215
Lektorat: SK
Redaktion: Sabine Dolt
Herstellung: Sabine Schröder
Made in Germany
ISBN 3-442-43215-4

3 5 7 9 10 8 6 4

*Für die Männer in meinem Leben:
die sagenhaften Martin-Boys, Mike, Mitch, Matt und Monty.
Möget ihr alle eure Träume verwirklichen.
Und für meinen Mann Larry
und meinen Bruder Michael.*

*Ich liebe euch, Jungs.
Ohne euch wäre das Leben nur halb so spaßig.*

1. Kapitel

Galveston, Texas
20. Juli 1846

Gott im Himmel, worauf habe ich mich da eingelassen? An der Reling des Dampfers *Orleans* stehend, betrachtete Priscilla Mae Wills kritisch die Ansammlung farbloser und verwitterter Holzhäuser und die wüsten, verkommen aussehenden Männer, die das Dock säumten.

In einiger Entfernung waren die ungepflasterten Straßen von Galveston zu sehen, in denen geschäftiges Leben und Treiben herrschte. Wagen, hoch beladen mit Baumwollballen, rollten zu den Piers, Menschen und Tiere wimmelten durcheinander. Ein vor kurzem niedergegangener Sommerregen hatte Schlammpfützen auf der Straße hinterlassen.

Die letzten Passagiere waren längst von Bord, aber Priscilla ließ den Blick zum hundertsten Mal das lange hölzerne Dock entlangschweifen, in der schon fast aussichtslosen Hoffnung, Barker Hennessey, der Mann, der sie abholen sollte, hätte entdeckt, daß die *Orleans* früher eingetroffen war, und würde endlich auftauchen.

Du bist eine erwachsene Frau, Priscilla. Du schaffst das allein, versuchte sie sich Mut zu machen. Doch mit ihren vierundzwanzig Jahren war sie noch nie allein gereist, und auch in Begleitung ihrer Tante Madeline hatte sie sich nie weit von zu Hause entfernt. Und daß der neue Staat Texas so wild und ungezügelt war, traf sie völlig unerwartet.

Schmutzig, naß, windgebeutelt und hundemüde suchte Priscilla das Dock nach jemandem ab, der Barker Hennessey hätte sein können. Ein paar braunhäutige Männer, ein spanisches Lied auf den Lippen, schlenderten vorüber. Unter ihnen war niemand, der aussah, als könnte ihr Verlobter ihn geschickt haben, um sie abzuholen.

Sich zu kerzengerader Haltung zwingend, trat sie von der Anlegestelle auf die breite Staubstraße. Ein heiß-schwüler Windstoß erfaßte die dunkelbraunen Röcke ihres praktischen Reisekleides aus Baumwolle. Und mit jedem müden Schritt scheuerte die steife weiße Halskrause an der empfindlichen Haut unter ihrem Kinn. Dunkelbraune Haarsträhnen hatten sich aus dem straffen, unter ihrem Hut versteckten Knoten gelöst und wehten ungezügelt im Wind.

Priscilla spähte die Straße entlang. Die Tafel mit der Aufschrift »Galveston Hotel und Saloon« leuchtete rot und weiß in der heißen Julisonne neben einem anderen großen Schild, auf dem »Samuel Levinsons Badehaus« stand. Barker Hennessey, der Mann, den ihr Verlobter Stuart Egan ihr als Begleiter entgegengeschickt hatte, würde sie im Hotel suchen, sobald er entdeckt hätte, daß ihr Schiff angekommen war. Ein Hoteldiener konnte später die schweren Schiffskoffer mit ihrer Aussteuer holen: die selbstgenähten Kleider, die aussahen, als stammten sie aus Meisterhand, sowie die Deckchen, Servietten und feinen Tischtücher, die sie bestickt und in ihrer sogenannten »Hoffnungstruhe« gehortet hatte.

Entschlossen, der Hitze und ihrem festgeschnürten, mit Eisenstäben verstärkten Korsett zu trotzen, ging Priscilla die belebten Staubstraßen entlang. Verwitterte, holzverschalte Häuser duckten sich neben ein paar massiveren Bauten aus rosa-weißem Stein.

Beim Näherkommen erkannte sie, daß das Hotel das bei weitem ansehnlichste Haus der Stadt war. Zumindest blätterte die Farbe nicht ab, und der Gehsteig davor war sauber gefegt. Das alles war Welten entfernt von Cincinnati mit seinen gediegenen Backsteinhäusern, den eleganten Restaurants und dem prächtigen Opernhaus. Trotzdem beflügelte die Aussicht, endlich ins Innere zu gelangen und der glühenden Sonne zu entkommen, ihren Schritt.

In diesem Moment bemerkte sie Turbulenz und Bewegung vor dem Haus. Eine Menschenmenge hatte sich grollend zusammengerottet und schien jetzt zurückzuweichen.

»Sieh doch, Jacob – ist das nicht Barker Hennessey?« fragte ein schlanker Mann in rotkariertem Hemd den kleinen Mann neben sich. Priscilla, die den Namen sofort erkannte, blickte zu dem grobknochigen Mann am anderen Ende der Veranda hin.

»Das ist er, ganz recht«, sagte Jacob. »Barker ist wild wie ein gereizter Eber, weil er sein Geld an einen Spieler verlor.«

Glücksspiel, dachte Priscilla, voller Bedauern für den großen kräftigen Mann mit dem schwarzen Filzhut, der vor der Doppelschwingtür zum Saloon stand, *des Teufels Zeitvertreib*. Was für eine Erleichterung, daß sie seinen Namen gehört und ihn so leicht gefunden hatte!

»Entschuldigen Sie mich, bitte.« Sie drängelte sich durch die Menge, die Veranda vor Augen, mit der Absicht, Mr. Hennessey zu erreichen, ehe er ihr entschlüpfen konnte. In Gedanken bei der bevorstehenden Begegnung, brauchte sie einen Moment, um zu erfassen, daß er etwas sagte.

»Sie sind ein Lügner und Betrüger!« rief Hennessey aus, als sie auf den aus Holzplanken bestehenden Gehsteig trat. »Ich möchte mein Geld zurück, Trask. Wenn nötig, hole ich es mir!«

Sein angriffslustiger Ton bewirkte, daß Priscilla ihren Blick auf das Objekt seines Zorns richtete, einen großen, breitschultrigen Mann, der knapp neben ihr stand.

»Ich habe das Geld fair gewonnen, und das wissen Sie«, schleuderte Trask ihm entgegen.

»Mr. Hennessey!« rief da Priscilla und winkte ihm, in seine Richtung drängend, mit einer weißbehandschuhten Hand zu.

»Verdammt!«

Priscilla spürte die Hand des großen Mannes auf ihrem Arm, so fest, daß sie zusammenzuckte. Seine freie Hand fuhr gleichzeitig zum Lederholster, das er um ein Bein geschnallt trug. Sie sah bläuliches Aufblitzen von Metall, hörte den ohrenbetäubenden Knall. Sich blitzschnell zu Barker umdrehend, roch Priscilla den ätzenden Geruch verbrannten Pulvers und starrte voller Entsetzen zum anderen Ende der Veranda hin.

Barker Hennesseys Augen blieben offen, sein Mund war in einem Ausdruck des Erstaunens weit aufgerissen. Er schwankte auf seinen Beinen, während seine Wurstfinger die noch immer rauchende Pistole umklammerten. Ein dünnes Blutrinnsal entströmte dem kleinen runden Loch, das die Eintrittstelle der Kugel des großen Mannes kennzeichnete – genau zwischen den Augen plaziert.

Priscilla, die zusah, wie Hennessey zu Boden sank, befeuchtete ihre plötzlich trocken gewordenen Lippen. Ihr Mund bewegte sich in dem Bemühen, die Worte zu artikulieren, die in den hintersten Winkeln ihres Bewußtseins verharrten. Sie brachte keinen Ton heraus. In ihren Ohren war ein Dröhnen, ihre Knie wurden weich. Die Bilder auf der Veranda verschwammen ihr vor den Augen und gerieten durcheinander.

Unter heftigem Herzklopfen stolperte sie und wankte auf den Mann mit Namen Trask zu, dessen schmerzhafter Griff das einzige zu sein schien, das sie aufrecht hielt. Seine zornigen blauen Augen fixierten ihr Gesicht, Sekunden, ehe die Welt an Priscilla vorbeiglitt und sie in Dunkelheit einhüllte.

»Allmächtiger, was kommt als nächstes?« Brendan Trask hob die schlanke junge Frau mit einem Schwung auf und trat vom Gehsteig herunter auf die Straße.

»Hübsche Knallerei!« rief Jacob Barnes ihm zu, als Trask auf den Schatten einer Eiche zuging, die einen halben Block weiter neben einem Wassertrog stand.

»Holt lieber den Sheriff!«, rief Brendan zurück, ohne in seinem weitausholenden Schritt innezuhalten.

»Wie geht es ihr?« fragte der kleine Mann, der ihn einholte und sich bemühte, Schritt zu halten, ohne laufen zu müssen.

»Sie ist nur ohnmächtig geworden. Ein Glück, daß sie nicht getroffen wurde.« Brendan konnte sich überdeutlich an den Moment erinnern, als sie vor ihn getreten war. Er warf einen Blick auf das kleine runde Loch im losen weißen Ärmel seines Hemdes.

Der Mann folgte seinem Blick. »Kann man wohl sagen.«

»Hol den Sheriff«, mahnte Trask ihn.

»Den Sheriff hat es letzte Woche selbst erwischt. Mal sehen, ob sein Vertreter nicht unten in Gilroys Saloon ist.« Der Mann lief davon, um den Hilfssheriff zu mobilisieren, obwohl Brendan vermutete, daß man den auf einsamem Posten ausharrenden Gesetzeshüter schon verständigt hatte. Galveston mochte der wildeste Hafen am Golf sein, aber eine Schießerei blieb eine Schießerei, und Barker Hennessey stand im Sold eines der mächtigsten Männer im Lande.

»Verdammt«, stieß Brendan halblaut hervor. Er wünschte, er hätte die Schießerei vermeiden können, aber Hennessey hatte ihm keine andere Wahl gelassen. Er konnte nur hoffen, daß es keinen Ärger geben würde.

Davon hatte er bereits genug hinter sich.

Brendan stützte die Dame gegen den Stamm der Eiche, wobei ihm ihr züchtiges braunes Kleid auffiel, das hochgeschlossen und langärmelig war. Die schmale Taille wurde von einem Korsett zusammengeschnürt. Sich bei dieser Hitze so anzuziehen – kein Wunder, daß sie in Ohnmacht gefallen war. Manchmal besaßen Frauen nicht einmal soviel Verstand, wie Gott einem Maultier verliehen hatte.

Den Kopf über die kleinen Absurditäten des Lebens schüttelnd, ging Brendan an den alten Steintrog, wo ein Junge ein paar Pferde tränkte. Die wiehernden und prustenden Tiere tranken in großen Schlucken das kühle, belebende Naß.

»Tja, ich hab' wohl den ganzen Spaß versäumt«, sagte der etwa vierzehnjährige Bursche mit einem Blick auf das Schießeisen, das, anders als die Pistolen anderer Männer, die diese um die Mitte trugen, tief von Trasks Hüfte hing. Ihm entging nicht, daß die Klappe des Lederholsters abgeschnitten worden war, damit man leichter zupacken konnte.

»Ich spare schon auf ein eigenes Schießeisen«, fuhr der Junge mit stolzgeschwellter Brust fort. »So gut werde ich auch einmal schießen können. Dann werde ich nicht mehr Ställe ausmisten und Pferde versorgen.«

Brendan bedachte ihn mit einem Blick, der ihn einen Schritt zurückweichen ließ und seinem kecken Schmunzeln ein Ende bereitete. »Besser, man mistet Ställe aus, als draußen auf der Straße zu liegen. Ebensogut hätte es mich erwischen können – und eines schönen Tages wird es mich wahrscheinlich erwischen. Das halte dir gefälligst vor Augen, mein Junge.«

Damit wandte er ihm den Rücken zu, tauchte sein Taschentuch ins Wasser, wrang es aus und ging wieder zur Eiche. Nachdem er die Hutbänder der Frau gelöst hatte, drückte er ihr das feuchte Tuch auf die Stirn.

Als sie leise aufstöhnte, benetzte er ihre trockenen Lippen, die voll und zart rosig waren. Ihre Züge waren von ähnlicher Zartheit: eine schmale, gerade Nase, feingezeichnete braune Brauen, dichte dunkle Wimpern. Eine Schönheit im eigentlichen Sinn war sie nicht, doch sie war ungemein reizvoll.

Er dachte an Patsy Jackson, die Frau, mit der er die Nacht verbracht hatte. Ihre prallen Formen, der rotgeschminkte Mund, ihre Sinnlichkeit und Wärme standen ihm noch überaus deutlich vor Augen. An Patsy war nichts Zartes, nichts Züchtiges oder Anständiges. Sie gehörte zu der Sorte Frauen, die einen Mann zu befriedigen verstanden, mit denen man sich im Bett austoben konnte und die einem am Morgen keinen Ärger machten.

Nicht wie diese hier. Diese kleine Miß würde vermutlich allein bei dem Gedanken daran, was er mit Patsy letzte Nacht getrieben hatte, sofort wieder in Ohnmacht fallen. So hübsch sie war, so stellte sie für ihn keine Verlockung dar. Brendan liebte wollüstige Frauen.

Dennoch würde sie in einer Stadt, in der auf ein Dutzend Männer eine Frau kam, zweifellos als guter Fang gelten. Er fragte sich, zu wem sie gehören mochte – und warum dieser Mann nicht soviel Verstand hatte, sie vor gefährlichen Situationen zu bewahren.

Wieder stöhnte sie auf, und ihre Lider hoben sich flatternd. Braune Augen mit Goldpünktchen blickten verwirrt zu ihm auf. Brendan schob seinen Hut zurück und sah ihr bleiches Gesicht abschätzend an. Hätte er sie nicht im allerletzten Moment aus dem Augenwinkel erspäht, wäre sie jetzt aller Wahrscheinlichkeit nach tot. Der Gedanke jagte ihm einen Schauer über den Rücken, und sein Zorn meldete sich von neuem.

»Lady, Sie sind mir die Richtige.« Die Worte kamen barscher als beabsichtigt aus seinem Mund. »Was haben Sie sich dabei eigentlich gedacht? Haben Sie nichts Besseres zu tun, als mitten in eine Schießerei zu platzen?«

»Schießerei?« wiederholte sie und sah noch verwirrter drein. Ihr hübsches Gesicht wurde noch bleicher. »Mr. Hennessey«, sagte sie und richtete sich ein wenig auf, »ist er... ist er...?«

»Barker hat angefangen, nicht ich. Ich habe sein Geld ehrlich und anständig gewonnen und ihn nur aus Notwehr erschossen.«

»Ach, du liebe Güte«, stöhnte sie, wieder einer Ohnmacht nahe. Ihre zierliche rosa Zunge benetzte die Lippen. »Ich fühle mich nicht sehr wohl. Ich glaube, mir wird übel.«

»O nein, nicht...« Brendan drückte das kühle feuchte Tuch an ihre Stirn. »Legen Sie den Kopf zurück und versuchen Sie, an etwas anderes zu denken.«

Die Frau schluckte schwer und schloß die Augen. Nach einer Weile kehrte wieder ein wenig Farbe in ihre Wangen zurück, und er bemerkte, wie hübsch sie war. Die Sonne, die auf die schimmernden dunklen Haarsträhnen neben ihren Wangen fiel, weckte in ihm die Frage, wie ihre Haarflut aussehen mochte, wenn man sie von dem breitkrempigen Hut befreite, dessen Form einem Kohleneimer ähnelte.

»Danke«, sagte sie leise, und nahm ihm das Tuch aus der Hand. »Ich fühle mich schon etwas besser.«

Brendan hörte es mit großer Erleichterung, ehe ihm ein sehr unangenehmer Gedanke kam. »Barker war doch nicht etwa Ihr Mann?« Bis zu diesem Augenblick war er nicht auf die Idee gekommen, daß ein Mann wie Hennessey eine Frau haben könnte. Schon gar nicht eine so junge und zarte.

Sie schüttelte den Kopf. »Nein. Er ist der Mann, den mir mein Verlobter entgegengeschickt hat, damit er mich zu seiner Ranch begleitet.« Ihre Unterlippe bebte. »Ich kannte ihn nicht, aber er kam mir vor wie ein netter Mensch.«

Brendans Gesicht verhärtete sich. »Barker Hennessey hatte keine Spur Nettigkeit in sich. Wäre ich nicht schneller gewesen, hätte er mich bedenkenlos getötet.«

Priscilla mußte dies erst verarbeiten. Dann warf sie dem Mann, der lässig auf dem spröden Gras neben ihr hockte, einen langen abschätzenden Blick zu. Sein Haar, dunkel wie ihres, und er trug es länger als üblich. Ein einige Tage alter Bart machte sein Kinn noch markanter, doch sein Mund war hübsch geschwungen, und seine hellblauen Augen sahen sie mit einem Blick an, aus dem so viel Besorgnis sprach, daß die Angst, die sie hätte empfinden sollen, dahinschmolz.

Wie kann das sein? fragte sie sich. Eben hat er einen Menschen getötet – einen Mann, dessen Hilfe sie verzweifelt brauchte. Er war ein Spieler und Revolverheld, doch an ihm waren Aufrichtigkeit und Mitgefühl – und noch etwas, das sie nicht benennen konnte. Etwas, das ihr sagte, daß seine Worte wahr waren.

»Heißt das, daß der Sheriff Sie nicht festnehmen wird?«

»Wenn er die Wahrheit erfährt, dann nicht«, sagte er offen.

Priscilla hatte immer schon Menschenkenntnis besessen. Seit Kindertagen hatte sie einen Menschen einschätzen können, nachdem sie ein- oder zweimal mit ihm zusammengewesen war. Ging es um eine neue Bekanntschaft, hatte Tante Maddie sie oft um ihre Meinung gefragt, wiewohl sie nie zugegeben hätte, daß sie auf Priscillas Urteil Wert legte.

Und dieser Mann *hatte* ihr das Leben gerettet – vermutlich, indem er sein eigenes riskierte.

Nach ihrer Hand greifend, half er ihr aufzustehen. Priscilla mußte sich an seinen Arm klammern, um auf den Beinen zu bleiben, und sie spürte, wie sich seine Muskeln unter dem Hemd anspannten. Obwohl sie größer war als der weibliche Durchschnitt, überragte Trask sie beträchtlich. Seine breiten Schultern hielten die heißen, gelben Sonnenstrahlen von ihr ab. Kantig, ungepflegt und zerfurcht, sah er dennoch in seinem handgewebten Hemd und der ausgefransten blauen Hose auffallend gut aus.

Als er merkte, daß sie ihn unter die Lupe nahm, errötete Priscilla und wandte den Blick ab. »Ich… ich kann nicht glauben, daß Stuart mir einen Mann, wie Sie ihn beschrieben haben, als Begleiter entgegengeschickt hätte. Wir wären ja gemeinsam unterwegs gewesen, und ich bezweifle ...«

»Das hier ist ein wildes Land, Miß ...?

Sie begegnete seinem Blick. »Wills. Priscilla Mae Wills, und Sie heißen Trask, wenn ich nicht irre.«

Er nickte. »Wohin, sagten Sie, daß Sie wollten?«

»Zur Rancho Reina del Robles – zur Triple R-Ranch. Stuart Egan ist mein Verlobter.«

Trasks Miene wurde abweisend, und in seinem Ton lag eine vorher nicht vorhandene Schärfe. »Damit ist erklärt, wieso Hennessey geschickt wurde – er ist Egans rechte Hand.«

»Dann kennen Sie Stuart?«

Er schüttelte den Kopf. »Nein, aber ich habe von ihm gehört – wie übrigens die meisten hier in der Gegend. Warum hat Egan Sie nicht selbst abgeholt?«

»Offenbar war er unabkömmlich. Seine Ranch ist sehr groß.«

»Das habe ich gehört.« In seinen hellblauen Augen blitzte es auf. »Ich werd' jemanden schicken, der ihm Bescheid sagt, damit er Sie holen kann.«

Priscillas dunkle Brauen fuhren in die Höhe. »Aber das würde ja Wochen dauern! Ich kann hier nicht bleiben ...«

Seine Hand auf ihrem Arm erstickte ihren Protest, dirigierte sie zurück zum Hotel. Und Priscilla ließ sich führen und versuchte ihre Gedanken zu ordnen. Nach allem, was Stuart ihr geschrieben hatte, war es von hier zur Ranch noch sehr weit. Bis ein Brief dort ankam, konnten Wochen vergehen, und ebensoviel Zeit, bis Stuart käme oder jemanden schickte, um sie abzuholen. In der Zwischenzeit würde sie in diesem wilden texanischen Städtchen allein sein, einem Ort, wo die Menschen auf den Straßen niedergeschossen wurden! Und für ihr Geld würde sie sich nur für ein paar Tage Kost und Unterkunft leisten können – und was dann?

Als sie sich dem Hotel näherten, ließ Priscilla angstvoll den Blick über die Veranda schweifen, in der Erwartung, den leblosen Körper von Hennessey inmitten einer Schar von Neugierigen auf dem Boden ausgestreckt zu sehen. Statt dessen lungerte nur eine Handvoll Männer an der Tür zum Saloon herum. Das Geklimper eines billigen Pianos und schrilles Frauengelächter erschienen ihr im Lichte dessen, was hier geschehen war, fast als Sakrileg.

Das Scharren eines Stuhles ließ ihn aufhorchen.

»Woher hast du das neue Mädchen, Trask?« rief einer der wüsten Typen aus. »Sieht ja aus wie eine richtige kleine Lady – du hast es immer schon mit Frauen verstanden.« Die anderen zwei Männer gafften nur stumm. Sie mußten trotz der frühen Stunde schon etliche Gläser gekippt haben.

Trask ignorierte die Männer, sein Griff um ihren Arm aber wurde fester.

Durch die Schwingtür des Saloons trat ein Mann ins Freie. »Hätte nicht gedacht, daß du für anständige Frauen was übrig hast, Brendan.« Der Rothaarige bedachte sie mit einem Blick, der so unverschämt war, daß kein Zweifel daran bestehen konnte, was ihm durch den Kopf ging. »Die Kleine ist so aufgeputzt, daß es den halben Tag brauchen wird, ihr die Sachen auszuziehen.« Priscillas Gesicht lief rot an, ihre Füße weigerten sich, auch nur einen Schritt weiter zu tun.

»Laß das, Jennings«, äußerte Trask in warnendem Ton. »Das gilt auch für die anderen.« Er drängte sich weiter, und Priscilla zwang ihre Füße, sich weiterzubewegen.

Sie war auf einem Dampfer den Ohio abwärts gefahren, sodann den Mississippi hinunter bis New Orleans. Die nächste, bis Galveston führende Etappe hatte sie auf der *Orleans* zurückgelegt, und sie hatte jeden einzelnen Augenblick gehaßt, da die Seereise ihrem Magen stark zusetzte. Sie hatte alles verkaufen müssen, was sie besaß, um in den Westen zu kommen und einen Mann zu heiraten, den sie nie gesehen hatte. Aber nirgends war sie Männern wie diesen begegnet.

»Der Hilfssheriff erwartet dich in seinem Büro«, sagte der Jennings Genannte. Grinsend deutete er mit einer Kopfbewegung aufs Hotel. »Laß dir nicht zu lange Zeit.«

Als ihr die Bedeutung seiner Bemerkung aufging, stockte Priscillas Schritt abermals. Sie kämpfte darum, den Blick geradeaus zu halten, verlor aber den Kampf und sah wieder zu den Männern hin. *Die nehmen als Frühstück gekochtes Zaumzeug zu sich*, dachte sie, wobei ihr die schmierigen Segeltuchhosen, das zottige Haar und der Stoppelbart des einen ins Auge fielen. Wie würde sie die nächsten paar Wochen an einem Ort wie diesem überleben?

Trask zog sie weiter, mit einem Griff, der fester war, als nötig. »In der Stadt wimmelt es von Typen wie diesen«, sagte er rauh. »Was hat Egan sich dabei gedacht, als er Sie mutterseelenallein kommen ließ?«

»Er wußte nicht, daß ich allein kommen würde«, verteidigte Priscilla ihren Verlobten, obwohl sich in ihr allmählich Ärger regte. »Meine Tante verstarb ziemlich plötzlich und … nun … auf mich kamen Unkosten zu, mit denen ich nicht gerechnet hatte. Eine Zofe mitzunehmen, konnte ich mir nicht leisten … aber das geht Sie gar nichts an.«

»Woher kommen Sie, Miß Wills?« Trask schob die Tür zur Hotellobby auf, klingelte und ließ ihr den Vortritt.

»Geboren wurde ich in Natchez, aber aufgewachsen bin ich in Cincinnati. Wie gesagt, ich bin unterwegs zu meinem Verlobten. Dank Ihres Eingreifens hat sich die Fahrt zu einem sehr schwierigen Unternehmen entwickelt.« Priscilla war den Tränen nahe.

»Vermutlich wäre es Ihnen lieber, wenn der Kerl mich umgebracht hätte.«

»Vielleicht. Vielleicht wäre es mir lieber.« Die Schultern gestrafft, so steuerte Priscilla auf die Rezeption zu. Ein Mann mit Mütze, deren Schirm grün war, stand über ein großes Gästebuch mit Ledereinband gebeugt da.

»Ich möchte ein Zimmer, und ich brauche jemanden, der meine Koffer von der *Orleans* abholt.«

Der grauhaarige Portier beäugte sie von Kopf bis Fuß. »Sie sind doch nicht allein, oder?«

»Nun ja… also… ich…« Priscilla reckte ihr Kinn. »Meine Begleiterin erkrankte unterwegs. Ich mußte die Reise allein fortsetzen.« Sie warf Trask einen Blick zu, der besagte, untersteh dich ja nicht, mir zu widersprechen. Um seinen Mund zuckte es amüsiert.

»Das ist ein ehrbares Hotel, Miß. Sie machen zwar einen anständigen Eindruck, aber… falls Sie etwas anderes im Sinn haben, dann begeben Sie sich am besten gleich eine Tür weiter.«

Priscilla lief rot an. *Lieber Gott, was für Menschen sind das?* »Sie wollen doch nicht andeuten…«

»Geben Sie der Dame ein Zimmer«, sagte nun Trask, der näher an die Rezeption herantrat, im Befehlston. »Und zwar rasch.« Das Männchen schluckte und schob ihr das Gästebuch zu.

»Jawohl, Sir… Mr. Trask. Hier unterschreiben, Gnädigste.« Nachdem er den Gänsekiel in das Tintenfaß neben ihrem Ellbogen getaucht hatte, reichte er ihn Priscilla, und sie trug ihren Namen in zierlichen blauen Lettern ein.

»Wie lange wollen Sie bleiben?« fragte der Mann.

Sie studierte die Aufschrift an der Wand hinter ihm und kaute nachdenklich auf ihrer Unterlippe. Auch wenn sie ihrer Berechnung die niedrigsten der hier angeführten Preise zugrunde legte, konnte sie sich nur vier Tage leisten.

»Ich… ich bin noch nicht sicher.« Sie hatte erwartet, Barker Hennessey würde bis zur Ankunft auf der Egan-Ranch für ihre Spesen aufkommen. Ihr Ridikül fester umklammernd, stellte sie sich die verzweifelte Frage, was um Himmels willen sie tun würde, wenn die vier Tage um waren.

»Sie wird mindestens drei Wochen hierbleiben«, belehrte Brendan Trask den Portier. »So lange dauert es, bis ihre Leute benachrichtigt werden können und sie abholen.«

Priscilla schluckte schwer. »Das... das ist nicht ganz richtig. Wie ich schon sagte, bin ich nicht sicher, wie lange ich bleiben werde.« Wenn sie nur jemanden fände, der Mr. Hennesseys Stelle einnehmen konnte! Sie hätte zeitgerecht auf der Triple R eintreffen können, und Stuart hätte nicht behelligt werden müssen.

Priscilla warf Trask einen Blick zu, der anzeigte, daß sie einem Streit nicht abgeneigt war. In diesem Moment traf sie ein Geistesblitz, der fast göttlich zu nennen war.

Trask! Es war eine Aufgabe, die für ihn wie geschaffen schien! Er sah aus, als wäre er den Strapazen dieser Reise durchaus gewachsen. Er hatte Hennessey erschossen, den rauhen Burschen, der als ihr Beschützer hätte fungieren sollen, also war es nur recht und billig, daß er dessen Stelle einnahm. Es hätte sich gar nicht besser fügen können – Trask mußte sie begleiten. So viel war er ihr schuldig.

Sie bedachte ihn mit dem strahlendsten Lächeln, das ihr zu Gebote stand. »Glauben Sie, Mr. Hennessey hat unsere Fahrt nach Corpus Christi im voraus gebucht?«

»Wahrscheinlich. Aber ich bin sicher, daß man Ihnen das Geld liebend gern zurückerstattet.«

»Wie weit ist es von hier zur Triple R?«

»Soweit ich weiß... und ich war nie da – ein Ritt von vier Tagen durch sehr unwegsames Land. Warum?« fragte er wachsam.

»Mr. Trask, Sie werden gewiß einsehen, daß es die auf der Hand liegende Lösung ist, wenn Sie mich begleiten. Bis man Stuart benachrichtigt, können Wochen vergehen. Weitere Zeit würde vergehen, bis er alle Vorbereitungen getroffen hat und hier eingetroffen ist. Ich hingegen bin reisefertig.«

»Nein«, lautete seine lapidare Antwort.

»Warum nicht? Da Sie dieses Problem geschaffen haben, sollten Sie es auch lösen.«

Trask schüttelte den Kopf. »Auf keinen Fall, Miß Wills. Sie sind Egans Problem und nicht meines. Außerdem verlasse ich Galveston bei Tagesanbruch. Mich erwartet Arbeit am Brazos.«

Priscilla griff Halt suchend in die Falten ihres Rockes, entschlossen, nicht vor ihm zu weinen. »Was für eine Arbeit ist das, Mr. Trask? Wurden Sie als Revolverheld angeheuert – oder wollen Sie sich im Glücksspiel versuchen – und schwächeren Spielern ihr Geld abluchsen?«

Trasks Miene verhärtete sich, seine Lippen wurden zu einer schmalen grimmigen Linie. »Ehrlich gesagt, plane ich, ein wenig von beidem zu tun.«

»Mr. Trask, Sie sind es mir schuldig. Barker Hennessey war da, um mich zu beschützen. Wer soll das jetzt übernehmen?«

Gute Frage, dachte Brendan, denn sie hatte das Problem artikuliert, das ihm auf der Seele lag, seitdem er entdeckt hatte, daß sie allein war. Wer, zum Teufel, sollte sich um sie kümmern? Egan hatte mit Hennessey eine gute Wahl getroffen, denn ungeachtet all seiner Fehler war Barker Egan treu ergeben und dazu zäh wie Leder. Und jetzt stand die Frau allein da, nur weil Hennessey seinen Jähzorn nicht hatte zügeln können.

Er sah in ihre Richtung, sah ihr die Besorgnis an, die sie zu verbergen suchte – doch er sah auch, daß sie eine erstaunliche Portion Entschlossenheit in sich hatte. Sie war nicht so jung, wie er zunächst geglaubt hatte, aber sie war verdammt naiv. Schon in den ersten fünf Minuten nach ihrer Ankunft in der Stadt hätte es sie auf offener Straße fast erwischt. Angesichts der Tatsache, daß es hier momentan keinen Sheriff gab, und wenn man bedachte, welche Sorte Frauen hier vor allem anzutreffen war, hätten diese Halunken nebenan nicht gezögert, sie sich zu schnappen und sich mit ihr zu vergnügen.

»Verdammt«, fluchte Brendan, der spürte, wie sein Entschluß ins Wanken geriet. »Das ist nicht mein Problem.«

Priscilla wandte sich ihm zornbebend zu. »Wagen Sie es ja nicht zu fluchen! Hätten Sie nicht um Geld gespielt, dann wäre das alles nicht passiert. Mr. Hennessey wäre noch am Leben, und ich wäre in Sicherheit und unterwegs zu meinem Verlobten.«

»Das Gebiet, das sie auf dem Weg zur Triple R durchqueren, ist alles andere als sicher. Und ich fluche, wann es mir paßt!«

»Mr. Trask, ich glaube, Sie haben einen Termin beim Hüter des Gesetzes«, sagte sie und schob hochmütig ihr Kinn vor. »Sicher wird der Hilfssheriff einiges zum Tod des armen Mr. Hennessey zu sagen haben. Danke für Ihre Hilfe und guten Tag.« Sie wandte sich wieder dem Mann am Empfang zu, aber Brendan packte ihren Arm.

»Ich sagte schon, daß ich in Notwehr schoß.«

»Sie hätten nicht spielen sollen. Das ist ebenso eine Sünde wie das Fluchen. Jetzt ist Mr. Hennessey tot, und ich bin mitten in der Einöde gestrandet, ohne Geld und ohne eine Möglichkeit, zu meinem Verlobten zu gelangen.«

»Ohne Geld? Was soll das heißen? Egan muß Ihnen doch Geld für die Reise geschickt haben?«

Die Röte stieg ihr abermals in die Wangen. Am liebsten hätte sie sich die Zunge abgebissen. »Mr. Egan hat es mir angeboten, aber ich lehnte ab. Da ich ihm nie begegnet bin, wollte ich sein Geld nicht annehmen.«

»Sie sind ihm nie begegnet?«

»Wir haben natürlich korrespondiert, und meine Tante Maddie kannte ihn.«

Brendan wandte sich an den Mann am Empfang, griff in seine Tasche und warf ihm eine Münze zu. »Veranlassen Sie, daß jemand das Gepäck der Dame auf ihr Zimmer schafft.« Dann wandte er sich wieder Priscilla zu. »Ihr Aufenthalt geht auf meine Rechnung. Egan wird Sie holen, und alles wird gut.«

»Nie im Leben! Ich habe Stuarts Geld nicht genommen und werde ganz gewiß nicht Ihres nehmen.«

»Das ist Hennesseys Geld. Er hatte es verwendet, um Sie zu Egan zu bringen, also gehört es irgendwie Ihnen.«

Sie nagte an ihrer Unterlippe, und Brendan dachte bei sich, wie weich und rosig diese aussah und wie zart dieses Mädchen insgesamt war.

»Wenn ich das Geld annehme, dann werde ich es dazu benutzen, jemanden anzuheuern, der mich begleitet.«

»Den Teufel werden Sie. Sie werden hierbleiben. Wenn es sein muß, werde ich das Zimmer im voraus bezahlen.«

»Mr. Trask, ich bin nicht Ihre Gefangene. Irgendwie werde ich einen Weg finden, zu Stuart zu kommen – mit oder ohne Ihre Hilfe.«

Brendan beäugte sie von oben bis unten. Ein hitziges kleines Ding, wenn man sie reizte – gut möglich, daß sie es tatsächlich versuchte. »Sie haben die Männer da draußen gesehen. Wo wollen Sie jemanden finden, der vertrauenswürdig ist?«

»Es muß jemanden geben. Wenn Stuart so bekannt ist, wie Sie behaupten, dann wird sich jemand finden, der mich zu ihm bringt. Stuart kann ihn nach meiner Ankunft bezahlen.«

»Sie bluffen. Wahrscheinlich würden Sie wieder in Ohnmacht fallen, wenn einer dieser Männer Ihnen auch nur nahe käme.« Aber wenn sie nicht bluffte? Wenn sie so verrückt war, es zu wagen? Conway Jennings und seinesgleichen kannten keine Rücksicht. Sie würden sich nach Belieben mit ihrem weichen, zierlichen Körper vergnügen.

Verdammtes Weibstück! »Miss Wills, das ist Erpressung, und das gefällt mir gar nicht.« Er packte ihren Arm und zerrte sie zur Tür.

Priscilla ließ es geschehen. »Wohin bringen Sie mich?«

»Ich habe einen Termin mit dem Auge des Gesetzes, Sie wissen schon. Zufällig sind Sie Zeugin des Vorfalls. Sie können dem Hilfssheriff schildern, was passiert ist – wie ich Hennessey in Notwehr erledigte –, und unterwegs können wir unsere Fahrt besprechen.«

»So viel habe ich nicht gesehen.« Nur verschwommene Bilder, ein Aufblitzen von Rot, dann Dunkelheit. Priscilla blieb abrupt stehen. »Heißt das, daß Sie mich mitnehmen?«

»Sieht aus, als hätte ich keine andere Chance.«

Sie ließ nicht locker. »Warum?« fragte sie wachsam.

Fast hätte Brendan gelächelt. »Vermutlich weil ich verrückt bin. Aber in einem haben Sie recht: Hennessey ist tot, und ich habe ihn getötet. Das macht mich irgendwie verantwortlich für Sie. Egan würde Ihren Brief vielleicht erst nach Wochen bekommen. In der Zwischenzeit könnte so einiges passieren.« Und daß es passierte, war sehr wahrscheinlich.

»Sicher wird Stuart Ihnen Ihre Mühe vergelten.«

»Wenn ihn die Nachricht vom Tod Hennesseys vor unserer Ankunft erreicht, wird er mich wahrscheinlich auf den ersten Blick erschießen.« Brendan hob ihr Kinn an. »Ist Ihnen klar, daß Sie mit einem Wildfremden unterwegs sein werden – mit einem Mann, der vor Ihren Augen einen anderen getötet hat?«

Priscilla sah ihn forschend an. »Ich vertraue Ihnen.«

»Sie kennen mich ja gar nicht. Warum sollten Sie mir trauen?«

»Ich habe meine Gründe.«

»Zum Beispiel?«

Priscilla errötete, wich aber seinem Blick nicht aus. »Sie haben freundliche Augen.«

»Freundliche Augen?« wiederholte er fassungslos. »Sie trauen mir wegen meiner Augen?«

»Ganz recht.«

Brendan schob seinen Hut ganz aus der Stirn und sah sie mit einem Gemisch aus Verwunderung und Enttäuschung an. »Dann muß ich Sie wohl mitnehmen. Eine Frau, die so töricht ist, hat in einer Stadt wie dieser nicht die geringste Chance.«

2. Kapitel

Der Abstecher ins Büro des Sheriffs endete in einem hitzigen Wortgefecht, als Priscilla sich weigerte, Trasks Geschichte zu bestätigen. Allerdings bestritt sie diese auch nicht.

»Ich sagte schon, daß ich sehr wenig von dem sah, was geschah.«

»Wie ist es möglich, daß es Ihnen entging?« Trask sah finster auf sie hinunter, die langen Finger in die schmalen Hüften gestützt. »Sie haben verdammt dicht zwischen uns gestanden!«

»Trask, beruhigen Sie sich«, warf der Hilfssheriff ein. »Wir brauchen das Wort Ihrer Freundin nicht. Ein halbes Dutzend Leute hat sich gemeldet, um zu bestätigen, daß Barker zuerst zog.«

Trotz der Distanz zwischen ihnen spürte Priscilla, wie die Anspannung aus Trasks Körper wich.

»Dann können wir ja gehen.« Er setzte den Hut auf und schob ihn tief in die Stirn.

»Trask, Ihre Art gefällt mir nicht«, sagte Hilfssheriff Grigson mit warnendem Unterton. »Warum tun Sie uns nicht den Gefallen und verschwinden aus der Stadt?«

Trask drehte sich um und sah Priscilla mit hartem Blick an. »Miss Wills hat dafür gesorgt, daß ich Ihnen den Gefallen tun kann. Wir nehmen das erste Schiff, das nach Corpus Christi ausläuft.«

»Das ist die *Windham*. Sie legt morgen ab.«

»Leben Sie wohl, Mr. Grigson«, sagte Priscilla und streckte eine weißbehandschuhte Hand aus.

»Seien Sie auf der Hut, kleine Lady.« Der hagere ältere Mann nahm ihre Hand, bot ihr aber keine Hilfe an. Er sagte auch kein Wort mehr zu Trask. Tatsächlich sah es aus, als hätte der Hilfssheriff mächtig Angst vor ihm.

»Man hat den Eindruck, Ihr Ruf eilt Ihnen voraus, Mr. Trask«, sagte Priscilla, kaum daß sie draußen auf der Straße waren.

»Was ist los, Miß Wills, halten sie noch an der Theorie von den ›freundlichen Augen‹ fest?«

Als Priscilla vom hölzernen Bürgersteig heruntertrat, stieß sie mit dem Fuß gegen einen Stein und strauchelte. Trasks sicherer Griff hinderte sie am Fallen. Eine Hand umfaßte ihre Taille, um ihr Gleichgewicht wiederherzustellen, und sie spürte wieder die mit Sanftheit gepaarte Stärke, die ihr zuvor schon aufgefallen war.

»Ich zweifle nicht daran, daß Sie ein Mann sind, mit dem man rechnen muß«, sagte sie. »Wären Sie es nicht, ich würde Ihnen nicht zutrauen, mich ans Ziel zu bringen. Aber ich traue es Ihnen zu, und wenn Sie nichts tun, das meine Meinung umstößt, erwarte ich, daß Sie mich morgen rechtzeitig zur Abfahrt abholen.«

Trask ließ einen Muskel in seinem vom Bart verwilderten Kiefer spielen und öffnete den Mund, um etwas zu sagen.

»Und wagen Sie es nicht zu fluchen!«

Trask grinste nur. »Würde mir nicht im Traum einfallen, Ma'am«, sagte er gedehnt. Die Härte wich nahezu ganz aus seinem Gesicht, so daß er momentan fast jungenhaft wirkte.

Sie fragte sich, wie gut er aussehen mochte, wenn er sauber rasiert war und man seine gebräunte Haut und den sinnlichen Mund deutlicher sehen konnte. Dieser abschweifende Gedanke ließ Priscillas Herz heftiger schlagen. Als sie in der Lobby des Hotels ankamen und er sich umdrehte und davonging, hing ihr Blick an muskelbepackten Hüften und knappen blauen Drillichhosen. In die Betrachtung seiner langen sehnigen Beine versunken, riß sie sich erschrocken zusammen und betete darum, er möge so verwildert bleiben, wie er war.

Priscilla schritt die Hotellobby ab, einen großen, anheimelnden Raum mit einem großen Kamin aus großen Bruchsteinen an einem Ende. Handgefertigte wuchtige Sessel mit großen, weichen Petit-Point-Kissen standen in gemütlichen Gruppen beisammen. Einige Gäste, samt und sonders Männer, hatten darin Platz genommen und unterhielten sich leise, während sie rauchten. Die Sonne war vor einer halben Stunde aufgegangen, Brendan Trask aber hatte sich noch nicht blicken lassen.

Hatte sie sich in ihm geirrt? Er hatte gesagt, auf ihn warte Arbeit am Brazos. Womöglich hatte er seine Absicht geändert und hatte sich dorthin auf den Weg gemacht. *Gott im Himmel, was mache ich nur, wenn er fort ist?* Nach Begleichung ihrer Hotelrechnung war von ihrem Geld nicht mehr viel übrig. Kam er nicht, würde sie eine Nachricht an Stuart schicken müssen und sich in der Zwischenzeit mit irgendeiner Arbeit über Wasser halten.

Sie konnte immer Flickarbeiten annehmen, da sie eine sehr gute Weißnäherin war. Da es in der Stadt viele Männer und nur wenige Frauen gab, würde es sicher etwas geben, womit sie sich Unterkunft und Essen verdienen konnte.

Priscilla blickte auf ihre Hände nieder, die schmal und anmutig, aber abgearbeitet und schwielig waren. Die Pflege ihrer Tante war keine leichte Aufgabe gewesen, nicht zuletzt, weil Geld knapp war und man niemanden zum Kochen und Saubermachen einstellen konnte. Ihre gebrechliche Tante hatte ihr daher mehr als genug zu schaffen gemacht.

»Der Boden muß gebohnert werden«, hatte Tante Maddie immer verlangt, auch wenn Priscilla diese Arbeit erst vor kurzem erledigt hatte. »Und wenn du damit fertig bist, kannst du das Loch in meinem Pantoffel stopfen.«

Was für ein Loch? hätte Priscilla am liebsten gefragt, da sie die Pantoffel erst vor zwei Wochen selbst gestrickt hatte.

Doch das alles hatte Priscilla nichts ausgemacht. Madeline Wills hatte sie von ihrem sechsten Lebensjahr an aufgezogen. Sie war das einzige Stückchen Familie, an das Priscilla sich erinnern konnte – sie stand in Tante Maddies Schuld –, etwas, an das Tante Maddie nie versäumte, sie zu erinnern.

Die Glocke über der Eingangstür ertönte beim Öffnen und Priscilla atmete erleichtert auf, als sie den großen, dunkelhaarigen Mann sah, der eintrat. Sie wollte Trask schon für sein Zuspätkommen schelten, doch als ihr Blick auf sein Gesicht fiel, vergaß sie ihre Rüge, da ihr der Atem irgendwo in der Kehle steckenblieb.

»G-guten Morgen«, stammelte sie und zwang die Worte mühsam über ihre plötzlich gefühllos gewordenen Lippen.

»Miß Wills, Sie scheinen erstaunt, mich zu sehen. Dank ihrer unfehlbaren Menschenkenntnis haben Sie sicher geglaubt, ich würde nicht kommen?«

»Natürlich nicht«, log sie. »Ich ... ich habe Sie nur nicht erkannt ohne ... ohne Ihren Bart.«

Er hatte sich rasieren und die Haare schneiden lassen, obwohl sich die Haare noch immer ziemlich weit über den Kragen ringelten. Weiche Rehlederhosen umspannten seine Schenkel, sein sauberes weißes Hemd stand am Hals offen und umrahmte krauses braunes Brusthaar.

Priscilla zwang sich, den Blick abzuwenden. Noch nie war ihr ein Mann begegnet, der besser ausgesehen hätte. *Du hast es ja schon immer mit Frauen verstanden*, hatte der Mann namens Jennings gesagt. Priscilla zweifelte keinen Augenblick daran.

»Wir müssen gehen«, sagte Trask. »Sind Ihre Koffer noch oben?« Priscilla nickte nur. »Ich schicke jemanden, der sie holt, sobald wir an Bord sind.«

»Sehr gut.«

Trask sah sie merkwürdig an, und sie war sicher, daß er ihre geröteten Wangen bemerkte. »Sie haben doch nicht etwa Ihre Meinung geändert?« Er schien Hoffnung zu schöpfen.

»Bestimmt nicht.« Priscilla schob ihr Kinn vor.

»Na, dann wollen wir uns auf den Weg machen.« Mit resigniertem Aufseufzen ging er zur Tür und hielt sie ihr auf. »Hätte ich nur einen Funken Verstand, ich würde kehrtmachen und die andere Richtung einschlagen. Aber ich schätze, wenn Sie so dumm sind zu gehen, bin ich dumm genug, Sie hinzubringen.« Draußen bot er ihr seinen Arm, und Priscilla nahm an. »Aber wenn es hart auf hart kommen sollte, dann denken Sie daran, daß es Ihre und nicht meine Idee war.«

Trask half ihr vom hölzernen Gehsteig herunter, unter der vorstehenden Veranda hervor, auf die breite Staubstraße.

»Juhuu, Bren, Schätzchen! Hier herauf!«

Priscilla drehte sich nach der Frauenstimme um. Eine vollschlanke Blondine in durchsichtigem Nachthemd beugte sich über das Balkongeländer oberhalb des Saloons und schwenkte ein Herrentaschentuch.

»Entschuldigen Sie mich, Ma'am«, sagte Trask mit einem Grinsen, »ich glaube, mein Typ wird verlangt.« Er ließ Priscilla auf der Straße stehen und ging dorthin, wo die Frau sich über die Brüstung beugte, wobei ihr Busen in dem dünnen Nachthemd so gut wie entblößt war.

»Bren, mein Lieber, du hast doch glatt dein Schneuztuch vergessen. Ich habe ein wenig von meinem Parfüm draufgetan, damit du mich nicht vergißt.« Sie ließ das große weiße Viereck zu Boden flattern, das Brendan auffing, ehe es die Erde berührte.

»Danke, Patsy.« Er führte das Tuch an die Nase und sog den Duft ein, der ihm fast den Atem raubte.

»Ich danke *dir*, Liebster«, sagte Patsy, mit einem Blick zu der Lady auf der Straße. »Du wirst dich doch benehmen, oder?« Sie beobachtete ihn durch goldene Wimpern.

»Ich habe es gern, wenn meine Frauen etwas Fleisch auf den Knochen haben – oder ist dir das nicht aufgefallen?«

»Es ist mir aufgefallen, Liebling, glaube mir.« Sie sagte es mit einem kehlig-vollen Auflachen und verzog die großzügigen, grellgeschminkten Lippen zu einem Lächeln. Ihm fiel ein, was sie in der Nacht zuvor mit diesen Lippen gemacht hatte.

Unwillkürlich warf er einen Blick zu Priscilla Wills hin. In ihrem schlichten hochgeschlossenen Kleid stand sie stocksteif da und starrte in entgegengesetzter Richtung die Straße entlang. *Herrje, was für ein zimperliches Ding sie doch ist.* Trotzdem... sie hatte die weichste Haut, die er je gesehen hatte, und den hübschesten hellrosa Mund. Ihre Taille war so schmal, daß er sie mit seinen Händen umspannen konnte, und ihre Finger waren anmutig und weiblich.

Na und... dafür waren ihre Brüste zu klein und ihre Hüften schlank und knabenhaft.

»Wohin schaust du?« wollte Patsy wissen, die seinem Blick gefolgt war und ihn aus seinen Gedanken riß.

Brendan drehte sich grinsend zu Patsy um und zwinkerte ihr zu. »Ich dachte eben, wie sehr Frau du bist, Süße. Also, halte alles warm für mich, bis ich zurückkomme.«

»Du hast es erfaßt, Süßer.«

Nun drehte Brendan sich um und kehrte zu der Lady auf der Straße zurück, die errötet war, einen Farbton röter als ihre Lippen. Als er ihr seinen Arm bot, ließ sie ihn unbeachtet.

»Ich finde Ihren Geschmack in bezug auf Frauen und Ihre vulgären Straßengespräche so abstoßend wie Ihre sonstigen schlechten Manieren. Hoffentlich halten Sie sich wenigstens bis zu Ihrer Rückkehr zurück.« Hochaufgerichtet setzte sie sich in Bewegung und marschierte die Straße entlang.

»Ich werde mein Bestes tun«, beruhigte er sie, »obwohl es Sie nichts angeht.«

Die Lady sparte sich einen Kommentar und setzte hocherhobenen Hauptes ihren Weg fort. Brendan beobachtete die Bewegung ihrer Hüften unter den weiten Röcken ihres züchtigen taubengrauen Reisekleides. Mit geübtem Blick schätzte er die Fülle ihrer Unterröcke über der Wölbung ihrer Kehrseite ab und konnte sich ein Lächeln nicht verkneifen. Schlank, das ja. Aber knabenhaft? Bei ihm regten sich Zweifel.

Sein Lächeln verschwand jäh. Sich Gedanken über Stuart Egans Zukünftige zu machen, war das allerletzte, was er nötig hatte. Er tat gut daran, seine Hosen zugeknöpft zu lassen und seine Gedanken auf andere Objekte zu lenken.

Und genau das war seine Absicht.

Trask hielt die niedrige Holztür auf, und die zwei Männer trugen Priscillas Koffer in die winzige Innenkabine. Mr. Hennessey hatte für sie tatsächlich eine Passage gebucht, ebenso eine für die Begleiterin, von der Stuart angenommen hatte, sie würde mit ihr reisen. Aber selbst wenn es nicht der Fall gewesen wäre, hätte Trask dafür gesorgt, glaubte Priscilla. Seitdem er sich entschlossen hatte, ihr zu helfen, übernahm er alles, als sei er der geborene Organisator. Sie war sich nicht sicher, ob ihr das zusagte. Aber schließlich war sie es gewesen, die um seinen Beistand gebeten hatte.

»Ich will später nach Ihnen sehen«, sagte er, als die Träger die Koffer hinstellten und hinausgingen, »wenn Sie sich hier eingerichtet haben.«

»Ich werde gut zurechtkommen.«

Mit einem Brummen, das seine Gefühle zu diesem Thema zusammenfaßte, ging Trask den schmalen Gang zu der zum Deck führenden Leiter entlang.

Etwas später erklomm Priscilla dieselbe Leiter und trat an die Reling. Die See glitt mit schaumgekrönten Wellen in eigenartigem Grün am grauen Schiffsrumpf vorüber. Mit Hilfe eines Hafenschleppers hatte das kleine Schiff pünktlich abgelegt und kaum war die offene See erreicht, als Priscillas Magen auch schon zu revoltieren begann. Sie hatte immer schon jede Art von Schiffen gehaßt. An Bord der *Orleans* war ihr ab und zu übel geworden, obwohl die See glatter gewesen war als eines von Tante Maddies Kuchenplattendeckchen.

Während sie den Wind an den Wangen spürte, die Seevögel beobachtete und dem gedämpften Stampfen der Maschine lauschte, dachte Priscilla mit einem erstaunlichen Ausmaß an Wehmut an ihre selige Tante. Sie sah noch immer Tante Maddies blutleeres Gesicht vor sich, als sie im Sarg gelegen hatte, im Tod still, wie sie im Leben nie gewesen war. Es war ihrer Erinnerung nach eine der spärlichen Gelegenheiten, da sie sich mit ihrer Tante in einem Raum befunden hatte, ohne eine ihrer geharnischten Gardinenpredigten über sich ergehen lassen zu müssen.

Diese Schelte war so häufig, daß Priscilla gelernt hatte, sie anzuhören, ohne sie richtig in sich aufzunehmen. Sie lächelte dazu immer, nickte und sagte »Ja, Tante Maddie« während ihre Gedanken weit abschweiften.

Sie dachte dabei an das schwarzweiße Hündchen, das ihr vom Markt nach Hause gefolgt war, obwohl ihre Tante ihr streng untersagt hatte, es ins Haus zu lassen – oder an das kleine Mädchen mit den langen blonden Locken, das sie im Buchladen so reizend angelächelt hatte. Sie hatte Kinder immer geliebt. Eines Tages wollte sie ein eigenes Kind haben, hatte sie sich geschworen.

Als ein paar Wassertropfen leicht ihre Wange trafen, blickte Priscilla zum Himmel empor. Die flaumigen weißen Wolken, die sie vor einiger Zeit gesehen hatte, hatten sich verdichtet und waren jetzt so grau wie der Schiffsrumpf. Ihr Magen meldete sich warnend.

Gütiger Himmel, bitte, laß mich nicht seekrank werden. Sie konnte sich Trasks verächtliche Miene lebhaft vorstellen, wenn er erfahren würde, daß sie an Bord der *Orleans* der Katastrophe nahe gewesen war. Sie hatte kaum etwas zu sich nehmen können, bleich, ständig von Brechreiz geplagt. Wurde der Seegang rauher, mußte sie damit rechnen, daß sie wieder in diese schmähliche Lage geriet.

Zum Glück hatte Trask sich momentan im großen Salon mit einigen anderen zu einer Pokerrunde zusammengefunden. Priscilla hatte kein Wort des Einwands geäußert, wiewohl sie das Kartenspiel mißbilligte. Was Trask mit seiner Zeit an Bord anfing, ging sie nichts an. Außerdem benötigte sie seine Hilfe, um zu Stuart zu gelangen, und sie wollte vermeiden, seinen Unmut zu wecken. Bislang hatte er sich als vollendeter Gentleman erwiesen – sehr zu ihrer Verwunderung –, doch wußte sie, daß er zur Gewalttätigkeit neigte. Davon hatte sie sich mit eigenen Augen überzeugen können. Priscilla wollte nicht Opfer seines Zorns sein, wenn dieser wieder aufflammte.

Als die Regentropfen immer dichter fielen, sah Priscilla sich genötigt, nach unten zu gehen. Obwohl ihr Magen bereits heftig revoltierte, wollte sie sich vom Steward ein Ragout bringen lassen und sich zwingen, ein paar Bissen zu essen. Und wenn sie sich richtig ausschlief, würde sie sich gewiß wieder besser fühlen. In nur fünf Tagen würde sie wieder festen Boden unter den Füßen spüren. Bis dahin galt es, die Fahrt irgendwie zu überstehen.

»Die Asse stechen meine drei Buben. Trask, Sie Glückspilz, die Runde geht wieder an Sie.«

Mit Glück hat das wenig zu tun, dachte Brendan, der seinen Gewinn einstrich, große texanische Noten, die noch nicht gegen US-Dollars ausgewechselt worden waren, spanische *reales* und schimmernde goldene Adler. Die drei Männer, die ihm im dichten Tabakqualm gegenübersaßen, mußten Städter sein. Er durchschaute sie so leicht wie die naive kleine Lady, die sich unter Deck verkrochen hatte.

»Ich bin draußen.« Nehemia Saxon, ein schmalgesichtiger Mann mit schütterem Haarwuchs, der ein zerknittertes braunes Sakko trug, schob seinen Stuhl zurück. Er geriet im Aufstehen kurz aus dem Gleichgewicht, da das Schiff in ein Wellental absackte.

»Mir reicht's«, sagte der beleibte Kaufmann namens Sharp, hörbar an seiner dicken schwarzen Zigarre kauend. »Ich glaube, ich gehe mal frische Luft schnappen, ehe der Sturm noch ärger wird.«

»Ich bleibe drinnen«, erklärte der große deutsche Farmer,

der zurückgelehnt auf einem klobigen Eichenstuhl saß. Walter Goetting war bei weitem der klügste der Runde. Was ihm an Übung fehlte, machte er durch rasche Auffassungsgabe wett.

Brendan, dem die zunehmende Geschicklichkeit seines Gegners Respekt abnötigte, schwor sich, ihn ein wenig besser im Auge zu behalten. Nachdem er eine schlanke Zigarre angenommen hatte, die der große Deutsche ihm anbot, wölbte Brendan beim Anzünden die Hand über der Flamme. Hin und wieder gönnte er sich eine Zigarre, obwohl das Rauchen nicht zu seinen Lastern gehörte.

»Was dagegen, wenn ich mich dazusetze?« Eine barsche Männerstimme durchschnitt den spärlich ausgestatteten Raum. Brendan blickte auf. Der wuchtige Mann, der sich dem Tisch genähert hatte, trug ein durchgeschwitztes rotkariertes Hemd und fransenbesetzte Wildlederhosen.

»Zwei Plätze sind frei.« Brendan ließ eine Rauchwolke aufsteigen. »Mein Name ist Trask.« Er streckte seine Hand aus, und der wuchtige Mann schüttelte sie.

»Badger Wallace.« Sein Griff war fest, wie der Mann selbst.

Brendan achtete darauf, daß sein Lächeln nicht erlosch. »Badger Wallace. Den Namen kenne ich. Texas Ranger, wenn ich nicht irre.«

»Richtig.« Wallace drehte seinen Stuhl um und ließ sich rittlings darauf nieder. Die anderen stellten sich vor, und die nächste Partie konnte beginnen.

»Trask«, wiederholte Wallace nachdenklich und wälzte den Namen in seinem Mund, der unter dem dichten schwarzen Schnauzer kaum sichtbar war. »Doch nicht etwa Brendan Trask, oder?«

»Möglich«, wich Brendan aus und zog an der Zigarre, um Zeit zu gewinnen. »Woher kennen Sie Trask?«

»Bin dem Kerl nie begegnet, aber ich hörte, daß er gut mit

dem Schießeisen umgehen kann. Ein Freund von mir kämpfte mit ihm unten in Yucatan gegen die Rebellen.«

»Welcher Freund?« fragte Brendan, dessen Wachsamkeit nachließ.

»Camden heißt der Bursche. Tom Camden. Früher oder später wird er zu uns stoßen. Konnte einer guten Kartenrunde nie widerstehen.«

Brendan lehnte sich grinsend in seinem Stuhl zurück. »Tom Camden? Der Teufel soll mich holen... wie geht es ihm? Ich dachte, der sei inzwischen längst tot und begraben, so verrückt, wie der mit seiner heißgeliebten Knarre umgeht.«

»Hat vor einiger Zeit eine Kugel in die Schulter abgekriegt«, sagte Badger gedehnt, »aber das macht ihn nicht viel langsamer.«

Badger spuckte einen Pfriem Tabak aus und verfehlte den Messingspucknapf auf dem Boden um ein gutes Stück. Er fuhr sich mit dem Ärmel über den Mund. »Dasselbe sagte er von Ihnen.« Er warf seinen Schlapphut auf eine Hakenreihe an der Tür und traf nicht, worauf der Hut auf dem Boden landete. »Freut mich, Sie kennenzulernen, Trask«, sagte er. »Und jetzt wollen wir eine Runde spielen.«

Brendans Haltung entspannte sich. Er griff nach den Karten, die er ausgeteilt hatte. Die Rangers hatten also noch nicht von der Schießerei im Indianerterritorium Wind bekommen. Wenn sein Glück ihn nicht im Stich ließ, würden sie es vielleicht nie erfahren. Er fragte sich, was Priscilla von seinen »freundlichen Augen« halten würde, wenn sie gewußt hätte, daß Barker Hennessey nicht der erste war, den er getötet hatte – auch nicht der zweite. Aber schließlich sah sie nicht dumm aus, sondern nur viel zu vertrauensselig und naiv.

Er spürte, wie das Schiff Schlagseite bekam, als die Gewalt des Sturmes zunahm, und drückte seine Zigarre aus. Die

Windham war eigentlich kein richtiger Passagierdampfer – es gab nicht mehr viele Passagiere, deren Ziel Corpus Christi war. Nicht, seit General Taylor und seine Truppen sich vor fünf Monaten zurückgezogen hatten und der Ort mit seinen verlassenen Häusern zu einer richtigen Geisterstadt geworden war, wie Brendan gehört hatte. Diese Häuser waren seinerzeit praktisch über Nacht aus dem Boden gestampft worden, um Glücksrittern, Spielern und anderen zwielichtigen Typen, die es auf das Gold in den Taschen der Soldaten abgesehen hatten, Unterkünfte zu schaffen.

Und jetzt war Taylor nach Süden vorgestoßen, um gegen die Mexikaner zu kämpfen.

Unbewußt rieb Brendan die Narbe an seinem linken Oberarm. 1841 war er dabeigewesen und hatte mitgekämpft. Nach zweijährigem Dienst bei den Texas Marines hatte ihn bei einem Gefecht in Yucatán eine Musketenkugel erwischt. Die Wunde hätte ihn beinahe das Leben gekostet, wäre da nicht einer seiner Kameraden gewesen, der ihm im mexikanischen Gefängnis am Rande von Campeche beigestanden hatte.

Wie immer, wenn Brendan an Alejandro dachte, krampfte sich in seiner Brust etwas schmerzlich zusammen.

»Herr Trask, Sie bieten«, erinnerte ihn der Deutsche.

Verdammt. Er mußte achtgeben, wenn er nicht seinen Gewinn wieder verlieren wollte. Er bot diesmal sehr vorsichtig und warf einen Blick auf die Schiffsuhr aus Messing, die am Bullauge gegenüber dem Tisch festgemacht war. Bald Zeit fürs Abendessen. Er wollte bei Priscilla nachsehen und sie zum Dinner begleiten, wenn es sein mußte, aber für die nächsten fünf Tage beabsichtigte er, sie mehr oder weniger sich selbst zu überlassen.

Wider Willen sah er ihre schlanken Kurven und den vollen rosa Mund vor sich. Er dachte an ihre schmale Taille und ertappte sich dabei, wie er über die Größe ihrer Brüste Spekulationen anstellte. Und er fragte sich, wie ihr Haar aussehen mochte, wenn man es vom Hut befreite.

»Trask, Sie verlieren.« Badger Wallace ließ ein rauhes Lachen hören, als Brendan seine Karten umdrehte. »Vielleicht wird sich Tom in dieser Runde gut machen.«

»Tom Camden hat in seinem ganzen Leben keine Partie gewonnen«, grollte Brendan. Nun war er mit der Dame unter Deck keine acht Stunden unterwegs und schon bereitete sie ihm Verdruß, weil sie ihn von den Karten ablenkte. Er mußte verdammt achtgeben, daß sie ihm nicht noch mehr Ärger bereitete.

»Zeit fürs Abendessen, Miß Wills«, rief Trask durch die Kabinentür und klopfte leicht gegen das schwere Holz.

Priscilla drückte eine Hand auf ihren Mund, um nicht zu erbrechen. »Ich ... ich habe noch keinen Hunger.«

»Wie es beliebt.« Seine Worte verrieten Erleichterung. »Ich lassen Ihnen etwas herunterbringen.«

»Danke.« Allein der Gedanke an Essen bewirkte, daß Priscilla wieder zum Nachtgeschirr lief. Ihre Stirn war mit Schweiß bedeckt, als sie sich zur Zurückhaltung zwang, bis Trasks Schritte verklangen. Dann erst beugte sie sich vor und erbrach zum sechsten Mal in den letzten drei Stunden.

Lieber Gott, Trask darf es nicht herausfinden, betete sie und hoffte inständig, das Meer würde zur Ruhe kommen und ihr Zustand sich bessern. Nachdem sie sich auf das schmale Bett gelegt hatte, schloß Priscilla die Augen und versuchte zu schlafen, doch ein neuer Anfall von Übelkeit trieb sie wieder zum Nachtgeschirr. Wie sollte sie fünf Tage lang diese Folter überstehen?

Ihre Finger zitterten, als sie sich ihr Gesicht mit einem nassen Handtuch abwischte. Dann knöpfte sie ihr Kleid auf, dankbar, daß die Knöpfe vorne und in Griffweite waren. Kaum hatte sie sich ihrer mit Roßhaar versteiften Unterröcke entledigt, lockerte sie die Verschnürung ihres Korsetts, was nicht einfach war, zog Hemd und Hose aus und schlüpfte in ein sauberes Nachthemd. Da sackte das Schiff wieder in ein Wellental ab und ihr Magen mit ihm. Nach weiterem heftigem Erbrechen zog sie sich matt auf ihr schmales Kojenbett zurück.

Priscilla schreckte aus bleiernem Schlaf auf, als sie das Pochen an der Tür hörte.

»Der Steward, Miß Wills«, sagte eine mittlerweile vertraute Stimme. »Ich bringe Ihnen das Abendessen.«

Priscilla schluckte das hinunter, was ihr auf seine Worte hin sofort hochkam. »Ich ... ich habe noch keinen Hunger«, rief sie durch die Tür. »Aber ich danke Ihnen für Ihre Mühe.«

»Fühlen Sie sich einigermaßen?« Seine Stimme wurde durch das dicke Holz der Tür verzerrt.

»Mir geht es gut«, log sie. »Später komme ich in den Salon und werde etwas essen.« Damit hatte sie ihn schon seit drei Tagen abgewimmelt. Dasselbe sagte sie auch zu Trask, wenn er an ihre Tür kam, was nicht sehr oft der Fall war. Vermutlich schenkte er ihren Versicherungen Glauben, da er immer sehr erleichtert schien.

In Wahrheit hatte sie unausgesetzt in ihrer Koje gelegen, nicht imstande, sich zu rühren, so schwach, daß sie außer Erbrechen und wieder Einschlafen nichts fertigbrachte. In der Kabine roch es so ekelhaft, daß sie nicht einmal den Steward eintreten lassen wollte – sie wollte selbst saubermachen, schwor sie sich, sobald sie sich wieder einigermaßen fühlte.

Von den Vibrationen der Maschinen des Dampfschiffes eingelullt, veränderte Priscilla ihre Lage auf dem Bett. Dabei streifte ihre Hand das Buch mit den Gedichten von Robert

Burns, die sie vergeblich zu lesen versucht hatte. Sie hob den kleinen Lederband, doch ihre Hand zitterte so heftig, daß sie ihn auf den Boden fallen ließ. In der kleinen Kabine war die stickige Luft zum Schneiden, und der Geruch des eigenen Erbrochenen unerträglich.

Noch zwei Tage bis Corpus Christi – oder waren es drei? Sie war so benommen, daß es ihr zuweilen schwerfiel, sich zu besinnen. Sicher würde das Meer sich bald beruhigen und sie würde wieder auf die Beine kommen. Und dann wollte sie die widerlichen Gerüche aus ihrer Kabine schrubben, ehe jemand ihr Geheimnis entdecken konnte. Niemand brauchte zu wissen, wie elend es ihr ergangen war.

Am allerwenigsten der große, gutaussehende Mann, der als ihr Begleiter fungierte. Der Gedanke, Brendan Trask könnte sie so schlapp und jämmerlich sehen, reichte aus, um wieder Übelkeit und Schwindelgefühl auszulösen. Sie würde alles tun, um zu verhindern, daß er sie zu Gesicht bekäme – wirklich alles.

Priscilla wich hartnäckig der Frage aus, warum Brendan Trasks Billigung ihr so wichtig geworden war.

»Entschuldigen Sie, Sir«, sagte der kleine Steward. »Sind Sie nicht Trask, der Begleiter der Dame unter Deck?«

»Ich bin Trask.« Brendan hockte mit angezogenen Beinen auf einer Deckkiste, in den Anblick des aufgehenden Mondes über dem Meer versunken. »Warum?«

»Sir, ich mache mir Sorgen um die Dame.« Schwarzhaarig und mit einem winzigen Schnurrbart behaftet, stand der Steward mit einem Tablett vor ihm, das mit einer Serviette abgedeckt war. »Immer wenn ich ihr etwas zum Essen bringe, sagt sie, sie wolle in den Salon kommen. Nie läßt sie mich eintreten – sie öffnet nicht mal die Tür.«

»Also ißt sie im Salon«, sagte Brendan beiläufig, aber mit

einem Anflug von schlechtem Gewissen, weil er sie völlig links liegen ließ.

»Unten hat niemand sie gesehen. Der Koch hat nichts Besonderes gemacht – ich glaube, sie... nun, sie sagt das alles nur, um mich loszuwerden. Ich glaube, sie hat seit drei Tagen keinen Bissen gegessen.«

»Was?« Brendan schwang seine langen, in Stiefeln steckenden Beine aufs Deck und stand auf. »Sie müssen sich irren.« Aber ihn selbst hatte sie seit drei Tagen mit denselben Worten fortgeschickt.

»Der Seegang war ziemlich rauh, Sir. Wenn die Dame es nicht gewohnt ist...«

»Verdammt!« Brendan wußte ganz instinktiv, daß die Vermutung des Stewards zutraf. Die zimperliche und stets auf Anstand bedachte Priscilla Mae Wills würde nicht wollen, daß jemand mitbekam, wie sie mit der Seekrankheit kämpfte. Sich an dem kleinen Mann vorüberzwängend, ging er auf die Leiter zu, die zu den unter Deck liegenden Passagierkabinen führte. Der Steward eilte ihm nach.

Vor ihrer Kabinentür angelangt, klopfte er energisch. »Hier Trask, Miß Wills. Ich möchte mit Ihnen sprechen.«

»Ich... ich bin nicht angekleidet«, erwiderte sie. »Ich... ich stehe später zur Verfügung.«

»Nein, jetzt. Öffnen Sie die Tür.«

»Ich sagte schon, daß ich nicht angekleidet bin. Es wäre unziemlich...«

»Priscilla, öffnen Sie die verdammte Tür. Entweder Sie öffnen, oder ich trete die Tür ein, das schwöre ich!«

Ihr entsetztes Aufstöhnen war sogar durch die dicke Tür hörbar. »Geben Sie mir ein wenig Zeit. Ich... ich werde hinaufkommen, das verspreche ich.«

»Miß Wills, Sie haben drei Minuten Zeit. Dann komme ich hinein.«

»Nein!« rief sie entsetzt aus und richtete sich auf ihrem Bett auf. Sofort mußte sie gegen einen Schwindelanfall kämpfen. »Sie können nicht hereinkommen. Das ist meine Kabine. Ich verbiete es Ihnen!«

Brendan stieß einen Fluch aus. »Die Zeit ist um, Miß Wills.« Eine breite Schulter gegen die Tür stemmend, stieß er heftig gegen das Holz. Beim zweiten Versuch gab das Schloß nach, die Tür flog mit einem Krach auf und knallte gegen die Wand. Brendan zuckte zurück, ehe er sich zwang einzutreten. In dem winzigen luftlosen Raum hing ekelerregend der Geruch nach Erbrochenem.

Im flackernden Licht einer kleinen Tranfunzel lag Priscilla in ihrer Koje. Ihre braunen Augen waren groß und eingesunken, ihre Haut so fahl, daß sie durchscheinend wirkte. Das Haar hing ihr lose um die Schultern und hob sich dunkel von ihrem dünnen weißen Batistnachthemd ab. Ihm fiel auf, wie sich ihre Brüste, die sich unter dem Nachthemd viel voller wölbten, als er sich vorgestellt hatte, hoben und senkten.

»Ich möchte nicht, daß jemand mich sieht«, kam es tonlos von ihren Lippen. »Bitte, gehen Sie.«

Brendan sah ihre Blässe, sah das Zittern ihrer Hände. Wut flammte in ihm auf.

»Vergessen Sie es, Lady. Sie fallen in meine Verantwortung – wie Sie klugerweise selbst betont haben. Ich kann nicht zulassen, daß Sie so elend dahinkümmern. Warum haben Sie nicht gesagt, daß Sie krank sind?«

In Anbetracht der Laune, in der er sich befand, hob er sie mit erstaunlicher Sanftheit aus dem Bett. Warum hatte er sie nicht genauer im Auge behalten? Als er sich einverstanden erklärte, diese Aufgabe zu übernehmen, hatte er gewußt, daß es nicht einfach sein würde. Das Mädchen war hilflos wie ein Neugeborenes. Wie, zum Teufel, wollte eine Frau wie sie an der texanischen Grenze überleben?

»M-meine Sache...«, sagte sie mit einem Blick auf ihr dünnes Nachtgewand. »Ich bin nicht angezogen. Man muß den Anstand... wahren.«

»Anstand kümmert mich nicht.«

»*Das* versteht sich«, sagte sie mit einer Aufwallung von Lebhaftigkeit, die er erleichtert registrierte.

Brendan stieß eine Verwünschung aus und ging unbeirrt weiter. Auf dem engen Gang wurde er vom kleinen Steward aufgehalten.

»Mr. Trask, ich werde mich um die Kabine kümmern. Sie kümmern sich um die Lady.«

Brendan nickte. »Ehe Sie sich da drinnen an die Arbeit machen, bringen Sie mir eine Schüssel Fleischbrühe und Zwieback.«

»Jawohl, Sir, Mr. Trask.« Er lief an ihnen vorüber zur Leiter.

Priscilla kämpfte schnüffelnd gegen Tränen an. »Ich kann nicht hinauf – bitte, zwingen Sie mich nicht. Ich habe ja nur mein Nachthemd an. Was werden die Leute sich denken?«

Brendans Griff wurde fester. »Es ist spät, und es ist dunkel, und was die Leute denken, schert mich keinen Pfifferling. Ich habe versprochen, Sie zur Triple R zu bringen, und ich habe die Absicht, Sie unversehrt abzuliefern. Ich werde nicht zulassen, daß Ihre Prüderie sich Ihrer Gesundheit in den Weg stellt. Du meine Güte, wie haben Sie sich das nur antun können?«

Priscilla drückte sich Halt suchend an seine Schulter. »Ich dachte, es würde mir bald bessergehen.«

Brendan überquerte das Deck und setzte sich auf die Deckkiste, wobei er Priscilla auf seinem Schoß hielt. Der Wind ließ Strähnen ihres dichten Haars gegen seine Wange wehen und drückte ihr feuchtes Nachthemd an ihren Körper.

»Sie sind zu dünn«, sagte er barsch. Schuldbewußtsein und Besorgnis beeinträchtigten seine Laune. »Sie waren schon vorher schlank. Jetzt sind Sie richtig knochig.«

Priscilla errötete tief. Im silbernen Mondschein konnt er den rosigen Schimmer sehen, der ihre Wangen färbte. Die Spitzen ihrer Brüste drängten an seine Brust, und ihre Kehrseite drückte sich warm und weiblich gegen seinen Oberschenkel. Knochig? Den Teufel, dachte er. Sie hatte ein wenig abgenommen, das schon, aber von knochig konnte keine Rede sein.

Nachdem der Steward Brühe und Zwieback gebracht hatte, führte Brendan die Tasse an ihre Lippen. »Erst ein ganz kleines Schlückchen. Wenn Sie das behalten, gibt es später mehr.«

Da sich wie vorauszusehen kein Mensch an Deck zeigte, beruhigte Priscilla sich ein wenig, und fing an, an einem Stück Zwieback zu knabbern. »Ich weiß gar nicht mehr, wann mir etwas so gut geschmeckt hat.«

Brendan hörte es mit einem Lächeln. »Die See beruhigt sich. Ein bißchen frische Luft, und Sie werden bald wieder auf den Beinen sein.«

Priscilla ließ ihren Blick an sich hinunterwandern, sah die verfilzten Haarsträhnen auf ihrer Schulter, ihr schweißdurchtränktes Nachthemd... am liebsten hätte sie sich in einem Mauseloch verkrochen. »Ich kann mir nicht denken, daß es hier die Möglichkeit gibt, ein Bad zu nehmen«, sagte sie leise.

Brendan berührte ihre Wange. »Kapitän Donohues Findigkeit ist unübertroffen. Unter Ausnutzung der Dampfmaschinen kann er Wasser wärmen. Nach den reichlichen Regenfällen werden die Tanks voll sein. Ich könnte mir denken, daß ich es schaffe, der einzigen Dame an Bord dieses Kahns ein heißes Bad zu verschaffen.« Er lächelte. »Schon gar, wenn sie sich danach so gut fühlt, daß sie mit dem Kapitän ein wenig Konversation macht.«

Priscilla lehnte sich an seine Schulter und blickte zu ihm auf. »Es war richtig, Ihnen zu vertrauen, Brendan Trask«, sagte sie und sah in seine mitfühlenden blauen Augen, »aber was Sie meinem Schamgefühl angetan haben, werde ich Ihnen nie verzeihen.«

Nach einem Blick auf die unzulängliche Hülle, die das Nachthemd darstellte, fragte er sich, wie sie reagieren würde, wenn sie geahnt hätte, daß er sie sich bereits nackt vorstellte.

3. Kapitel

Priscilla schob die letzte Haarnadel in ihr dunkelbraunes Haar, um die schweren Flechten hinter den Ohren festzuhalten, und versuchte, sich in dem winzigen Metallspiegel über dem abgeschlagenen Porzellankrug auf dem Waschtisch zu begutachten. Ein einzelner Stuhl, ein zerschrammter Tisch, der Waschtisch und ihr Bett waren die einzigen Einrichtungsgegenstände in der Kabine.

Vor ihrer Rückkehr vom Deck vor zwei Abenden war die Kabine vom Steward makellos saubergeschrubbt worden, und Kapitän Donohue hatte ihr, wie von Brendan versprochen, eine mit dampfend heißem Wasser gefüllte Kupferwanne bringen lassen, in der sie ein Bad genommen hatte.

Der Kapitän hatte ihr auch langatmige Entschuldigungen überbringen lassen, weil sie so unkomfortabel untergebracht war, aber etwas anderes war auf dem kleinen Frachter nicht möglich, und der Obermaat hatte ihr seine Kabine angeboten, ein Angebot, das Priscilla sofort ablehnte. Sie wollte keine Sonderbehandlung, sie wollte sich nur wieder frisch fühlen – was nun der Fall war –, und sie wollte Corpus Christi erreichen – was morgen der Fall sein würde.

Ganze zwei Tage hatte sie gebraucht, um sich wieder ganz zu erholen, doch ihr Appetit war mit Macht wiedergekehrt, so daß sie das verlorene Gewicht wieder zugenommen hatte und ihre schlanke Gestalt sich wieder ansehnlich präsentierte. Trask, der sich sehr mitfühlend zeigte, hatte ihr Essen gebracht und Spaziergänge an Deck mit ihr unternommen. Viel gesprochen hatten sie dabei nicht, da Priscilla nicht nach Reden zumute gewesen war.

Nicht bis heute abend.

Nach einem weiteren Blick in den Spiegel faßte sie hinter ein Ohr und befestigte einen kleinen Perl-Ohrstecker, ein Erbstück der Mutter, an die sie sich nicht erinnern konnte. Da es – gottlob – ihr letzter Abend auf See war, hatte der Kapitän eine Art Dinnerparty angekündigt. Priscilla hatte noch ein Bad genommen, der einzige große Luxus, den der Kapitän ihr bieten konnte, und hatte eines der Kleider angezogen, die sie für ihre Ausstattung genäht hatte.

Sie wünschte, sie hätte ihr Aussehen besser begutachten können, doch die Beleuchtung war zu schwach und der Spiegel nur ein schimmerndes Stück Metall. Das Kleid, für das sie sich entschieden hatte, war eines von mehreren, die sie nach dem Tod ihrer Tante geschneidert hatte. Ella Simpkins, eine von Tante Maddies wenigen Freundinnen, hatte ihr das Material als Hochzeitsgeschenk gegeben, ein wunderbares Stück Crêpe, schöner als alles, was sie je getragen hatte.

In einer Anwandlung von Tollkühnheit hatte Priscilla das Kleid nach der neuesten Mode zugeschnitten, mit enger Taille, die in einem spitzen V zulief, um ihre Schlankheit zu betonen, und einem für ihre Begriffe gewagten Ausschnitt. Nach den geltenden Maßstäben des guten Tons war das Kleid noch immer sehr dezent, da es kaum die Ansätze ihrer Brüste entblößte, aber Priscilla kam sich darin total verrucht vor. Sie konnte es kaum erwarten, Trasks hübsches Gesicht zu sehen, wenn er sie darin erblickte – knochig, wahrhaftig!

Priscillas unbeschwerte Stimmung verflog so jäh, wie sie gekommen war. Was ging es sie an, was Brendan Trask von ihr dachte? Sie war mit einem wunderbaren Mann verlobt und würde bald seine Braut sein. Das allerletzte, was sie brauchte, war die Billigung eines nichtswürdigen Revolverhelden, eines Tunichtguts von Mann, der weder ein eigenes Heim noch Zukunftspläne besaß.

Stuart Egan würde sich ihrer annehmen und um ihr Wohlergehen besorgt sein. Sie würden Kinder bekommen, sie gemeinsam großziehen und zusammen alt werden.

Eines Tages würden sie vielleicht sogar Liebe finden.

Brendan klopfte an die Kabinentür und hörte gleich darauf leichte Schritte. »Hier Trask«, sagte er, obwohl die Lady ihn erwartete.

»Ich bin fast fertig!« Augenblicke später hörte er das Rascheln ihrer Röcke, dann wurde die Tür geöffnet und Priscilla trat hinaus auf den Korridor.

Brendan stockte der Atem. Sogar im Halbdunkel der Korridorbeleuchtung konnte man sehen, daß sie zauberhaft war. Hübsch, hatte er gedacht, nicht schön, aber anziehend. O Gott, er mußte mit Blindheit geschlagen gewesen sein! Aber andererseits war das nicht seine Schuld – nicht nachdem sie sich so viel Mühe gegeben hatte, es zu verbergen.

»Rosa ist ganz entschieden Ihre Farbe, Miß Wills«, sagte er, als er endlich wieder seine Stimme gefunden hatte. »Stuart Egan kann sich glücklich schätzen.«

Priscilla ließ die Andeutung eines Lächelns sehen. »Danke.«

Beim Anblick des schlichten, aber raffiniert geschnittenen

Kleides, der bescheidenen Enthüllung des Busens, die aber dennoch eine Versuchung darstellte, spürte Brendan, wie sein Körper reagierte. Verdammt! Immer wenn er in letzter Zeit an die Frau dachte, geriet sein Blut in Wallung. Was, zum Teufel, war nur in ihn gefahren? Er war doch kein Jüngling, den der Hafer sticht. Auch kein Mann, dessen Verstand von seinen Lenden gelenkt wurde.

Seine Gedanken in eine ungefährlichere Richtung zwingend, bot Brendan ihr seinen Arm, und Priscilla nahm an, ohne seine Erscheinung mit jenem kritischen Blick zu mustern, den er halb erwartet hatte. Im Gegenteil, er glaubte, in ihren Augen sogar eine Andeutung von Zustimmung zu lesen.

»Schwarze Reithosen und ein sauberes weißes Hemd kann man kaum als Abendanzug bezeichnen«, entschuldigte er sich, »aber im Moment ist es das Beste, was ich aufzubieten habe.«

»Mr. Trask, an Ihrer Kleidung ist nichts auszusetzen.« *Auch nicht daran, wie Sie darin aussehen.* Breite Schultern und schmale Hüften, umhüllt von den Kleidungsstücken, die er mit einer lässigen Anmut trug, um die ihn jedermann beneiden konnte. Er war so groß, daß er sich bücken mußte, um nicht mit dem Kopf an die Deckenbalken zu stoßen.

»Warum nennen Sie mich nicht Brendan?« sagte er mit trägem Lächeln. »Jetzt kennen wir einander ja schon gut genug.« In seiner Miene lag etwas, das andeutete, ihr halbnackter Zustand an Deck sei ihm noch in Erinnerung, und Priscilla kämpfte darum, nicht zu erröten.

»Das wäre ungehörig, Mr. Trask«, sagte sie mit Betonung, insgeheim aber nannte sie ihn ohnehin schon bei seinem Vornamen und mußte sich sehr in Zaum halten, damit er ihr nicht unwillkürlich über die Lippen kam.

Trasks Lächeln war wie weggeblasen. »Wie Sie wollen.«

Als er ihr die Leiter hinaufhalf und eine langbefingerte Hand um ihre Mitte legte, ging Priscillas Puls in einen unsteten Rhythmus über. Sicher ist es nur die Vorfreude auf den bevorstehenden Abend, sagte sie sich und mußte sich zusammennehmen, um ihr Zittern zu verbergen.

Brendan führte sie übers Deck und öffnete die Tür zum großen Salon. Alle fünf männlichen Passagiere und Kapitän Donohue erwarteten sie bereits. Ein Blick in ihre plötzlich rot angelaufenen verblüfften Gesichter, die Priscilla bewundernd anstarrten, sagte ihm, daß sie nicht enttäuscht waren.

»Es freut mich, daß Sie sich besser fühlen, Miß Wills«, sagte der Kapitän, der nun vortrat, um sie zu begrüßen, worauf sie ihm ihre weißbehandschuhte Hand reichte und ihn mit einem Lächeln belohnte. »Darf ich Ihnen Nehemiah Saxon, Arnold Sharp, Walter Goetting, Badger Wallace und Thomas Camden vorstellen?«

»Wie geht es Ihnen, Ma'am?« tönte es ihr nahezu einstimmig von den Männern entgegen.

»Brendan sagte, Ihr Ziel sei die Rancho Reina del Robles«, sagte Tom Camden, als sie alle ihre Plätze einnahmen. »Bis dorthin ist es noch ein schönes Stück.«

»Das hat Mr. Trask mir schon zu bedenken gegeben. Sie wollen nicht zufällig in diese Richtung?«

Von Brendan wußte sie, daß Tom ein Texas Ranger war. Er sah nun seinen langjährigen Freund, einen geländekundigen und treffsicheren Mann, sinnend an. Ihn dabeizuhaben, wäre verdammt tröstlich gewesen.

»Tut mir leid«, sagte Tom. »Ich und Badger haben unten in Brownsville zu tun.« Tom schaute in Brendans Richtung. Sein Blick war eindeutig als Warnung gedacht, da Tom seinen Ruf als Frauenheld nur zu gut kannte. Brendan mußte sich ein Lächeln verkneifen.

»Sie haben einen guten Mann an Ihrer Seite«, erklärte Tom

ihr nun. »Er wird dafür sorgen, daß Sie sicher und wohlbehalten zu Ihrem Zukünftigen gelangen.«

Brendan runzelte die Stirn. Er würde sie an ihr Ziel bringen, gewiß, aber es erbitterte ihn, daß er es tun mußte. Nach allem, was man von Stuart Egan wußte, war er ein rücksichtsloser, machthungriger, arroganter Bursche. Wollte man gewissen Gerüchten glauben, dann war Egan sogar noch viel ärger. Es stand zu befürchten, daß er nicht zögern würde, Miß Priscilla Mae Wills unter den Absätzen seiner teuren, handgenähten Stiefel zu zermalmen.

»Ich bin sicher, daß alles gutgehen wird«, sagte Priscilla. »Mr. Trask scheint der geeignete Mann dafür zu sein.«

»Wo haben Sie Egan kennengelernt?« fragte Badger Wallace.

»Ehrlich gesagt, Mr. Wallace, kenne ich ihn gar nicht. Wir standen in Briefwechsel…«

Badger spuckte rüde in den Messingnapf.

»Briefwechsel?« knurrte er. »Soll das heißen, daß Sie ihn nie gesehen ham?«

»Nun, meine Tante kannte ihn, müssen Sie wissen, und ich… das heißt… wir schrieben einander sehr häufig.«

»Wären Sie meine Tochter, dann wünschte ich, Sie würden mehr über den Burschen wissen als das, was in seinen Briefen steht. Ein Mann kann mit einem Federstrich um seine Fehler rumschreiben.«

»Wie ich schon sagte, war Mr. Egan ein Bekannter meiner verstorbenen Tante«, verteidigte Priscilla sich, aber Brendan fiel auf, daß ihre Hand zitterte, als sie den Sherry entgegennahm, den der Kapitän ihr reichte. Donohue goß den Herren Whiskey ein, und Priscilla schien erleichtert, als sich die Möglichkeit bot, das Thema zu wechseln.

»Soweit ich weiß, sind Sie und Mr. Trask alte Freunde«, bemerkte sie zu Tom.

»Wir waren zusammen in der Armee und kämpften für die Republik.« Tom ließ ein Lächeln aufblitzen. »Und wir waren dem Tod verdammt nahe, wir beide.«

»Nach allem, was man so hörte, hat Trask dir die Haut gerettet.« Bagder hob sein Glas, um der Tischrunde zuzutrinken und leerte es mit einem Schluck. Die Spitzen seines dichten Schnurrbarts glänzten feucht, als er ausgetrunken hatte. »Verdammtes Glück für dich, daß er zur Stelle war.«

»Ein Glück für einige von uns«, gab Tom ihm recht.

»Was war passiert?« wollte Priscilla wissen.

»Nicht viel«, warf Brendan ein. Ihm behagte die Wendung nicht, die das Gespräch genommen hatte. »Tom und ein paar andere wurden auf einem Berggrat festgenagelt. Das Geschützfeuer der Mexikaner rückte ihnen dichter auf die Haut, als zuträglich war. Ich machte dem ein Ende.«

»Die Mexikaner wollten uns in Stücke reißen«, berichtigte Tom ihn. »Brendan mußte über freies Gelände, sodann galt es eine Felsschlucht hochzuklettern und es mit sechs Mexikanern aufzunehmen, um nach oben zu kommen. Mit dem letzten kam es zu einem Handgemenge – er tötete ihn mit seinem eigenen Messer.« Priscilla erbleichte.

»Ich glaube, das reicht, Tom«, sagte Brendan in warnendem Ton, aber Camden war nicht zu bremsen.

»Bren stopfte einen Felsbrocken in die Kanonenmündung. Richtig fest hinein, und dann ließ er das Ding hochgehen – und da hat man ihn geschnappt.«

»Das alles ist Schnee von gestern, Tom.« Brendans Miene verriet seine Anspannung.

»Man hat Sie gefangengenommen?« fragte Priscilla sichtlich betroffen.

»Man hat ihn in ein mexikanisches Gefängnis geworfen«, gab Tom an Brendans Stelle zurück. »In ein richtiges Höllenloch. Ich gehörte auch zu den Glücklichen.«

»Wie sind Sie freigekommen?« fragte Priscilla.

»Hören Sie, Miß Wills«, fuhr Brendan sie an, »das ist kein Thema für ein Tischgespräch. Ich wüßte es zu schätzen, wenn die Rede auf etwas anderes käme.«

Die Tischrunde verfiel in Schweigen. Priscilla beschäftigte sich mit ihrer Serviette, und der Kapitän schenkte den Herren nach. Schließlich stürzte Walter Goetting sich in eine Debatte, bei der es um den Gemüseanbau in der aufstrebenden deutschen Ansiedlung New Braunsfeld ging, und Brendan konnte erleichtert aufatmen.

Als er zu Priscilla hinsah, entdeckte er, daß sie ihn mit leicht verändertem Blick betrachtete, und er fragte sich, was sie sich denken mochte.

Priscilla genoß das Essen und die Gespräche der Herren – der anderen Herren, da Brendan sich wortkarg zeigte und sich früh zurückzog. Der Kapitän begleitete sie auf einer Runde auf dem Deck und erklärte ihr verschiedene Teile des Schiffes, ehe er sie zu ihrer Kabine brachte. Sie ging früh zu Bett und schlief besser als seit Tagen.

Am nächsten Morgen erreichten sie ein paar Stunden nach Sonnenaufgang Corpus Christi. Von ihr und ihrem Begleiter abgesehen, ging nur der große deutsche Farmer Walter Goetting von Bord. Es war ein heiß-schwüler Tag, sogar die Brise vom Ozean her brachte Wärme. Priscilla hatte sich für ihr beigefarbenes Musselinkleid entschieden, dessen Stoff leichter war als der ihrer anderen Kleider, doch die langen Ärmel und das hochgeschlossene Oberteil bereiteten ihr Unbehagen.

»Es war mir ein Vergnügen, *Fräulein* Wills«, sagte der Deutsche, als sie aus dem Beiboot gestiegen waren. »Gott befohlen auf Ihrer Reise zu Ihrem Verlobten.«

»Danke. Hoffentlich genießen Sie Ihren Besuch.« Er hatte

ihnen erzählt, daß er Angehörige auf einer in der Nähe gelegenen deutschen Farm hatte.

»Das werde ich sicher.« Er wandte sich an Brendan. »Gott befohlen, *Herr* Trask.«

Trask ergriff die dargebotene Rechte. »Vielleicht sieht man sich bald wieder. Wenn Sie weiter so Poker spielen wie auf dem Schiff, gerate ich nächstes Mal in ernste Schwierigkeiten.«

Goetting lächelte. »Das kann ich mir nicht denken.« Er winkte ihnen noch über seine massive Schulter hinweg zu, und ging dann in Richtung Stadt.

Priscillas Koffer wurden an Land gebracht und zu einem von zwei Maultieren gezogenen Wagen geschafft, der direkt am Strand stand. Trask hatte nur seine Satteltaschen.

»Hallo, Leute, ich bin Red Ding«, empfing sie der Kutscher, ein untersetzter rothaariger Mann Mitte Dreißig und bedachte sie mit einem Lächeln des Willkommens. »Mir wurde aufgetragen, jedes Schiff abzupassen, bis ein Mann mit Namen Hennessey eintrifft. Schätze, daß er mit diesem da auch nicht kommt.«

Priscilla wollte etwas sagen, aber Trask kam ihr zuvor. »Mr. Hennessey hatte einen Unfall. Leider ist er tot. Das ist Miß Wills, Stuart Egans Zukünftige, und mein Name ist Trask.«

Red tippte an die Krempe seines Schlapphutes. »Freut mich.« Nachdem er Priscilla beäugt hatte, sah er wieder Trask an. »Sie bringen sie zu ihm?«

»Jemand mußte es tun.«

Priscilla warf ihm einen finsteren Blick zu, den Trask ignorierte. Ehe er hinten aufstieg, half er ihr auf den Sitz, wobei sich seine Hände warm und fest um ihre Mitte legten. Er trug seine blaue Hose und ein sauberes weißes Leinenhemd. Seit er an Bord des Schiffes gegangen war, hatte er seine Waffe nicht mehr getragen.

»Wir werden Proviant brauchen«, sagte er an die Bordwand des Wagens gelehnt. Unter der breiten flachen Hutkrempe sahen seine Augen anders, fast sehnsüchtig aus, als ob dieses ungezähmte Land Heimatgefühle in ihm geweckt hätte. »Fahren Sie uns zu Old Man Latimer.«

»Den gibt es nicht mehr«, rief ihm Red Ding über die Schulter zu. »Ist mit Taylor und seinen Leuten abgehauen. Ich soll Sie zu Colonel Kinneys Handelsstation oben am Live Oak Point – früher hieß es Lamar – bringen. Dort kriegen Sie, was Sie brauchen und können es auf Egans Namen anschreiben lassen. Wagen und Gespann soll ich Ihnen überlassen.«

»Ich werde auch ein Sattelpferd brauchen – eines, auf das Verlaß ist.«

»Mr. Hennessey hat einen hübschen Rappen im Stall hinter der Handelsstation gelassen. Den hole ich, während Sie die Vorräte besorgen.«

»Danke.«

»Was ist hier mit den Leuten passiert?« fragte Priscilla mit einem Blick auf die zahlreichen verlassenen Häuser, von denen die meisten nicht mehr als Bruchbuden waren.

»In Corpus lebten nicht mal zweihundert Menschen«, erklärte Trask, »bis General Taylor hier vergangenen Sommer einen Stützpunkt einrichtete. An die dreitausend Mann, die gegen die Mexikaner eingesetzt wurden.«

»Die Stadt blühte über Nacht auf«, setzte Red Ding hinzu. »Und jetzt sieht sie wieder wie eine verdammte Geisterstadt aus.« Priscilla zog mißbilligend die Brauen hoch, versagte sich aber eine Rüge. Sie war hier auf fremdem Boden.

Während der Wagen über die fast leere Staubstraße holperte, widmete Priscilla ihre Aufmerksamkeit der Umgebung: geschlossene Saloons und Spielhöllen, leere Kaufläden, Hotels, sogar die zerfetzten Überreste einiger Zelte, von denen eines als Pferdestall gedient zu haben schien.

»An die zweitausend Zivilisten«, fuhr Red fort, »und alle kamen sie nur, weil sie auf den Armeesold scharf waren.«

»Sieht aus, als wären alle Hals über Kopf davon«, bemerkte Trask.

»Es gab keinen Grund, länger zu bleiben. Die Soldaten hatten sie angelockt. Und als diese abzogen, hieß die Parole nichts wie fort.«

Eine Gruppe von Männern lungerte auf der Veranda eines noch geöffneten Saloons herum. Einige tippten an ihre Hutkrempen, als der Wagen vorüberrollte. Priscilla hätte schwören mögen, daß ihr lüsterne Blicke folgten.

»Als nächstes tauchte eine Bande von Halsabschneidern hier auf«, fuhr Red fort. »Ich hoffte schon, ein paar Ranger würden kommen und wieder Ordnung schaffen.«

»Die meisten Ranger kämpften auf die eine oder andere Art gegen die Mexikaner.«

»Nach allem, was man so hört, schlagen sie sich wacker.«

Priscilla sah verkommen aussehende Männer, die auf zähen kleinen Pferden vorüberritten oder in aufreizend frecher Haltung über die hölzernen Gehsteige schlenderten.

»Gibt es Frauen in der Stadt?« fragte sie hoffnungsvoll. Sie hatten die Ecke Mesquite und People Street erreicht – nach dem desolaten Straßenschild zu schließen, das im heißen, feuchten Wind hin- und herschwang.

»Eine Handvoll. Keine Damen – Sie ausgenommen, versteht sich. An Ihrer Stelle würde ich nicht von Mr. Trasks Seite weichen.«

Priscilla schluckte schwer. »Natürlich.«

Der Wagen hatte den Handelsposten erreicht und blieb rumpelnd unter einer Eiche stehen. »Zu schade, daß Colonel Kinney nicht da ist. Er hat es gern, wenn neue Leute kommen.«

Red legte die Bremse ein, sprang herunter und ging um das

gemauerte Haus herum zu dem in einiger Entfernung liegenden Stall.

Brendan sprang ebenfalls vom Wagen und half Priscilla beim Absteigen. Er wollte auf den Handelsposten zu, als er sie sah, eine Gruppe von fünf Pferden, schweißnaß und abgekämpft, am Haus angebunden. Leise wiehernd scharrten sie mit ihren Hufen die harte schwarze Erde auf.

»Sie warten hier«, sagte er und brachte Distanz zwischen sich und Priscilla, während sein Blick die Nebengebäude nach Anzeichen drohender Gefahr absuchte. In einer Stadt, wo Frauen so selten waren wie gestärkte weiße Hemden, mußte sie ein begehrtes Beutestück darstellen. »Ich möchte sehen, was da drinnen vor sich geht.«

»Na schön.«

Brendan zog sein Holster aus der Satteltasche, schnallte sich den schweren Gürtel um die Mitte und machte den Lederriemen am Schenkel fest. Er überprüfte Munition und Ladepropf und vergewisserte sich, daß der Colt Paterson – ein 36-Kaliber-Texas-Modell – gut in der Hand lag.

»Wenn etwas faul ist, dann hole ich rasch, was wir brauchen, und treffe mich hier mit Ihnen.« Ohne ihre Antwort abzuwarten, ging er auf die schwere Bohlentür zu, zog sie auf und betrat das kühle Innere.

Rohes Männerlachen und das Klirren einer Whiskeyflasche gegen Gläser lenkte seine Aufmerksamkeit auf den rückwärtigen Teil des Raumes. In der Luft lag der Geruch nach Fleisch und Chili. Vier Männer saßen um einen grobgezimmerten Tisch beim Essen. Ihr wirres Haar und der mehrere Wochen alte Bart – nicht zuletzt aber die Gewehre und Revolver, die sie trugen – zeigten an, daß es nicht ratsam war, sich mit ihnen anzulegen.

Bei seinem Eintreten blickten sie auf, ohne im Essen innezuhalten.

»Was kann ich für Sie tun, Sir?« sagte ein winziges bebrilltes Männchen hiner der Theke nahe der Tür.

Brendan warf noch einen Blick auf die Umgebung. Colonel Kinneys Handelsstation war ein solide gebautes Steinhaus mit offenen Deckenbalken und einem großen Kamin an einem Ende. Vom Gebälk hingen Indianerdecken neben Fellen von Puma, Dachs, Skunk und anderem Wild. Ballen von Kaliko und Gingham waren in zwei Fuß dicken Säulen gestapelt, Kaffeesäcke, Tabakblätter, Zuckerhüte – alles trug dazu bei, im Raum ein Durcheinander von Farben und Gerüchen zu schaffen.

»Ich brauche Proviant«, sagte Brendan. »Zucker, Mehl, Kaffee, Bohnen, ein paar Kartoffeln, etwas luftgetrocknetes Fleisch, eine Seite Speck. Wir sind zu zweit – für etwa fünf Tage.« Das war mehr als genug an Vorräten, aber den Überschuß konnte er für sich gut brauchen. Es war das mindeste, was Stuart Egan ihm schuldete.

»Jawohl, Sir. Ich habe auch Mais, Melonen, Süßkartoffeln und schwarze Erbsen, falls Sie Platz dafür haben.«

Brendan nickte. »Und was ist mit Bettzeug? Wir brauchen Segeltuchplanen und Decken, ein paar Töpfe und Pfannen – und ein Gewehr und Munition, das beste, was Sie haben.«

»Ich packe Ihnen alles zusammen.« Nach einem wachsamen Blick zu der Gruppe im Hintergrund machte sich der kleine Mann eilig daran, die Sachen zusammenzusuchen.

Brendan behielt indessen das Quartett um den Tisch im Auge und fragte sich, wo der fünfte Mann stecken mochte.

Red brachte den großen Rappen gesattelt und aufgezäumt und band ihn am rückwärtigen Ende des Wagens fest. »Geben Sie gut auf sich acht, Miß Wills.«

»Sind wir Ihnen etwas schuldig?«

»Das hat Mr. Egan erledigt. Also, schön achtgeben.«

Nachdem er an seine Krempe getippt hatte, ging er los, hügelabwärts.

Neben dem Wagen im Schatten stehend, trat Priscilla von einem Fuß auf den anderen und fragte sich, was in der Handelsstation vor sich gehen mochte und warum Trask nicht schon längst wieder herausgekommen war, um sie zu holen.

Womöglich hatte er sie vergessen. Im kühlen Hausinneren war ihm wohl entfallen, wie heiß es im Freien war und wie sehr man nach einem Schluck Wasser lechzte. Auch der Schatten und die Krempe ihres Hutes vermochten gegen die unbarmherzigen Sonnenstrahlen nichts auszurichten. Sie befeuchtete ihre mit jedem Moment trockener werdenden Lippen und blickte sich suchend nach einem Brunnen um. Da sie keinen sah, ging sie um das Haus herum nach hinten auf einen niedrigen Holzbau zu, der überdacht, aber nicht geschlossen war. Allem Anschein nach ein Brunnenhaus, dem sie nun zustrebte.

Wie sie gehofft hatte, war es tatsächlich ein Brunnen, und als sie ihn erreichte, machte sich Priscilla daran, die Winde zu drehen, um einen moosbewachsenen Wassereimer heraufzuholen. Das Wasser, abgestanden und warm, war wenigstens feucht und flüssig und beruhigend. Priscilla atmete erleichtert auf.

»Durstig, *Señora?*«

Priscilla fuhr herum, als sie die rauhe Männerstimme hörte. Er stand knapp hinter ihr. Ein großer Mann, in engen, nach unten weiter geschnittenen schwarzen Hosen und einem weißem Hemd mit weiten Ärmeln.

»Ja... ja, ich war durstig. Danke für das Wasser.«

»Bedanken Sie sich nicht bei mir.« Der große dunkle Mexikaner lachte auf. »Es ist nicht mein Wasser, das Sie trinken.«

Ihr Lächeln fiel ein wenig nervös aus. »Ich muß gehen«, sagte sie und wollte an ihm vorüber.

»Warum kommen Sie nicht hinein und lernen *mis amigos* kenne? Die haben schon monatelang keine richtige Lady zu sehen bekommen. Es wäre ihnen ein Vergnügen, eine wie Sie kennenzulernen.«

»Leider geht das nicht.« Sie ging unbeirrt weiter. »Ich warte hier auf jemanden.«

Der Mann hielt mit ihr Schritt. Die Nachmittagssonne ließ die Silberplättchen an der Seitennaht seiner Hose aufblitzen. »Auf Ihren Mann?«

Sie schüttelte den Kopf. »Ich ... ich bin nicht verheiratet.«

»Das ist gut.« Er packte ihren Arm und drehte sie zu sich um. »Dann brauche ich ihn nicht zu töten.« Priscillas entsetzter Ausdruck entlockte ihm ein rauhes Auflachen. Blitzschnell packte er ihr Handgelenk und riß sie an sich.

»Loslassen!« schrie sie auf, doch er erstickte ihren Aufschrei mit feuchten, klebrigen Lippen. Angst und Entsetzen erfaßten Priscilla, die sich seinem Griff zu entwinden versuchte und seinem kratzenden Bart auswich.

Als er versuchte, seine Zunge in ihren Mund zu zwängen, riß sie sich los und fing zu laufen an. Sie war kaum ein paar Schritte weit gekommen, da hatte er sie auch schon eingeholt und weidete sich lachend an ihrer Angst, die sich wieder in einem lauten Schrei Luft machte. Ohne ihren heftigen Widerstand zu beachten, umfaßte er ihre beiden Handgelenke mit einer großen Hand und riß ihr mit der anderen den Hut herunter. Seine wulstigen Finger fuhren durch ihr Haar und rissen schmerzhaft die Haarnadeln heraus, so daß die schwere dunkle Haarflut lose auf ihre Schultern fiel.

»Lassen Sie mich los!« schrie sie gepeinigt auf und versuchte, ihm mit Fußtritten beizukommen. »Hilfe!« rief sie, den Tränen nahe.

»Sie wollen Hilfe, *Señorita? Bien*, wir machen uns auf die Suche nach meinen Freunden.« Wieder lachte er auf. Es war ein Geräusch, das ihr Schauer über den Rücken jagte. Er zerrte sie zur Rückseite des Handelspostens und hielt erst vor der Hintertür inne.

Priscillas Herz pochte so heftig, daß sie schon fürchtete, es würde ihr die Brust sprengen. Was ihre Angst jedoch ein wenig dämpfte, war das Wissen, daß Brendan sich im Hausinneren befand. Wenn der Mexikaner sie hineinschleppte, würde er sie sicher aus dieser Bedrängnis befreien.

»Ihre... Ihre Freunde sind drinnen?« flüsterte Priscilla.

»*Si, Señorita*. Aber erst möchte ich selbst sehen, was für ein Beutestück ich ihnen bringe.«

Priscilla spürte seine dicken Finger hinten am Halsausschnitt, hörte das Zerreißen von Stoff und schrie auf, als er ihr Kleid bis zur Mitte aufriß. Dunkle Kreise wirbelten am Rand ihres Bewußtseins. *Gott im Himmel, laß mich nicht in Ohnmacht fallen.* Indem sie sich mit aller Kraft zwang, auf den Beinen zu bleiben, nahm sie den Kampf mit ihm auf, schweratmend mit bebenden Brüsten, die über ihrem mit stählernen Stangen versehenen Korsett fast ganz entblößt waren.

Der Mexikaner lachte nur. Nachdem er ihr den Arm hinter dem Rücken verdreht hatte, riß er das Oberteil ihres Kleides weiter auf, bis es ihr in Fetzen um die Mitte hing. Ihr Haar lag wie ein dunkles, schimmerndes Gewirr auf ihrer hellen Haut.

»Und jetzt werden wir meine Freunde aufsuchen«, kündigte der Mexikaner an.

Priscilla stieß einen Klagelaut aus, als er ihren Arm in die Höhe riß. Tränen flossen ihr über die Wangen. Was, wenn Brendan etwas zugestoßen war? Wenn die Kumpane dieses Kerls ihn in ihrer Gewalt hatten? Du lieber Gott, was sollte sie tun, wenn er nicht zur Stelle war, um ihr zu Hilfe zu kommen?

Brendan, der schon bezahlt hatte, wuchtete eine Proviantkiste hoch. Er hatte eben die Tür geöffnet, als er im Hintergrund des Raumes scharrende Schritte hörte. Der hohe spitze Aufschrei einer Frauenstimme ließ ihn blitzschnell herumfahren, doch zuerst sah er sie gar nicht.

Bis ihm klar wurde, daß sie inmitten des Kreises der Männer stand. Der fünfte, ein großer dunkelhäutiger Mexikaner, hatte einen Arm um ihre Taille gelegt und hielt ihr mit einer Hand den Mund zu, um sie am Schreien zu hindern.

Brendan stockte das Blut in den Adern. Priscilla! Mit losem Haar und fast zur Gänze entblößtem Busen hatte er sie fast nicht erkannt. Nun mußte er sich beherrschen, um nicht durch den Raum zu stürmen und die dreckigen Pranken des Mannes von ihr zu reißen.

»*Silencio!*« warnte der Mexikaner sie und packte noch fester zu, bis sie nach Atem ringend an seinen Fingern zerrte. »Seien Sie still, *Señorita*, dann nehme ich meine Hand fort.«

Am ganzen Körper zitternd nickte Priscilla. Der Mann gab ihren Mund frei, hielt sie aber fest an sich gedrückt, indem er seinen Unterarm unter ihr Kinn klemmte.

Brendan stellte die Kiste auf die Theke, griff nach dem danebenliegenden Gewehr und überprüfte lautlos das Verschlußstück. Als Priscilla ihn endlich bemerkte, warf er ihr einen warnenden Blick zu, worauf sie wegschaute.

Der Mexikaner grinste seine Gefährten an. »Ich habe euch ein Geschenk mitgebracht, *amigos. Muy hermosa, no?*«

Verdammt richtig, sie ist schön, du Bastard. Brendan zwang sich zur Ruhe, zwang sich, ihr von Entsetzen gezeichnetes Gesicht mit dem Anschein von Gelassenheit anzusehen. Er begutachtete das Gewehr in seiner Hand.

»Ein Revolvergewehr mit acht Schuß, Typ Colt«, flüsterte der kleine Verkäufer, dessen grüne Augen hinter den dicken Brillengläsern riesenhaft aussahen. »Geladen und schußbereit.« Kaum hatte er es ausgesprochen, als er sich unauffällig hinter der Theke duckte.

Brendan drehte sich wieder zu Priscilla um. Ihre Augen sahen größer aus als die des Verkäufers, als sie sich bemühte, in der Gewalt der übel aussehenden Burschen Ruhe zu bewahren.

»Ruiz, das hast du gut gemacht«, sagte der Mann, den die anderen Shorty nannten.

Mit rauhem Auflachen drehte der Mexikaner Priscilla um, ließ dicke Finger über ihren Nacken gleiten und drängte ihr seinen Mund auf, indem er ihre weichen rosigen Lippen an seine Zähne preßte.

Priscilla stieß einen Klagelaut aus.

Mit vor Wut zusammengebissenen Zähnen drückte Brendan den Hahn seines Gewehrs, stützte es gegen die Hüfte und richtete sie auf die Männer im Hintergrund des Raumes.

»Laß die Lady los«, kam es leise und drohend über seine Lippen. Fünf Männer drehten sich zu ihm um – und das Lächeln gefror auf ihren Gesichtern.

»Sie tun gut daran, sich herauszuhalten, *Señor*.« Auf eine Handbewegung des Mexikaners hin zerstreuten sich die Männer und erschwerten damit das Zielen.

»Wer sich als nächster rührt, ist ein toter Mann«, warnte Brendan sie. Aus dem Augenwinkel nahm er Bewegung wahr, als Shortys Hand zur Pistole griff. Brendan schwang die Flinte herum, feuerte, und auf der Brust des untersetzten Mannes zeigte sich ein blutroter Fleck. Er verdrehte die Augen nach oben und glitt ächzend zu Boden.

Die Flinte richtete sich auf den Mexikaner. »Ich sagte, du sollst sie loslassen – wenn du nicht der nächste sein willst.«

Der Mexikaner ließ sie los, und Priscilla taumelte von ihm weg. Einen Moment schwankte sie auf den Füßen und blickte leer und glasig vor sich hin. Dann aber riß sie sich zusammen.

Brendan vernahm ein leises Wimmern, als sie durch den Raum an seine Seite gelaufen kam, ihr zerfetztes Kleid an sich drückend, mit bleichen, tränennassen Wangen.

Am liebsten hätte er sie festgehalten und getröstet. »Schaffen Sie den Proviant hinaus zum Wagen«, sagte er statt dessen aus der Befürchtung heraus, ein einziges Wort des Mitleids würde sie um den Rest ihrer Fassung bringen.

Priscilla sah ihn wie betäubt an. »Los«, befahl er. »Der Verkäufer soll Ihnen helfen.«

Der kleine Mann richtete sich hinter der Theke auf. »Wie Sie wünschen, Mister. Ich will keinen Ärger.« Er schnappte sich eine Kiste mit Vorräten und lief zur Tür hinaus. Priscilla rührte sich noch immer nicht von der Stelle.

»Sie auch«, sagte Brendan barsch zu ihr. »Wären Sie dort geblieben, wo ich Sie hinstellte, wäre das alles nicht passiert.«

Priscilla starrte ihn fassungslos an. Ihre Unterlippe bebte. »Aber ich... ich wollte ja nur...«

»Los, gehen Sie!«

Priscilla zögerte kurz, dann richtete sie sich kerzengerade auf und hob eine der Kisten hoch.

Brendan fixierte nun die Männer mit seinem Blick. »Ihr greift jetzt ganz langsam nach euren Schießeisen und laßt sie auf den Boden fallen. Ganz ruhig. Wir möchten doch nicht noch einen... Unfall.«

Fluchend kam das Quartett der Aufforderung nach. Brendan hielt die Waffe unausgesetzt auf sie gerichtet, bis der Rest des Proviants verladen war. Dann fing er an, sich rücklings auf die Tür zuzubewegen.

In einer einzigen blitzschnellen Bewegung schnellte Ruiz auf seine Waffe zu, packte sie und feuerte. Das Mündungsfeuer blitzte auf. Brendan schoß ebenfalls, rollte sich hinter ein paar Kisten und feuerte abermals. Er hörte das Zischen einer Klinge, sah, daß sie in einer Kiste neben seinem Kopf auftraf und drückte wieder ab. Ruiz schrie auf und riß im Fallen ein Mehlfaß mit sich, dessen Inhalt verschüttet wurde, als er auf den Boden polterte und mit toten Augen zur Decke starrte.

Brendan atmete so keuchend wie die drei anderen.

Keiner rührte sich. Alle verharrten geduckt an Ort und Stelle, nicht gewillt, nach einer Waffe zu greifen. Ihr Kampfgeist hatte sie in dem Moment verlassen, als ihr Anführer tödlich getroffen worden war.

»Hört gut zu, was ich zu sagen habe. Die junge Dame, die ihr belästigt habt, ist Stuart Egans Zukünftige.«

»Egan«, gab einer im Flüsterton und fast mit Hochachtung von sich. »Mit dem möchte ich mich nicht anlegen.«

»Sehr vernünftig. Und ihr anderen haltet euch am besten an die Worte eures Freundes. Wenn ihr uns verfolgt und ich euch nicht töte, dann wird Egan es tun.«

Die Männer sagten nichts mehr. Langsam richteten sie sich auf und starrten nervös zu Boden.

»Nehmen Sie ihre Waffen und werfen Sie sie draußen ins Gebüsch«, wies Brendan den Verkäufer an, der sich beeilte, der Anweisung nachzukommen.

Kaum war er fertig, zog Brendan die Tür auf, trat hinaus und schloß sie hinter sich. Priscilla, die unter der Eiche auf dem Kutschbock saß, hielt noch immer das Vorderteil ihres Kleides krampfhaft umschlossen. Hennesseys großer schwarzer Rappwallach war hinten ans Heck des Wagens gebunden.

Er wußte, daß er hinten bleiben und für Deckung sorgen sollte, war sich aber nicht sicher, wieviel er Priscilla noch zumuten konnte. Deshalb kletterte Brendan neben ihr auf den Wagensitz.

Er löste die Bremse, ließ die Zügel auf die Hinterteile der Maultiere klatschen, und trieb sie zu einem raschen Trab an, die Straße entlang, die in nördlicher Richtung aus der Stadt führte.

»Werfen Sie ab und zu einen Blick nach hinten«, wies er Priscilla in beabsichtigt strengem Ton an. Wortlos starrte sie über die Schulter nach hinten, ständig die Reste ihres Kleides umklammernd.

»Gottverdammt«, fluchte er und fuhr weiter.

Wie sehr sie litt, merkte er daran, daß sie gegen seine Flucherei nicht protestierte. Dennoch fuhr er weiter. Gleich hinter der Stadt reduzierte sich die Straße auf eine holprige Wagenspur. Nach einer Stunde bog er zu einer Baumgruppe in den Schatten ab. Von hier aus hatte man gute Sicht auf die zurückgelegte Strecke.

Da er hinter sich niemanden entdecken konnte, spürte er zum ersten Mal seit Verlassen des Handelspostens, wie seine Anspannung von ihm abfiel. Er stieg vom Wagen, ging um das Fahrzeug herum und hob Priscilla vorsichtig herunter.

Ihr Haar fiel ihm über den Arm, dunkel, aber vor goldenen Glanzlichtern sprühend, seidenweich, als es ihn streifte. Tränen waren auf ihren Wangen getrocknet. Ihre Augen blickten verloren und leer.

»Alles in Ordnung?« fragte er leise.

Ihre steifen Finger glitten über den zerfetzten Stoff ihres Kleides. »Ich... ich bin nicht anständig gekleidet.«

Er blickte auf ihre weichen weißen Brüste nieder, die sich, oberhalb des Korsetts fast entblößt, leicht hoben und senkten. Dunkle Haarsträhnen betonten ihre weiße Haut.

»Nein«, sagte er, ihre Wange berührend. »Du siehst wirklich nicht anständig aus.«

Priscilla starrte zu ihm hoch. Neue Tränen sammelten sich in ihren Augen. »Ich... ich bin nicht weit gegangen«, sagte sie. »Ich war nur durstig.«

Brendan versenkte die Finger in ihrem Haar, umfaßte ihren

Hinterkopf und zog sie an seine Brust. »Es ist nicht deine Schuld.« Seine Stimme hörte sich sonderbar an, heiser vor Sorge, und daneben war etwas herauszuhören, das er nicht zu benennen wußte. »Ich mußte hart zu dir sein, weil ich wollte, daß du stark bist.«

Tränen flossen ihr über die Wangen und benetzten seine Finger. Sie drückte ihr Gesicht an seine Schulter und fing heftiger zu weinen an. Ihr tiefes, erschütterndes Schluchzen traf ihn in einem dunklen, geheimen Winkel seines Wesens, den er vor langer Zeit versperrt hatte. Ihre Finger umklammerten sein Hemd, ihre Tränen benetzten den Stoff.

»Höchstwahrscheinlich werden sie uns nicht verfolgen«, beruhigte er sie. »Nicht ohne ihren Anführer. Sobald du die Ranch erreichst, bist du in Sicherheit. Egan kann eine ganze Armee von Leuten zu deinem Schutz abstellen. Dort kann dir nichts mehr passieren.«

Sie klammerte sich nur noch fester an Brendan.

»Mit Hennessey wärest du besser dran gewesen. Ihn kennt man hier in der Gegend. In seiner Begleitung hätte niemand gewagt, dich auch nur anzurühren.«

Er strich ihr tränennasse Haarsträhnen aus dem Gesicht, wobei er die Weichheit ihrer Haut und die anmutige Wölbung ihres Nackens registrierte. Sein Körper regte sich, wurde hart, und er haßte sich für sein Verlangen. »Gut hast du dich gehalten. Du hast nicht erkennen lassen, daß du mich kennst. Ich war richtig stolz auf dich.«

Priscilla wich zurück und sah ihn an. »Du warst stolz auf mich?«

»Ja.«

Wieder lehnte sie sich an ihn. Ihr Schluchzen war verstummt.

»Gott, wie schön du bist«, sagte er mit belegter Stimme. »Warum gibst du dir soviel Mühe, es zu verbergen?« Als

Priscilla wieder aufblickte, reichte er ihr sein Taschentuch. Sie putzte sich die Nase und trocknete sich die Augen.

»Du glaubst, daß ich schön bin? Wirklich?«

Er lächelte. »Wirklich.«

»Nicht nur irgendwie hübsch?«

»Mehr als nur hübsch.«

»Das hat noch niemand zu mir gesagt.« Priscilla blickte über das sanft abfallende, dicht mit Besengras bewachsene Land zurück, in die Richtung, wo der Handelsposten lag, der nun in der Ferne nicht mehr zu sehen war. »Du hast noch einen getötet.«

Vielleicht sogar zwei. »Mir blieb nichts anderes übrig.«

Ein Falke zog über ihnen seine Kreise, mit den Strömungen der heißen Sommerluft fallend und steigend. »Nein, dir blieb nichts anderes übrig.«

»Priscilla, ich sagte schon, dies ist ein rauhes Land. Ein Mann tut, was er tun muß. Wenn nicht, dann überlebt er nicht.«

»Und was ist mit den Frauen?« Sie sah ihn an. »Wie überlebt eine Frau?«

»Einige schaffen es nicht«, sagte er rundheraus.

»Und diejenigen, die es schaffen?«

»Die lernen, sich anzupassen. Sie ändern, was sich ändern läßt, nehmen hin, was sich nicht ändern läßt und suchen sich einen guten Mann als Beschützer.«

»Einen Mann wie Stuart Egan?«

Brendan wich ihrem Blick aus. »Egan ist ein wahrer Überlebenskünstler, das steht mal fest.«

»Dann liegt alles andere bei mir.« Sie sagte es eher zu sich als zu ihm, während sie in die Ferne starrte. Als sie von dort wieder zurückkehrte, wohin sie sich in Gedanken begeben hatte, war sie wieder ganz die ehrbare junge Frau, der er zum ersten Mal auf der Straße begegnet war.

Mit entschlossen vorgeschobenem Kinn steuerte sie auf die Ladefläche des Wagens zu. »Ich brauche etwas zum Anziehen.«

Da er einsah, daß es nötig war, kletterte Brendan hinauf und öffnete ihre Koffer. Trotz seines Bemühens, es nicht zu tun, konnte er sich einen letzten Blick auf ihre verführerischen Kurven nicht versagen. Sie mochte ja sittsam und keusch sein, aber unter ihren züchtigen Kleidern war sie eine Frau. Er wünschte, er hätte der Mann sein können, der herausfand, wie sehr Frau sie war.

4. Kapitel

»Ist Geld der Grund?« Brendans Blick hing an dem Maultiergespann, während sie die staubige Wagenspur entlangholperten. »Ich meine, um Egan zu heiraten?«

Priscilla warf dem großen Mann an ihrer Seite einen Blick zu, von seiner imponierenden Anwesenheit beruhigt wie seit dem allerersten Tag. In ihrem dunkelgrünen Kalikokleid mit dem dazupassenden breitkrempigen Hut war sie wieder korrekt gekleidet und fühlte sich viel besser, nicht zuletzt, weil der Handelsposten nun schon weit hinter ihnen lag.

»Ich glaube, in gewisser Hinsicht schon, aber nicht so, wie Sie meinen. Ich heirate Stuart, weil ich jetzt nach dem Tod meiner Tante ganz allein auf der Welt stehe. Er hat versprochen, sich um mich zu kümmern, und ich glaube, das wird er tun. Stuarts Geld wird mir ein Zuhause verschaffen – das ist mir sehr wichtig, weil ich eigentlich nie eines hatte, und es wird mir vor allem große Sicherheit bieten. Aber seine Gesellschaft und die der gemeinsamen Kinder sind für mich das Wichtigste.«

»Aber du kennst ihn ja gar nicht. Woher willst du wissen, daß ihr miteinander auskommen werdet?«

Der Wagen fuhr über eine Unebenheit, und Priscilla wurde gegen Brendan geschleudert. Mit einem reuigen Lächeln rückte sie wieder ab. »Aus den Briefen, die er mir schrieb, natürlich. Stuart ist ein sehr empfindsamer Mensch. Er wünscht sich ebenso sehnsüchtig eine Familie wie ich. Er wird für mich sorgen und auch dafür, daß es unseren Kindern an nichts fehlt – ich kann mich sehr glücklich schätzen, Mr. Trask.«

Er ließ ein Knurren hören. »Abwarten, Miß Wills.«

Zu Priscillas Erleichterung waren sie wieder zur förmlichen Anrede zurückgekehrt.

»Sie haben die Triple R noch nicht erreicht«, sagte er. »Zwischen hier und dort erstreckt sich viel Texas. Und Sie haben schon feststellen müssen, wie feindselig dieses Land sein kann.«

Priscilla errötete. Sie wollte nicht an die gräßlichen Männer denken, an die Art, wie sie sie berührt, sie belästigt hatten. Sie wollte nicht an das den Verstand lähmende Entsetzen erinnert werden, das sie erfaßt hatte, als Brendan schoß, an die Aufwallung von Angst, die sie zu überwältigen drohte.

Sie wollte so tun, als ob Texas das Land des Überflusses und der Schönheit sei, das sie sich erträumt hatte. Sie wollte an das Glück glauben, das sie mit Stuart teilen würde.

Statt dessen schaute sie Brendan an – seit wann dachte sie von ihm als Brendan anstatt als Trask? Es war gefährlich, an ihn auf diese intime Weise zu denken, doch es sah aus, als könne sie nicht anders.

Sie beobachtete, wie er die Zügel hielt, wie er die Gegend um sie herum aufmerksam beobachtete, wie seinen hellblauen Augen nichts entging. Unter der breiten, flachen Krempe seines braunen Filzhutes betonten Schatten die Formen seines Kinns, seine gerade Nase und die wohlgeformten Lippen. Der heiße texanische Wind wehte ihm Haarsträhnen gegen die hervortretenden Nackenmuskeln und die sonnengebräunte Haut.

Während sie ihn so neben sich sitzen sah, groß und aufrecht, strömte es heiß durch Priscillas Adern. Sie dachte daran, wie sich seine Hände um ihre Taille angefühlt hatten, die behutsamen Arme, die sie festhielten, als sie weinte.

Er wartete auf eine Antwort. Es sei ein feindseliges Land, hatte er gesagt.

»Ich werde mich daran gewöhnen. Eine andere Wahl habe ich gar nicht.«

»Doch, Sie haben eine, Miß Wills. Wir sind in Amerika. Hier kann sich jeder frei entscheiden.«

Priscilla wollte sich in eine Debatte stürzen und ihm entgegnen, daß sie auf ein anderes Leben als jenes, das Stuart Egan ihr bieten konnte, nicht vorbereitet war. Daß sie eigentlich nichts anderes wollte. Seit ihren Kindertagen hatte sie davon geträumt, Frau und Mutter zu sein. Sie wünschte sich Kinder mit geradezu schmerzhafter Inbrunst.

»Mr. Trask, ich bin sicher, alles wird sich finden. Stuart will dasselbe wie ich.«

Er sah sie hart an, mit einem Blick, der verriet, daß er etwas sagten wollte, aber nicht konnte. »Es wird schon spät. Wir sollten uns einen Platz fürs Nachtlager suchen. Morgen liegt ein langer Tag vor uns.«

Priscilla nickte nur, und der Wagen holperte weiter.

Sie lagerten in einem kleinen Waldstück unweit der Straße und in der Nähe eines Baches. Brendan sah, daß Priscilla sofort ans Wasser eilte, um sich vom Reisestaub zu befreien.

»Laufen Sie nicht zu weit weg«, warnte er sie. »Und achten Sie auf jeden Schritt. Hier gibt es –« *Klapperschlangen und Skorpione, todbringende Hundertfüßer von Spannenlänge und Spinnen, groß wie meine Hand* – »Dinge, vor denen man sich hüten muß.« Nach allem, was sie durchgemacht hatte, war es nicht der richtige Zeitpunkt für diese Belehrung.

»Ich werde vorsichtig sein.«

»Ich koche uns inzwischen etwas. Sie sollen sich jetzt gründlich erholen.«

Und das tat sie denn auch. Am Spieß gebratener Hase, den er erlegt und abgehäutet hatte, nachdem Pferd und Maultiere versorgt waren, und als Beilage Süßkartoffeln und Melone. Mit heißem Kaffee wurde das Essen hinuntergespült. Für Priscilla ein wahres Festmahl.

Nach dem Essen rollte Brendan seine Schlafmatte aus und legte seinen Sattel als Kopfkissen hin, dann trug er ihre Matte zum Wagen. »Sie können hinten auf der Ladefläche schlafen.«

Das kam ihr schrecklich weit entfernt vor, und nachdem die Männer am Handelsposten… Priscilla schauderte zusammen, obwohl die Sonne noch immer heiß brannte. »Ich glaube nicht…«

Brendan hielt inne und drehte sich zu ihr um. »Sie glauben was nicht?«

»Ich weiß, daß es sich nicht gehört… aber ich fragte mich, ob Sie etwas dagegen hätten – nur für heute, meine ich –, wenn ich näher bei Ihnen schlafen würde.«

Brendan umklammerte ihre Schlafmatte fester. »O Gott, Miß Wills.«

»Mr. Trask, keine Gotteslästerung.«

Grollend hielt er auf sein Lager neben dem herunterbrennenden Feuer zu. »Sie müssen mich für einen Heiligen halten«, murmelte er.

»Das wohl kaum, Mr. Trask.«

Er breitete ihre Matte etwa ein Fuß von der seinen entfernt

aus, streckte sich auf seinem Lager aus, den Kopf auf seinem Sattel und schob den Hut über die Augen.

»Hätten Sie etwas dagegen, mein Kleid aufzuknöpfen?« Er hatte es immerhin zugeknöpft. Man würde meinen, er wüßte noch, wie schwer es ihr fiel, nach den Knöpfen zu fassen.

Brendan setzte sich auf und schob seinen Hut wieder zurück. Etwas Unfreundliches über Frauenzimmer vor sich hin murmelnd raffte er sich auf und hakte die Rückseite ihres Kleides mit einer Leichtigkeit auf, über die sie sich nicht weiter den Kopf zerbrechen wollte. Dann wandte er sich ab.

»Das Korsett vielleicht auch noch ...« Sie war imstande, es ohne ihn aufzuschnüren. Sie hatte es allein geschafft, seitdem sie von zu Hause fortgegangen war – sie war nur so unglaublich müde.

Brendan stieß eine Verwünschung aus, die sie gottlob nicht ganz verstand. Mit leicht unsicherer Hand löste er die Verschnürung und zog an den Schnüren, bis Priscilla einen Seufzer der Erleichterung ausstieß.

»Kann ich jetzt endlich einschlafen?« fragte er dumpf.

»Natürlich.« Während Brendan sich auf seiner Matte ausstreckte, kramte Priscilla in ihren Koffern.

Außer Sicht, auf der anderen Seite des Wagens, zog sie sich aus und schlüpfte in ihr langes weißes Nachthemd aus Baumwolle. Nachdem sie den provisorischen Haarknoten auf dem Hinterkopf gelöst hatte, flocht sie ihr Haar zu einem einzigen, langen, dicken Zopf und zog trotz der viel zu warmen Nacht die Decke über sich.

Da sie wußte, daß er neben ihr lag und sie die Hand ausstrecken und ihn berühren konnte, wenn sie wollte, kamen ihr die nächtlichen Geräusche nicht mehr so furchteinflößend vor. Dennoch spitzte sie die Ohren und fragte sich, was jeder einzelne Laut sein mochte, bis ein Geheul sie auffahren ließ, das aus beunruhigender Nähe kam.

Brendan rührte sich nicht. »Ein Kojote«, sagte er unter seiner Hutkrempe hervor. »Der hat vor Ihnen mehr Angst als umgekehrt.«

»Sind Sie sicher?«

Brendan tat den Hut beiseite und warf ihr einen Blick zu. Sie konnte sehen, daß die harten Flächen seines Gesichtes im rötlichen Schein der Feuerglut scharf hervortraten.

»Priscilla, ich habe schon gesagt, wie hart dieses Land ist. Nicht gesagt habe ich, wie reich es ist, welche Überfülle hier herrscht. Wenn man lernt, sich nach dem Land zu richten, dann bietet es einem Sicherheit. Es liefert einem Nahrung und Wasser und Unterstand, wenn es kalt wird.« Er blickte zum sternenübersäten Himmel empor. »Es gibt kein schöneres Dach als jenes, das sich jetzt über Ihnen wölbt, keine Landschaft, die bezwingender wäre. Die Geräusche der Nacht sind Musik in den Ohren jener, die sie kennen. Sie können einem das Einschlafen erleichtern.«

»Sie lieben das Land«, sagte Priscilla, nicht wenig verwundert. »Ich habe es in Ihrem Blick gelesen, als wir ankamen.«

Er verschränkte die Arme hinter dem Kopf. »Zuerst kämpfte ich dagegen an wie Sie. Ob Sie es glauben oder nicht, ich bin in England geboren. Mein Vater war Minister König Georgs IV.«

»Sie scherzen.«

Brendan lachte leise. »Unglaublich, nicht? Er starb, als ich acht war, aber ich kann mich noch gut an ihn erinnern. Meine Mutter hat ihn nicht lange überlebt. Ich wurde von meinem Bruder Morgan großgezogen.« Er seufzte. »Nach dem Tod der Eltern war es für uns sehr hart, aber sie haben uns herrliche Erinnerungen hinterlassen. Ich werde sie nie vergessen.«

»Ich wünschte, ich könnte mich an meine Eltern erinnern. Sie starben, als ich sechs war. Ich kann mich an sie überhaupt nicht erinnern.«

»Aber sicher muß Ihnen etwas im Gedächtnis geblieben sein. Ich habe sehr lebhafte Erinnerungen an meine Kindheit – Landpartien, eine Kanalüberquerung nach Frankreich mit meinem Vater. Damals kann ich nicht älter als vier gewesen sein.«

Priscilla spürte ein Kribbeln im Rücken wie immer, wenn sie an ihre Eltern dachte. Ihr Herz schlug unangenehm schnell, und ihre Handflächen wurden feucht. »Dann muß Ihr Gedächtnis viel besser sein als meines«, stieß sie brüsker hervor als beabsichtigt. »Ich kann mich an gar nichts erinnern.«

Er sah sie merkwürdig an. »Tut mir leid, daß ich davon angefangen habe.« Er schob den Hut wieder über sein Gesicht, und in Minutenschnelle wurde sein Atem gleichmäßig, und der Schlaf übermannte ihn. Priscilla brauchte viel länger, da ihr Verstand die Leere abtastete, die von Erinnerungen an ihre Familie hätte ausgefüllt sein sollen. War es denn so unnatürlich, sich nicht erinnern zu können? Brendan war nicht der erste, der dies behauptete.

Immer wenn sie ihrer Tante Fragen nach ihren Eltern gestellt hatte, war Tante Maddie eifrig bemüht, das Thema zu wechseln. Priscilla wußte nur, daß sie bei einem Schiffsunglück ums Leben gekommen waren. Sie besaß ein Medaillon mit winzigen, auf Porzellan gemalten Miniaturen von ihnen, aber auch diese Bilder vermochten nicht, ihr die Gesichter ihrer Eltern ins Gedächtnis zu rufen.

Aber was machte das schon aus? Sie waren tot, seit Jahren schon.

Priscilla, die immer wieder das Problem verdrängte, versuchte, es sich bequem zu machen, und lauschte dem Zirpen der Zikaden und Grillen. Und als der Kojote wieder zu seinem Klagegeheul ansetzte, lächelte sie nur. Und schließlich schlief sie ein.

Brendan regte sich auf seiner Matte, undeutlich eines Schmerzes in seinen Lenden bewußt, sowie der Schweißschicht, die seine Stirn bedeckte. Mit sanftem Nachdruck knetete er die weiche warme Brust und reizte die Brustspitze, bis sie zur kieselharten Knospe wurde.

Er träumte, wie er sicher zu wissen glaubte, als er die Stärke seiner Erektion bemerkte. Er träumte von einer Frau mit schlanken Kurven und sanft gerundeten Hüften. Ihre Brüste waren nicht groß, aber die eine, die er festhielt, füllte seine Hand und wies köstlich nach oben. Er sehnte sich danach, die Finger unter ihr Nachthemd gleiten zu lassen, wollte ihre weiche Haut streicheln und sie dazu bringen, daß sie sich vor Leidenschaft in seinen Armen drehte und wand. Er wollte ihre weichen rosigen Lippen küssen, bis die Begierde sie wie eine reife Frucht öffnete.

Priscillas Aufschrei zerstörte seine Illusion. Brendan fuhr auf und riß mit derselben raschen Bewegung seinen Revolver aus dem Holster. »Was ist? Was ist los?«

Sic raffte sich von ihrer Matte, die in so gefährlicher Nähe lag, auf und entfernte sich ein Stück. Dann blieb sie stehen und starrte ihn an, als wäre er ein Fremder. Ihre goldgesprenkelten braunen Augen wirkten übergroß in ihrem ovalen Gesicht.

»Sie ... Sie haben geschlafen?« fragte sie, und er glaubte, einen Vorwurf herauszuhören.

»Natürlich habe ich geschlafen. Was glauben Sie denn, daß ich getan habe?«

»Ich dachte, Sie wären wach.«

»Was macht das schon aus?« Er schob die Waffe zurück und fuhr sich mit der Hand durchs Haar.

Die Sonne war noch nicht aufgegangen, doch der Mond schien hell und zeichnete Priscillas Formen im dünnen weißen Nachthemd nach. Er konnte ihre schlanken Kurven sehen, ihre Brüste, die sich hoben und senkten. Sein Schaft drückte hart und pulsierend an die Knöpfe seiner Hose. Seine Hand prickelte in Erinnerung an die keck nach oben gerichtete Brust, die er festgehalten hatte.

»Allmächtiger, also Sie waren das!«

Priscillas schluckte krampfhaft. »Bitte, keine gotteslästerlichen Ausdrücke.«

Als sie noch einen Schritt zurückwich, verspürte Brendan eine Aufwallung von Reue. Wieder lag ihm eine Verwünschung auf der Zunge, doch er verkniff sie sich.

»Sehen Sie, Priscilla, ich habe versucht, Sie zu warnen. Ich bin ein Mann wie jeder andere. Ich wollte nicht, daß es passiert, aber vielleicht ist es gut, daß es so kam. Bis zur Rancho Reina haben wir noch drei Tage Fahrt vor uns. Wenn ich mich nicht so verdammt verantwortlich für Sie fühlen würde, dann würde ich wahrscheinlich versuchen, Sie zu verführen. Denken Sie daran und halten Sie Distanz. Und jetzt legen Sie sich wieder schlafen.«

Priscilla starrte ihn nur an.

»Ich habe geschlafen, um Himmels willen. Ich dachte, ich hätte geträumt.«

Das dachte ich auch. Irgendwann während der Nacht mußte sie näher gerückt sein, und er hatte sie in die Arme genommen.

Priscilla bückte sich, um die Schlafmatte ein Stück zu verschieben. Als sie sich wieder hinlegte, konnte sie aber keinen Schlaf finden, da ihre Gedanken um die merkwürdigen Gefühle kreisten, die Brendan in ihrem Körper weckte. Ihre Brüste waren noch immer schwer und empfindlich, und zwischen ihren Beinen spürte sie ein Pulsieren und Brennen.

War dies Begierde? Sie hätte nicht für möglich gehalten, daß sie so etwas zu empfinden vermochte. Ihre Tante hatte es sicher nicht getan. Tante Maddie war eine alte Jungfer, unberührt bis zum Tod. Die Vorstellung, das Organ eines Menschen könne in sie eindringen, war ihr abstoßend erschienen. Priscilla hatte sich oft gefragt, ob das nicht einer der Gründe für die Ehelosigkeit ihrer Tante gewesen war.

Priscilla hingegen hatte sich schon längst mit diesem speziellen Schicksal abgefunden. Sie wollte Kinder, und sie wußte, wie man sie bekam – nicht in allen Einzelheiten natürlich – denn das war etwas, das eine Frau erst nach der Eheschließung erfahren durfte. Sie wußte nur, daß die Unterwerfung unter die Wollust eines Mannes dazugehörte, um ein Kind zu machen. Aber empfand auch eine Frau Lust? Sie hatte ganz sicher etwas gefühlt.

Unter ihren Wimpern hervor beobachtete Priscilla, wie sich Brendans muskulöse Brust hob und senkte. Solange sie sich im Halbschlaf befunden hatte, waren die hitzigen Gefühle sicher nur ein Produkt ihrer Phantasie gewesen. Und Priscilla mußte gestehen, daß sie sie genossen hatte. Leise stöhnend hatte sie ihren Busen in die Wärme geschmiegt, die sich dann als Brendans Hand entpuppen sollte.

Grundgütiger Himmel, was für ein Schock!

Priscilla rutschte unruhig hin und her, im Kampf gegen die heißen Gefühle begriffen, die ihr Blut in Wallung brachten, wenn sie daran dachte, wie er sie berührt hatte, wie er ihre Brust umfangen und damit bewirkt hatte, daß sie nach... ja, wonach lechzte? fragte sie sich.

Wieder warf sie einen Blick auf den großen breitschultrigen Mann, der sie so intim berührt hatte. Ob Stuart Egan auch solche Gefühle in ihr zu wecken vermochte? Teils hoffte sie es, teils betete sie darum, daß es nicht der Fall sein möge. So unschuldig sie war, so spürte sie doch instinktiv, daß das, was Brendan mit ihr gemacht hatte, ihm eine gewisse Macht verlieh.

Wie schwer es sie ankam, nicht an ihn zu denken. Lieber

Gott, sie wollte ihm nicht noch mehr Macht über sich gewähren, als er schon besaß.

Priscilla wurde vom köstlichen Duft frischen, heißen Kaffees geweckt. Brendan beugte sich mit einer abgeschlagenen blauen Blechtasse über sie.

»Zeit zum Aufstehen«, sagte er und reichte ihr den Kaffee. »Vor uns liegt eine lange Strecke.«

Dankbar nahm Priscilla das Gefäß in Empfang. »Sie hätten mich eher wecken sollen. Ich hätte das Frühstück gemacht.«

»Ich dachte... nach allem was passierte – im Handelsposten, meine ich –, könnten Sie ein wenig zusätzlichen Schlaf gebrauchen.«

Priscilla errötete. Viel mehr Sorgen machte ihr das andere, was passiert war.

»Wegen letzter Nacht...«, setzte er an, als könne er Gedanken lesen.

»Es war nicht Ihre Schuld. Vergessen wir die Sache.«

Leichter gesagt, als getan, dachte Brendan. Er dachte an die schmerzlichen Stunden vor Tagesanbruch, als er sich bemüht hatte, nicht an ihre schlanken Kurven zu denken, an ihr pralles kleines Hinterteil, daran, wie ihre kleinen straffen Brüste sich anfühlten. Als sie dasaß und ihren Kaffee trank, glitt sein Blick die Linie ihres dicken dunklen Zopfes entlang, sah, wo er sich an ihre Brust schmiegte. Er mußte sich abwenden.

»Ziehen Sie sich lieber an«, sagte er schroffer als beabsichtigt. Ein Blick auf sie in ihrem Nachthemd, und seine Hose wurde ihm knapp. Drei weitere Tage mit dieser Folter, und sogar Patsy Jackson würde sich schwertun, ihm die nötige Erleichterung zu verschaffen.

»Am Feuer ist etwas Speck«, sagte er. »Für Pfannkuchen war keine Zeit. Außerdem fallen meine nicht gut aus.«

»Aber meine«, sagte Priscilla stolz. »Ich bin eine hervorragende Köchin.«

Brendans Miene erhellte sich. »O Gott, ich würde den Lohn eines halben Jahres für richtige Hausmannskost geben. Meinen Sie, Sie könnten einen Auflauf machen, wenn ich wilde Beeren finde?«

»Aufläufe sind meine Spezialität.«

Während Brendan die Tiere versorgte, zog Priscilla ihr grünes Kleid vom Vortag an und verspeiste mit Genuß den Speck, den er gebraten hatte, und aß dazu eine Melonenspalte. Dann reinigte sie das Geschirr im Bach und säuberte den Pfannenboden mit Sand.

Nachdem sie ihr Lager aufgelöst hatten, half Brendan ihr auf den Kutschbock. »Sie führen jetzt das Gespann«, sagte er, ohne selbst aufzusteigen. »Ich möchte den Späher spielen und Ausschau halten, was sich vor uns tut.«

»Ich? Aber ich…«

»Bleiben Sie auf der Spur – mehr ist nicht nötig. Ich bleibe immer in der Nähe.« Er griff nach den Zügeln des Rappen und schwang sich mühelos in den Sattel. Das Tier schnaubte und bäumte sich auf, aber Brendan redete mit ruhiger Autorität auf das Pferd ein, das sich auch sofort beruhigte. »Fertig?«

Priscilla schluckte. »Was mache ich als erstes?«

Sattelleder ächzte, als Brendan sein Gewicht verschob und sie anklagend aus blauen Augen ansah. »Verdammt, ich hätte es mir denken können.« Mit einer Miene, die ihr verriet, daß er sie für zimperlich und störrisch hielt, schwang er sich wieder vom Pferd.

»Ich sagte ja nicht, daß ich es nicht kann. Sie müssen mir nur sagen, wie es geht.«

Da grinste Brendan, und seine harten Züge wurden weich, die blauen Augen zwinkerten. »Also Priscilla, mein Mädchen, du wirst es vielleicht eine Spur schwieriger finden, als es aussieht.« Er band sein Pferd hinten am Wagen an und stieg neben ihr auf den Sitz. Nachdem er die Zügel von der Bremse gewickelt hatte, löste er den Hebel und ließ die Zügel leicht auf die Hinterteile der Maultiere klatschen.

»Nun?« drängte Priscilla, als er keine Anstalten machte, ihr die Zügel zu überlassen.

»Es könnte etwas passieren. Ich möchte kein Risiko eingehen.«

»Wie Sie letzte Nacht sagten, liegen noch drei Tage vor uns. Wenn Sie mir das Kutschieren beibringen, wird uns die Zeit rascher vergehen.«

Er schüttelte den Kopf. »Nein.«

»Wenn ich auf einer Ranch lebe, muß ich es früher oder später ohnehin lernen.«

Momentan gab er keine Antwort, dann zügelte er das Gespann aufseufzend. »Na schön. Ich schätze, es kann nicht viel passieren, solange ich neben Ihnen sitze.« *Im Gegenteil*, dachte er, während sein Blick über ihren Körper glitt.

Er hatte sich zu seinem Erkundungsritt entschlossen, um sein Blut abzukühlen und nicht, weil es nötig war. Die Männer vom Handelsposten hatten sich nicht blicken lassen. Vermutlich würden sie keiner Menschenseele mehr begegnen, bis sie die Triple R erreichten.

»Strecken Sie die Hände aus.« Priscilla tat, wie ihr geheißen, und Brendan führte die Zügel durch ihre Finger. »Lassen Sie die Zügel auf die Kruppen klatschen, und reden Sie mit den Tieren.«

»Mit ihnen reden? Was soll ich zu ihnen sagen?«

Er lächelte. »Da wir ihre Namen nicht kennen, können Sie sie nach Belieben benennen. Achten Sie darauf, daß ihr Ton immer fest und ruhig ist, und sagen Sie, sie sollen laufen.«

Sie konzentrierte den Blick entschlossen auf die Tiere. »Na

schön, ihr Maultiere, los also«, sagte sie mit leichtem Zügelschnalzen. Zu ihrer großen Erleichterung zogen sie sofort an.

»Sie mögen Sie«, zog er sie auf.

»Sie sind niedlich, auf hängeohrige Art.«

»Sie sind niedlich, das schon, solange sie tun, was man von ihnen verlangt.«

»Und wie wende ich sie?«

»Es ist das Gegenteil vom Reiten – anstatt den Zügeldruck auf den Hals des Pferdes zu nutzen, zieht man einfach. Zug am rechten Zügel, und er geht rechts, Zug am linken, er geht links. Auf der anderen Seite immer locker lassen.«

»Da ich reiten nie gelernt habe, ist es für mich nicht zu verwirrend.«

Brendan stieß einen langgezogenen Atemzug aus. »Was, zum Teufel, wollen Sie hier eigentlich, Miß Wills? Sie sind im texanischen Grenzland so fehl am Platz wie ein Präriehund im Salon.«

»Mr. Trask, ich bin nicht hier, um den Umgang mit Pferden zu lernen. Ich bin hier, um meinem Mann und der Familie, die wir haben werden, ein gemütliches Heim zu bereiten. Und dazu bin ich sehr befähigt, das kann ich Ihnen versichern.«

Brendans Blick wanderte von der Fülle ihrer Brüste zur schmalen Taille und noch tiefer. »Wenn man Egan seinen Willen läßt, wird er Sie vermutlich barfüßig und schwanger halten – und an den Bettfuß gekettet.«

Priscilla lief rot an und sagte lange kein Wort mehr.

Schweigend fuhren sie dahin, vom Räderrollen auf hartgebackener Erde und vom gelegentlichen Krächzen eines Stärlings eingelullt. Die Landschaft hatte sich verändert, das mit Besengras bewachsene Flachland war sanft rollenden Hügeln gewichen, auf denen immergrüne Eichen und Gruppen buschiger Mesquitsträucher wuchsen. Das Land stieg stetig, wenn auch nur ganz allmählich an, so daß es den Zugtieren nichts auszumachen schien.

Priscilla kam gut mit ihnen zurecht, bis der Pfad in einem kürzlich ausgewaschenen Gerinne verschwand und sie die Wagenspuren verlassen mußten, um eine trockene Schlucht zu queren.

»Jetzt lassen Sie mich lieber fahren.« Brendan wollte nach den Zügeln fassen, aber Priscilla ließ sie nicht los.

»Wie soll ich es je lernen, wenn ich immer nur geradeaus fahre?«

»Wir dürfen den Wagen nicht gefährden.«

»Ich schaffe es, das weiß ich.«

Brendan sah sie an, abschätzend, wie es schien. »Na schön, Sie eigensinniges Ding, versuchen Sie es, aber geben Sie bloß acht, daß kein Rad bricht, sonst sitzen wir ernsthaft in der Klemme.«

Priscilla schmunzelte. Sie zog am rechten Zügel, und die Maultiere bogen vom Pfad ab. Sie zog links, und sie folgten und strebten in die Senke hinunter. Vielleicht hätte sie es geschafft, wäre da nicht der langhalsige, langbeinige Vogel gewesen, der vor ihnen aus einem Mesquitbusch lief, eine kleine, sich windende Schlange im Schnabel.

Die Maultiere bäumten sich auf und stürmten in gestrecktem Galopp los.

»Verdammt!« Brendan bekam die Zügel in dem Augenblick zu fassen, als der Wagen auf ein Schlagloch traf. Priscilla wurde hochgeschleudert und wäre vom Wagen gefallen, hätte Brendan sie nicht um die Taille festgehalten. Ihr Griff um die Zügel lockerte sich nur einen Moment, aber lange genug, um das Gespann mit halsbrecherischer Geschwindigkeit durch die Schlucht und die andere Seite bergan jagen zu lassen, wobei der Großteil ihrer Ausrüstung herunterpolterte, Priscillas Koffer eingeschlossen.

»Um Himmels willen, nur nicht loslassen!« rief Brendan, Priscilla mit einem Arm auf seinem Schoß festhaltend, während er mit der anderen die Zügel zu erreichen versuchte.

Nachdem er sie zu fassen bekam, zog er fest an. »Ho, Mulis, ganz ruhig. Brav sein.« Sein ruhiger Ton besänftigte die Tiere, die ihr Tempo verlangsamten und schließlich stehenblieben.

Priscilla saß am ganzen Leib zitternd auf Brendans Schoß. Zwei starke Arme hielten sie fest, sein warmer Atem an ihrem Ohr bewegte Haarsträhnen an ihrer Wange.

Priscillas Herz, das schon die Aufregung hatte höher schlagen lassen, pochte noch heftiger.

»Alles in Ordnung?« fragte er. Sein Gesicht war ihr ganz nahe.

»Ja«, hauchte Priscilla und benetzte ihre Lippen. Der Arm um ihre Taille wurde fester.

»Priscilla«, flüsterte er mit plötzlich heiserer Stimme.

Sie starrte ihn nur an, verloren im Blau seiner Augen, dem weichen Bronzeton seiner Haut. Zum ersten Mal fiel ihr auf, daß auf seiner Stirn feine Runzeln zu sehen waren, die ihn aber nur um so anziehender machten.

»Ich weiß, daß ich das nicht tun sollte«, sagte er. »Aber ich muß – nur dieses eine Mal.« Ehe ihr klar wurde, was er meinte, glitten Brendans lange braune Finger zu ihrer Kehle. Er hob ihr Kinn an, schob den Finger darunter und drückte seinen Mund auf ihre Lippen. Priscilla schnappte erschrocken nach Luft, als seine Zunge in ihren Mund drang, seidig glatt und sehr warm. Mit der freien Hand umfaßte er ihr Gesicht und übernahm damit die Kontrolle, doch das spielte keine Rolle. Nicht um alle Rinder von Texas hätte sie sich von ihm fortbewegt.

Brendan hielt sie noch einen Moment fest und küßte sie gründlich und erfahren, wie sie sich vorstellen konnte. Dann endete der Kuß so abrupt, wie er begonnen hatte – gottlob –, ehe sie richtig verlegen werden konnte. Ratlos, was sie tun sollte, und rosig vom Hals bis zum Haaransatz, setzte Priscilla zum Sprechen an, überlegte es sich, und holte statt dessen aus, um ihm eine schallende Ohrfeige zu versetzen. Die Resonanz ließ beide zusammenzucken.

»Wie... wie können Sie es wagen, sich diese Freiheit herauszunehmen«, stammelte sie, so erregt über sich selbst wie über ihn. »Ich bin verlobt, wie Sie sehr wohl wissen.«

Brendan rieb sich grinsend die Wange. »Meine aufrichtige Entschuldigung, Miß Wills. Aber wenn man eine so reizvolle junge Dame auf dem Schoß hat, nun... da kann man einfach nicht widerstehen.«

Priscilla sah entsetzt nach unten. Harte Schenkel – und etwas eindeutig Männliches – drückten sich gegen ihr Hinterteil.

»O Gott«, flüsterte sie, als ihr klar wurde, wie lange sie so dagesessen hatte. Sie glitt von seinem Schoß auf den Sitz, den Blick starr auf den Horizont richtend.

»Ich nehme an, Sie glauben, es wäre auch meine Schuld«, sagte sie, eingedenk dessen, wie sie sich auf der Schlafmatte an ihn geschmiegt hatte... mit viel peinlicheren Folgen. »Ich wollte gewiß nicht... das heißt... Sie glauben doch nicht etwa... ich.«

Brendan wurde nüchtern, sein Lächeln erlosch. »Aber nicht im mindesten, Miß Wills.« Er betätigte die Bremse, umwickelte sie mit den Zügeln und sicherte sie. »Ich habe keinen Augenblick an ihrer Tugend gezweifelt.« Ein letztes Grinsen. »An Ihrer Klugheit, ja. Niemals aber an Ihrer Tugend.«

Er sprang vom Wagen. »Ich will die Vorräte einsammeln. Sie bleiben hier – und was immer Sie auch tun, fassen Sie die Zügel nicht an.«

5. Kapitel

»Fast hätte ich es geschafft«, sagte Priscilla. »Beim nächsten Mal klappt es.«

»Fast wären Sie auf ihrem reizenden kleinen Hinterteil gelandet.« Brendan kauerte vor der Feuerstelle und fügte den letzten Stein ins Rund, das er um das Häufchen aus Holz und Zweigen errichtet hatte. Seit seiner Rückkehr zum Wagen war nicht viel gesprochen worden. Er hatte sich einfach neben sie gesetzt und das Gespann mit einem Zungenschnalzen angetrieben.

»Ich hätte es Sie erst gar nicht versuchen lassen sollen«, setzte er hinzu, und zog eine Streichholzschachtel aus der Tasche. »Beinahe hätten Sie sich verletzt.«

Priscilla richtete sich auf. »Risiken lauern überall. Das heißt nicht, daß ich herumsitzen und nichts tun werde. Ehe wir die Triple R erreichen, werde ich lernen, das Gespann zu lenken.«

»Tut mir leid. Sie werden Egan überreden müssen, es Ihnen beizubringen.« Brendan strich das Streichholz an einem Stein an, um es sodann ans trockene Gras und ans Unterzündholz zu halten. Weiche gelbe Flammen züngelten empor und schwärzten das sich krümmende Holz.

»Sie konnten doch nicht erwarten, daß ich gleich beim ersten Mal pefekt sein würde«, wandte Priscilla ein. »Ich werde es rasch besser machen, ich brauche nur mehr Übung.«

»Nein.«

»Warum nicht?«

»Weil ich die Verantwortung für Sie trage. Ich werde dafür sorgen, daß Sie wohlbehalten zu Egan gelangen.«

»Stuarts wegen wollen Sie es mir nicht beibringen? Als Sie mich küßten, hatten Sie aber Stuarts wegen keine Bedenken.«

Was war nur in sie gefahren, daß sie das sagte? Allein der Gedanke an jenen Kuß bewirkte, daß ihr die Hitze in die Wangen stieg – und an anderen Stellen ebenso.

»Falls Sie nach einer anderen Ausflucht suchen, vergessen Sie es. Ich habe Sie vor zu großer Nähe gewarnt. Und sie war *entschieden* zu groß.« Brendan, der vom Feuer aufstand, richtete sich mit lässiger Anmut zu voller Größe auf... er war gut zwei Handbreit größer als Priscilla.

»Ich muß die Tiere trockenreiben.« Er bedachte sie mit einem letzten flüchtigen Blick. »Ich schätze... nach dem Kuß und allem... da kommt wohl der Auflauf nicht in Frage.«

Priscilla mußte lachen. »Mr. Trask, Sie sind ein richtiger Lausejunge. Wenn Sie Beeren finden, mache ich den Auflauf.«

Brendan lächelte. Die harten Linien lockerten sich, seine hellen Augen nahmen einen fast verspielten Ausdruck an. »Ehrlich gesagt, ich habe ein Stück weiter hinten etliche gesichtet.« Sein Lächeln wurde schief. »Warum glauben Sie, daß ich diesen speziellen Ort zum Nachtlager aussuchte?«

Wieder lachte Priscilla, als Brendan einen Kochtopf nahm und sich in Richtung Wald davonmachte. Sie beobachtete die Bewegung seiner kraftvollen Schultern und schmalen Hüften, und es fiel ihr schwer, den Blick abzuwenden. Er war der anmaßendste, der arroganteste Mensch, der ihr je untergekommen war. So unglaublich von sich überzeugt und dann wiederum umwerfend charmant. Jemand wie er war ihr noch nie begegnet.

Priscillas gute Stimmung verflüchtigte sich schlagartig, als ihr einfiel, daß Brendan Trask ein Spieler und Revolverheld war. Ein harter, kantiger Mann, der mit einem Wimpernschlag töten konnte. Sie durfte sich von seiner liebenswerten Art nicht blenden lassen und vergessen, war für ein Mensch er wirklich war.

Nach einigem Suchen unter den Töpfen und Pfannen, die er neben dem Lagerfeuer aufgehäuft hatte, fand Priscilla die Sachen, die sie brauchte, und tat sie beiseite. Sie wollte eine Fruchtpastete machen, die einem Auflauf sehr nahe kam.

Sie hob die schwere gußeiserne Pfanne an. Obwohl sie kochen konnte – ganz wunderbar sogar –, hatte sie noch nie versucht, in einem so schweren Eisengefäß etwas zu backen. Auf dem alten schwarzen Herd in ihrem Stadthaus in Cincinnati hatte sie die leckersten Köstlichkeiten zubereitet, um deren Reste die Nachbarn heftige Kämpfe ausfochten.

Daß sie allerdings über offenem Feuer noch nie auch nur die winzigste Kleinigkeit zubereitet hatte, war eine Tatsache, die sie Brendan verschwiegen hatte.

Brendan fand die mit Beeren übersäte Stelle wieder, an der sie vorübergekommen waren, füllte den Topf mit den saftigen Früchten, wusch sie in einem nahen Bach und brachte sie Priscilla. Als er sich, wie es ihm zur Gewohnheit geworden war, auf leisen Sohlen dem Lager näherte, erblickte er sie über einen Felsbrocken gebeugt beim Kneten des Teigs, mit bis zu den Gelenken weiß bemehlten Händen.

Als sie ein, zwei Wassertropfen hinzufügte, um die richtige Konsistenz des Teiges zu erreichen, beobachtete er, wie ihre Kehrseite sich anmutig bewegte, und sein Körper wurde hart. Verdammt! Die Frau übte die sonderbarste Wirkung auf ihn aus. Immer wenn er an sie dachte, verspürte er ein Glühen und Pulsieren in seinen Lenden.

Er dachte an Patsy Jackson, an ausladende Hüften, schwere Brüste und einen rotbemalten Mund. Patsy war ganz in Ordnung, doch erschien sie ihm nun fast wie die Karikatur von Weiblichkeit.

Er räusperte sich, und Priscilla drehte sich mit einem

Lächeln um. »Gewaschen habe ich sie schon«, sagte er und ging auf sie zu, das Gefäß mit den Beeren vor sich.

»Stellen Sie sie hier neben den Stein. Ich brauche sie in einer Minute.«

»Kann ich sonst noch etwas tun?«

Sie warf einen Blick zum Feuer, ein wenig zögernd, wie es schien. »Nein, danke. Das Essen ist in einer Stunde fertig.«

»Was gibt es?«

»Maiskuchen mit Sirup und Hopping John. Natürlich habe ich nicht die richtigen Zutaten.«

Brendan leckte sich die Lippen. »Hopping John. Seit ich das letzte Mal den Neujahrstag in Savannah verbrachte, habe ich das nicht bekommen. Das war vor mindestens sechs Jahren.«

»Was haben Sie denn in Savannah gemacht?«

»Ich bin dort aufgewachsen. Nachdem wir England verlassen hatten, gingen mein Bruder und ich in den Süden. Erst vor sieben Jahren kam ich nach Texas.«

»Und warum?« fragte sie über die Schulter, ohne im Kneten innezuhalten.

»Abenteuerlust, schätze ich. Bald nach meiner Ankunft ging ich zu den Texas Marines. Tom Camden hat Ihnen gesagt, wie das ausging.«

»Ja...« Sie drehte sich um und sah ihn an. »Sie landeten in einem mexikanischen Gefängnis. Wie sind Sie...«

»Ich muß mich um die Tiere kümmern. Wenn das Essen fertig ist, bin ich zurück.« Er wollte sich schon entfernen, als er innehielt. »Ach, übrigens... Sie haben sich ziemlich weit vom Lager entfernt, um... Ihren Bedürfnissen nachzukommen. Ich habe Sie deshalb schon einmal gewarnt.« Er sah sie hart an. »Ich möchte Ihnen nicht Angst einjagen, aber dort draußen gibt es Schlangen, ganz zu schweigen von Skorpionen, Taranteln und Hundertfüßern.«

»Ich beabsichtige nicht, meine Zurückhaltung aufzugeben. Mr. Trask.« Sie reckte entschlossen ihr Kinn. »Aber ich will in Zukunft achtgeben.«

Brendan schüttelte den Kopf. »Frauen«, knurrte er halblaut.

Priscilla fand unter den Kochutensilien einen Rost und legte ihn übers Feuer, wobei der aus Steinen errichtete Kreis als Stütze diente. Den Kessel mit Hopping John – einen Eintopf aus Speck, Erbsen, ohne die übliche Kokosnuß, die sie nicht dabeihatte – stellte sie auf den Rost, und die Flammen leckten am Kesselboden. Die flache Pfanne plazierte sie am Rand des Feuers und schickte ein Stoßgebet zum Himmel, der Auflauf möge nicht anbrennen. Die Maisfladen wollte sie im Kessel machen, wenn der Eintopf fast fertig war.

Priscilla merkte rasch, daß das Kochen über einem lodernden Lagerfeuer kaum mit dem Kochen auf einem Herd zu vergleichen war. In Minutenschnelle ging der Eintopf über, und glühendheiße Brühe floß ins Feuer, während es in der Auflaufpfanne unheilverkündend zischte.

Priscilla griff mit einer Serviette nach dem Topfgriff, um sich nicht die Finger zu verbrennen, hob den Kessel hoch und ließ ihn sofort wieder fallen, als die Flammen den Rand der Serviette versengten und die Unterseite ihres Handgelenks verbrannten. »Autsch!« entfuhr es ihr laut, obwohl es nur eine kleine Verbrennung war. Wichtiger noch, der Eintopf war nicht ganz übergekocht.

»Priscilla!« Brendans Ton ließ sie herumfahren.

Sie sah ihn über die Lichtung auf sich zulaufen, und im selben Moment merkte sie, daß ihr Rocksaum brannte. Priscilla schrie auf, als sie den brennenden Stoff auf ihrer Haut spürte und sah, wie rot-orange Flammen hochzüngelten und ihr Gesicht bedrohten.

Während sie verzweifelt auf die Flammen einschlug und ihre Angst niederkämpfte, warf Brendan sich gegen sie und stieß sie zu Boden. Er rollte sie hin und her, drehte sich dann um und schlug mit der flachen Hand die restlichen Flammen aus ihren Unterröcken.

»O Gott!« sagte er in ihr entsetztes Gesicht. Sie spürte, wie sein schweres Gewicht sie niederdrückte, dann verschob er seine Lage und stand auf. »Keine Bewegung«, sagte er im Befehlston. »Ich bin gleich wieder da.«

Priscilla nickte und blieb zitternd sitzen. In wenigen Minuten kam er mit einem Stück Kaktus wieder, den er in ein Taschentuch gewickelt hatte. Er brach den Kaktus entzwei, kniete neben ihr nieder und griff nach ihrem Rocksaum. Unwillkürlich hinderte ihn Priscilla mit einer Handbewegung daran.

»Der Kaktus enthält eine besondere Substanz«, sagte Brendan leise. »Die Indianer verwenden ihn als schmerzlinderndes Mittel gegen Verbrennungen.«

»So schlimm ist es gar nicht.« Es gehörte sich nicht, daß ein Mann die Beine einer Frau sah, und sie hatte sich schon genug Schamlosigkeit zuschulden kommen lassen. »Ich habe mir nur den Knöchel verbrannt. Ich glaube, das schaffe ich allein.«

Seine Sanftheit war wie weggeblasen. »Miß Wills, seien Sie versichert, Ihr Knöchel ist nicht der erste, den ich zu sehen bekomme. Es wird mich kaum die Lust dermaßen übermannen, daß ich Ihnen Gewalt antue.«

Während Priscillas Gesicht so rot wurde wie die Flammen, die sie eben erstickt hatten, hob Brendan die verbrannten Reste ihres Rockes und ein Stück ihres ebenfalls vom Feuer angesengten Unterrocks an. Er wollte die Flüssigkeit auftragen, als sein Blick auf einen grellen Farbton fiel und seine Hand mitten in der Bewegung innehielt.

Er schob den Rock ein wenig höher und betrachtete ihren Unterrock näher. Ein Mundwinkel zuckte nach oben. »Sie haben das genäht?«

Priscilla errötete noch tiefer. »Ja.« Ihr Unterrock präsentierte sich in einem wahren Farbenrausch blühender bunter Blumen. Ihre Tante hatte vor allem gedeckte Farben bevorzugt, während die lebhaften Farben, die Priscilla so liebte, bei ihr verpönt waren. Ihr Unterrock und viele andere wie dieser waren das Zeichen eines heimlichen Aufbegehrens – und Trask schien es zu ahnen.

»Außen so züchtig und anständig«, sagte er auf seine gedehnte und sinnliche Art. »Möchte wissen, wie Sie darunter sind.«

Grinsend rollte Brendan ihren versengten und verbrannten Strumpf herunter und trug etwas von der klaren zähen Masse auf, die er aus dem Kaktusinneren geschabt hatte.

Priscilla atmete erleichtert auf, als sie die lindernde Wirkung spürte. »Was immer es ist, es ist wunderbar.« Es stillte tatsächlich den Schmerz, der in den letzten Momenten beträchtlich zugenommen hatte. »Davon könnte ich auch etwas an meinem Handgelenk gebrauchen.«

Brendan knurrte etwas, das sie nicht verstehen konnte, und trug die Masse auf. »Was, zum Teufel, haben Sie ...«

»Der Eintopf!« Priscilla stieß es entsetzt hervor, als ihr der unverkennbare Geruch von verbranntem Fleisch in die Nase stieg. Als sie aufzustehen versuchte, drückte Brendan sie wieder nieder.

»Verdammt«, knurrte er und hob den Kessel mit dem Eintopf vom Rost. »Warum haben Sie nicht gewartet, bis das Feuer niedriger brennt?« Er griff nach der Pfanne, stellte den Auflauf beiseite, hob den Deckel und stöhnte auf.

»Vermutlich ist der auch hin«, sagte Priscilla düster.

»Und ich dachte, Sie hätten gesagt, Sie könnten kochen.«

»Kann ich auch.«

»Mir konnten Sie den Beweis nicht erbringen.«

»Unter normalen Umständen bin ich eine sehr gute Köchin ... an einem Lagerfeuer habe ich es aber noch nie versucht.«

Brendan stieß eine leise Verwünschung aus. »Warum haben Sie nichts gesagt?«

»Weil ich dachte, ich würde es schaffen.« *Und weil ich es beweisen wollte.*

»Nun, offenbar können Sie es doch nicht.«

Doch, ich kann es. »Wir werden ja sehen, Mr. Trask.«

Brendan gab keine Antwort, doch seine Schulterhaltung verriet ihr, daß er einen erneuten Versuch ihrerseits nicht dulden würde.

Wenigstens die Maisfladen waren gelungen. Brendan bereitete dazu den dünnen Eierteig zu, und gegessen wurden die Fladen mit Scheiben von luftgetrocknetem Fleisch. War es auch nicht das, was sie sich vorgestellt hatten, so sättigte es sie, zudem waren sie inzwischen von Dunkelheit umgeben.

Nach dem Essen untersuchte Brendan ihren Knöchel, brummte zufrieden, daß die Brandwunden nicht so schlimm waren, und beide rollten sich in ihre Schlafmatten ein – Priscilla in einiger Entfernung von Brendan.

Sie hörte, wie er sich schon vor Tagesanbruch rührte, und sah zu, wie er die Stiefel anzog und Feuer machte. Während sie sich schlafend stellte, beobachtete sie, wie er Kaffee machte und sich dann lautlos davonstahl, um nach den Tieren zu sehen. Anschließend würde er wahrscheinlich zum Rasieren an den Bach gehen wie jeden Morgen seit ihrem Aufbruch. Damit gab er ihr die Zeit, die sie für sich benötigte.

Priscilla schlüpfte eilig in ein sauberes braunes Ginghamkleid, erledigte ihr Waschritual in der entgegengesetzten

Richtung, die Brendan eingeschlagen hatte, und ging dann ans Feuer. Diesmal legte sie Kohle nach, wie sie es ihn tun gesehen hatte, und gab acht, daß ihre Röcke den Flammen nicht zu nahe kamen.

Als er wieder auftauchte, brutzelte der Speck in der Pfanne, und die Pfannkuchen waren fertig. Der Boden des Auflaufs von gestern war zwar verbrannt, die Beeren aber waren gut und gaben nun eine Art Marmelade ab.

Brendan kam in seinen Wildlederhosen ins Lager, zu denen er ein sauberes weißes Hemd trug. Sein Haar ringelte sich noch feucht über dem Kragen. Als er Priscilla über das Feuer gebeugt sah, verhärtete sich seine Miene. »Ich dachte, Sie hätten begriffen – von nun an übernehme ich das Kochen.«

Priscilla lächelte. »Hausgemachte Pfannkuchen, warme Beerenmarmelade und knusprig gebratener Speck. Es gibt sogar eine Spur Soße vom Bratenfett.«

»Pfannkuchen?« wiederholte er und leckte sich unwillkürlich die Lippen.

»Mit warmer Beerenmarmelade – oder mit Soße, wenn Ihnen das lieber ist.«

Brendans Mund verzog sich zu einem trägen Lächeln. »Ich nehme beides.« Sie ließen sich zum Essen nieder. Priscilla beobachtete ihn durch dunkle, gesenkte Wimpern. Seine Miene machte die Mühe wett – vielleicht sogar die Verbrennungen.

»Einfach köstlich.« Mit geschlossenen Augen kaute er genüßlich einen Pfannkuchen. »Nie hat mir etwas besser geschmeckt. Und diese Soße – göttlich, Priscilla, Sie haben es heraus.«

Sie hätte sich diese Vertraulichkeiten schon längst verbitten sollen, hatte auch ein, zwei halbherzige Versuche gemacht, nun aber war es zu spät. Statt dessen strahlte sie über dieses Kompliment. »Freut mich, daß es Ihnen schmeckt.«

»Schmecken? Ich bin ganz versessen darauf. Jetzt komme ich mir wegen des Hopping John doppelt schlecht vor.«

Priscilla lachte. »Heute mache ich noch einen. Wir haben noch zwei Tage bis zur Triple R vor uns.«

Brendan hielt im Kauen inne. Sein Blick hing an ihrem Gesicht, bis sie ihm ausweichen mußte.

Er stellte seinen Blechteller neben sich. »Essen Sie fertig. Wir müssen aufbrechen.«

Zwei Tage, dachte sie, und plötzlich hatte sie das Gefühl, der Bissen würde ihr im Hals steckenbleiben. Sie setzte ihren halbvollen Teller ab, stand wie benommen auf und fing an, das Geschirr zu spülen.

Den Rest des Morgens wurde nicht viel gesprochen.

Der Pfad verlief die meiste Zeit des Tages parallel zum Fluß, direkt nach Norden in trockeneres Gebiet. Kakteenbewachsene Flächen, Eichengruppen und Pekanbäume wechselten einander ab. Von den Zweigen hing wilder Wein fast bis zum Boden, erstickenden grünen Vorhängen gleich, die die Sonne ausschlossen.

»Hier gibt es viele wilde Truthühner«, sagte Brendan. »Ein bißchen frisches Wild würde in dem geplanten Eintopf auch gut schmecken.«

»Ich weiß nicht, wie man Truthähne rupft, aber wenn Sie es mir zeigen...«

»Ich werde ihn kochfertig machen«, sagte er lächelnd. »Sie müssen ihn nur zubereiten.« Mit sichtlichem Wohlgefallen ließ er den Blick über das vor ihnen liegende Gelände wandern. »Schönes Land, finden Sie nicht?«

Sie studierte die rote Erde, die Felsen und die Kakteen. »Ihnen erscheint dies schön?«

»Es ist schön, wenn man den Blick dafür hat.« Er hielt an und deutete auf einen Pekanbaum unweit des schmalen

Bachbettes. »Dort stehen Reh und Kitz, aber ihre Farben fügen sich so gut ein, daß man sie kaum sehen kann.«

Priscilla bemühte sich vergeblich, etwas zu erkennen.

»Ein Stück links vom Baum. Das Muttertier entfernt sich jetzt einige Schritte.«

»Ja, jetzt sehe ich sie.« Sie verspürte eine Aufwallung von Wärme, als sie das winzige Rehkitz sah, dessen schützendes weißgesprenkeltes Kleid von der Umgebung kaum zu unterscheiden war. »Wie schön sie sind. Ich habe Tiere immer schon geliebt.«

»Mein Bruder und ich hielten uns immer eine ganze Menagerie rund ums Haus. Ich hatte einen großen Retriever namens Dillon, auf den ich ganz versessen war. Komisch, an den Hund habe ich seit Jahren nicht mehr gedacht.«

»Was wurde aus ihm?«

»Er wurde mit der Zeit alt. Aber er hatte ein herrliches Leben hinter sich. Es gibt nicht viele Menschen, die soviel Liebe und Zuneigung bekommen, wie Dillon von uns beiden zuteil wurde.«

Man konnte es sich vorstellen.

»Ich liebe die Freiheit dieses Landes«, fuhr er fort, gesprächiger als sonst. »Sie bringt das Beste in einem Menschen zum Vorschein.«

Nicht immer, dachte sie eingedenk der Männer in der Handelsstation bei sich.

»An den Abenden können die Sonnenuntergänge prachtvoll sein. Sie machen die Mühsal der heißen Tage fast wett. Im Frühling kommt das Gras weich und grün, und überall blühen Wildblumen in allen Größen und Farben.«

»Immer schon habe ich mir einen Blumengarten gewünscht. Ganze Wiesen voller Blumen kann man sich kaum vorstellen.«

Brendan lächelte. Doch als Priscilla sein Lächeln erwiderte, räusperte er sich verlegen und blickte weg. Nachdem er die Maultiere zu rascherer Gangart angetrieben hatte, hingen seine Augen so unverwandt am Horizont, als wünschte er ihn sich näher.

Priscilla nahm auf dem harten Holzsitz eine aufrechte Haltung ein und richtete den Blick auf dieselbe ferne Linie. Zu ihrer Verwunderung ertappte sie sich dabei, daß sie sich wünschte, sie könnte bewirken, daß sie noch ferner läge.

Noch zwei Tage, dachte sie immer wieder. Noch zwei Tage, und sie würde auf der Triple R und bei dem Mann ihrer Wahl angelangt sein.

Wie er wohl aussehen mochte? Tante Maddie hatte ihn als gutaussehend beschrieben. Sie war Stuart Egan auf der Fahrt nach Natchez begegnet, als sie Deder Wills, ihren im Sterben liegenden Bruder, besuchte, den letzten von Priscillas Familie in Natchez. Auf Tante Maddies Drängen hin war Priscilla bei Ella Simpkins in Cincinnati geblieben, damit sie die Schule beenden konnte. Das war vor zwei Jahren gewesen.

Stuart hatte nach dem Tod seiner ersten Frau Trauer getragen, als Tante Maddie durch Onkel Deder seine Bekanntschaft machte. Zwischen ihnen hatte sich eine unerklärliche Freundschaft entsponnen – Priscilla konnte sich nicht annähernd vorstellen, warum. Was immer der Grund sein mochte, sie hatten jedenfalls eine lebhafte Korrespondenz ins Leben gerufen. Dann war Tante Maddie erkrankt, und Priscilla hatte Stuarts Briefe an ihrer Stelle beantwortet. Ihre Beziehung war enger geworden, und eine Werbung auf Entfernung hatte begonnen.

Nach dem Tod Tante Maddies hatte Stuart ihr einen Antrag gemacht, ihre finanziellen Probleme gelöst und ihr die Erfüllung ihrer Träume von Ehe und Familie versprochen. Hätte Priscilla es nicht besser gewußt, so hätte sie glauben können, alles wäre von Tante Maddie geplant worden, die sie auch noch vom Grab aus dirigierte.

Sie warf Brendan einen Blick zu. Wie würde Stuarts gutes Aussehen sich gegen Brendans markant-hübsches Profil ausnehmen? Ihr Blick folgte der Linie seiner schönen gewölbten Brauen, der geraden Nase und der festen, kräftigen Lippen. Priscilla dachte an den Kuß, den sie geteilt hatten, und ihr wurde warm dabei.

»Dort vorne bei der Baumgruppe lassen wir die Maultiere ausruhen – sie sollen eine Weile aus der Sonne und sich abkühlen.«

Priscilla nickte. »Heute ist es viel heißer.«

»Ich habe so eine Ahnung, daß es morgen noch heißer sein wird.«

Priscilla stöhnte auf.

»Miß Wills, sie tun gut daran, sich an die Hitze zu gewöhnen. Wir sind in Texas. Wer Hitze nicht verträgt, gehört nicht hierher.«

Priscilla richtete sich auf. »Wie Sie schon sagten, Mr. Trask, gibt es gute und schlechte Dinge in diesem Land. Wenn ich an den guten teilhaben möchte, muß ich lernen, mit den schlechten auszukommen.«

Brendan ließ den Blick einen Moment länger an ihr hängen, sparte sich aber eine weitere Bemerkung. Sie hielten im Schatten einer Eiche an, und Brendan kletterte hinunter. Seine Hände umfaßten ihre Taille, er schwang sie auf den Boden.

Während er die Maultiere ausspannte und sie ans Wasser führte, lief Priscilla ein Stück bergab, um sich zu erleichtern. Die Gegend war hier noch öder, meist mit Kakteen und Mesquitsträuchern bestanden, aber Priscilla suchte das Gelände entschlossen nach einem größeren Gebüsch oder einem Geröllhaufen ab, der ihr ein wenig Schutz bieten konnte.

Der beste Platz lag ein ziemliches Stück entfernt, da sie aber den ganzen Morgen auf dem harten Holzsitz ausgeharrt hatte, würde der Weg ihr Gelegenheit geben, ihre Beine zu strecken.

Nachdem sie die staubige freie Fläche durchquert hatte, umging sie das Geröll und entdeckte dahinter ein abgeschiedenes Plätzchen. Als sie zurück zum Wagen wollte, sah sie in einiger Entfernung Brendan, der die Maultiere zurückbrachte.

Priscilla hob die Röcke und fing zu laufen an, wohl wissend, daß er wütend sein würde, wenn er sie so weit entfernt vom Wagen ertappte. Als sie eine Abkürzung zu sehen glaubte, schlug sie diese Richtung ein. Sie mußte nur noch einen Baumstamm überqueren.

Ihre Röcke noch höher raffend, setzte Priscilla einen derben braunen Schuh auf den hindernden Baumstamm. Da ertönte von einem Felsbrocken unter ihrem Bein ein Zischen, das ihr durch Mark und Bein ging. Ihr Haar sträubte sich. Mit einem Schreckensschrei versuchte sie den Giftzähnen der aufgerichteten, braungefleckten Klapperschlange zu entgehen, doch diese gruben sich zielsicher in ihr zartes Fleisch, als sie über den Baumstamm sprang.

Schmerz durchschoß ihr Bein, doch sie lief weiter. Ihr Herz schlug heftig gegen die Rippen, in ihrem Bein pulsierte es, und ihr ganzer Körper zitterte vor Angst, doch ihre Gedanken galten einzig und allein dem Donnerwetter, das sie im Lager erwartete. Brendan würde außer sich sein und toben, weil sie so unvorsichtig gewesen war. Und wieder würde er ihr vorhalten, daß sie eine Närrin war, weil sie sich auf ein Leben in Texas eingelassen hatte.

Als sie ihn auf sich zulaufen sah, stürzte sie sich ihm direkt in die Arme.

»Priscilla, was ist denn?«

»Kl-klapperschlange«, stammelte sie. »Dort drüben beim

Baumstamm.« Den Tränen nahe, wies sie mit einem zitternden Finger in die Richtung.

Brendan packte ihre Schultern und hielt sie vor sich auf Abstand. »Ich sagte, Sie sollten sich nicht so weit entfernen.«

»Bitte, nicht böse sein...«

Er spürte, wie sie zitterte und zog sie an seine Brust. »Schon gut. Aber tun Sie es ja nicht wieder.«

Ihre Arme legten sich ganz fest um ihn. »Nichts ist gut«, flüsterte sie. »Mein Bein...« Hätte Brendan sie nicht festgehalten, sie wäre zu Boden gesunken.

»Allmächtiger!« Vorsichtig setzte er sie hin und hob eilig den Saum ihres braunen Kleides. »Wo?« fragte er und suchte ihre helle Haut ab, ohne Bißwunden am Knöchel oder an der Wade zu finden.

»Höher«, flüsterte sie. Brendan drückte sie nieder, bis sie flach auf dem Boden lag, und hob ihre Röcke noch höher. »Ich sehe noch immer nichts. Sind Sie sicher, daß die Schlange zugebissen hat?«

»Höher«, wiederholte sie, von Kopf bis Fuß errötend. »An der Innenseite.«

Brendan stieß eine halblaute Verwünschung aus, schob die Röcke bis zur Taille hoch und spreizte ihre Beine. Nun erst sah er das Loch in ihren dünnen Baumwollhosen an der Innenseite ihres rechten Schenkels.

Da packte er zu und riß den Stoff mit einer einzigen Bewegung auseinander, so daß ihr nackter Schenkel sichtbar wurde. Priscilla zuckte schamvoll zurück und versuchte sich ihm zu entwinden und sich aufzusetzen.

»Sie bleiben, wo Sie sind.« Er drückte sie nieder. »Ihre verdammte Prüderie vergessen Sie jetzt.« Er holte ein Messer aus der Scheide an seinem Gürtel, schob es in den glühenden Sand und reinigte die Klinge, so gut es ging. »Man macht es in Mexiko so. Ich bete zu Gott, daß es klappt.«

»Was ... was wollen Sie tun?«

»Ich will die Wunde aufschneiden und das Gift heraussaugen.« Ehe sie protestieren konnte, hatte er ihr mit zwei raschen Schnitten ein X auf den rechten Schenkel geritzt.

Priscilla unterdrückte das Entsetzen, das sie empfand und bemühte sich, nicht mehr zu zittern. Brendan achtete nicht darauf, schob ihre Beine nur noch weiter auseinander und ließ sich zwischen ihnen nieder.

»Du lieber Gott«, hauchte Priscilla entgeistert, als sie seine Hände an der Innenseite ihres Schenkels spürte.

»Verdammte Puritanerin«, grollte er, um ihre tödliche Verlegenheit zu beschwichtigen, die aus jedem ihrer starren Muskeln und Gelenke sprach. »Mir würde es Spaß machen, wenn es nicht so verdammt ernst wäre.« Damit legte er den Mund an ihr Bein und fing an, das Gift auszusaugen.

Trotz ihrer Angst spürte Priscilla, wie jähe Hitze sie durchschoß. Brendans Hände packten ihren Schenkel, und sein Mund bewegte sich über ihr Fleisch und hörte nicht auf zu saugen. Vor ihrem geistigen Auge sah sie, wie seine Lippen sich über ihre Haut bewegten, wie seine langen dunklen Finger das Fleisch ihres Oberschenkels berührten.

Unbewußt entrang sich Priscilla ein Stöhnen.

»Schon gut, Silla«, beruhigte er sie. »Ich bin fast fertig.« Gleich darauf drückte er sein Taschentuch gegen die Wunde und packte die Rüsche am Saum ihres Unterrockes. Er riß ein Stück ab und wickelte den Streifen um ihr Bein, um das Taschentuch mit ein paar festen Knoten zu sichern.

Als er fertig war, zog er ihr die Röcke herunter, hob sie in die Arme und ging mit ihr zurück zum Lager. Als Priscilla seinen Hals Halt suchend umklammerte, wölbten sich Muskelstränge unter ihren Händen.

»Was passiert jetzt?« fragte sie und zwang sich, nicht daran zu denken, wie fest er sich anfühlte.

»Das hängt von Ihnen ab. Wie Ihr Körper auf das Gift reagiert.« Er kniff besorgt die Augen zusammen. »Priscilla, sie hätten nicht laufen sollen. Das beschleunigt den Herzschlag und läßt das Gift schneller kreisen – verdammt, Silla, etwas Schlimmeres hätten Sie nicht tun können.«

»Das wußte ich nicht.«

»Das ist das Problem – Sie wissen über dieses Land so verdammt wenig. Egan sollte sich auf seinen Geisteszustand untersuchen lassen, weil er Sie hier herausgelotst hat. So oder so, Sie sind entschlossen, sich umbringen zu lassen.« Er setzte sie im Schatten einer Eiche ab.

»Brendan?«

»Was?« fuhr er sie an.

»Mir wird so... so wunderlich.«

Seine Härte war wie weggeblasen. »Immer mit der Ruhe. Ich werde aus Tabak eine Kompresse machen. Bin gleich wieder da.«

»Brendan?«

Er blieb stehen und drehte sich zu ihr um.

»Wenn etwas... passiert... Sie sollen wissen, wie sehr ich die Mühe zu schätzen weiß, die es Sie gekostet hat, sich meiner anzunehmen.«

»Nichts wird passieren«, sagte er barsch, während tiefe Furchen sich in seine Stirn gruben. »Ich werde es nicht zulassen.« Damit ging er zum Wagen.

Während er ihre Vorräte nach Gott weiß was durchsuchte, saß Priscilla an die Eiche gelehnt und dachte an seine Worte.

Sie hatte natürlich recht behalten. Sein »Ich habe es Ihnen ja gesagt« war noch schlimmer als erwartet. Dennoch war es gut, den schützenden Ton in seiner Stimme zu hören, als er es sagte. Es tat gut zu wissen, daß er besorgt war und daß er zur Stelle war, um ihr zu helfen.

Wenig später war Brendan wieder bei ihr. Während Priscilla gegen ihre Verlegenheit ankämpfte, zog er ihre Röcke hoch, griff zwischen ihre Schenkel und legte ihr eine Tabakkompresse auf, die er wieder festband.

»Wir lagern hier«, sagte er, »bis Sie außer Gefahr sind... ich möchte übrigens, daß Sie sich ausziehen.«

»Was?«

»Sie werden Fieber bekommen«, erklärte er geduldig. »Und hier ist es bereits heißer als in der Hölle.« Er drehte sich um und fing an, die Knöpfe am Rückenteil ihres Kleides aufzumachen.

Priscilla entzog sich ihm. »Ich will hier nicht halb nackt vor einem Fremden sitzen.«

Brendan beugte sich über sie. »Wenn ich nicht irre – und ich weiß, daß es nicht der Fall ist –, dann haben Sie Ihr verflixtes Korsett an. Ich möchte, daß sie es ablegen, und Sie werden es tun. Und ein Fremder bin ich nicht.«

Priscilla wollte Einwände vorbringen, als eine Woge der Übelkeit sie erfaßte, die ihr den Schweiß auf die Stirn trieb. Sie benetzte ihre plötzlich trocken gewordenen Lippen. »Na schön. Ich lege Korsett und Unterröcke ab, behalte aber das Kleid an.«

Brendan legte ihr die Hand auf die Stirn. Feucht und warm. »Meinetwegen, wie Sie wollen.« *Im Moment*, dachte er bei sich. So wie sich die Situation entwickelte, würde sie bald zu krank sein, um sich um dergleichen zu scheren. Er knöpfte den Rückenteil ihres Kleides auf und fing an, ihn über die Schultern herunterzuziehen.

»Lockern Sie nur das Korsett«, sagte sie. »Alles andere kann ich.« Aber sie sah nicht danach aus. »Drehen Sie sich um«, befahl sie.

»O Gott, Priscilla.«

»Bitte, keine Gotteslästerung.« Es war nicht mehr als ein Flüstern.

Brendan drehte ihr den Rücken zu. »Fertig?« fragte er. Als sie keine Antwort gab, drehte er sich um und sah, daß sie mit halb ausgezogenem Kleid vornüber gesunken war.

»Verdammt.« Doch seine Hände zitterten, als er ihre fahle Gesichtsfarbe sah und ihre schweren Atemzüge hörte.

Möglichst sanft zog er sie aus, erst das Kleid, dann die grellrot bestickten Unterröcke – die ihm auch jetzt noch ein Lächeln entlockten – und das gräßlichste stahlverstärkte Korsett, das ihm je untergekommen war. In einer Aufwallung von Wut über ihre blödsinnige Zimperlichkeit knüllte er es zusammen und warf es weg, so weit, wie er konnte. Dieser verdammte Unsinn. Und dabei brauchte sie es gar nicht.

Entschlossen, sie zu entkleiden und ihr dann das Nachthemd überzuziehen, zog er am Band ihrer weißen Hose, ließ es dann aber sein. Dieses verrückte Frauenzimmer wäre vermutlich lieber tot, als zuzulassen, daß jemand sie nackt sah.

Erneut ihre Züchtigkeit verfluchend, ließ er ihr Hose und Hemd. Er versuchte die sanfte Wölbung ihrer Lippen zu ignorieren, ihre Taille, die auch ohne Korsett ganz schmal war, die Spitzen ihrer aufrechten Brüste.

Aber am angestrengtesten versuchte er zu ignorieren, wie bleich sie war und wie sehr es schmerzte, sie so zu sehen.

6. Kapitel

Stuart Egan schwang sich von seinem Palomino-Hengst und trat zu dem flachgesichtigen Indianer mit der gewölbten Brust, der ein Stück weiter auf dem Boden kauernd die Spuren studierte.

»Was kannst du erkennen?« fragte Stuart, bemüht, aus den Hufabdrücken klug zu werden.

»Komantschen«, erwiderte Hoher Wind. »Zehn, vielleicht auch mehr. Sie reiten nach Norden. Nach Hause.« Als einstmals großer Krieger der Kiowa war Hoher Wind der Verlockung des Feuerwassers des weißen Mannes erlegen. Betrunken und halb verhungert war er durch die Wüste geirrt wie ein Nomade, bis er auf die Triple R stieß.

»Erstens sollten sie gar nicht hier sein«, sagte Stuart. »Sie waren mit dem Frieden einverstanden – mag er auch unsicher sein –, außerdem wissen sie verdammt gut, was passiert, wenn sie die Triple R überfallen.«

Hoher Wind richtete sich auf. Der heiße Wind bewegte seinen Lendenschurz und wehte durch sein dichtes schwarzes Haar. »Einige Angst, andere nicht. Sie kämpfen um ihr Land. Sie sterben für die Sitten ihres Volkes.« Sein Blick verriet, daß ihnen seine Bewunderung galt, und das trotz des Treueschwures, mit dem Hoher Wind sich dem Mann, der neben ihm stand, verpflichtet hatte, jenem Menschen, der ihm geholfen hatte, als niemand sonst ihm half. Stuart Egan, seinem Lebensretter.

»Alle werden sie sterben«, sagte Stuart. »Soviel steht fest.«

Hoher Wind gab keine Antwort. Stuart wußte, daß der Indianer seine Worte ebensowenig anzweifelte wie seine Macht, diese durchzusetzen. Würde Hoher Wind mit einem Teil seines Wesens auch immer seinem Erbe die Treue bewahren, so setzte Stuart in ihn doch dasselbe Vertrauen wie in die meisten der Männer, die für ihn arbeiteten. Er erwartete Treue von allen, und er wußte sie sich zu verschaffen. Etwas anderes kam nicht in Frage.

»Du glaubst also nicht, daß sie umkehren?« Noble Egan, Stuarts einziger Sohn, schwang sich aus dem Sattel. »Barker könnte den Pfad weiter südlich queren. Wir haben keine Ahnung, mit welchem Schiff er nach Corpus kommt oder wann es eintrifft.«

»Komantschen reiten nach Norden«, wiederholte der Indianer, in diese Richtung deutend.

»Das reicht mir«, sagte Stuart. »Die letzte Rinderlieferung steht bevor, und wir sind verdammt knapp an Hilfskräften. Wir können uns nicht erlauben, auch nur einen einzigen zu verlieren.«

»Und was ist mit Miß Wills?« bohrte Noble weiter. Fast so groß wie sein Vater, hatte er dessen helle Haut, das sandfarbige Haar und die braunen Augen mitbekommen. Mit achtzehn war er sehr reif für sein Alter, und ein blinder Bewunderer seines Vaters. »Wenn nur die geringste Möglichkeit einer Begegnung mit den Komantschen...«

»Hoher Wind sagt, daß sie sich in ihr Stammesgebiet zurückgezogen haben. Barker ist sehr wohl imstande, Miß Wills und deren Begleitung zu beschützen.« Nobles skeptische Miene veranlaßte Stuart hinzuzusetzen: »Wenn mit Schwierigkeiten zu rechnen wäre, würde ich Miß Wills selbst abholen.« Das stimmte, obwohl er sich den Zeitverlust nicht leisten konnte.

Außerdem würde die strapaziöse Fahrt mit Barker der Frau guttun. Wenn sie hier im Grenzland leben wollte, dann mußte sie abgehärtet werden. Bei Barker gab es keine Mätzchen. Er würde sie wohlbehalten hier abliefern und dafür sorgen, daß ihr nichts zustieß, worauf Stuart auf den Plan treten und den Helden spielen konnte. Das war eine Taktik, die er immer wieder anwandte, um den Grundstein für die Treue zu legen, die er forderte.

»Wir reiten jetzt weiter«, sagte er zu Hohem Wind. »Ich möchte die obere Mesa kontrollieren.«

Der Indianer reagierte mit einem Brummen und ging zu seinem drahtigen weißen Mustang, auf dessen Rücken er sich schwang und den er mit seinen Knien antrieb.

Stuart ließ den Blick einen Moment länger über das ausgedörrte Land wandern, die vierzigtausend Morgen, die einst die Rancho Reina del Robles – Königin der Eichen – ausgemacht hatten und die nun Triple R hießen. Er hatte Don Pedros Land um einen Pappenstiel erworben – nachdem der alte Mexikaner von einer Kette unglücklicher »Unfälle« getroffen worden war. Das Land war jetzt sein, und dieses weite, offene Gelände war erst der Anfang. Stuart beabsichtigte, sich im Laufe der Zeit hunderttausend Morgen anzueignen und dazu einen nach Zehntausenden zählenden Rinderbestand. Dann würde er der reichste Landbesitzer von ganz Texas sein.

Ganz zu schweigen von seinen hochgespannten politischen Ambitionen.

Was er nun brauchte, war eine Frau, die ihm zu einem Anschein von Solidität verhalf und ihm, noch viel wichtiger, weitere Söhne schenkte. Ein Mann brauchte Söhne, um eine Ranch von der Größe der Triple R zu bewirtschaften. Noble war ein guter Junge, aber wenn ihm etwas zustieß – und in diesem rauhen Land bestand diese Möglichkeit immer –, würde Stuart ohne Erben dastehen. Er hatte die Absicht, diese Möglichkeit sehr rasch auszuschalten.

Hoffentlich war die Frau so ansehnlich und fügsam, wie ihre schrullige alte Tante behauptet hatte.

»Nein, Mama. Nicht, ich habe Angst!«
»Schon gut, Silla. Alles ist gut.« Brendan wischte ihr mit einem feuchten Tuch den Schweiß von der Stirn, wie schon so oft, voller Bewunderung für die zarten Flächen und Wölbungen ihres Gesichtes, für die klare Haut und die langen dunklen Wimpern.

Sie murmelte etwas anderes und schob die Decke bis zur Mitte hinunter. Unter ihrem dünnen Hemd zeichneten sich ihre Brüste ab.

Da das Fieber noch hoch war, hätte sie gar nicht zugedeckt sein sollen, gestand er sich ein, doch es war ihm so verdammt unbehaglich zumute, wenn er beim Anblick ihres schlanken Körpers – wenn auch wider Willen – spekulierte, wie verführerisch sie ganz nackt wirken mußte, daß er sie schließlich fürsorglich zudeckte.

»Nein, Mama«, wiederholte sie, und er sah, wie sie die schmalen Hände wie ein Kind zu Fäusten ballte. Sie hatte schon mehrmals im Schlaf gesprochen, bislang sinnloses Zeug. Er wunderte sich über die geheimnisvollen Worte und versuchte, die Kindheitserinnerungen zu erahnen, die sie unterdrückte. Und er fragte sich, ob dieses Unvermögen, sich zu erinnern, ein Fluch war – oder ein Segen.

Mit einer nüchternen Handbewegung überprüfte Brendan die Kompresse an ihrem Schenkel und zwang sich, über ihre glatte weiße Haut und die Länge und Wohlgeformtheit ihrer Beine hinwegzusehen. Obwohl Priscilla sich noch immer unruhig hin und her warf, hatte ihre Wunde sich nicht entzündet, und ihre Gesichtsfarbe hatte sich gebessert.

Er ging ans Lagerfeuer und bereitete aus dem Stück Speck, das er mitgenommen hatte, eine Brühe zu, in der Hoffnung, Priscilla würde nach dem Erwachen etwas zu sich nehmen können. Anschließend ließ er sich wieder neben ihr nieder. Er mußte eingenickt sein, denn als er mit einem Ruck erwachte, sah er, daß sie wach war und ihn beobachtete.

»Silla«, entfuhr es ihm unwillkürlich und erleichtert. »Gott sei Dank.« Er setzte sich müde auf und fuhr sich mit der Hand durch das gewellte dunkelbraune Haar.

Momentan schien sie irgendwie unsicher, dann aber lächelte sie Brendan zu. »Ich werde wieder ganz gesund«, sagte sie entschlossen, und auch Brendan lächelte.

»Sieht so aus.«

Er holte Brühe und schaffte es, ihr ein paar Löffel einzuflößen. Anschließend schlief sie wieder ein. Da das Fieber gesunken war und sie ruhig dalag, ließ auch seine Besorgnis nach. Dennoch konnte er keinen Schlaf finden, da er unausgesetzt an seinen begehrenswerten Schützling denken mußte. Brendan plagte vor allem die Frage, was geschehen würde, wenn sie die Triple R erreichten und Egan sie heiratete – woran er nicht zweifelte –, aber würde sie auch glücklich sein? Doch was ging es ihn an?

Seine Schuld ihr gegenüber würde in dem Moment beglichen sein, wenn sie die Ranch erreichten. Egan konnte Priscilla übernehmen und mit seiner Macht und seinem Geld für ihre Sicherheit sorgen. Sie würde kostbare Kleider und Dienerschaft haben. War Egan auch in der Politik Erfolg beschieden, würden sie vielleicht sogar in Washington landen. Gewiß würde sie glücklich sein – welche Frau wäre es nicht?

Leider würde sie Egans Besitz sein, gezwungen, nach seiner Pfeife zu tanzen wie alle seine Leute. Aber das war das Los der meisten Frauen. Wäre er selbst ihr Ehemann, er hätte auch verdammt große Ansprüche an sie gestellt.

Brendan fuhr auf, verwundert, woher ihm dieser Gedanke gekommen war, dann dachte er wieder an Egan und Priscilla. Erst der Sonnenaufgang machte seinem Grübeln ein Ende. Und Priscilla erwachte mit der Sonne.

»Guten Morgen«, sagte sie viel munterer, als er erwartet hatte. Als sie sich aufzusetzen versuchte, drängte er sie sanft nieder.

»Ich nehme an, daß Sie sich besser fühlen, aber es hätte keinen Sinn, jetzt etwas zu überstürzen.«

Sie gähnte hinter ihrer Hand und lächelte. »Ich nehme an, daß es mir letzte Nacht nicht sehr gut ging.«

»Eine ganze Weile nicht. Ich war in großer Sorge.«

Priscilla sah die Decke, die nur ihre Füße bedeckte, errötete züchtig ob ihrer Blöße und zog die leichte rote Wolldecke bis ans Kinn. »Mein Bein schmerzt noch ein wenig, aber ansonsten fühle ich mich gut. Hoffentlich habe ich Ihnen nicht zuviel Mühe gemacht.«

Brendans Laune verfinsterte sich bei dem Gedanken daran, wie nahe sie einer ernsten Verletzung gewesen war. »Miß Wills, Mühe und Ihre werte Person sind ein und dasselbe. Mich freut nur, daß Sie wieder wohlauf sind.«

Falls ihr sein Stirnrunzeln auffiel, nahm sie es nicht zur Kenntnis. »Wenn es mir wieder bessergeht, so habe ich es vermutlich allein Ihnen zu verdanken.«

»Mag schon sein«, gab er zu. »Aber es hängt auch davon ab, wieviel Gift Sie abgekriegt haben und von noch ein paar Faktoren. Seit ich hier draußen bin, habe ich jede Menge Schlangenbisse an Pferden und Menschen miterlebt. Meist ist der Biß eines Hundertfüßlers gefährlicher.« Er sah sie eindringlich an. »Von nun an werden Sie vorsichtiger sein, oder Sie weichen nicht mehr von meiner Seite.«

»Ich werde vorsichtig sein«, versprach sie mit einem Blick, der eigenartige Freude über seine Worte verriet.

Priscilla konnte nicht anders. Noch nie hatte jemand sich ihrer so angenommen wie Brendan. Und jetzt sah er todmüde und verhärmt aus, ein Eindruck, der von seinem einen Tag alten Stoppelbart noch betont wurde.

»Wir bleiben noch einen Tag hier«, sagte er. »Wenn Sie sich morgen kräftig genug fühlen, geht es weiter.«

»Sicher werde ich wieder ganz auf den Beinen sein«, beruhigte sie ihn. »Und nochmals vielen Dank.«

Brendan sah sie nur finster an. Was denkt er jetzt? fragte sie sich, ihm nachblickend, als er mit gewohnt katzenhafter Grazie zum Feuer ging. Er kam mit dampfendheißem Kaffee wieder, den sie dankbar annahm. Jetzt fühlte sie sich gleich noch viel besser.

Sie aß ein wenig und ruhte die meiste Zeit, doch am späten Nachmittag wurde sie unruhig und wollte sich Bewegung verschaffen.

»Höchste Zeit, daß ich mich anziehe«, kündigte sie an. »Hier gibt es nicht zufällig ein Gewässer in der Nähe – irgend etwas in dem ich ein Bad nehmen könnte?«

»Am Fuß der Anhöhe fließt ein Bach. Wenn Sie unbedingt wollen, trage ich Sie hin.«

Sie hielt inne. »Sie wollen doch nicht bleiben, während ich bade?«

Trask grinste. »Zu gern, Gnädigste«, sagte er gedehnt, »aber ich nehme an, dann würden Sie gar nicht ins Wasser gehen.«

»Da haben Sie recht.« Priscilla wickelte die Decke um sich und griff nach dem braunen Kleid. Ihre Wangen glühten, als Brendan Schuhe, Strümpfe und Unterröcke bündelte, in ihrem Koffer nach sauberen Sachen suchte und Priscilla dann in die Arme nahm.

»Ich möchte nicht, daß Sie das Bein zu stark belasten«, sagte er.

Priscilla wollte protestieren, doch war es so angenehm, sich an seine Brust zu schmiegen, daß sie es lieber sein ließ. Bis sie Brendan begegnet war, hatte noch nie ein Mann sie in den Armen gehalten. Und sie hatte sich schon entschieden, daß es ihr gefiel, ungehörig oder nicht. Sie konnte nur hoffen, Stuart würde in ihr dieselben warmen Gefühle der Geborgenheit wecken.

Getreu seinem Wort ließ Brendan sie beim Bad allein, nachdem er die Bachufer sorgfältig abgesucht hatte. Das Wasser war zwar nicht tief, aber das kühle Naß befreite sie von dem klebrigen Gefühl, das ihr nach dem Fieber geblieben war. Nachdem sie Haar und Körper gewaschen hatte, vergewisserte sie sich, daß er nicht zusah, und stieg vorsichtig aus dem Wasser. Sie ließ sich kurz von der Sonne trocknen und machte sich ans Anziehen.

Alles ging gut, bis sie zu ihrem Korsett kam. Eine hastige Suche unter den Kleidungsstücken auf dem Gras neben ihr blieb ergebnislos. Priscilla zog sich fertig an, ein wenig erstaunt, daß sie auch ohne Korsett in ihre Sachen paßte, und ging dann auf der Suche nach Trask hügelaufwärts.

Sie traf ihn an, wie er das Gespann versorgte und das glatte graue Fell mit einem Mehlsack abrieb, während die Tiere zufrieden aus einem Hafersack fraßen.

»Es tut mir leid, Sie behelligen zu müssen«, sagte sie näher kommend. »Aber ich kann mein...«

»Was bilden Sie sich eigentlich ein? Warum haben Sie mich nicht gerufen? Ich sagte Ihnen doch, Sie sollten Ihr Bein nicht zu stark belasten.«

»Mein Bein ist in Ordnung. Es ist nur ein wenig wund.«

Finster zog er die Brauen zusammen.

»Wie ich schon sagte, behellige ich Sie ungern, aber ich kann mein... Korsett nicht finden.« Es war ihr unangenehm, mit einem Mann dieses Thema zu erörtern, mochte er von ihr auch noch soviel gesehen haben.

Er fuhr fort, die Maultiere abzureiben. »Ich habe das verdammte Ding fortgeworfen. Hier ist nicht der Ort für diese absurde Konstruktion. Das müßte Ihnen eigentlich Ihr Verstand sagen.«

Priscillas Temperament ging mit ihr durch. »Meine Unterwäsche geht Sie gar nichts an, Mr. Trask. Das sollte Ihnen *Ihr* Verstand sagen! Ich möchte mein Korsett zurückhaben, und ich werde dieses Lager nicht verlassen, ehe ich es nicht habe.«

Brendan drehte sich zu ihr um. »Sie sind die eigensinnigste, sturste...« Aufgebracht warf er den Mehlsack fort. »O Gott!«

»Wagen Sie ja keine Gotteslästerung!«

Er atmete tief durch, um sich zu beruhigen. »Sehen Sie, Miß Wills, ich habe nicht die Absicht, die Nacht damit zuzubringen, die Wildnis nach ihrem verdammten Korsett abzusuchen.« Priscillas Kinn reckte sich angriffslustig. »Ebensowenig wie ich die Absicht habe, unsere Abfahrt zu verschieben, damit Sie es selbst suchen können – und vermutlich wieder in Kalamitäten geraten. Wir brechen im Morgengrauen auf. Wenn wir uns beeilen, können wir die verlorene Zeit wettmachen. Je eher ich Sie bei Egan abliefere, desto besser für uns beide.«

Innerlich kochend drehte sich Priscilla um und strebte dem Lager zu. Innerlich verfluchte sie Trask, trotzdem machte sie sich mit Töpfen und Pfannen zu schaffen, zog einige heraus und knallte sie auf den Fels neben dem Feuer. Unmöglich, dieser Mensch! Er war herrschsüchtig und konnte einen ganz schön rasend machen...

Und der Gedanke, ihn nie wiederzusehen, brachte sie den Tränen nahe.

Wenn ich auf der Triple R bin, wird alles gut sein, redete sie sich ein. Stuart würde sie Brendan Trask vergessen lassen. Sie würde ein eigenes Zuhause haben, die ersehnte Familie – und Trask konnte sich ihretwegen zum Teufel scheren!

Trotz ihrer Wut bereitete Priscilla den Wildtruthahn zu, den Brendan erlegt und gesäubert hatte und machte wieder Maisfladen als Beilage. Trask, der hingerissen war, aß mit so viel Genuß, da man ihm unmöglich böse sein konnte.

»Noch nie habe ich jemanden gesehen, der die Kochkünste einer Frau so zu schätzen weiß«, sagte sie schließlich.

»Und ich habe noch nie eine bessere Köchin erlebt«, konterte er schmunzelnd.

»Hatten Sie denn immer diesen Bärenappetit?«

Er schüttelte den dunkelhaarigen Kopf. »Nein, daran muß wohl die Zeit im mexikanischen Gefängnis schuld sein. Wir vertilgten damals alles, was da kreuchte und fleuchte, nur um am Leben zu bleiben.«

»Das muß ja schrecklich gewesen sein. Und wie sind Sie entkommen?«

Brendan hielt im Kauen inne. Seine Miene nahm einen wachsamen Ausdruck an, der vorhin nicht zu sehen gewesen war. Und er schien seine Worte mit viel Bedacht zu wählen, als er sagte: »Das habe ich meinem Bruder zu verdanken. Morgan und eine Handvoll von Texas Marines drangen durch einen alten verlassenen Tunnel in den Ruinen zu uns vor. Er holte uns alle heraus... zumindest jene von uns, die noch am Leben waren.«

Sein Schmerz war fast greifbar. Er sprach aus seinen hängenden Schultern, die sonst breit und gerade waren, aus der Düsternis, die von seinen Augen Besitz ergriffen hatten. »Sie müssen viele sehr gute Männer verloren haben«, sagte sie leise. »Vielleicht sogar Freunde.«

Brendan stellte den Teller beiseite, den er nicht ganz leergegessen hatte. »Das alles ist Vergangenheit, Miß Wills. Die letzten fünf Jahre habe ich versucht, sie zu vergessen. Mir wäre lieber, wir würden das Thema wechseln.«

»Also gut.« Sie sah ihm an, wie sehr ihm dieses Gespräch zu schaffen machte. »Worüber sollen wir uns statt dessen unterhalten?«

»Über alles mögliche – mit Ausnahme des Krieges.«

Sie lächelte. »Dann sagen Sie mir, wie der Vogel heißt, der in der Schlucht die Maultiere so erschreckte?«

»Das war ein Rennkuckuck, auch Erdkuckuck oder *paisano* genannt.«

Sie deutete auf einen hohen stacheligen Kaktus. »Und was ist das da?«

»Es heißt Spanisches Bajonett – und ich dachte, wir wollten nicht vom Krieg sprechen.«

Priscilla lachte leise. »Gut, Sie wählen das Thema.«

»Was ist mit Ihrem Verlobten?« sagte er in einem Ton, der eine Andeutung von Verbitterung zu enthalten schien. »Warum sprechen wir nicht von der Tatsache, daß Sie einen Mann heiraten werden, den Sie nicht kennen und von dem Sie nichts wissen. Warum sprechen wir nicht davon, daß Sie im texanischen Grenzland leben werden und nicht mal Ihre Schnürsenkel selbst binden können?«

Priscilla schnellte vom Baumstamm hoch, auf dem sie gesessen hatte. »Schön, sprechen wir eben davon. Aber warum sprechen wir nicht auch von der Tatsache, daß ich nicht einen Penny besitze, daß ich über keine anderen Fähigkeiten und Kenntnisse verfüge als die einer Frau und Mutter, und daß kein anderer Mann mir auch nur einen Funken Interesse entgegenbrachte, bis Stuart auftauchte.«

»Sie haben vermutlich keinem eine Chance gegeben.«

Sie leugnete es nicht. »Ich mußte meine Tante versorgen – das war ich ihr dafür schuldig, daß sie mich großgezogen hat – und glauben Sie mir, Tante Maddie konnte einen rund um die Uhr in Trab halten.«

»Und Egan könnte über Ihre Kräfte gehen.«

»Das schaffe ich schon.«

»So wie Sie bis jetzt alles geschafft haben?«

»Ich werde Stuart heiraten, ob es Ihnen paßt oder nicht. Sie sollen mich nur zu ihm bringen.«

»Ja, ich bringe Sie zu ihm. Und dann können Sie meinetwegen zur Hölle fahren.« Damit stürmte er davon und verschwand in der Dunkelheit.

Priscilla brannten Tränen in den Augen, ob aus Wut oder Verzweiflung konnte sie nicht unterscheiden. Entschlossen, sie nicht fließen zu lassen, beschäftigte sie sich mit Aufräumen und mit dem Spülen des Geschirrs, während ihre Gedanken ständig um Brendan kreisten. Warum hatte er diese Dinge gesagt? Sah er denn nicht, wie groß ihre Angst war?

Mir bleibt keine andere Wahl, hätte sie am liebsten ausgerufen, damit er sich wenigstens bemühen würde, sie zu verstehen. Von Stuart Egan kannte sie nichts außer seinem Ruf. Und Trask dachte ganz sicher nicht an eine Ehe. Sie war nicht einmal sicher, ob sie ihm gefiel.

Nachdem sie ihn mit möglichst damenhaften Worten insgeheim zur Hölle geschickt hatte, verdrängte Priscilla den letzten Rest Traurigkeit. Es würde nicht mehr lange dauern, und sie würde sicher dort angelangt sein, wohin sie gehörte. Stuart würde sich ihrer annehmen, und Brendan Trask würde auf ewig aus ihrem Leben verschwunden sein. Er würde zu einer mit der Zeit verblassenden Erinnerung werden. Nur ein paar Tage, wiederholte sie, und sie würde endlich zu Hause angelangt sein.

Die Stimme in ihrem Inneren, die ihr zuflüsterte: *Vielleicht bist zu schon zu Hause angelangt,* ignorierte sie.

Als der Morgen im Osten graute, stand Priscilla in Erwartung Brendans neben dem Wagen. Er hatte die Maultiere angespannt und war dann verschwunden. Sie fragte sich, wohin er gegangen sein mochte.

Mit fast lautlosen Schritten näherte er sich ihr von hinten, und räusperte sich, um ihre Aufmerksamkeit auf sich zu ziehen. Priscilla drehte sich zu ihm um und merkte, daß er verlegen war. Als er seine Hand ausstreckte, baumelte das Stahlrippenkorsett an seinen langen braunen Fingern. Priscilla lief hochrot an und griff hastig nach dem Wäschestück, aber Brendan entzog es ihr.

»Sie bekommen es unter einer Bedingung.«

»Und die wäre?« Flammende Hitze ließ ihre Wangen glühen.

»Daß Sie es erst wieder tragen, wenn wir die Triple R erreichen. Wenn Egan seine Frau modisch zurechtgemacht haben möchte, ist das seine Sache. Meine Aufgabe ist es, Sie zu ihm zu bringen. Also, abgemacht?«

Priscilla konnte nicht umhin, ihm ein Lächeln zu schenken. Was für Mühe es ihn gekostet haben mochte, das Ding zu finden! »Ja, abgemacht.« Wieder wollte sie nach dem Korsett greifen, und wieder entzog Brendan es ihr.

»Ich werde es in Ihren Koffer tun.« Er stieg auf die Ladefläche des Wagens, löste die Lederriemen ihres Schiffskoffers und tat das Korsett hinein.

Priscilla beobachtete seine Bewegungen, die vielen Muskeln und Sehnen unter seinem Hemd, die sie erahnen konnte. Dann half er ihr auf den Sitz.

Wortlos setzte er sich neben sie und überließ ihr die Zügel. Erfreut griff Priscilla zu, trieb das Gespann an und lenkte den Wagen zurück zur Radspur, die als Weg diente. Als sie einige Stunden später einen am Wegrand liegenden flachen Stein passierten, bat Brendan, sie solle anhalten.

»Ein Wegweiser«, sagte er und sprang von seinem Sitz, um die in den Stein eingeritzte Inschrift zu lesen. »Triple Ranch. Besitzer Stuart Egan.« Darunter ein nach Westen weisender Pfeil, der auf einen noch unwegsameren Pfad zeigte.

»Wir müssen schon ganz in der Nähe sein«, sagte Priscilla, die spürte, wie sich ihr Magen unangenehm zusammenkrampfte.

»So nahe auch wieder nicht. Egan besitzt die alte Dominguez-Domäne – vierzigtausend Morgen. Wenn wir die Grenze seines Besitzes erreichen, die noch ein gutes Stück entfernt ist, fahren wir noch eine hübsche Strecke über sein Land.«

Priscilla nickte nur. Schweigend fuhren sie eine Weile dahin.

»Da wäre noch etwas, das ich Ihnen sagen wollte«, sagte Trask schließlich. »Ich dachte mir, Sie sollten es vielleicht wissen.«

Sie drehte sich zu ihm um und sah, daß er seine blauen Augen eindringlich auf sie richtete. »Was denn?«

»In der Nacht, als Sie Fieber hatten ... nach dem Schlangenbiß ... da haben Sie im Schlaf gesprochen. Das meiste konnte ich nicht verstehen, aber einmal sagten Sie etwas von Ihrer Mutter. ›Nein, Mama.‹ Und dann: ›Mama, ich habe Angst.‹ Das sollten Sie wissen. Vielleicht ist Ihnen etwas zugestoßen, an das Sie sich nicht erinnern wollen.«

Priscilla hatte das Gefühl, von einer kalten Woge erfaßt zu werden. »Ich kann mich nicht erinnern.«

»Ein Teil Ihres Bewußtseins weiß es noch. Sie waren ziemlich außer sich.«

Unbewußt umklammerten Priscillas Finger die Zügel fester. »Danke, daß Sie es mir sagen. Ich will es mir durch den Kopf gehen lassen.« *Nein, das wirst du nicht,* sagte eine Stimme. *Du willst es gar nicht wissen.* Und welche Rolle spielte es denn? Das alles lag weit zurück, ihre Eltern waren tot – nun würde Stuart Egan ihre Familie sein.

»Nun, vielleicht lassen Sie die Sache lieber auf sich beruhen«, meinte Trask schließlich.

Und Priscilla gab ihm insgeheim recht.

Der Wagen holperte über die zerfurchte, staubige Spur dahin, und Priscilla führte die Zügel schon recht geschickt, wie sie nicht zu Unrecht selbst vermutete, da Brendan ihr eines seiner raren Komplimente gemacht hatte, als er vorschlug, er wollte mit seinem Pferd ein Stück vorausreiten und sich umsehen, während sie mit dem Wagen weiter dem Weg folgte.

»Machen Sie sich meinetwegen keine Sorgen«, versicherte sie ihm, als er sie im Sattel seines Rappen sitzend ansah, groß und gutaussehend – ein wenig besorgt. »Ich werde schon nicht die Nerven verlieren.«

Er langte in seine Satteltaschen, zog seine Reservepistole heraus, die etwas kleiner war als die übliche, und reichte sie ihr. »Falls etwas passiert, dann entsichern Sie das Ding und feuern eine Runde ab. Ich werde nicht weit sein.«

»Sicher werde ich die Waffe nicht brauchen.« Aber es tat gut zu wissen, daß sie ihn erreichen konnte. Sie betrachtete die furchteinflößende, gewichtig aussehende Waffe. »Aber Sie werden vermutlich beide brauchen.«

»Ich habe ja noch mein Gewehr.« Nach einem letzten kurzen Blick, der ihr galt, trieb er sein Pferd an. »Seien Sie vorsichtig«, rief er ihr noch über die Schulter hinweg zu.

Im Nu war er eine Anhöhe hinaufgesprengt und außer Sicht. Sie fragte sich, ob ihm etwas aufgefallen war, das seine Wachsamkeit auf den Plan gerufen hatte, oder ob er nur ihrer Gesellschaft entrinnen wollte. So oder so, seine dominante Anwesenheit fehlte ihr bereits.

7. Kapitel

Tochoway, Häuptling der Kwahadi-Komantschen, blickte von seinem Aussichtspunkt unter einer Gruppe immergrüner Eichen auf dem Kamm einer flachen Erhebung hinab in die Ebene. In der Ferne holperte ein schwerer Planwagen, gezogen von einem Paar kräftiger Maultiere, die staubige Spur entlang.

Als das Gespann näher kam, erkannte Tochoway die Röcke und den breitkrempigen Hut einer Frau, auch etliche Koffer und andere Vorräte konnte er sehen. Dinge, die seine Leute gut gebrauchen konnten – und zusätzlich bot sich die

Möglichkeit, dem Mann mit Namen Egan eine Schlappe beizubringen.

Tochoways Kiefer spannte sich. Die anderen fürchteten den sandhaarigen weißen Mann, er aber nicht. Tötete Egan ihn, würde Tochoway den Tod begrüßen – wenn er nur seinen Rachedurst stillen konnte. Als der Komantschenhäuptling lächelte, verzog sich sein verwittertes Gesicht unter der blauen Kriegsbemalung, und die Fältchen in den Winkeln seiner dunklen Augen vertieften sich.

Wie klug von ihm, Egan mit der nach Norden weisenden Fährte in die Irre zu führen. Sein kleiner Trupp hatte einen Bogen beschrieben und sorgfältig alle Spuren beseitigt, ehe er südwärts geritten war, zu dem Pfad, der Egans Land kreuzte. Tochoway wußte, daß früher oder später Nachschub an Vorräten kommen mußte.

Die Ranch der Eichen war groß, und es lebten dort viele Menschen. Früher oder später würde er die Möglichkeit finden, Egan den Überfall heimzuzahlen, den dieser gegen die Kwahadi angeführt hatte – den blutigen Angriff, dem seine Familie zum Opfer gefallen war und dem er zu verdanken hatte, daß er nun allein war.

Welche Rolle spielte es da, daß Tochoway Egan zuerst angegriffen hatte? Er war weiß wie die Spanier vor ihm. Er gehörte nicht hierher – das wußte der Komantsche und ebenso die Kriegsbrüder im Westen, die mächtigen Kiowa.

Beim Anblick des einsam dahinfahrenden Wagens fragte Tochoway sich, warum eine Frau allein diesen gefährlichen Pfad befuhr. Vielleicht war ihr Mann verletzt oder getötet worden und sie eilte nun zu Egan, um ihn um Hilfe zu bitten. Sie war jetzt sein, und die Schätze, die sie mit sich führte, ebenso.

Tochoway lächelte. Er würde seine Gelüste an der Frau befriedigen, sich die Sachen schnappen und ihren leblosen Körper als Botschaft an Egan schicken. Bis auf seine kleine, auf Überfälle und Krieg ausgerichtete Schar waren alle seine Komantschen-Brüder nach Norden gezogen, außer Reichweite des weißen Mannes. Im Moment plante Tochoway, Egan nur eine Lektion zu erteilen und sich durch Flucht in Sicherheit zu bringen, aber im Frühjahr wollte er wiederkommen und sich erneut beim weißen Mann bedienen.

Priscillas Finger schmerzten vom Halten der Zügel. Und doch empfand sie Stolz, weil sie ihre erste richtige Pioniertat vollbracht hatte. Die Maultiere reagierten auf ihre feste Führung, auf die Autorität ihrer Stimme, und Priscilla schöpfte neue Hoffnung, sich in diesem Land, das sie sich zur Heimat machen wollte, einen Platz zu erobern.

Unbewußt fiel ihr Blick auf den Revolver auf dem Sitz neben ihr. Noch nie zuvor hatte sie eine Waffe in der Hand gehalten – sie hatte sich schwer und ungewohnt angefühlt. Dennoch, die Handhabung einer Waffe gehörte zu den Fertigkeiten, die sie sich unbedingt aneignen mußte. Heute abend wollte sie etwas Besonderes kochen und dann Trask überreden, er solle ihr eine Lektion im Umgang mit der Schußwaffe erteilen.

Priscillas Blick lief prüfend den Horizont entlang, der von sanft gewellten, mit Chaparall- und Mesquitsträuchern und den unvermeidlichen stachligen Kakteen bewachsenen Hügeln gebildet wurde. Entlang einiger kleiner Wasserläufe wuchsen immergrüne Eichen und dunkelgrün belaubte Pekan-Bäume. Ihr Blick suchte den hochgewachsenen breitschultrigen Reiter, der aber nirgends zu sehen war. Unter der sengenden Sonne von Texas rollte ihr Wagen einsam und allein dahin, eingehüllt in eine große Staubwolke. Die einzigen Geräusche waren das Krächzen eines Falken in den Lüften und das Ächzen und Knarren der Räder.

Die Wagenspur wurde nun für ein kurzes Stück unwegsam, Beweis dafür, daß dieses Stück von einem Sturzbach fast weggeschwemmt worden war, zum Glück aber nicht so verheerend wie die letzte Stelle dieser Art. Dennoch geriet der Wagen so heftig ins Schwanken, daß der Revolver vom Sitz fiel und zu ihren Füßen liegenblieb. Momentan befürchtete sie, die Waffe könnte losgehen. Zum Glück passierte nichts, und sie konnte erleichtert aufatmen.

In diesem Moment vernahm sie es – zuerst war es ein hoher klagender Laut, gefolgt von ein paar kurzen Kläfftönen, die die Luft durchschnitten, dann ein Durcheinander von mißtönenden, markerschütternden Schreien, schließlich das Donnern von Pferdehufen. Als Priscilla sich erschrocken umdrehte und die Gruppe dahingaloppierender Reiter auf schaumbedeckten Mustangs sah, stockte ihr der Atem, und ihr Herzschlag drohte auszusetzen.

Indianer! Allmächtiger! Bis zur Mitte nackt, mit eingefetteten und bemalten Oberkörpern sahen sie angsteinflößender aus, als sie es sich in ihren schlimmsten Alpträumen hätte ausmalen können. Unter schrillem Gekreische kamen sie herangaloppiert, ihre Rosse mit den Knien lenkend, Pfeil und Bogen in Händen, zwischen den Zähnen eine Klinge.

Einen Schreckensschrei unterdrückend, ließ Priscilla die Zügel schwer gegen die Kruppen der Maultiere klatschen.

»Hü!« rief sie, und die Tiere verfielen in einen Galopp, der sich zu einer halsbrecherischen Fahrt über Stock und Stein steigerte. Hinter ihr heulten und schrien die Indianer, und die Hufe ihrer Pferde ließen die Erde erbeben. Am ganzen Leib zitternd hielt Priscilla die Zügel mit einer Hand fest, während sie, mühsam das Gleichgewicht haltend, mit der anderen nach dem Revolver tastete.

Während sie erfolglos den Boden des Wagens absuchte, ließ sie die Zügel lockerer und bückte sich, um den Boden noch einmal abzusuchen. Sie bekam den Revolvergriff zu fassen, doch gleichzeitig entglitt ihr der Zügel, flog durch die Luft und verharrte einen Moment in der Schwebe, um dann auf dem Boden hinter den Tieren zu landen und im Staub, der unter dem Wagen aufgewirbelt wurde, nachzuschleifen.

»Lieber Gott«, flüsterte sie. Der andere Zügel allein war nutzlos. Mit Aufbietung aller Willenskraft kämpfte sie ihre Panik nieder und hielt sich am Sitz fest, während der Wagen über das felsige Gelände raste. Mit eiserner Entschlossenheit und bebender Hand hob sie die schwere Waffe, zielte in die Luft und versuchte den Abzug zu drücken. Er ließ sich nicht bewegen.

Gott im Himmel! War der Revolver kaputtgegangen, als er auf den Wagenboden gefallen war? Oder war sie wie bei allem anderen, das sie versucht hatte, einfach zu ungeschickt, um mit ihm richtig umzugehen?

Brendan, wo bist du? Sie klammerte sich am Sitz fest, voller Angst, sich umzublicken, voller Angst auch, es nicht zu tun. Ein rascher Blick zeigte ihr gerade noch rechtzeitig, daß ein halbnackter Krieger im Begriff stand, auf die Ladefläche zu springen.

Sie schrie auf, als das Durcheinander wiehernder Pferde und Indianer in Kriegsbemalung und Federschmuck den Wagen einkreiste, das sich aufbäumende Gespann aufhielt und es zum Abbiegen zwang und schließlich der halsbrecherischen Flucht ein Ende machte. Der Krieger, der auf dem Wagen gelandet war, bewegte sich auf sie zu. Sein Gesicht war schwarz und rot bemalt, der Geruch, der von ihm ausging, war so ekelerregend, daß Priscilla fast die Sinne schwanden.

Trotzdem hob sie die nutzlose Waffe, erkannte in einem hellen Moment, daß sie vergessen hatte, sie zu entsichern, und drückte ab. Mit einem Schmerzensschrei zerbarst das

Gesicht des Indianers zu einer blutigen Masse, und er verschwand von der Wagenfläche.

Grundgütiger Gott, was habe ich getan? An den Rändern ihres Bewußtseins dräute Dunkelheit. Sie versuchte dagegen anzukämpfen, rang um Fassung und sah dennoch ständig das blutige Gesicht des Indianers vor sich – oder was davon übrig war. Dann änderte sich das Bild, verzerrte sich und schwoll an, hielt sie fest und warf sie zurück in die Vergangenheit.

Blut und Tod.

Entsetzen und ein das Bewußtsein lähmender Verlust.

Die Gefühle wuchsen in ihr mit zerschmetternder Gewalt, bis alles andere verblaßte.

Harte, dunkelhäutige Arme, die ihre Taille umfaßten, entrissen Priscilla den Schrecken der Vergangenheit. Sie hörte grausiges Triumphgeheul, spürte, wie grobe Hände nach ihren Brüsten faßten und ihr Kleid zerrissen. Dann umfing sie wieder Dunkelheit.

Priscilla schloß die Augen und gab sich der gnädigen Schwärze hin.

Brendan, der den Revolverschuß hörte, riß sich von der Betrachtung der hufeisenlosen Pferdespuren los. Was der ominöse Schuß zu bedeuten hatte, war ihm sofort klar.

Angst legte sich beklemmend über seine Brust, als er sich in den Sattel schwang, ohne den Bügel zu benutzen. Er zog das Gewehr aus seiner Hülle hinter der Satteltasche, kontrollierte die Sicherung und vergewisserte sich, daß die Waffe einsatzbereit war. Dann drehte er seinen Rappen und bohrte dem Tier die Fersen mit Macht in die kräftigen Flanken.

Verdammt! Er hatte es befürchtet. Nur seine Vermutung, Egan wäre in Corpus mit einem Trupp bewaffneter Begleiter zur Stelle gewesen, falls von den Indianern Gefahr drohte, hatte ihn ein wenig beruhigt. Der Mann mochte rücksichtslos sein, aber er verteidigte, was ihm gehörte – oder ihm bald gehören würde.

Brendan verfluchte das unerwartete Auftauchen der Indianer, von denen er annahm, daß es sich um Komantschen handelte. Den Hut tief in die Stirn gedrückt, sprengte er im gestreckten Galopp dahin, in Gedanken bei Priscilla, und betete darum, es möge ihr gelingen, sich irgendwie in Sicherheit zu bringen.

Wie versprochen hatte er sich nicht weit entfernt und war nur hinter einem niedrigen Hügel am Ende der Senke verschwunden. Er brauchte nicht lange, um die Stelle zu erreichen, wo der Schuß abgegeben worden war, und als er ankam, krampfte sich sein Innerstes noch mehr zusammen.

Er zügelte sein Pferd im Schutz einer Eichengruppe so jäh, daß dieses rutschend zum Stehen kam, und schwang sich aus dem Sattel, band das Tier außer Sichtweite an und schlich sich näher heran. Unterhalb der flachen Anhöhe, auf der er kauerte, lag der Wagen seitlich umgekippt, zwei Räder drehten sich ins Leere, die Maultiere waren ausgespannt worden und wurden nun mit der Beute beladen. Priscillas Koffer waren geöffnet, ihr Inhalt lag über die Prärie verstreut, vieles war von den Indianerponys in den Staub getrampelt worden. Ein paar Krieger hatten sich Kleidungsstücke von ihr übergezogen, einer stolzierte in ihrem schöne rosa Crepe-Kleid auf und ab.

Die Vorräte hatten sie bereits geplündert und den Whiskey gefunden, den er für Notfälle mit sich führte. Jetzt ließen sie die Flasche kreisen. So wie es aussah, hatte das starke Zeug sie schon trunken gemacht – ein kleiner Vorteil angesichts der überwältigenden Überlegenheit.

Brendan umfaßte sein Gewehr fester, als er besorgt und unter heftigem Herzklopfen das Chaos nach Priscilla absuchte. Endlich erspähte er sie in einiger Entfernung, auf dem Boden ausgestreckt, bis auf Hemd und Hose ausgezogen. Ihr Haar umrahmte als dunkles Gewirr ihre Schultern. Sie lag unter einem flachgesichtigen Indianer mit gewölbter Brust und blauer Kriegsbemalung.

Trotz der Entfernung konnte Brendan ihr Entsetzen spüren, und sein Jähzorn erwachte, so daß er sich nur mit Aufbietung seiner ganzen Kraft beherrschen konnte. Der Indianer griff zwischen ihre Beine und betastete ihre Brüste, während Priscilla vergeblich versuchte, ihn abzuwehren.

»Immer mit der Ruhe, Baby«, flüsterte Brendan, als könne sie ihn hören. »Ich komme dir zu Hilfe, so rasch es geht.« Näher kriechend ließ er sich hinter einem niedrigen Geröllhaufen nieder und klemmte seinen Colt-Mehrlader in einen Felsspalt. Als sein Finger sich um den Abzug legte, verzog er den Mund zu einem grimmigen Lächeln. Colt-Revolvergewehr – acht Schuß – noch etwas, das die Chancen ausglich.

Priscilla schrie auf, und Brendan legte auf den dickwanstigen Indianer an, der sie bedrängte. Es mußte der Häuptling sein, da er ununterbrochen Befehle brüllte. Mit kalter Entschlossenheit zielte er und drückte ab. Ein Schuß löste sich, und auf dem breiten Rücken des Mannes erschien ein großer Blutfleck. Wieder schrie Priscilla auf, und diesmal wurde ihr Schrei vom Aufprall des Toten auf ihrer Brust gedämpft. Brendan betätigte die Feder des Magazins und schoß auf einen zweiten Krieger, der daraufhin rücklings in den Staub fiel.

Nun brach die Hölle los. Der Rest der Krieger ging in Deckung und erwiderte das Feuer, einige mit Musketen, andere mit Pfeilen, die knapp an seinem Kopf vorüberschwirrten. Wieder drückte er ab und schaltete einen Indianer aus. Einer gab aus einem Revolver einen Schuß ab – vermutlich aus jenem, den er Priscilla überlassen hatte –, rief etwas in der

Komantschensprache, und die übrigen Krieger rannten zu ihren Pferden.

Inzwischen hatten sie entdeckt, daß ihr Angreifer ein Einzelkämpfer war, und kamen nun wild auf ihn zugesprengt. Die Hufe ihrer Pferde donnerten über die Erde. Unter lautem Rachegeheul teilte sich der Trupp, umringte den Geröllhaufen und drang gegen ihn vor. Brendan setzte zwei weitere Indianer außer Gefecht, drei gingen schließlich im Nahkampf auf ihn los. Seine Flinte als Keule einsetzend, schlug er einen aus dem Sattel, zog seinen Colt Paterson und streckte den zweiten nieder, ehe er einem Lanzenstich auswich und den dritten zu Boden riß.

Im Handgemenge wurde ihm der Colt aus der Hand geschlagen, und Brendan spürte, wie die Klinge des Kriegers in seinen Oberarm drang. Er achtete nicht auf den Schmerz, packte das Handgelenk des Komantschen, der, muskulös und von Brendans Größe, sein Messer mit aller Kraft gegen dessen Herz führte. Von irgendwo hinter ihnen tauchte ein Schatten auf. Brendan schwang den Krieger herum, um dem ihm selbst geltenden Lanzenstich auszuweichen, der seinen Gegner zwischen die Schultern traf.

Als der Indianer in den Staub sank, entriß ihm Brendan das Messer, griff nach seinem Revolver und vollführte eine Drehung, um sich den hoch zu Roß sitzenden Indianern zu stellen. Anstatt ihn wie erwartet anzugreifen, ritten sie aber unter lautem Geheul zum Lager zurück.

Verdammt! Ganz krank vor Angst suchte Brendan verzweifelt nach seinem Gewehr, als er sah, daß der Indianer an der Spitze auf Priscilla zustürmte, die auf die Anhöhe hastete. Sich tief aus dem Sattel beugend, umfaßte der muskulöse Komantsche ihre Taille und hob Priscilla hoch. Trotz ihrer Gegenwehr und ihrer Schreie gelang es ihm, sie mit dem Gesicht nach unten über die Kruppe seines Pferdes zu legen. Die anderen bemächtigten sich der Maultiere und Vorräte. Unter Siegesgheul ritten sie nach Norden, sicherem Terrain entgegen, außer Reichweite der Kugeln des weißen Mannes.

Verdammt! Brendan, der nicht an den Schmerz im Arm und an das Blut dachte, das sein Hemd durchnäßte, fand sein Gewehr und lief damit zu seinem Pferd. Ein Ruck am Zügel, das Pferd war frei, und Brendan schwang sich in den Sattel.

Die Staubwolke, die sie aufwirbelten, zeigte ihm von weitem an, wo sie sich befanden. Wegen der geraubten Maultiere kamen sie langsamer voran als gewohnt, während Größe und Schnelligkeit von Brendans Pferd ihm den nötigen Vorteil verlieh.

In Minutenschnelle kam Brendan auf Schußweite heran. In gestrecktem Galopp ging er so in Stellung, daß er Priscilla nicht gefährdete, klemmte den Kolben seiner Waffe an den Schenkel und zielte auf die Rothaut.

Die Kugel traf, der Indianer zog ruckartig am Zügel, so daß das Pferd sich aufbäumte und er hinterrücks herunterglitt und in einen Graben fiel. Als Priscilla im nächsten Moment vom Pferd rutschte, krampfte sich etwas in Brendans Brust zusammen, und er betete darum, sie möge unverletzt geblieben sein. Die restlichen Indianer ritten einfach weiter.

Brendan ritt schnell zu Priscilla, die sich unsicher aufraffte. Als sein Pferd schlitternd anhielt, sprang er aus dem Sattel und lief mit großen, entschlossenen Schritten auf sie zu.

Auch Priscilla fing zu laufen an. Am ganzen Leib zitternd und tränenüberströmt, sah sie Brendans zerfetztes und blutiges Hemd, hörte seine Schritte und sah sein Gesicht von so viel Angst verdunkelt, daß ihr Herz fast zersprang. Sie hatte mit angesehen, wie die Indianer ihn angriffen, hatte ihn um sein Leben kämpfen sehen, ohne ihm helfen zu können.

Lieber Gott im Himmel. Mit einem Aufschluchzen warf sie sich ihm in die Arme, weinend an seine Schulter geschmiegt, klammerte sie sich an ihn, flüsterte seinen Namen und spürte seine Arme um sich, die sie so fest hielten, daß sie kaum atmen konnte.

»Gottlob, daß du unversehrt bist«, hauchte er in das dunkle Lockengewirr, das um ihre Schultern lag.

»Halt mich fest«, flehte sie. »Laß mich nicht los.«

»Das werde ich nicht«, versprach er. »Ich werde dich nicht loslassen.« Er würde sie nicht loslassen, und er war gar nicht sicher, ob er es gekonnt hätte. Deshalb hielt er sie fest und ließ sie weinen und dankte dem Allmächtigen, daß er ihm die Kraft zu ihrer Rettung verliehen hatte. Immer wieder strich er ihr übers Haar, flüsterte besänftigende Worte und spürte, wie sie seinen Nacken umklammerte. Als sie aufblickte und ihn anschaute, küßte er sie sanft auf die Stirn. Auch die Tränen auf ihren Wangen küßte er.

Ihre Unterlippe bebte. Brendan senkte seinen Mund in einer kurzen Berührung. Dann umfaßten seine Hände ihr Gesicht, er küßte ihre Augen, ihre Nase und drückte dann den Mund auf ihre Lippen. Es erschien ihm so richtig, daß er sie küßte, so schmerzhaft richtig.

Priscilla mußte dasselbe empfunden haben, denn sie neigte den Kopf zurück, und ihre Arme glitten höher um seinen Nacken. So erwiderte sie seine Küsse, erst unsicher, dann mit einem Drängen, daß er aufstöhnte.

Er vertiefte den Kuß, und Priscilla reagierte sofort und berührte mit ihrer Zunge die seine, öffnete ihm ihren Mund, um mehr flehend. Sie fühlte sich so weich und nachgiebig an, so zerbrechlich und doch so feurig. Er spürte warm ihren Atem, und ihre Finger spielten in seinem Haar. Sein Atem kam in unregelmäßigen Stößen, und sein Schaft wurde dick und pulsierte, als er sie an sich drückte. Er mußte sie besitzen – wenn nicht, dann war es um ihn geschehen.

Unter Küssen hob er sie hoch und trug sie unter eine Eiche, wo er sie behutsam auf den Boden bettete. Priscilla stöhnte leise auf, als seine Zunge tiefer in ihren Mund glitt. Ihre Reaktion war unschuldig, aber so leidenschaftlich, daß es ihn erstaunte. Wie hatte er je glauben können, sie sei kalt?

Priscilla wußte nicht mehr, wer sie war oder was sie tat. Sie fühlte sich lebendig wie noch nie, lebendig vor Leidenschaft und Staunen und Sehnsucht nach diesem Mann, der sie gerettet hatte, der sie festhielt und beschützte, der tapfer und stark und anders als jeder andere Mann war, dem sie je begegnet war.

»Silla«, flüsterte er, in ihr dichtes Haar greifend und umfaßte ihren Hinterkopf, während sein Mund den ihren auskostete, suchend, neckend, bis sie entflammte.

Ihr Zunge, die wie Seide war, jagte ihm wohlige Schauer über den Rücken. Vor Sehnsucht nach ihr verzehrt, ließ er sie seine Begierde spüren, und sie genoß jede Bewegung seiner Hand, die Hitze seines Fleisches an ihrem, die heiße Wollust, die ihre Brustspitzen hart werden ließen.

Sie spürte, wie seine Finger über ihre Kehle glitten, tastend, spielerisch, während sein Mund ihre Lippen versengte und seine Zunge sich anfühlte wie eine warme, weiche Flamme. Er ging zu ihrem Ohr über, knabberte am zarten Ohrläppchen, um dann zu den Lippen zurückzukehren. Seine Hände streichelten ihre Haut und streiften die Träger ihres Hemdes von den Schultern.

Als der Kuß tiefer wurde, gruben sich ihre Finger in seinen Rücken. Muskelstränge wölbten sich unter ihrer Hand, und Priscillas Begehren flammte auf. Seine Handfläche fühlte sich rauh an ihrer Brust an, knetete sie, und ließ die bereits harte Spitze zu einer festen, pulsierenden Knospe werden.

»Wie wunderschön«, sagte er, auf die nach oben gerichtete Wölbung blickend, mit heiserer Stimme. »Er paßt genau in meine Hand.«

Seine Worte und sein sehnsüchtiger Ton ließen Priscilla aufstöhnen. Sie senkte den Blick zu ihrer Brust, die er entblößt hatte und nun so kühn liebkoste. Beim Anblick seiner langen braunen Finger, die ihre Haut streichelten, schoß feuchtheiße Hitze zwischen ihre Beine.

Lieber Gott, was geht mit mir vor? Priscilla schluckte schwer, zum ersten Mal der sündigen Dinge, die er tat, undeutlich bewußt. Nun ging ihr auf, daß sie ihm Einhalt gebieten mußte, ihm und dem Wahnsinn, der ihre Seele bedrohte.

Und daß sie morgen dem Mann begegnen sollte, den sie heiraten würde.

Dann forderte er ihren Mund, und seine Zunge drang geschmeidig und bezwingend ein, so daß Priscilla alle Bedenken über Bord warf, von einem Gefühl der Machtlosigkeit erfüllt, ganz ihrer Leidenschaft hingegeben und gewillt, allen seinen Wünschen nachzukommen. Wie konnte das sein?

Brendan schob den zweiten Hemdträger herunter, so daß sie bis zur Mitte nackt war, und Priscilla wölbte sich ihm entgegen, nach seiner Berührung lechzend. Ihre Hände glitten in sein offenes Hemd, über seine Brust, spürten das spröde dunkle Haar, das an seinem harten flachen Leib spitz zusammenlief. Ihr Körper schien in Flammen zu stehen. Über welche Waffen gebot er, daß sie ihm so hilflos ausgeliefert war? Welchen Zauber hatte er um sie gewoben?

»Brendan«, flüsterte sie mit leisem Schluchzen. »Was geht da vor?«

Brendan hielt mitten in der Bewegung inne. Unter seiner schwieligen Hand erbebte Priscillas weiches Fleisch, ihre vollkommen geformte Brust mit der dunkelrosigen Spitze schien nach mehr zu verlangen. Er blickte in ihre goldgesprenkelten Augen, sah sie getrübt vor Leidenschaft, wußte, daß sie ihn begehrte und bereit war, sich von ihm in Besitz nehmen zu lassen.

Aber er sah auch ihre Unsicherheit, ihre Angst und ihre Fassungslosigkeit darüber, daß dies alles passieren konnte.

Brendan schluckte hart, und seine Hand zitterte, als er gegen sein Begehren ankämpfte. Sein Schaft war so fest und pulsierte so heftig, daß er seine Faust gegen die bittersüße Pein drückte. O Gott, wie sehr er sie begehrte. Noch nie im Leben hatte eine Frau ihn so zu erregen vermocht.

Sie gehört Egan, flüsterte eine Stimme. *Sie ist mein,* hielt eine andere dagegen.

Aber selbst wenn er sie für sich forderte, was würde es nützen? Er war ein Mann, nach dem gefahndet wurde, ein Revolverheld, ein Spieler. Er genoß Frauen, aber nur für eine Nacht oder zwei. An eine Ehe dachte er nicht.

Wieder sah er Priscilla an, sah, wie ihr Zögern wuchs, wußte, wohin das führte, und daß sie ihn nachher hassen würde. Sie war trotz ihrer Glut und Leidenschaft nicht die Sorte, die man ins Bett nahm und fortwarf.

Zu lange ohne Mann, sagte er zu sich. Sie würde auf jeden Mann so reagieren, der die Geduld aufbrachte, sie zu erregen.

Auf diesen Gedanken hin krampfte sich in seinem Inneren etwas zusammen, aber zumindest hatte er Zeit, sich wieder zu fassen, Zeit auch zur nobelsten Geste seines Lebens. Er schob ihren Träger hoch, bedeckte ihre milchweißen Brüste und trat zurück. »O nein«, flüsterte Priscilla, auf die sein Rückzug wie eine kalte Dusche wirkte. Seine maskenhafte Miene ließ ihre Leidenschaft erlöschen, und ihre dunklen Augen umwölkten sich vor Scham. »O Gott, was habe ich getan?«

Priscilla wandte sich ab, aber Brendan faßte nach ihr, hielt ihre Schultern fest und zwang sie, ihn anzusehen. »Priscilla, es ist nicht deine Schuld. Du warst völlig durcheinander – und ich habe die Situation ausgenutzt.«

Unwillkürlich bedeckte sie mit den Händen ihre Brüste, obwohl das dünne Hemd schon wieder korrekt hochgeschoben war.

»Ich... ich hätte dich daran hindern sollen.« Sie bezwang die Tränen, die in ihren Augen brannten.

»Du bist unerfahren, ich nicht. Es ist nicht deine Schuld.«

»Es ist meine Schuld«, widersprach sie, befreite sich aus seinem Griff und stand auf. »Ich bin verliebt. Und ich habe mich wie eine... Schlampe benommen. Das werde ich mir nie verzeihen.«

Brendan stand neben ihr auf. »Priscilla, du bist eine Dame. Seit dem Augenblick, als ich dich traf. Heute hast du Tod und Vernichtung gesehen, so schlimm, daß es deine Vorstellung übersteigt. Du hast deine Wachsamkeit aufgegeben, und ich habe das ausgenutzt. Ich habe dich von Anfang an begehrt – und ich hatte solche Angst, es sei dir etwas zugestoßen...« Er griff nach seinem breitkrempigen Hut, klopfte den Staub an seinem Schenkel ab und setzte ihn auf. »Wenn du meine Entschuldigung annimmst, verspreche ich, daß es nicht wieder vorkommen wird.«

Genau in diesem Moment wußte sie es. Während er ihre Tugend pries und versuchte, die Schuld an der leidenschaftlichen Szene auf sich zu nehmen und ihr Gefühl der Schande zu lindern – da wußte sie, was für ein Mann er war.

Und daß sie ihn nie vergessen würde.

Und es war auch der Augenblick, in dem ihr klar wurde, daß sie sich ihn verliebt hatte.

Sie blickte in sein sanftes, besorgtes Gesicht, versuchte sich jede Einzelheit einzuprägen, ehe ihr Blick zu seinen mächtigen Schultern und der breiten Brust wanderte.

»Dein Arm!« rief sie aus, fassungslos, daß sie dies vergessen hatte. Eilig faßte sie nach ihm, griff nach seinem Ärmel und riß den Stoff ab.

»Halb so schlimm«, beruhigte er sie. »Die Blutung hat die Wunde ein wenig gereinigt.« Sein Lächeln fiel matt aus. »Wenn du noch einen Streifen von deinem Unterrock entbehren kannst, werden wir Wasser suchen und die Wunde waschen und verbinden.«

»Sehr gut«, sagte sie, sich zu einer Munterkeit zwingend, die sie nicht empfand. Nachdem sie den Verband angelegt hatten, setzte Brendan sie auf sein Pferd und schwang sich hinter ihr in den Sattel.

»Wir wollen zurück zum Wagen und sehen, was es zu retten gibt. Den Rest der Strecke müssen wir reiten, aber wir werden es schaffen. Das verspreche ich dir.«

Priscilla wich seinem Blick aus. »Ich weiß es«, sagte sie, von tiefem Vertrauen zu ihm erfüllt.

Ihr fiel auf, daß das Erreichen der Triple R plötzlich für ihn viel wichtiger war als für sie.

»Heute habe ich einen Menschen getötet.« Neben dem niedergebrannten Lagerfeuer sitzend, spielte Priscilla mit einem Ast im Staub zu ihren Füßen.

»Ja«, sagte Brendan leise. »Ich habe seinen Leichnam von der Anhöhe aus gesehen.«

»Ich schoß ihm das Gesicht weg. Es war nichts übrig ...«

»Nicht, Priscilla. Tu dir das nicht an.« Er saß im Schneidersitz neben ihr auf dem Boden, in sicherem Abstand, und rauchte eine dünne Zigarre, die er in dem von den Komantschen hinterlassenen Durcheinander gefunden hatte.

Während Priscilla wartete, war Brendan zum grausigen Schauplatz des Überfalls zurückgekehrt, um seine verlorenen Waffen zu holen und um zu retten, was von ihrer Ausstattung und den Vorräten übrig war – nicht viel, aber er fand etwas zum Anziehen für sie und nahm so viel mit, wie sie in den Satteltaschen befördern konnten.

Anschließend lagerten sie an einem Flußlauf, verspeisten den Hasen, den er erlegt hatte – obwohl Priscilla nicht viel Appetit hatte – und saßen nun ruhig da und schauten ins Feuer.

»Du hast abgedrückt, weil dir nichts anderes übrigblieb«, sagte er. »Du hast nur versucht, dich zu verteidigen.«

»Das werde ich nie vergessen, nicht, solange ich lebe.« Sie hob wieder ein trockenes Blatt auf und studierte die braunen Adern. »Mir wurde übel, so als hätte ich einen Teil von mir getötet. Egal, was auch geschehen mag, ich werde es nie wieder tun, auch nicht, um mein Leben zu retten.« Sie warf das Blatt in die Flammen und sah zu, wie es sich krümmte, schwarz wurde und laut in der stillen Nachtluft knisterte.

Priscilla warf ihm einen Blick zu. »Und noch etwas ist dort draußen passiert. Etwas, das ich nicht erklären kann. Etwas... ich weiß nicht... es war, als sei ich in einem schrecklichen Abgrund verloren. Ich konnte nur Blut und Tod sehen. Und ich spürte nur Angst und Schmerz.«

Sie schüttelte den Kopf. »Ich weiß nicht, ob ich so leben kann, Brendan, ob ich Tag für Tag diesem Lebens ins Auge sehen kann. Nach allem, was geschah... ich weiß es nicht.«

Ein Aschenstück zischte in der Glut und brach das unbehagliche Schweigen. Brendans langgezogener Seufzer paßte zu dem Geräusch. »Das Töten eines Menschen ist nicht einfach«, sagte er. »Mag man noch so im Recht sein, mag es noch so notwendig sein.«

Sie blickte auf. »Würdest du aufhören, wenn du könntest?«

In seiner Wange zuckte ein Muskel. »Auch wenn du es nicht glaubst – aber ich töte keine Menschen, wenn ich nicht muß – nicht für Geld oder aus anderen Gründen. Texas ist ein gesetzloses Land, jung und wild – noch im Wachstum begriffen. Das ist vor allem der Grund, weshalb ich gekommen bin. Einige Teile des Landes sind ruhiger als andere, und eines Tages wird alles zivilisiert sein. Bis dahin aber muß ein Mann Härte zeigen, um sein Eigentum zu halten.«

Er begegnete offen ihrem fragenden Blick. »Manche Menschen gehen viel weiter. Sie nehmen sich mehr, als ihnen zukommt, auch wenn sie dafür lügen, betrügen und stehlen müssen.« Er wollte noch etwas sagen, begnügte sich dann aber damit, die Zigarre zwischen seine ebenmäßigen weißen Zähne zu klemmen und in die flackernden orange-roten Flammen zu starren.

»Wie geht es deinem Arm?« fragte sie leise, obwohl es der andere war, den er jetzt unwillkürlich rieb, eine Gewohnheit, die ihr schon aufgefallen war. Er tat es immer, wenn er erregt oder unsicher war.

»Nicht so schlimm«, erwiderte er. Er zog einen Mundwinkel hoch. »Ich brauchte eine Narbe am rechten Arm, die zu jener an meinem linken paßt.«

Sie lächelte unmerklich. »Ehe wir aufbrechen, sehe ich noch einmal nach.«

Die Unbekümmertheit in seinem Blick schien zu verblassen. Er warf die Zigarre in die Flammen… »Meiner Berechnung nach müßten wir vor Mittag da sein… nicht so pünktlich und untadelig, wie ich geplant hatte, aber immerhin lebendigen Leibes.« Sein Gesicht wirkte angespannt. Er wirkte gedankenverloren und ernster als zuvor.

»Sobald du angekommen bist«, fuhr er auf seine eigenartig entrückte Art fort, »stehst du unter der Obhut Egans und seiner Leute. Gewiß wird er sehr großzügig sein und dafür sorgen, daß du neue Kleider bekommst und alles andere, was du benötigst. Du brauchst keine Angst zu haben, Priscilla.« *Zumindest nicht vor den Indianern.*

»Und was ist mit dir? Was hast du vor?«

Er nahm den Zweig, den sie in ihren Händen gehalten

hatte, und stocherte damit in den Flammen. Ein Funkenregen sprühte in den schwarzen texanischen Himmel hoch. Über ihnen erhellte ein Sternenschleier das Himmelszelt, und Priscilla spürte die unendliche Weite und sah die ungezähmte Schönheit, die Brendan so liebte.

»Ich werde tun, was ich immer tue. Weiterziehen. Einen Ort finden, wo ich eine Zeitlang bleibe. Wieder weiterziehen.«

»Warum?«

»Was meinst du mit ›Warum‹? Warum nicht?«

»Du bist ein guter Mensch, Brendan. Sicher möchtest du mehr vom Leben als das, was du hast.«

»Mag sein, daß ich das einmal wollte. Aber die Zeiten ändern sich. Dinge geschehen. Nach dem Krieg war es mir nicht mehr wichtig.«

»Was kann denn so schrecklich gewesen sein, daß es dich zur Ruhelosigkeit verdammt?«

»Wer sagt, daß ich ruhelos bin?«

»Sagst du es nicht selbst?«

Brendan gab darauf keine Antwort und starrte in die Dunkelheit jenseits des Feuers. Eine Grille zirpte in der Finsternis ein melodiöses Klagelied, das Priscilla zuvor nie bewußt wahrgenommen hatte.

»Zeit zum Schlafengehen«, sagte er schließlich. »Am Morgen sieht alles viel rosiger aus.«

Brendan, der wünschte, er hätte dem Priscilla gegebenen Rat folgen und einschlafen können, lauschte aufmerksam dem Ruf einer Eule. Als er überzeugt war, daß es wirklich ein Vogel und kein Indianer war, senkte er den Kopf entspannt auf den Sattel, der ihm als Kissen diente.

Seit drei Stunden schon versuchte er einzuschlafen, doch sein Verstand leistete erbittert Widerstand. Ständig sah er

Priscillas zarten Körper vom Indianer am Boden festgehalten, spürte den schrecklichen, durchdringenden Schmerz, den er empfunden hatte, als er sie in Gefahr wußte.

Und wenn er nicht daran dachte, sah er ihre Brüste vor sich, die aufreizend nach oben wiesen, versuchte nachzuempfinden, wie sie sich in seine Hand schmiegten. Es war eine erregende und zugleich schmerzliche Erinnerung, die er verdrängte.

Zum Schluß dachte er über ihre Worte nach. Lief er wirklich vor seiner Vergangenheit davon? In Wahrheit wußte er, daß es der Fall war. Er wurde im Indianerterritorium polizeilich gesucht, doch seine Chancen standen gut, daß man ihn in den Weiten von Texas nicht verfolgen würde. Er hatte Geld auf die Seite tun können – ein hübsches Sümmchen sogar. Er verfügte über Bildung, über weit mehr als die meisten Männer, die er hier kannte. Wenn er wollte, konnte er sein Leben ändern.

Aber wollte er es wirklich?

Ehe er Priscilla begegnet war, hatte er nie an Seßhaftigkeit gedacht. Gewiß, er hatte Zukunftspläne geschmiedet, hatte Ziele und Träume gehabt wie jeder junge Mann, hatte eine Karriere bei der Armee erwogen – und hatte es zum Leutnant gebracht, ehe er entdeckte, daß es für ihn nicht der richtige Weg war. Als nächstes hatte er an eine Ranch gedacht, ein Ziel, das er nach dem Krieg eine Zeitlang verfolgte. Er war sogar so weit gegangen, Land zu kaufen, nie aber hatte er den Anlauf unternommen, wirklich etwas daraus zu machen.

Angenommen, Priscilla würde eine Ehe mit ihm in Erwägung ziehen – angesichts dessen, was Egan ihr bieten konnte, höchst unwahrscheinlich –, würde die Ehe etwas ändern? Und wollte er, daß sich etwas änderte?

Zum Teufel, er liebte seine Unabhängigkeit, sein sorgloses

ungebundenes Leben. Eine Frau war nur ein Mühlstein um den Hals, eine lästige Bürde. Die Ehe bedeutete ein Ende der Freiheit, da sie einem Familie und ungewollte Verantwortung aufhalste.

Er dachte daran, wie abhängig Priscilla von ihm war, wie sie zu ihm aufblickte. Irgendwie tat es gut zu wissen, daß man gebraucht wurde. Andererseits jagte es ihm Todesangst ein.

Brendan horchte auf die Geräusche der Nacht und ließ sich von ihnen einlullen wie immer, bis er spürte, daß seine Müdigkeit ihn übermannte.

Egan war der richtige Mann für Priscilla. Er besaß Geld und Macht – und Stabilität. Priscilla wünschte sich Kinder, Egan ebenso. Sie wollte ein Heim – und nach allem, was man hörte, lebte Egan in einem großen Herrenhaus. Und sie würde sich den Wünschen ihres Mannes beugen müssen – wie unzählige andere Ehefrauen auch.

Insgeheim empfand Brendan boshafte Schadenfreude, da ihm kaum vorstellbar war, daß Priscilla Befehlen gehorchen würde. Er dachte an ihren Mut und ihre Intelligenz, ihre Sanftheit und ihre Entschlossenheit. Als er an ihren wohlgeformten Körper dachte, war es für ihn eine quälende Vorstellung, daß die Finger eines anderen über ihr weiches helles Fleisch glitten.

Daß er sie begehrte, war nicht zu leugnen. *Ein Mann begehrt immer das, was er nicht haben kann.* Er würde über sie hinwegkommen. Er würde weiterleben wie bisher. Einen Strick um den Hals war das allerletzte, was er brauchte – weder einen Henkersstrick noch denjenigen, den eine Ehe mit sich brachte. Frei und ungebunden, war seine Devise. Hartes Gesöff, schnelle Frauen und leichtes Geld. Morgen würde er Priscilla ein für allemal los sein, und alles würde sich normalisieren.

Er würde nach Norden reiten und Orte sehen, die er noch

nicht kannte, und nach kurzer Zeit würde er ein allzu zerbrechliches weibliches Wesen vergessen, das ihm nur Verdruß bereitet hatte.

Sich tiefer in seine Matte schmiegend, versuchte Brendan nicht an die Einsamkeit zu denken, die auf diesem Weg seine Begleiterin sein würde.

8. Kapitel

»Reiter nahen!« Der Ruf kam vom Posten am Tor, einer großen Holzkonstruktion, die immer offenstand, wenn nichts zu befürchten war. Eine niedrige Steinmauer, die als Abgrenzung das gesamte Gelände umschloß, nahm von dort ihren Ausgang. Als Abwehr nicht unüberwindlich, bot sie aber dennoch einen gewissen Schutz.

»Sie werden jeden Moment das Tor passieren!« Jaimie Walker, ein rothaariger Mann von sechsundzwanzig Jahren, galoppierte auf seinem kleinen gefleckten Pferd vors Haus und kam in einem Durcheinander von Staub und kläffenden Hunden zum Stehen.

»Kann man sehen, wer es ist?« fragte Stuart vor der schweren Eichentür, die in die Eingangshalle mit dem Marmorboden führte. Aus rosa-weißem Kalkstein erbaut, erhob sich das Haus mit den dicken Mauern zwei Geschosse hoch, mit Balkonen vor den Schlafräumen im Oberstock und einer breiten gedeckten Veranda an der Vorderfront zu ebener Erde.

Vor zwanzig Jahren von Don Pedro im prunkvollen spanischen Stil errichtet, war es von Stuart umgebaut, mit mehr Komfort versehen und vergrößert worden. Sein Stolz auf diesen Prachtbau kannte keine Grenzen.

»Nur ein Pferd«, meldete Jaimie. »Sieht nach zwei Reitern aus. Erst dachte ich, es sei Hennessey, aber ich habe mich geirrt. Vielleicht ist es Harding. Der ist schon eine Woche überfällig.«

Stuart hatte einen seiner besten Leute nach Natchez geschickt, damit dieser Gerüchten um ein Problem nachging, das dort aufgetaucht war. Er wünschte sich sehnlichst, der Reiter möge Harding sein. Er mußte wissen, wie es um die Beziehung zu seinem Expartner Caleb McLeary bestellt war – um dieser Beziehung notfalls ein Ende zu setzen.

Stuart nahm einen letzten Zug von seiner teuren Havannazigarre und warf sie ins Gebüsch neben der Veranda, just in dem Moment, als der große schwarze Wallach, den er sofort als jenen Barker Hennesseys erkannte, das Tor passierte. Vorne im Sattel saß eine schlanke dunkelhaarige Frau, hinter ihr ein großer, breitschultriger Mann.

Stuart, der über seiner grauen Brokatweste und der schwarzen Hose kein Jackett trug, blieb abwartend im Eingang stehen. Erst als die beiden näher kamen, trat er hinaus auf die breite, gedeckte Veranda.

Ein Hunderudel umkreiste jaulend und schnappend die Pferdebeine, in seinem Gefolge drängten sich die Juarez-Kinder, Sprößlinge seines mexikanischen Aufsehers, um die Neuankömmlinge.

»Sie sind Egan?« fragte der große Mann. Zu seiner engen blauen Hose und dem Hemd aus Handwebe trug er abgetretene Stiefel und einen breitkrempigen braunen Filzhut. Die Waffe an seiner Hüfte sah wie ein 36er Paterson aus. Er trug sie tiefer, als Stuart es je an einem Mann gesehen hatte.

»Ich bin Stuart Egan.«

Der Mann schwang sich vom Pferd und half der Frau beim Absitzen. Sie war schlank, mit feinen Zügen, schönem Teint und dichtbewimperten großen braunen Augen.

»Trask ist mein Name«, sagte der kantig wirkende Mann. »Das ist Priscilla Wills, Ihre Verlobte.«

Stuart ließ sich seine Verwunderung anmerken – nicht aber seinen Ärger. »Priscilla«, sagte er, stieg die Verandastufen hinunter und ging über den staubigen Hof, um ihre schmalen Hände zu umfassen. »Was, um alles auf der Welt, ist passiert? Wo ist deine Reisebegleiterin? Und warum kommst du nicht mit Barker?«

»Leider ist Mr. Hennessey tot«, antwortete Trask an ihrer Stelle. »Er fiel in Galveston einem Unfall zum Opfer. Miß Wills hat mich überredet, seine Stelle einzunehmen und sie zu begleiten. Und was ihre Anstandsdame betrifft ... die Frau wurde gleich hinter Cincinnati krank.«

Um Trasks Mund legte sich ein grimmiger Zug. »Außerdem hatten wir es mit Strauchdieben, Schlangen und Indianern zu tun. Sie können von Glück reden, daß die Dame überhaupt angekommen ist.« Sein Ton ließ Tadel heraushören, und Egans Ärger wuchs.

Er wandte sich an Priscilla. »Du ahnst gar nicht, wie sehr mich dies betrübt. Hätte ich nur die leiseste Ahnung von diesen Schwierigkeiten gehabt, ich hätte dich selbst abgeholt.«

»Dessen bin ich sicher«, versetzte sie leise. »Aber Mr. Trask hat sein Bestes getan. Ich glaube, er hat mir das Leben gerettet.«

»Ist das so?« Er sah Trask an, dessen Miene undeutbar blieb. »Ich werde dafür sorgen, daß Mr. Trask für seine Mühe entsprechend entschädigt wird.« Stuarts Blick wanderte wieder zu Priscilla, erfaßte ihr zerrissenes blaues Musselinkleid mit dem adretten weißen Kragen, das zu einem dicken, bis zur Mitte reichenden Zopf geflochtene schimmernde dunkle Haare, ihre schmale Taille und die Andeutung der Wölbung ihrer Brüste. Er registrierte auch ihre stolze Haltung und den Anflug von Unsicherheit, in die sich Entschlossenheit mengte. Sie sah mitgenommen und müde aus, doch sie hatte überlebt. Ein gutes Zeichen für die Söhne, die sie ihm gebären würde.

»Ich bitte, mein Aussehen zu entschuldigen«, sagte sie, als könne sie Gedanken lesen. »Die Indianer haben meine Garderobe samt meiner gesamten Ausstattung vernichtet – aber das meiste haben sie geraubt.« Ihre Haltung straffte sich noch mehr. »Wir sind beide nur knapp mit dem Leben davongekommen.«

Stuart legte den Arm um ihre Schultern und zog sie behutsam an sich. »Ich würde alles dafür geben, es ungeschehen zu machen. Aber hier bist du in Sicherheit. Priscilla, ich verspreche dir, daß du für jedes verlorene Kleid zehn neue bekommst. Ich werde die beste Schneiderin von ganz Texas kommen lassen.«

»Ich habe alles aus meiner Hoffnungs-Truhe verloren«, sagte sie ganz traurig. »Persönliche Erinnerungen, Sachen, die ich für unsere Hochzeit genäht habe. Mr. Trask hat nur mein Medaillon wiedergefunden.«

»Dein Medaillon?«

Ihre Unterlippe bebte, das erste Anzeichen von Schwäche, das er an ihr bemerkte. »Es ist mir sehr teuer, da es die Porträts meiner Eltern enthält.«

»Schon gut, meine Liebe«, besänftigte Stuart sie. »Mr. Trask hat dich meiner Obhut überantwortet, und von nun an wird alles wieder gut.«

Als Priscilla Trask ansah, flammte etwas in ihren Augen auf. Sie ist wirklich hübsch, dachte Stuart. Weit hübscher, als er erwartet hatte. Auch ihre Figur sah sehr reizvoll aus.

Er folgte ihrem Blick zu dem rauh aussehenden Fremden, sah dessen schlanken, aber kraftvollen Körperbau, die selbstsichere, katzenhaft geschmeidige Haltung. Unter der Krempe des braunen Hutes hervor blickten hellblaue Augen wachsam aus einem stoppelbärtigen Gesicht, das unbestreitbar als hübsch zu bezeichnen war.

Stuart unterdrückte seinen Unmut darüber, daß die beiden allein durchs Land gezogen waren.

»Warum gehen wir nicht hinein?« sagte er zu Priscilla, ohne eine Antwort zu erwarten. »Jaimie«, rief er dem rothaarigen Cowboy zu, den er seit fünf Jahren beschäftigte und als eifrige Arbeitskraft schätzte. Ein Jammer, daß der Bursche zu gutmütig war, um Barkers Stelle als Vormann einnehmen zu können. »Sorge dafür, daß Mr. Trask zu essen und einen Schlafplatz bekommt. Er kann bleiben, solange er möchte.«

»Ich breche auf, sobald ich gegessen habe«, sagte Trask.

Stuart widersprach nicht. Einen Moment lang machte Priscilla ein Gesicht, als wollte sie Protest einlegen, unterließ es dann aber. »Ich bringe Ihnen das Geld, das Sie sich verdient haben, hinüber ins Küchenhaus.«

»Wenn es recht ist, nehme ich Pferd und Sattel als Entgelt. Dazu brauche ich Proviant, eine Schlafmatte und Munition.«

»Sie bekommen alles – und dazu einen vollen Monatslohn.«

Trask erstarrte kurz, ehe er mit einem lässigen Achselzucken sagte: »Das ist mehr als fair. Geld ist der Grund, weshalb ich mich vor allem auf die Sache einließ.«

Stuart durchschaute die Lüge, und sein Ärger wuchs.

Trask drehte sich um und ging zu seinen Satteltaschen. »Miß Wills, hier habe ich ein paar Kleider und andere Sachen, die ich im Wagen noch finden konnte.«

»Jaimie kann sie ihr bringen«, sagte Stuart, »und er wird das Pferd versorgen.«

Priscilla blickte erst zu ihrem Verlobten auf, dann ging sie mit gleichmütiger Miene zu Brendan. Den ganzen Morgen hatte sie sich für diesen Moment gewappnet, und nun war er da, und sie wußte nicht, wie sie ihn hinter sich bringen sollte.

Sie beobachtete, wie seine langen Finger sich an der Schnalle seiner Satteltasche zu schaffen machten, die Klappe hoben und elfenbeinfarbige Seide herauszogen. Feine Spitze fiel weich über seine dunkle Hand.

»Mein Brautkleid«, flüsterte Priscilla. »Und ich dachte, die Indianer hätten es geraubt.«

Sie benetzte ihre plötzlich wie ausgedörrten Lippen und sah in Brendans Gesicht. Er hatte sich heute nicht rasiert, so als bedeuteten die Bartstoppeln den ersten Schritt der Rückkehr zu dem hartgesottenen Kerl, der er vorher gewesen war. Wie lange würde er auf seiner Rückreise in die Einsamkeit brauchen, um sie zu vergessen?

Brendan übergab ihr das Kleid, und Priscilla nahm es in Empfang. Ihre Hände berührten einander. Seine Haut war im Gegensatz zur glatten kühlen Seide rauh und warm. Sie spürte ein Würgen in der Kehle und blinzelte angestrengt, um die Tränen zurückzuhalten. »Danke«, sagte sie leise.

»Du mußt entschuldigen, daß es so verknittert ist.«

»Es war lieb, es mir zu bringen.« Ihre Hand zitterte, als sie es über ihren Arm legte. Sie befingerte das Brautkleid, die Perlen, mit denen sie die Spitze liebevoll benäht hatte. Unvorstellbar, daß sie dieses Kleid für einen Mann tragen sollte, den sie nicht kannte, der ihr gleichgültig war, und nicht für den fürsorglichen, leidenschaftlichen Mann, der groß und stolz vor ihr stand.

»Viel Glück, Miß Wills«, sagte er. Ihr entging nicht, wie heiser seine Stimme klang, auch nicht, mit welcher Wärme sein Blick sie erfaßte und dann an ihrem Gesicht hängenblieb.

»Gib acht auf dich«, sagte er.

Seine Hand berührte ihre Wange, aber nur einen Augenblick, dann fiel sie wieder an seiner Seite herunter. »Du wirst es schaffen. Wenn du willst, kannst du dieses Land erobern.«

Ich könnte es, wenn ich müßte. »Ich werde mein Bestes

tun, die Dinge, die du mich lehrtest, nicht zu vergessen. Die Schönheit zu suchen und nicht nur die Härte zu sehen.« *Ich werde die Farbe des Himmels sehen, mich an der Tierwelt erfreuen, auf die Geräusche der Insekten horchen. Aber vor allem werde ich daran denken, was ich bei deiner Berührung empfand.* »Wohin reitest du von hier aus?«

»Ich wollte immer schon San Antonio sehen.«

Ich möchte nicht, daß du gehst. »Und was ist mit den Indianern? Die sind auch in diese Richtung geritten.«

Er ließ ein trauriges, müdes Lächeln aufblitzen. »Sie haben bekommen, worauf sie aus waren. Alles, bis auf dich.«

Und ich habe, worauf ich aus war – alles, bis auf dich. Sie dachte an die gemeinsam verbrachte Zeit, an die Sanftheit, die immer da war, wenn sie sie gebraucht hatte, an die Leidenschaft, gegen die er ankämpfte.

Er war mehr Mann als alle, die sie kannte, großzügiger, teilnahmsvoller – sogar gewillt, sein Leben aufs Spiel zu setzen, um sie zu schützen.

»Nie werde ich vergessen, was du für mich getan hast.«

Brendan räusperte sich und sah weg. Sie sah, wie ein Kiefermuskel zuckte und dachte daran, wie sich seine Haut unter ihren Fingern angefühlt hatte, an die Wärme seines Mundes. Als er sprach, kamen seine Worte rauh und heiser. »Es wird mir schwerfallen, dich zu vergessen.«

Priscilla schloß die Augen. Wenn er jetzt nicht sofort ging, würde sie sicher Schande auf ihr Haupt laden. »Ich gehe jetzt«, flüsterte sie. Ihre Kehle war so eng, daß sie die Worte kaum herausbrachte. »Stuart wartet.«

Brendans Blick ging in die Ferne. »Er verdient dich nicht«, sagte er so leise, daß nur sie es hören konnte. »Und ich kenne den Mann nicht, der dich verdienen würde.«

Sie würde nicht weinen, auf keinen Fall. Trask wollte sie nicht – und sie wollte ihn schon gar nicht.

Lügnerin. Du bist verliebt in ihn. »Nochmals danke. Für alles.«

Als Stuart auf sie zu kam, verschloß Brendans Miene sich noch mehr. Er tippte an seine Krempe. »Leben Sie wohl, Miß Wills.«

»Lebwohl... Brendan.« Sie hätte ihn nicht beim Vornamen nennen sollen, aber sie konnte ihn nicht ziehen lassen, ohne ihm zu verstehen zu geben, wie teuer er ihr war, und wie sehr ihr an ihm lag. Er warf ihr einen letzten flüchtigen Blick zu, den sie nicht zu deuten vermochte, und ging wortlos fort.

Priscilla blickte ihm nach, die Hände in den Falten ihres staubigen blauen Kleides zu Fäusten geballt. Gott im Himmel, warum mußte das sein?

Priscilla spürte Stuarts Hand um ihre Mitte, fest und besitzergreifend.

»Es tut mir leid, daß dies alles passiert ist. Wenn du dich dazu imstande fühlst, könnten wir ins Haus gehen, damit du mir die ganze Geschichte erzählen kannst. Das gibt uns die Möglichkeit, uns kennenzulernen.«

Priscilla nickte, erleichtert, daß er mehr wissen wollte. Sie zwang sich, auf einen letzten Blick zu Brendan zu verzichten, und ließ sich von Stuart zum Haus führen. Als sie den mit Steinen belegten Weg entlanggingen, berichtete sie ihm von der Klapperschlange und wie Brendan sie gepflegt hatte. Sie berichtete ihm von den Männern in der Handelsstation und wie er sie gerettet hatte. Und als letztes schilderte sie, wie er die Indianer abgewehrt hatte.

»Er hat sich rührend um mich gekümmert«, sagte sie mit einem traurigen kleinen Lächeln.

»Da bin ich sicher, meine Liebe.« Innerlich kochend, hörte Stuart aufmerksam zu.

Als Consuela, seine Haushälterin, Priscilla nach oben in ihr Zimmer führte, schickte er nach Jaimie, der sich um die

Zuchtstuten im Stall hätte kümmern sollen, aber lieber unweit der Veranda geblieben war, um Priscilla besser sehen zu können.

»Such dir ein paar Leute aus, von denen du glaubst, daß sie die benötigte Information bekommen können. Einen schickst du nach Corpus Christi, einen nach San Antonio. Ich möchte alles wissen, was sich über Brendan Trask in Erfahrung bringen läßt. Und ich möchte wissen, was Barker zustieß – und wenn man bis nach Galveston müßte, um es herauszubekommen.«

»Jawohl, Sir... Boß.« Jaimie lüpfte den verschwitzten grauen Hut und wischte seine Stirn in seiner Armbeuge ab. »Sonst noch etwas?«

»Im Moment wäre das alles. Wir wissen, wohin er reitet. Wenn nötig, werden wir ihn finden.«

Jaimie nickte und tat wie immer, was man von ihm verlangte.

»Haben Sie alles, was Sie brauchen, *Señorita* Wills?«

»Ja, Consuela, danke. Sie waren sehr aufmerksam.« Priscilla stand am Fenster ihres Schlafzimmers und blickte auf den Hof hinunter. Sie hatte ein Bad genommen, ihr Haar gewaschen und getrocknet und es aus dem Gesicht zurückgestrichen. Dann hatte sie die geborgten Sachen angezogen.

»Ich werde mich um Ihre Kleider kümmern«, versprach Consuela. »Hoffentlich stört es Sie nicht, daß Sie Sachen von Dolores tragen müssen, bis Ihre eigenen fertig sind.«

»Ach, sie sind wunderbar.« Ein hellroter Rock und eine einfache Bauernbluse mußten für den Moment genügen, dazu trug sie feste Schuhe und ein paar weiße Strümpfe, die Brendan hatte retten können. »Sagen Sie Ihrer Tochter, daß ich ihre Freundlichkeit zu schätzen weiß.«

Consuela nickte mit ihrem schwarzhaarigen Kopf, trat

hinaus auf den Gang, den ihre volle Figur auszufüllen schien, und schloß leise die Tür.

Der Raum war verschwenderisch ausgestattet – rosa Damastdraperien und ein Himmelbett mit einer passenden rosa Überdecke bildeten einen auffallenden Blickfang. Ein Toilettentisch mit Marmorplatte, ein Rosenholzschrank und ein eleganter französischer Schreibtisch ergänzten die Einrichtung des Zimmers, auf dessen Eichendielenboden Orientteppiche lagen. Priscilla kehrte an das breite, von Jalousien verschattete Fenster zurück, um nach Brendan Ausschau zu halten, wie schon wiederholt in der letzten halben Stunde. Man sah von hier aus auf eine kleine gedeckte Veranda, die vor dem Hauptschlafzimmer lag.

Es dauerte nicht lange, und sie sah ihn über den Hof reiten, hochaufgerichtet und stolz. Sein Pferd ebenso imposant wie der Reiter. Ohne nach rechts und links zu schauen, richtete er den Blick geradeaus, bis er das Tor passiert hatte. Nun schob er sich den Hut eine Spur tiefer in die Stirn und trieb sein Pferd zum Galopp an.

Priscilla wurde die Kehle eng, als sie ihn so fortreiten sah. Auch wenn er ihr den Rücken kehrte, nahm sie die geschmeidige Anmut wahr, mit der er ritt, die Leichtigkeit, mit der er das mächtige Tier beherrschte. Reglos sah sie ihm nach, mit einem Würgen in der Kehle, während ihr heiße Tränen über die Wangen flossen. Allzu rasch wurde er zu einem Punkt am Horizont und verschwand dann völlig.

Priscilla spürte einen würgenden Kloß in der Kehle, konnte ihn aber nicht mit Schlucken zum Verschwinden bringen. Wie einsam sie sich fühlte. Wie verzweifelt, schmerzlich einsam!

Wie war es nur möglich, da doch der Mann, den sie heiraten wollte, in der eleganten Zimmerflucht im Erdgeschoß wartete?

Priscilla warf einen letzten kurzen Blick zum Horizont, sah nur eine flache braune Linie unterbrochen von Dorngestrüpp und trat mit eiserner Entschlossenheit vom Fenster zurück. Jetzt blieb nichts übrig, als das Beste aus der Situation zu machen. Sie hatte gelobt, Stuart Egan zu heiraten, komme, was da wolle, und sie würde es tun.

Sie dachte an Stuarts Besorgtheit und wie rührend er sie beruhigt hatte. Er war alles, was sie sich vorgestellt hatte – und mehr. Er hatte sich in den Briefen perfekt geschildert – helles Haar, braune Augen und eine gebräunte Hautfarbe – alles in einem angenehm männlichen Gesicht. Hübsch, hatte Tante Maddie ihn beschrieben, und das war er auch.

Aber nicht auf die beunruhigende Weise wie Brendan, dachte sie mit einem schmerzlichen Stich. Nicht zerklüftet und gemeißelt, nicht sehnig und hart. Stuart sah viel älter aus, an die Vierzig, war aber fast gleich groß, kraftvoll gebaut und intelligent.

Obwohl Priscilla sich ihrer Menschenkenntnis rühmte, fand sie, daß Stuart schwer zu durchschauen war. Da von ihm vor allem eine Aura der Macht ausging, fand sie den fürsorglichen Zug in seinem Wesen um so anziehender. Und doch... in ihrem kurzen Gespräch hatte sie nichts von dem empfindsamen Mann entdecken können, als der er sich in seinen Briefen präsentierte.

Sie hoffte, daß wachsen und gedeihen würde, was immer er an liebevollen Gefühlen für sie hegte. Weiters hoffte sie, daß sie als Eheleute gut miteinander auskommen würden.

Priscilla strich über die wunderschöne rosa Überdecke und versuchte sich Stuart als ihren Mann vorzustellen. Statt dessen aber sah sie Brendans Gesicht vor sich, Brendan, der ihr Lächeln erwiderte, der sie festhielt und küßte und ihren Körper entflammte.

Gegen ihren Willen malte sie sich die Hochzeitsnacht aus,

stellte sich vor, wie sie unter dem teuren Seidenhimmel anstatt unter einem Schleier funkelnder Sterne lag. Sie stellte sich Stuarts Mund auf ihrem vor, nicht voll und warm wie Brendans Mund, sondern kühler und seine Lippen hart und unnachgiebig. Sie sah plumpe Finger vor sich, anstatt schlanke, braune, dachte daran, wie sie über ihr Fleisch gleiten würden, ihre Brustspitzen reizten, ihre Brüste anhoben und kneteten.

Priscilla spürte, wie ihr Magen sich hob und sie dem Erbrechen nahe war. *Lieber Gott, warum muß es so sein?* Einen Augenblick lang haßte sie Brendan Trask für das, was er getan hatte, für die Empfindungen, die er in ihr geweckt hatte. Doch dann sah sie seine Züge vor sich, und sie mußte gegen Tränen ankämpfen.

Sie würde über ihn hinwegkommen, schwor sie sich. Sie würde Stuart eine gute Frau sein und seinen Kindern eine gute Mutter. Sie würde Brendan Trask samt den sündigen Gefühlen, die er in ihr wachgerufen hatte, vergessen.

Sie würde die Leidenschaft vergessen, die sie nie hätte entdecken dürfen – und irgendwie würde sie weiterleben.

Das Abendessen wurde im hohen Eßzimmer eingenommen und vornehm auf Porzellantellern mit Goldrand serviert. Als Priscilla im Eingang erschien, entschuldigte sie sich für ihre stillose Aufmachung, worauf Stuart verständnisvoll lächelte.

»Sei nicht töricht, Liebling. Alle wissen, was passiert ist. Sobald es sich einrichten läßt, werden wir aus San Antonio eine Schneiderin kommen lassen und dazu Stoffballen sonder Zahl. Du wirst staunen, welch hochwertige Waren ihren Weg ins Landesinnere finden.«

Stuart, der in einer schwarzen Jacke mit burgunderroter Weste und hellgrauer Hose erschienen war und eine breite weiße Halsbinde trug, legte einen Arm um ihre Schultern und führte sie zu Tisch. Priscilla wurde noch verlegener, als sie die Tafel sah, einen langen Mahagonitisch von Hepplewhite, umgeben von zwölf wunderschönen hochlehnigen Stühlen. Kerzen aus Mhyrrenwachs brannten in einem Kristalluster. Zwei Herren erhoben sich bei ihrem Eintreten.

»Richter Dodd, ich möchte Sie meiner Verlobten Miß Wills vorstellen.«

»Erfreut, Miß Wills«, sagte der weißhaarige Mann mit einem herzlichen Neigen des Kopfes. Er war ganz in Schwarz, seine Jacke ein wenig verdrückt und nicht annähernd so teuer wie die Stuarts.

»Und das ist mein Sohn Noble. Noble, deine künftige Stiefmutter, Miß Wills.«

»Hallo, Miß Wills«, sagte er. »Es freut mich, daß Sie wohlbehalten angekommen sind. Wir alle waren schon in Sorge um Sie.«

Eingedenk ihrer gefährlichen Fahrt fiel Priscillas Lächeln zaghaft aus. »Leider verlief die Reise nicht ohne Schwierigkeiten. Ich danke für Ihre Anteilnahme.«

Stuart hatte in seinen Briefen seinen Sohn erwähnt und ihn als aufrichtig und warmherzig beschrieben. Ein Junge, der hart arbeitete und seinen Vater achtete. Als sie ihn nun als Miniaturausgabe seines mächtigen Vaters dastehen sah, fragte sie sich, was es für ein Gefühl sein mochte, im Schatten eines solchen Mannes zu wandeln.

Da fiel ihr ein, daß sie es bald herausfinden würde.

»Warum setzen wir uns nicht?« sagte Stuart und führte sie an den Platz an einem Ende der Tafel.

Stuart setzte sich ihr gegenüber und gab einem hochgewachsenen Neger, der an der Tür zur Küche stand, ein Zeichen. Der Mann verschwand lautlos, und wenig später schwang die Tür auf und eine ganze Armee von Bediensteten trug Platten mit dampfendem Mais, Butterbohnen und

Melonen, Geflügel und Rindfleisch auf und dazu Körbe mit frischgebackenem Brot.

»Hier draußen ist Brot ein echter Luxus«, sagte Stuart. »Mehl ist hier schwer zu bekommen. Meist behelfen wir uns mit Maismehl. Wir haben eine eigene Mühle ganz hinten auf unserem Gelände.«

Die Diener schenkten Wein in Kristallpokale ein und brachten frischgeschlagene Butter herein.

»Das alles sieht köstlich aus«, sagte Priscilla, doch als ihr Teller voll vor ihr stand, konnte sie kaum einen Bissen hinunterbringen.

»Hier auf der Ranch sind wir in fast allem Selbstversorger«, sagte Stuart. »Wir haben eine kleine Molkerei, die uns Milch und Butter liefert, einen Hufschmied, einen Faßbinder, ein Räucherhaus und die erwähnte Mühle, und natürlich ist der Boden hier für Gemüseanbau sehr geeignet.«

»Und auch Jagen läßt es sich hier sehr gut, Miß Wills«, warf der Richter ein. »Man kann kaum eine Meile weit gehen, ohne auf Rotwild zu stoßen, auf Hasen groß wie Hunde, auf Fasane und Präriehühner – man kann hier vom Land leben.«

»Das stimmt, Miß Wills«, stimmte Noble begeistert in das Loblied ein. »Texas ist das reichste Land der Welt. Mein Vater hat die Absicht, sich ein hübsches Stück davon anzueignen, und ich mit ihm. Sicher werden Sie das Land bald liebenlernen.«

»Ja, gewiß.« Priscilla sagte es leise, eingedenk der Liebe, die Brendan dem Land entgegenbrachte.

»Wären da nicht die Rothäute«, fuhr Noble fort, »die Mexikaner und dieser unverschämte texanische Abschaum...«

»Das reicht, Noble«, unterbrach Stuart ihn. »Miß Wills hat das Land von dieser Seite zur Genüge kennengelernt. Von nun an wird sie hier verwöhnt und beschützt. Über diese Dinge wird sie sich nie wieder Sorgen machen müssen.«

Noble sah gebührend zerknirscht drein. Nein, tatsächlich wirkte er wie versteinert. *Liegt ihm soviel am Wohlwollen seines Vaters?* fragte sie sich.

»Sicher hat Noble es nicht böse gemeint«, kam sie ihm zu Hilfe. »Vielleicht ist es sogar gut, daß ich von der härteren Seite des Landes etwas gesehen habe. Wenn ich mich von der Ranch entferne, werde ich eben vorsichtiger sein müssen.«

»Unsinn«, tat Stuart ihre Worte ab. »Von nun an wirst du das Ranchgelände nicht mehr verlassen. Solltest du ausreiten oder etwas vom Land sehen wollen, wirst du es in Begleitung einer bewaffneten Eskorte tun. Morgen wirst du meine Frau. Ich werde nicht zulassen, daß du dich in Gefahr begibst.«

Priscillas Gabel fiel klirrend auf den Tisch. »Morgen schon?«

Er lächelte nachsichtig. »Richter Dodge hat sich liebenswürdigerweise bereit erklärt, bis zu deiner Ankunft auszuharren. Er ist nun schon eine ganze Woche auf der Triple R. Abgesehen davon, geht es auch um deinen Ruf. Wir sind hier ein Junggesellenhaushalt.«

Ein merkwürdiger Ausdruck huschte über seine Züge und verflüchtigte sich sofort wieder. »Angesichts deiner etwas sonderbaren Ankunft halte ich es für besser, wenn die Trauung so rasch als möglich stattfindet. Es hat schon genug Tratsch gegeben.«

Priscillas Mundhöhle war wie ausgedörrt. »Aber ich nahm an, wir würden uns eine gewisse Zeit gönnen, um einander kennenzulernen.«

»Und ich nahm an, du wärest besser behütet.« Nach einer längeren Pause lächelte er. »Ich weiß, daß du erschöpft bist, meine Liebe, und daß du dich von allen Widernissen kaum erholt hast. Aber glaube mir, ich weiß, was am besten ist. Vertraue mir, Priscilla. Von nun an kümmere ich mich um alles.«

»Ich... ich hatte gehofft, wir würden in einer Kirche getraut. Oder zumindest von einem Geistlichen.«

»Hier auf der Ranch wird von einem meiner Hilfskräfte jeden Sonntag ein Gottesdienst abgehalten. Der Priester kommt vorbei, wann immer es sich einrichten läßt, aber mehr haben wir hier auf dem Land nicht zu bieten.« Wieder lächelte Stuart. »Mehr als Richter Dodge können wir dir leider nicht präsentieren. Wenn dir soviel daran liegt, können wir die kirchliche Trauung später nachholen.«

Priscilla sagte nichts mehr. Mit zitternden Fingern griff sie nach ihrem Weinglas und nahm einen Schluck, um sich zu beruhigen. Wie konnte er erwarten, daß sie ihn gleich morgen heiratete? Und noch dazu nur vor einem Richter?

Aber andererseits... was machte es schon aus?

Früher oder später mußte sie sich ins Unvermeidliche fügen und Mrs. Stuart Egan werden. Eine andere Wahl hatte sie nicht.

»Das Essen war köstlich«, sagte sie schließlich zu ihren Tischgefährten. »Sie werden sicher verstehen, daß ich mich entschuldige und schon zurückziehe. Wie Stuart schon sagte, bin ich wirklich ziemlich müde.«

»Natürlich, meine Liebe«. Stuart schob seinen Stuhl zurück, ging um den Tisch herum und half ihr beim Aufstehen. Die anderen zwei erhoben sich.

»Wann ist die Trauung angesetzt?« fragte sie hölzern.

»Morgen um acht Uhr abends.« Stuart ließ ein Lächeln sehen, das man nur als triumphierend bezeichnen konnte. »Nach der Arbeit werden wir alle aus vollstem Herzen feiern können.«

Priscillas Lächeln fiel leer aus. »Da es Unglück bedeutet, wenn der Bräutigam seine Braut vor der Hochzeit zu Gesicht bekommt, nehme ich an, daß wir uns bis dahin verabschieden.«

»Unsinn, meine Liebe, du wirst so lange schlafen, bis du wieder so weit bei Kräften bist, daß ich dir dein neues Zuhause zeigen kann. Sicher bist du schon sehr neugierig.«

Priscilla mußte sich zu einer Antwort zwingen. »Natürlich.« Sie wollte sich zum Gehen wenden, doch Stuart hielt ihren Arm fest.

»Ich bringe dich hinauf.« Er nahm ihre Hand, legte diese auf den Ärmel seines teuren Jacketts und führte sie die breite Treppe hinauf bis vor ihr Schlafzimmer.

»Priscilla, es tut mir sehr leid, daß ich dir nicht mehr Zeit lassen kann, aber nach der Hochzeit wirst du sehen, daß es so am besten ist.«

Priscilla nickte nur. Sie wollte die Tür öffnen, als Stuart sie zu sich drehte und sie sanft in seine Arme nahm. »Ein Kuß für deinen künftigen Ehemann ist vielleicht nicht zuviel verlangt.«

Ehe sie antworten konnte, drückte er seine Lippen auf ihren Mund, kalte und harte Lippen, wie sie es sich vorgestellt hatte. Von plötzlicher Verzweiflung erfüllt, schlang Priscilla die Arme um seinen Nacken und erwiderte den Kuß, gewillt, auch nur einen Funken jener Leidenschaft zu empfinden, die sie bei Brendan erlebt hatte. Stuart ließ sie völlig kalt.

Er machte sich frei und sah sie kritisch an. »Ich will nicht um den heißen Brei herumreden, Priscilla – bist du noch Jungfrau?«

Sie errötete so heftig, daß sie spürte, wie die Hitze sich bis zu ihren Zehen ausbreitete. »Natürlich.«

»Da unsere Hochzeitsnacht naht, fühle ich mich zu dieser Frage berechtigt.«

War das die Güte, die sie erwartet hatte? Die Zärtlichkeit, die sie aus seinen Briefen herausgelesen hatte?

»Ich hätte deinen Antrag nicht angenommen, wenn es nicht der Fall wäre«, sagte sie abwehrend.

Stuart schien erfreut. »Natürlich nicht, Liebes.« Er gab ihr einen Kuß auf die Wange. »Gute Nacht, Priscilla. Schlaf gut.« Damit hielt er ihr die Tür auf, und Priscilla trat ein.

»Gute Nacht, Stuart.« Als sich die Tür fest hinter ihr geschlossen hatte, brach sie in Tränen aus.

9. Kapitel

»*Buenos dias, Señorita* Wills.« Consuela zog die schweren rosa Vorhänge zurück, um die Spätmorgensonne einzulassen. »Ich habe Ihnen das Frühstück gebracht. In einer Stunde erwartet *Señor* Egan Sie unten.«

Priscilla schlug die Decke zurück. Sie fühlte sich erschöpfter als am Abend zuvor. »So lange wollte ich gar nicht schlafen. Hoffentlich habe ich damit niemandem Ungelegenheiten bereitet.«

Consuelas Leibesfülle wippte rhythmisch, als sie an Priscillas Nachttischchen mit der Marmorplatte trat und das Tablett abstellte. Unter der weißen Serviette dampfte eine Kaffeetasse neben einem Teller mit gebratenem Speck, Rührei und Maisfladen. Nachdem Priscilla sich die ganze Nacht unruhig im Bett hin- und hergeworfen hatte, geriet ihr Magen beim Anblick dieser Dinge sofort in Aufruhr.

»Eigentlich bin ich nicht sehr hungrig. Ich glaube, mir reicht Kaffee.«

»Heute ist Ihre Hochzeit. Sie müssen essen. Auf Rancho Reina ißt man viel.«

Priscilla lächelte. Als sie in ihrem ausgeliehenen Nachthemd die Beine aus dem Bett schwang, fiel ihr der Zopf über eine Schulter. »Es tut gut zu wissen, daß Stuart die Menschen gut versorgt, die für ihn arbeiten.«

»*Si, Señorita,* so ist es.« An der Tür ertönte ein leises Pochen, und Consuela bewegte sich schwerfällig hin, um zu öffnen. Ein hübsches dunkelhaariges Mädchen stand auf dem Korridor, über dem Arm ein paar Kleider Priscillas, die gerettet worden waren und die sie ihr nun gesäubert und gebügelt brachte.

»Das ist meine Tochter Dolores«, sagte Consuela mit einem Anflug von Stolz. Das dunkelhäutige und schwarzhaarige Mädchen, das nicht älter als siebzehn sein konnte und ein hübsches Gesicht und eine wohlgeformte Figur hatte, lugte hinter den ausladenden Formen ihrer Mutter hervor.

»Hallo, Dolores. Schön, dich kennenzulernen.«

»*Buenos dias, Señorita.*« Scheu und ein wenig verlegen überreichte sie ihrer Mutter die Kleider und verschwand lautlos.

»Sie hat Angst, daß Sie sie nicht mögen werden.« Consuelas dunkle Augen schienen Priscillas Gesicht abzutasten. Seit der ersten Begegnung wurde Priscilla das Gefühl nicht los, daß die Frau sie irgendwie taxierte.

»Warum, um alles auf der Welt, kann Ihre Tochter das glauben?«

Consuela zog ihre Schultern lässig hoch, ihre Miene aber behielt ihre Wachsamkeit bei. »Dolores ist jung und hübsch. Sie werden bald die Frau von *el patrón* sein. Ehefrauen pflegen sich über dergleichen Dinge Sorgen zu machen.«

»Sie glauben doch nicht etwa, ich wäre eifersüchtig?«

Wieder ein gewichtiges Achselzucken.

»Consuela... gibt es etwas, das ich wissen sollte, und das Sie mir verschweigen?«

Momentan schien Consuela ratlos. Wieder wanderte ihr abschätzender Blick von Priscillas dunklem Haar zu den bloßen Füßen, die unter dem Nachthemd hervorlugten, dann nahm sie Haltung an.

»Ob Sie es jetzt von mir erfahren oder später von jemand anderem, erfahren werden Sie es auf jeden Fall. Ich bete darum, daß ich Sie richtig einschätze.«

»Bitte, Consuela, so rücken Sie doch endlich mit der Sprache heraus.«

»Dolores war die Frau von *el patrón*.«

Priscillas Hand zupfte nervös an ihrem Nachthemd.

»Vor einigen Wochen«, fuhr Consuela fort, »als er erfuhr, daß Sie in eine Ehe einwilligten, stellte er seine Besuche ein. Das Leben meiner Tochter wurde wieder so wie früher, und sie ist glücklich darüber. Aber nun sind Sie da, und Dolores fürchtet, daß Sie sie fortschicken werden.« In den kalten dunklen Augen der Frau lag eine Herausforderung.

»Ihre Tochter war Stuarts... Geliebte?«

Consuelas Blick schweifte zum Fenster und richtete sich in die Ferne. »Hier draußen gibt es nur wenig Frauen... *el patrón* ist ein Mann mit starken Gelüsten.«

Priscilla schluckte hart, ihre Finger verkrampften sich unwillkürlich im Nachthemd. »War... Dolores... in ihn verliebt?«

»Nein. Es war anders. Mein Mann wurde vor einiger Zeit getötet – damals, als die Rancho Reina del Robles noch Don Pedro gehörte. Es gab viele Probleme... Don Pedro war zum Verkauf gezwungen, und *el patrón* war so gütig, uns zu behalten. Als Dolores älter wurde, regte sich *Señor* Egans Begehren. Nach all der Güte, die er uns erwiesen hatte, blieb meiner Tochter keine andere Wahl, als zu ihm zu gehen.«

Sie sah Priscilla mit den Augen einer Mutter an, die ihr Kind in Gefahr wähnt. »Jetzt heiratet er, und Dolores kann Miguel zum Mann nehmen, den Jungen, in den sie sich verliebt hat... wenn Sie ihr erlauben, zu bleiben.«

In Priscillas Innerem krampfte sich etwas zusammen. Wie

anders hier alles war ... Plötzlich erschien ihr alles so sinnlos. »Ist mein Wort in dieser Sache denn so wichtig? Nach allem, was ich bis jetzt gesehen habe, ist Stuarts Wort hier Gesetz. Was ich denke, bedeutet nur wenig.«

»Das trifft für die meisten Dinge zu. Aber ich glaube, in diesem Fall wird er sich nach Ihnen richten.«

Priscilla wußte nicht, ob ihr daraufhin wohler wurde oder nicht. »Dann soll sie natürlich bleiben. Sie ist ja noch ein halbes Kind. Was geschah, ist nicht ihre Schuld.« *Es war Stuarts Schuld. Wie konnte er die Situation nur so gemein ausnutzen?*

Consuelas Fülle sank erleichtert zusammen. Ein breites Lächeln erhellte ihr Gesicht und ließ sie ein wenig jünger aussehen. »Heute ist *fandango*. Wir werden Ihre Hochzeit feiern. Ich glaube, Sie werden *Señor* Egan eine sehr gute Frau sein.«

Aber was für ein Ehemann wird er für mich sein? »Was ist *fandango*?« fragte Priscilla und versuchte ein paar Bissen von dem inzwischen kalt gewordenen Essen, obwohl ihr der Appetit nun völlig vergangen war.

»Eine *Fiesta*. Ein ganzer Ochse wird gebraten, und es wird gesungen und getanzt. Eine große Festlichkeit anläßlich der Hochzeit unseres *patrón*.« Sie sah Priscilla mitfühlend an. »Er ist ein harter Mann, aber seine Leute liegen ihm am Herzen. Sie werden hier glücklich sein.«

Priscilla gab keine Antwort.

»Sie sind jung«, fuhr Consuela fort, »nicht viel älter als meine Tochter. Sie werden lernen, sich anzupassen ... außerdem, was macht es schon aus? Ihr Mann wird Sie verwöhnen, und er wird Ihnen Söhne geben. Eine Frau kann Glück in ihren Kindern finden.«

»Ja ...« Priscilla pflichtete ihr bei, wobei sie unwillkürlich an Brendan denken mußte, an die Wärme, wie sie zwischen Mann und Frau sein konnte. Auf ganz eigene Weise verfügte Brendan ebenso über imponierende Macht wie Stuart. Hätte

Brendan ebenso die Dankbarkeit eines jungen Mädchens ausgenutzt, ihr Bedürfnis, die Schuld ihrer Familie abzutragen? Hätte er mit ihr geschlafen und sie von sich gestoßen, sobald er sie nicht mehr brauchte?

Nach dem Indianerüberfall, als sie unter der Eiche gelegen hatten, hätte Brendan sie nehmen können – sie hätte ihn nicht daran gehindert –, und das wußten beide. Statt dessen hatte er Zurückhaltung geübt, sie vor den Folgen ihrer Leidenschaft bewahrt und sie weiterhin fürsorglich beschützt wie von Anfang an. Wie konnten zwei starke und in mancher Hinsicht einander so ähnliche Männer so verschieden sein?

»Rufen Sie mich, wenn Sie mit dem Essen fertig sind, damit ich Ihnen beim Anziehen helfen kann«, sagte Consuela. »Wenn Sie von Ihrer Ausfahrt mit *Señor* Egan zurückkommen, werden wir Sie für die Hochzeit schmücken.«

Priscilla nickte, und Consuela ließ sie allein. Jenseits des Fensters, neben dem Bett, flimmerte die herbe texanische Landschaft unter den sengenden Strahlen der Sonne, die sich rasch ihrem Höhepunkt näherte. Im Inneren des Hauses, mit seinen dicken Mauern, herrschte noch angenehme Kühle. Priscilla aber hätte diese Annehmlichkeit liebend gern gegen wirbelnden Staub und Hitze, Insekten und Indianer eingetauscht, wenn es bedeutet hätte, mit Brendan zusammenzusein.

Und wenn es Freiheit aus ihrem von Steinmauern umgebenen Kerker bedeutet hätte.

»Nun, meine Liebe, was hältst du davon?« Da Priscilla nicht reiten konnte – Stuart schien darüber fast erfreut –, waren sie in einem kleinen schwarzen Buggy ausgefahren und hielten nun auf einer Anhöhe an, von der aus man das Ranchgelände überblickte, auf dem rege Betriebsamkeit herrschte. Menschen eilten zwischen dem großen einstöckigen Herrenhaus und den Nebengebäuden, Corrals und Ställen, hin und her, keiner ziellos, alle darauf bedacht, ihre Arbeit zu tun.

»Es ist wie eine kleine Stadt. Du hast dir hier mitten in der Wildnis eine eigene Welt geschaffen.«

»Das ist nur der Anfang«, sagte er stolz. »Bis unsere Söhne erwachsen sind, werde ich dreimal soviel Land besitzen. Ich möchte ein Imperium schaffen, so groß, daß es keiner mehr ignorieren kann.« Er saß lässig da, den in einem teuren schwarzen Stiefel steckenden Fuß auf die Bremse gestützt, in braunen Reithosen und weißem Leinenhemd. Der heiße Texaswind zauste sein Haar.

»Warum bedeutet dir großer Landbesitz etwas? Die meisten Menschen würden sich mit der Hälfte dessen begnügen, was dir gehört.«

»Ich bin nicht ›die meisten Menschen‹, obwohl ich so anfing, nämlich mit nichts, wie so viele große Männer. Meinen Vater verlor ich schon in ganz jungen Jahren. Meine Mutter tat, was sie konnte, aber das war leider nicht viel. Schon mit dreizehn mußte ich auf eigenen Beinen stehen.«

»Auch deine Mutter ist früh gestorben?«

»Sie ist mit einem Spieler durchgebrannt.«

»Ach...«

»Es war ein bitteres Leben, das kann ich dir sagen... in den Straßen von Natchez... um jeden Bissen mußte ich kämpfen. Ein Mensch tut fast alles, nur um am Leben zu bleiben.«

Sie dachte an ihr tristes Leben bei Tante Maddie, aber sie hatte wenigstens ein Dach über dem Kopf gehabt, hatte nicht hungern müssen, und sie hatte zur Schule gehen können – also war ihr Los leichter gewesen als das Stuarts.

»Schließlich kam ich im Hafen unter«, fuhr er fort. »Ich verlud Waren auf die Flußdampfer. Später bekam ich Arbeit in einem Frachtunternehmen, und ich schwor mir, der Tag würde kommen, an dem man so zu mir aufblicken würde wie zu den Männern, für die ich arbeitete. Eines Tages würde man mich respektieren – und meinen Befehlen widerspruchslos gehorchen. Dieser Tag ist gekommen.«

Er ließ die Zügel leicht auf die Kruppe des Pferdes, einer schönen Fuchsstute mit weißer Blesse, klatschen, und der Buggy rollte bergab.

»Ich möchte zu einer Kraft werden, mit der man in diesem Staat rechnen muß.« Er lächelte auf sie hinunter. »Mit einer Frau wie dir an meiner Seite kann mir nichts mehr im Weg stehen.«

Priscilla lächelte mit soviel Begeisterung, wie sie aufzubringen vermochte.

»Siehst du die Erhebung dort links?« Stuart deutete in diese Richtung. »Das ist die Grenze des Warton-Besitzes. Er stößt an unsere Ostgrenze, hat gutes Wasser und bringt uns der Hauptverbindung zwischen San Antonio und Corpus Christi näher. Bislang hat Warton meine Kaufangebote abgelehnt. Aber es ist nur eine Frage der Zeit. Früher oder später wird das Land mir gehören.«

Die Entschlossenheit, die aus seinen Worten herauszuhören war, jagte Priscilla einen unbehaglichen Schauer über den Rücken. »Wie kannst du nur so sicher sein? Vielleicht gibt es Leute, die ihr Land lieber behalten, als dein Geld zu nehmen.«

Stuart nagelte sie mit einem Blick fest. Das freundliche Lächeln war aus seinem Gesicht verschwunden. »Es gibt Mittel und Wege...« Sein Ton war von Härte gefärbt, und Priscillas Unbehagen wuchs. »Was die Ranch betrifft, so brauchst du dir keine Gedanken zu machen. Dein Platz wird im Haus sein.«

Obwohl ihr die Art, wie er es sagte, irgendwie mißfiel, fühlte sie sich gedrängt, ihm beizupflichten. »Du hast vermutlich recht. Wenn man in einem so großen Haushalt die Küche und das Saubermachen, die Näharbeiten und alles andere überwachen muß, ist man sicher ganz ausgefüllt.«

»Unsinn«, widersprach er zu ihrer großen Überraschung. »Um Haus und Personal kümmert sich Consuela. Als meine Frau wirst du eine sehr wichtige und vor allem repräsentative Stellung innehaben. Daher kommt es gar nicht in Frage, daß du eigenhändig Arbeiten verrichtest.«

»Aber sicher gibt es etwas, das ich tun könnte. Zur Müßiggängerin fühle ich mich nicht berufen.«

»Du wirst sehr rasch Söhne haben, um die du dich kümmern mußt«, rief er ihr in Erinnerung, eine Äußerung, die Priscilla erröten ließ. »Und wir werden viel auf Reisen sein. Ein Besuch in Washington ist schon geplant. Dazu brauchst du passende Garderobe – ich habe in San Antonio bereits einiges für dich bestellt. Sobald es sich einrichten läßt, fahren wir nach New Orleans.«

Sein Blick glitt zu ihrer schmalen Taille und wanderte dann höher zu ihren Brüsten. »In der Zwischenzeit habe ich bereits Pläne in eigener Sache.«

Priscilla sah, wie seine Pupillen sich verdunkelten und sein Mund schmal wurde. Sie zwang sich, nicht zusammenzuschaudern. Was war an ihm, das sie beunruhigend, fast abstoßend fand? Warum spürte sie, daß er im Ehebett so unnachgiebig und fordernd sein würde, als ginge es um seine Ranch?

»Stuart... ich weiß, daß Richter Dodd einen langen Weg zurücklegen mußte, und ich weiß, daß du eine Feier geplant hast, aber sicher kannst du verstehen, daß ich vor einer überstürzten Hochzeit zurückschrecke. Wir kennen uns erst seit gestern und...«

»Die Trauung ist festgesetzt, Priscilla. Von nun an stehst du unter meinem Schutz und unter meiner Führung. Ich kann deine Scheu verstehen – schließlich bist du Jungfrau. Aber früher oder später wirst du deine weibliche Pflicht erfüllen müssen. Je länger du es hinausschiebst, desto mehr wächst deine Furcht. Noch ehe der morgige Tag kommt, wirst du deinen Mann kennenlernen, und deine Ängste werden sich legen. Das ist mein letztes Wort.« Er trieb das Pferd zu einer schnelleren Gangart an, und der Buggy rollte dahin, die Straße entlang.

Priscilla sagte nichts mehr. In ihren Augen brannten Tränen, die sie nur mit viel Willenskraft unterdrückte. *Ihre weibliche Pflicht.* Keine liebevollen Worte, keine Zärtlichkeit, keine Sanftheit. Sie würde die Beine für ihn breitmachen, er würde sich nehmen, was er für sein Recht hielt, und das war's dann auch. Nichts von der Leidenschaft, die sie mit Brendan geteilt hatte, nichts von der Freude.

Nichts von der Liebe.

Noch vor kurzem hätte sie es hinnehmen können, hätte es stillschweigend erduldet. Nun aber mußte sie sich zusammennehmen und ihn gewähren lassen.

Während der Buggy dahinholperte, zwang Priscilla ihre Gedanken zurück zu dem Land, das nun ihre Heimat war. Neben den kleinen Hütten auf dem Ranchgelände sah man winzige Arbeiterhäuschen, einige aus Holz, andere aus Stein, die das buschbewachsene Umland dunkel sprenkelten.

»Ein Wunder, daß du mit deinen mexikanischen Arbeitskräften keine Schwierigkeiten hast. Immerhin gibt es in unmittelbarer Nähe Krieg«, sagte sie, entschlossen, das Gespräch nicht einschlafen zu lassen.

»Diese Menschen wissen wenig vom Krieg. Sie leben schon seit über hundert Jahren hier. Und jetzt gehört das Land und auch ihre Loyalität mir – die natürlich ebenso Texas gilt. Es waren Mexikaner, die am Alamo gegen General Santa Anna kämpften.«

Priscilla zog eine Braue hoch. »Das wußte ich nicht.«

»Wenn es darauf ankäme, würden diese Männer treu zu mir halten.« Aus seinen Worten sprach großer Stolz und eine Härte, die er in seinen Briefen nie gezeigt hatte.

»Ich verstehe.« So viel unwandelbare Treue war schwer vorstellbar, und doch hatte sie bereits einen Eindruck davon bekommen. Als sie auf der Fahrt einen Blick zur linken Seite warf, konnte sie trotz der Entfernung die dunkle Hautfarbe einiger Neger ausmachen, die mit nacktem Oberkörper, den Spaten in der Hand, den Boden bearbeiteten.

»Ich hätte nicht erwartet, so fern vom Süden so viele Neger zu sehen«, bemerkte sie.

»Texas *ist* der Süden, meine Liebe. Diese Schwarzen gehören mir. Es sind Sklaven.«

»Sklaven? Du besitzt Sklaven?«

»Nicht viele, keine dreißig. Ich brachte sie von Natchez mit, als ich mich hier niederließ.«

Warum traf diese Enthüllung sie wie ein Schlag? »Ich... mir war nicht klar... In Cincinnati hält man nichts von Sklaverei. Es ist eine so harte Einrichtung.«

»Sei nicht albern«, fuhr Stuart sie an. »Diese Menschen sind nicht wie wir. Sie würden vermutlich Hungers sterben, wenn ich nicht für ihre Bedürfnisse sorgte. Und als Gegenleistung verlange ich nur fleißige Arbeit wie von allen anderen.«

»Aber andere können sich ihre Arbeit wählen«, wandte Priscilla ein. »Schwarze haben keine Wahl.«

Stuarts Ärger wuchs. »Wie immer deine Ansicht zu diesem Thema in der Vergangenheit war, von nun an wirst du meine Meinung teilen, da ich in die Politik zu gehen gedenke. Texas ist ein Sklavenstaat, und ich werde an den Prinzipien des Südens im Glauben an diese Einrichtung festhalten. Du, meine Liebe, wirst daher dasselbe tun.«

Priscilla schob aufgebracht ihr Kinn vor. »Stuart, nur weil

du mich heiratest, hast du nicht das Recht, auf meine Ansichten Einfluß zu nehmen. Wir beide stammen aus Natchez, ich aber war nie für Sklaverei, und ich werde meine Einstellung auch jetzt nicht ändern.«

Stuart, der sie in die Schranken weisen wollte, sah sie eisig an. Aber die Frau an seiner Seite hatte ihre Schultern gestrafft und ihre Hände zu Fäusten geballt. *Was bildete diese kleine Närrin sich eigentlich ein, wer sie war?* Ein zusätzlicher Mund, den es zu füttern galt, jemand, der bekleidet und versorgt werden mußte. Sie würde mit ihrem Körper und mit den Söhnen, die sie ihm gebar, dafür bezahlen, aber sie würde lernen, ihm zu gehorchen. In seiner Wange zuckte ein Muskel, dennoch zwang er sich zur Ruhe und lächelte.

»Unser Hochzeitstag ist kaum der geeignete Zeitpunkt, um unsere politischen Meinungsverschiedenheiten auszudiskutieren. Es tut mir leid, wenn ich ein wenig anmaßend war.« Sein Lächeln wurde wärmer. »Mir scheint, du bist nicht die einzige, der vor dem Traualtar die Nerven durchgehen. Ich muß gestehen, daß auch ich meiner Rolle als Bräutigam mit Bangen entgegensehe. Machen wir kehrt, damit du dich ausruhen kannst.

»Meinetwegen.« Priscilla schenkte dem Klumpen in ihrer Magengrube keine Beachtung. Gut möglich, daß sie wirklich nur nervös war. Von der anderen Straßenseite aus winkte ein mexikanischer Arbeiter dem Wagen zu, und Stuart winkte zurück. Seine Arroganz schien niemand zu stören. Nicht einmal Consuela. Alle machten sie einen glücklichen und zufriedenen Eindruck. *Gut versorgt,* hatte Consuela gesagt. Was konnte man mehr verlangen? Was konnte *sie* mehr verlangen?

»Eigenen Verstand«, murmelte sie laut.

»Was hast du gesagt, meine Liebe?«

Priscilla lächelte verkrampft. »Ich sagte, ich hoffe sehr, daß die verfrühte Heimfahrt dir nichts ausmacht.«

Stuart legte eine Hand auf ihr Knie und tätschelte es mitfühlend. »Natürlich nicht, Liebling. Du bist von empfindlicher Konstitution. In Zukunft will ich daran denken.«
Priscillas Magen revoltierte.

»Ihr Kleid, es ist *muy hermosa* – sehr schön –, das hübscheste Kleid, das ich je gesehen habe.« Consuelas große Hand glitt liebevoll über die schwere Seide, deren satter Elfenbeinton sich schimmernd von ihrer dunklen Haut abhob.

»Danke«, sagte Priscilla leise. »Ich habe es selbst gemacht.«

Und als sie sich im großen ovalen Ankleidespiegel begutachtete, mußte Priscilla sich selbst eingestehen, daß sie wunderbar aussah. Trotz der Andeutung von Schatten unter den Augen kam das Kleid wundervoll zur Geltung.

Sie berührte einige der winzigen, auf der Seide schimmernden Glasperlen, die dazu dienten, die elfenbeinfarbige Spitze, die über den voluminösen Rock fiel, in Bögen zu raffen. Der spitze Halsausschnitt umrahmte ihren Busen mit Rüschen aus derselben zarten Spitze. Die edle Seide, deren Glätte zur Berührung geradezu herausforderte, betonte ihre schmale Taille und die Rundung ihrer Brust. An den Ärmeln war der Spitzenbesatz in Ellbogenhöhe gerafft und fiel bis zu den Handgelenken.

»Sie sind aber eine gute Schneiderin«, stellte Consuela fest. »Die letzte Frau des *patrón* konnte nicht nähen.«

»Sie haben sie gekannt?« Priscilla blickte auf.

»Eine Weile, ehe sie starb. Sie war eine vornehme Dame. Sehr scheu und reserviert. Die meiste Zeit hat sie gelesen. *Señor* Egan hat ihr viele schöne Bücher gekauft.«

»Hat Stuart... sie geliebt?«

»*Señor* Egan ist nicht der Mensch, der Gefühle zeigt. Ich glaube, er schätzte sie sehr. Aber die meiste Zeit war er mit dieser Ranch beschäftigt.«

»Ich verstehe.«

»Drehen Sie sich um, *Señorita*. Reichen Sie mir die Rose, damit ich Sie Ihnen ins Haar stecken kann.«

Es war eine einzelne weiße Rose aus dem Garten unter dem Fenster. Ihre zarten Blütenblätter waren nur einen Hauch heller als das Kleid. Priscilla zuckte zusammen, als eine der Dornen in ihre Finger stach.

»Für große Schönheit muß immer ein Preis bezahlt werden«, sagte Consuela, als sie den kleinen Blutstropfen bemerkte.

»Ja, das scheint mir auch so.« Welchen Preis würde sie für dieses schöne Haus, die Dienerschaft und eine teure Garderobe bezahlen?

Nachdem sie den winzigen Blutstropfen aufgesogen hatte, reichte sie die Rose Consuela, die sie von den Dornen befreite und sie in Priscillas Haar befestigte. Die füllige Mexikanerin hatte sich erstaunlich geschickt angestellt, als es darum ging, mit einem Brenneisen ihr Haar zu langen Locken zu formen, die sodann durch einen Mittelscheitel geteilt und über jedem Ohr zusammengefaßt wurden.

»So«, sagte sie, als sie ihr Werk vollendet hatte. »*Señor* Egan wird entzückt sein.«

Priscilla sah in den Spiegel. Wenn doch auch ihre Augen so gefunkelt hätten wie die Glasperlen an ihrem Kleid!

Einem Impuls folgend drehte sie sich zu der Mexikanerin um, zu dem einzigen Menschen, an den sie sich wenden konnte. »Tue ich das Richtige, Consuela? Ich meine... ich kenne ihn ja kaum. Wir haben uns geschrieben, aber er ist so anders als in seinen Briefen. Von seinem Aussehen abgesehen, meine ich, denn er sieht gut aus, aber...« Consuelas erstaunter Ausdruck ließ sie innehalten.

»Jede Braut wird an ihrem Hochzeitstag von Nervosität geplagt«, sagte Consuela. »Aber Sie müssen der Wahrheit ins

Auge sehen. Sie haben gesagt, Sie hätten keine Familie, niemanden, der auf Sie aufpaßt. Sie haben kein Geld und keine Möglichkeit, Arbeit zu finden. Wenn *Señor* Egan es nicht paßt, könnten Sie nicht einmal in ihr einstiges Heim zurück.« Sie umfaßte Priscillas Gesicht mit ihrer schwieligen Handfläche. »Es wird Zeit, erwachsen zu werden, *niña*. Meine Dolores hatte in dieser Sache keine andere Wahl – und Sie wohl auch nicht.«

Die Wahrheit ihrer Worte trieb Priscilla die Tränen in die Augen. »Ich weiß nicht, ob ich es über mich bringe.«

Consuelas Ton wurde streng. »Sie werden tun, was alle Frauen tun. Und Sie werden es überleben und das Beste daraus machen. Wenn Sie Glück haben und *Señor* Egans Gefallen wecken, werden Sie vielleicht sogar Ihr Glück finden. Und jetzt trocknen Sie die Tränen und machen sich bereit, Ihrem Ehemann gegenüberzutreten.«

Wohl wissend, daß Consuela die Wahrheit sprach, schluckte Priscilla den Klumpen in ihrer Kehle hinunter und wischte sich, ein wenig beschämt ob ihres Ausbruchs, die Tränen ab.

»Es tut mir leid. Sie haben natürlich recht.« Sie zwang sich zu einem Lächeln, wobei sie das Gefühl hatte, ihre Lippen müßten bersten. »Alles wird sich zum Guten wenden. Ich werde Stuart eine gute Frau sein, wie ich es mir vorgenommen habe. Wir werden eine Familie haben und sehr glücklich sein.«

»*Sí, niña*. Alles wird gut.« Der Ton der Älteren war fest und beschwichtigend, doch die Traurigkeit in ihrem Blick entging Priscilla nicht. »Kommen Sie. Zeit für die Trauung.«

Noch ehe Consuela die Tür öffnete, konnte Priscilla Gitarrenklänge hören, schmelzende Weisen, die von unten heraufdrangen und den Raum mit ihrem Wohlklang erfüllten.

Das Haus widerhallte von Rufen und Gelächter und den

Laufschritten der Dienerschaft. Der Duft von Braten und frischgebackenem Brot drang bis in den letzten Winkel – Düfte, die einem den Mund wäßrig machten.

Hocherhobenen Hauptes schritt Priscilla den Korridor entlang, den fröhlichen Klängen entgegen, während Consuela sich lautlos davonstahl. Am Fuße der Treppe wartete Noble Egan, stattlich anzusehen in seinem schwarzen Gehrock, und sah ihr lächelnd entgegen. Neben ihm stand ein kleiner mexikanischer Junge, der einen Strauß weißer Rosen umklammert hielt. Die Blumen paßten zu jener in ihrem Haar.

»Du siehst ganz zauberhaft aus«, sagte Noble, der ihr seinen Arm bot. Da sie seiner sanften Stütze bedurfte, nahm sie gern an. »Mein Vater hat sich eine reizende Braut erwählt.«

»Danke, Noble.«

»Für Sie, *Señorita.*« Der kleine Junge überreichte ihr die Rosen mit einem Lächeln, das eine Zahnlücke sehen ließ. Priscilla bückte sich, um den Strauß in Empfang zu nehmen.

»Das ist Ferdinand«, sagte Noble. »Wir rufen ihn Ferdy. Er ist eines von Juárez' Kindern.«

»Juárez?« wiederholte sie.

»Bernardo Juárez, der Aufseher. Neben der Rinderzucht betreiben wir auch Mais- und Gemüseanbau – und dann natürlich die Mühle. Bernardo arbeitet mit den Männern auf den Feldern.«

Priscilla sah lächelnd auf den Jungen mit der olivgetönten Haut hinunter, der kaum mehr als fünf Jahr alt sein konnte. »Danke, Ferdy. Sie sind wunderschön.«

»Ich habe geholfen, sie zu pflücken, *con mi madre.*« Er hielt einen Daumen hoch, damit Priscilla den roten Punkt sehen konnte. »Rosen stechen«, sagte er ganz ernst, und Priscillas Lächeln vertiefte sich.

»Ja, das stimmt.« Sie hielt ihre Hand mit dem Einstich

hoch. »Aber es lohnt sich. Vielleicht wird deine Mutter mich manchmal mithelfen lassen.«

»*Si, Señorita*. Ich werde Ihnen zeigen, wie man sie pflückt, ohne gestochen zu werden.«

Priscilla strich ihm über die Wange. Was für ein süßer Junge! Vielleicht hielt das Leben hier für sie doch einige angenehme Überraschungen bereit.

»Wir müssen gehen.« Noble nahm wieder ihren Arm und drängte sie zur Tür. »Mein Vater wartet sicher schon.«

Priscilla nickte nur und ließ sich von ihm durchs Haus führen. Draußen dämmerte es schon, und der Himmel erstrahlte in phantastischen Rosa- und Purpurtönen. Kakteen und Mesquitsträucher ragten bizarr wie kleine Skulpturen aus der Ebene auf. Brendan hatte recht – auf eine ganz besondere und herbe Weise war dieses Land schön.

Brendan. Der Gedanke an ihn löste eine Gefühlsflut aus, die Priscilla rasch unterdrücken mußte. Heute war nicht die Zeit dafür. Je mehr sie die Erinnerung an ihn aus ihrem Bewußtsein verdrängte, desto größer ihre Chance, hier Glück zu finden.

»Dort drüben warten sie«, sagte Noble, und sie bemerkte Stuart unter einem mit Blumen geschmückten Bogen stehen. Sein tadellos sitzender schwarzer Gehrock ließ ihn sehr würdevoll aussehen. Als er sie erblickte, blitzte es in seinen Augen beifällig auf.

Priscillas Hand drückte den Ärmel von Nobles Tuchrock fester, als er sie auf die bekränzten Baldachine zuführte. Reihe um Reihe säumten die Menschen in einfacher, aber festlicher Kleidung den Pfad, der gesäubert und mit Rosenblättern bestreut worden war. Die Mühe, die Stuart sich gegeben hatte, um ihr eine Freude zu bereiten, tat ihr wohl und schenkte ihr neue Hoffnung.

Zu den Klängen einer Sologitarre führte Noble sie Stuart

zu und legte ihre kalte in dessen warme Hand. »Du siehst wunderbar aus, meine Liebe. Mein Entzücken kennt keine Grenzen.«

»Danke«, sagte sie leise, kaum imstande, die Worte über die Lippen zu bringen. Warum hing alles davon ab, ob Stuart erfreut war? Warum machte sich niemand ihretwegen Gedanken? Dann aber dachte sie an den riesigen Aufwand, an die Mühe, die er sich gemacht hatte – war es nur geschehen, um die Menschen seiner Umgebung zu beeindrucken?

Er wandte seine Aufmerksamkeit dem Mann in Schwarz zu, der ihnen gegenüber stand. »Sie können anfangen, Richter Dodd.«

Lieber Gott, gib, daß ich es gut überstehe. Priscilla spürte, wie Stuart ihre Hand erfaßte, sie hörte die Stimme des Richters, konnte aber die Worte kaum verstehen, weil es in ihren Ohren dröhnte.

Sie schwankte, und Stuarts Griff wurde fester.

Der Richter sagte etwas zu Stuart, und sie hörte ihn antworten. Weitere Worte wurden gesprochen, aber Priscilla vernahm nur Dodds heisere Stimme, sah nur Schwärze hinter seinen schmalen Schultern.

»Sag ›Ja‹, Priscilla«, drängte Stuart mit kaum unterdrücktem Ärger, während sein Griff immer fester wurde.

»Ja«, flüsterte sie, überwältigt von Verlegenheit. Wie konnte sie das nur überhört haben. Wieder wurde gesprochen. Dann glitt etwas Kaltes über ihren Finger, ein schwerer edelsteinbesetzter Ring, wie sie sah, als seine Rubine und Diamanten im Fackelschein glitzerten.

»Da du, Priscilla, und du, Stuart, euer Gelöbnis im Angesicht Gottes und in Anwesenheit dieser Zeugen gesprochen habt, erkläre ich euch dank der mir vom Staat Texas verliehenen Befugnis zu Mann und Frau. Sie dürfen die Braut küssen.«

Stuart drehte sie in seinen Armen um, und sein Mund senkte sich auf den ihren. Er fühlte sich kalt und unnachgiebig an, und ein wenig zornig. Als sie sich aus seiner Umarmung lösen wollte, zog er sie erneut an sich und küßte sie noch heftiger. Es war eine Zurschaustellung von Dominanz, die niemandem entgehen konnte, und alle ihre Vorbehalte erwachten von neuem.

»Freie Getränke für alle!« befahl er, und die Menge brach in Jubel aus. Jemand ließ eine Gitarre erklingen, eine Violine stimmte mit ein, gefolgt von etlichen selbstgemachten Instrumenten, vom Waschbrett bis zur Mundharmonika.

»Es wird Zeit, daß du unsere Gäste kennenlernst«, sagte Stuart, der ihren Arm nahm und sie auf die Menge zuführte. »Du bist jetzt Mrs. Stuart Egan.«

Er machte mit ihr eine Vorstellungsrunde und ließ keinen aus, vom kleinsten Kind bis zum ältesten *vaquero*. Sogar die Sklaven wurden einbezogen, doch sie blieben für sich und reichten ihr nicht die Hand. Alle aber wünschten ihr ohne Ausnahme an ihrem Hochzeitstag alles Gute.

Mit dem Fortschreiten des Abends wurden immer wieder mit Köstlichkeiten beladene Platten aufgetragen, Dutzende Weinfässer wurden geöffnet und schließlich geleert. Als die feurigen Gitarrenklänge verstummten und die Rhythmen zahmer wurden, führte Stuart sie auf die Tanzfläche.

»Du tanzt doch gern?« fragte er lächelnd und nahm sie in die Arme.

»Alle Frauen tanzen gern.« Sie erwiderte das Lächeln trotz ihrer Müdigkeit, die es ihr fast unmöglich machte, einen Fuß vor den anderen zu setzen. Nur Stuarts Gewandtheit und seine feste Führung bewahrten sie davor zu straucheln. Dennoch gab er nicht nach.

»Ich weiß, daß du allmählich müde wirst, aber die anderen erwarten, daß wir uns wenigstens noch eine Weile amüsieren.« Er zog sie fest an sich. »Aber bald werden wir uns zurückziehen, und dann kannst du deinem jungen Ehemann die Freuden des Ehebetts gewähren.«

Priscilla blieb ihm darauf die Antwort schuldig. Warum wurde ihr übel bei der Vorstellung, Stuarts Hände auf sich zu spüren? Auch jetzt lagen seine plumpen Finger so fest um ihre Taille, daß sie beklemmende Wärme spürte. Seine Handfläche fühlte sich feucht an, sein Atem, eine Mischung aus Tabak und Whiskey, roch abstoßend schal.

»Könnte ich wohl noch einen Punsch trinken?« bat sie, als der Tanz geendet hatte. Die Mischung aus Fruchtsäften und Zucker war stark mit Wein verdünnt, doch ihre Nervosität verhinderte, daß sie die Wirkung spürte.

»Ich glaube, du hattest genug«, sagte er. »Ich möchte nicht, daß du betrunken bist, wenn ich dich nehme. Du sollst wissen, was geschieht – und welcher Mann ein Recht auf dich hat.«

Gott im Himmel, so viel Alkohol gab es in ganz Texas nicht, um sie das vergessen zu lassen. »Entschuldigen Sie, Boß.« Jaimie Walker, den Hut in der Hand, tippte Stuart auf die Schulter. »Verzeihung, Miß Wills – ich meine Mrs. Egan.« Sein Blick, in dem wie vom ersten Moment an warme Anerkennung lag, erfaßte sie von oben bis unten. Er war ein zurückhaltender Mann, ihrem Gefühl nach aufrichtig und redlich und dabei von einer Sanftheit, die sie irgendwie vertraut anmutete.

»Was gibt es, Jaimie?« fragte Stuart mit einem Anflug von Unwillen.

»Mace Harding ist eben eingetroffen. Er hätte Nachrichten, die nicht warten können, sagt er.«

»Wer ist Mace Harding?« fragte Priscilla, und Stuart runzelte die Stirn.

»Mace wird als Barkers Nachfolger Vormann. Er hat in

Natchez etwas für mich erledigt. Offenbar ist er schon zurück.« Er wandte seine Aufmerksamkeit Jaimie zu. »Sag Harding, daß ich mit ihm gleich sprechen werde. Es gilt einige Punkte zu klären.« Schon im Gehen drehte er sich um.

»Es wird spät, Liebling. Warum gehst du nicht schon hinauf und bereitest dich vor? Damit bleibt dir mehr Zeit, um dich frischzumachen, ehe ich komme. Ich schicke dir Consuela, die dir beim Auskleiden helfen soll.«

Ihre Müdigkeit war plötzlich wie weggeblasen. »Vielleicht bleibe ich doch noch ein wenig länger.«

Stuart lächelte nachsichtig. »Komm, meine Liebe.« Mit festem Griff führte er sie zum Haus zurück.

Am Fuß der Treppe drehte er sie zu sich um und küßte sie. Es war ein Kuß wie der vorhergegangene, mit wenig Wärme und viel Besitzerstolz, und er ließ sie völlig ungerührt.

»Ich komme, sobald ich kann«, sagte er mit wissendem Blick. Dann drückte er ihre Hand und ließ sie allein.

Priscilla lief die Treppe hinauf, um in ihrem Schlafzimmer Zuflucht zu suchen. Drinnen sah sie, daß die Kerzen brannten und die Fenster geöffnet waren, um die frische Abendbrise einzulassen. Die Tür ins angrenzende große Schlafzimmer war nie geöffnet gewesen – nun aber stand sie weit offen und vermittelte ihr das Gefühl, als würde die letzte Schranke zu ihrem Inneren fallen, wenn Stuart eintreten und ihr mit der Jungfräulichkeit auch den letzten Rest Eigenleben rauben würde.

Und Priscilla wußte, daß es nicht in ihrer Macht stand, ihn daran zu hindern.

10. Kapitel

»Das Nachtgewand ist ein Geschenk Ihres Mannes.« Consuela hob den Spitzensaum des weißen Nachthemdes, das sorgfältig über der rosa Überdecke drapiert lag. »Es kommt aus New Orleans.«

»Es ist wundervoll«, sagte Priscilla leise. Und das war es wirklich.

Was davon vorhanden war.

»Lassen Sie sich beim Anziehen helfen.« Mit Consuelas Hilfe hatte sie bis auf Hemd und Hose bereits alles abgelegt.

Mit einem Gefühl der Unwirklichkeit entledigte Priscilla sich dieser letzten Kleidungsstücke und ließ sich von Consuela den weißen Spitzenstoff über den Kopf ziehen. Weich glitt das Gewand ihren Körper entlang und schmiegte sich an die Wölbung ihrer Hüfte. Der Ausschnitt reichte fast bis zum Nabel und entblößte bis auf ihre Brustspitzen alles. Priscilla errötete vor Scham.

Wie konnte sie ihm darin entgegentreten?

»Vergessen Sie das nicht.« Consuela hielt ein zauberhaftes weißes Negligé hoch, und Priscilla steckte die Arme in die Spitzenärmel. Obwohl diese Hülle nicht viel mehr verbarg, fühlte sie sich darin wesentlich wohler.

Die beleibte Consuela tätschelte ihre Wange. »Beim ersten Mal ist es immer schwer.« Als spürte sie ihr Bedürfnis nach Alleinsein, eilte Consuela zur Tür. »*El patrón* ist noch mit seinen Leuten beschäftigt. Sie haben Zeit, sich auf alles vorzubereiten.« Damit trat sie hinaus auf den Gang und schloß die Tür hinter sich.

Priscilla ließ sich auf den niedrigen Holzschemel vor dem Toilettentisch sinken, dessen Spiegel in einem vergoldeten Rahmen prangte. Consuela hatte ihr Haar von den Nadeln befreit und es gebürstet, bis es glänzte. Es fiel nun in dunklen Wellen um ihre Schultern. Ihr Gesicht fühlte sich blutleer und taub an, und ihre Hand zitterte auf dem Griff der Bürste mit dem Silberrücken, mit der sie geistesabwesend durch ihr Haar fuhr.

Immerhin, sie wußte, daß sie hübsch aussah. Ihre mit Brendan unter der Sonne verbrachten Tage hatten Wangen und Stirn rosig gefärbt, und ihr Negligé betonte die Glätte ihrer Haut und die aufwärtsgerichtete Wölbung ihrer Brüste. Stuart würde sich freuen.

Sie fragte sich, was Brendan gedacht hätte.

Brendan. Der Klang seines Namens in den Winkeln ihres Bewußtseins ließ ihre Kehle eng werden und trieb ihr Tränen in die Augen. Wie konnten zwei kurze Wochen mit jemandem ihr Leben so völlig verändern?

Sie dachte an Stuart, sein schönes Haus, die Sicherheit, die er ihr bieten konnte. Es war alles, was sie sich je erträumt hatte. Und jetzt kam ihr dies alles unwichtig vor.

Alle ihre Träume von Ehe und Familie hätte sie gern für den Anblick des Mannes aufgegeben, den sie liebengelernt hatte. Wo mochte er jetzt sein? Was machte er? Hatte er San Antonio sicher erreicht, oder war es wieder zu einer Begegnung mit den Indianern gekommen? Sie fragte sich, warum so oft ein gehetzter Ausdruck in seinen Augen gelegen hatte, fragte sich, warum er auf der Flucht sein mochte. Und ob er jemals seßhaft werden würde.

Sie betete darum, er möge in Sicherheit sein und eines Tages sein Glück finden.

Gegen ihren Willen sah sie sein Gesicht vor sich, kantig, die markanten Züge von Sorgen verfinstert oder über eine ihrer Bemerkungen lachend. Vor ihrem geistigen Auge sah sie, wie er sie kühn musterte. Lange, braune Finger umschlossen ihre Brust, reizten ihre Brustspitzen, bewirkten, daß Wogen der Lust ihren Körper erfaßten. Fast vermeinte sie seinen warmen Atem zu schmecken, die seidige Beschaffenheit seiner Zunge zu fühlen.

»Brendan«, flüsterte sie, unfähig, die Tränen zurückzuhalten. »Wie konntest du mir das antun?«

Sich vornüber beugend, stützte sie den Kopf auf die Arme und fing leise zu weinen an. Es war gefährlich, sich so gehenzulassen, in der Abwehr nachzulassen und sich der Erinnerung hinzugeben. Aber irgendwie mußte sie es, weil die Erinnerung jetzt, ehe Stuart sich nahm, was von ihr übrig war, wichtiger war als das Risiko. Sie hatte das Gefühl, wenn sie es nicht jetzt täte, dann würde es ihr entgleiten, als sei es nie geschehen.

Stuarts Berührung würde alles auslöschen, würde es aus ihren Gedanken wischen und nur verschwommene Erinnerungen zurücklassen. Nie mehr würde sie sich die Leidenschaft und Zärtlichkeit ins Gedächtnis rufen können, niemals das gemeinsame Nehmen und Geben. Die Inbesitznahme durch Stuart würde es zerstören. Priscilla wußte es.

In der Stille des Raumes hoben und senkten sich ihre Schultern unter der Gewalt ihrer Schluchzer. Stuart würde wissen, daß sie geweint hatte und würde ihr deshalb zürnen. Sie wollte, nein sie mußte aufhören. Diese Augenblicke der Trauer waren die letzten, die sie sich erlaubte. Eine letzte flüchtige Erinnerung daran, wie es war, wenn man liebte.

»Wäre es möglich, daß die Tränen wenigstens zum Teil mir gelten?«

Die Stimme ließ Priscilla herumfahren, voller Angst, ihre Sinne könnten ihr wieder einen Streich spielen. Brendan stand vor dem offenen Fenster, den breitkrempigen Hut an den muskelbepackten Schenkel drückend, sah er noch viel besser aus als in ihrer liebevollen Erinnerung.

»Brendan!« Vom Hocker aufspringend lief sie durch den

Raum in seine Arme. Und nun flossen ihre Tränen erst recht – ob traurige oder glückliche, sie wußte es nicht. »Du bist da. Du bist wirklich und wahrhaftig da.«

Seine festen Arme legten sich um sie, und er begrub sein Gesicht in ihrem Haar. »O Gott, wie hast du mir gefehlt. Jede Stunde, jede Minute. Ich kann es nicht fassen, daß ich so dumm war, dich hier zurückzulassen.«

Die Wärme, die aus seinen Worten sprach, war überwältigend, so daß Priscilla einen Schritt zurücktrat, um ihn anzusehen. Ihr fiel auf, daß er frisch rasiert war und daß sein Haar sich feucht anfühlte. »Wie hast du mich gefunden? Woher hast du gewußt, in welchem Raum ich bin?«

»Als ich fortritt, sah ich dich am Fenster stehen.«

»Ich dachte, du hättest es nicht bemerkt.«

»Ich habe es sehr wohl bemerkt. Seither habe ich dich im Geist tausendmal dort stehen gesehen.«

Als sie sich auf die Zehenspitzen stellte und ihn küßte, wurde sie von seiner leidenschaftlichen Reaktion überwältigt. Seine warmen Lippen drückten sich auf ihre, seine Zunge glitt heiß zwischen ihre Zähne, Schauer der Erregung durchzuckten sie, tückische Hitze brachte ihr Blut in Wallung. Sie umklammerte seinen Nacken, ihre Brustspitzen wurden steif, wo sie sich an den Stoff seines Hemdes drückten.

Priscilla erwiderte seine Küsse mit einer Leidenschaft, wie sie sie noch nie empfunden hatte, und Brendans Hände glitten einer feurigen Spur gleich über ihren Körper. Er umfaßte ihr Gesäß und drückte sie gegen seine Härte, so daß Priscilla sein Begehren spüren konnte.

Da traf sie die kalte Wirklichkeit – mit einer Kraft, daß sie sich kaum auf den Beinen halten konnte. Mit abgewandtem Gesicht machte sie sich von ihm frei.

»D... du mußt gehen«, sagte sie abgehackt und von neuem

den Tränen nahe. »Ehe Stuart dich findet. Du mußt fort, bevor es zu spät ist.«

»Hör zu, Priscilla. Ich weiß, daß es nicht die richtige Art ist... aber ich war ein verdammter Narr...«

»Bitte, Brendan...«

»Ich weiß, du hältst mich für einen Taugenichts und Herumtreiber – und bis jetzt war ich das auch. Aber ich habe etwas Geld auf die Seite getan... ziemlich viel sogar. Und vor Jahren habe ich Land unten am Brazos gekauft – gutes Land, fruchtbare Erde mit ausreichend Wasser. Dort unten können wir uns eine eigene Ranch aufbauen. Und wenn uns das Geld ausgeht, so habe ich in Georgia einen Bruder, der reich wie Krösus ist. Er wünscht sich schon seit Jahren, daß ich seßhaft werde. Er und seine Frau haben mir mehr als einmal angeboten, mir beizustehen.« Er faßte ihr unters Kinn. »Wir werden die Kinder haben, die du dir wünschst – eine ganze Horde, wenn es dich glücklich macht.«

»O Gott«, stieß Priscialla unter Tränen hervor, »bitte, sprich nicht weiter.«

»Verdammt, Priscilla, du machst es mir noch schwerer, als ich dachte – ich bitte dich, mich zu heiraten.«

Sie schüttelte nur den Kopf: »Du verstehst nicht.«

»Ich weiß, ich hätte dich früher fragen sollen, aber ein Mann braucht Zeit, um sich an die Idee zu gewöhnen.«

Priscilla klammerte sich an sein Hemd, so fest, daß ihre Knöchel hervortraten. »Ich kann nicht«, flüsterte sie stockend. »Ich kann dich nicht heiraten.«

Brendan schob sie von sich und sah sie forschend an. »Ist es das Geld? Du sagtest, Geld sei nicht der Grund. Mann und Familie seien dir wichtiger.«

»Es... es ist nicht das Geld.«

»Du kannst doch nicht behaupten, daß du ihn liebst. So lange kennst du ihn nicht.«

Sie schüttelte den Kopf. »Ich kann dich nicht heiraten – weil ich bereits verheiratet bin.« Damit streckte sie ihm ihre zitternden Finger entgegen, die blutroten Rubine, die im Licht der flackernden Kerzen anklagend funkelten.

Brendans Miene verhärtete sich. »Wann?«

»Eben jetzt. Vor ein paar Stunden. Er wird jeden Moment kommen und seine Rechte als Ehemann einfordern. Du mußt fort, ehe er dich hier findet.«

»Warum hast du es getan?« stieß er aufgebracht hervor. »Hättest du nicht wenigstens so lange warten können, bis du ihn besser kennst?«

»Ich wollte ja warten. Aber Stuart wollte nichts davon hören. Ich dachte, du wärest für immer auf und davon. Ich hatte kein Geld, wußte nicht wohin... o Gott, Brendan, warum mußte das passieren?«

Brendan fuhr sich mit der Hand durchs Haar. Nun erst sah er ihr dünnes Spitzennegligé und das hauchzarte Nachthemd. Er streckte die Hand aus und faßte in die Spitze. »Egan hat dir das gekauft?«

Sie nickte.

»Dieser Dreckskerl.« Brendan ging ans Fenster, seine Hände waren zu Fäusten geballt. Grimmig starrte er hinaus, zu den Sternen und der Schwärze. »Der Gedanke, daß er dich anfaßt, macht mich krank. Am liebsten möchte ich hinuntergegen und seinen Namen rufen.«

»Bitte, du mußt fort.« Er drehte sich um und sah sie an. »Ihm gehört alles und jeder hier in der Umgebung. Du bist hier nicht sicher.«

»Und jetzt gehörst auch du ihm.«

Priscilla schloß in einer Aufwallung von Schmerz die Augen. »Ja.«

»Verdammt...«

»Wenn ich nur einen Moment geglaubt hätte, ich sei dir

nicht gleichgültig... daß auch nur eine winzige Möglichkeit für deine Rückkehr bestünde...«

»Wie hättest du es wissen können?« sagte er barsch. »Ich wußte es ja selbst nicht.«

Am liebsten hätte sie sich wieder in seine Arme gestürzt. Hätte sich von ihm festhalten und küssen lassen, hätte sich zärtliche Worte zuflüstern lassen. Statt dessen blieb sie stehen, wo sie war. Sein Leben war in Gefahr, mit jedem Augenblick mehr. »Du mußt fort. Die Zeit läuft aus.«

Brendan starrte sie an, als müsse er sich jede Einzelheit ihres Gesichtes einprägen. »Ich habe dich schon einmal verlassen und es sehr bereut.«

»Ich bin mit Stuart verheiratet«, rief sie ihm verzweifelt in Erinnerung. »Uns sind die Hände gebunden.«

Brendan packte sie an den Schultern und küßte sie. Priscilla schlang die Arme um seinen Nacken, und Brendans Griff wurde kurz fester, ehe er sich aus der Umarmung löste. Dann wandte er sich um und ging zum Fenster. Ein langes Bein verschwand übers Fensterbrett, als er hinausspähte. Einen Moment saß er so da, halb drinnen, halb draußen.

Priscilla, die den Atem anhielt, war hin und her gerissen. Einerseits wünschte sie sich ihn in Sicherheit, andererseits wollte sie, daß er blieb.

Dann sah er sich ein letztes Mal nach ihr um. »Ich muß es wissen, Priscilla... hättest du eingewilligt, wenn ich dich eher gefragt hätte?«

Sie versuchte, etwas zu sagen, aber ihre Kehle war so eng, daß sie kein Wort herausbrachte. Wieder kamen ihr die Tränen.

»Silla, laß dir Zeit. Es ist vielleicht die wichtigste Frage deines ganzen Lebens.«

Priscilla befeuchtete die Lippen. »Ich wäre stolz gewesen, deine Frau zu werden.«

Brendan zögerte nur ganz kurz. Dann schwang er sein Bein herüber und trat zurück in den Raum. »Nimm rasch etwas zum Anziehen mit, zieh Schuhe an und dann nichts wie weg!«

»Was!«

»Bislang ist diese Ehe nur ein paar Worte wert. Sie wurde noch nicht vollzogen und solange das nicht der Fall ist, können wir sie annullieren lassen. Wir reiten zurück nach Corpus und dann nach Galveston. Dort gibt es Anwälte, Leute, die uns helfen können. Aber jetzt müssen wir fort.«

Während Priscilla offenen Mundes dastand, riß Brendan die Tür des großen Schrankes auf, um ihre derben braunen Schuhe und eines ihrer Kleider herauszuholen. Dann zog er eine Kommodenlade auf, holte Unterwäsche hervor und warf sie aufs Bett.

»Und Stuart?« fragte Priscilla.

»Hinterlaß ihm eine Nachricht. Sicher ist Papier im Schreibtisch.«

»Aber ich...«

Brendans harter Blick ließ sie verstummen. »Jetzt heißt es Egan oder ich. Entscheide dich.«

Ich liebe dich. »Ich komme mit.«

Brendans Haltung entspannte sich, er grinste sie an. »Dann setz dein niedliches kleines Hinterteil in Bewegung, Süße. Wir haben in den nächsten Tagen eine hübsche Strecke zurückzulegen.«

Zum ersten Mal seit ihrer Ankunft auf der Rancho Reina lächelte Priscilla aus aufrichtigem Herzen. »Ich ziehe mich wohl besser an.«

»Tut mir leid, Baby, das muß warten.« Er schlug die Überdecke zurück, zog eine Decke vom Bett und wickelte sie ihr um die Schultern. »Schreib rasch die Nachricht, zieh deine Schuhe an, und dann nichts wie fort.«

Als sie an den Schreibtisch lief, ihr Medaillon an sich nahm und den schweren Rubinring abstreifte, bemerkte Priscilla, wie ihr Lächeln immer breiter wurde.

»Bist du sicher, daß du es schaffst?« Brendan begutachtete das Rosenspalier, an dem er hinaufgeklettert war. »Ich kann dich über der Schulter tragen.«

»Ich schaffe es. Je eher wir fortkommen, desto besser.«

Das ließ ihn grinsen. O Gott, wie ihm der Klang ihrer Worte behagte. »Vorsicht. Reich mir die Decke. Die kannst du wieder umlegen, wenn wir unten sind.«

Sie tat wie ihr geheißen, und er sah, wie verführerisch sie in ihrem dünnen weißen Negligé war. Ihr langes braunes Haar fiel in lockeren, bis zur Taille reichenden Wellen herunter, ihre Brüste zeichneten sich ab, und dunkle Kreise winkten durch die Spitze. Als Gegensatz dazu erinnerten ihn die festen Schuhe daran, was für eine züchtige und ehrbare Lady sie war, und dieser Kontrast ließ ihn lächeln. Er verspürte das Verlangen, sie nur festzuhalten und ihr zu sagen, wieviel sie ihm bedeutete.

Spielte er seine Trümpfe richtig aus, dann war dafür später Zeit.

Nachdem er sich vergewissert hatte, daß kein Wachposten in der Nähe war, ließ sich Brendan am Spalier hintergleiten und beobachtete sodann, wie Priscilla sich herunterließ. Ihr Nachthemd betonte die verlockende Rundung ihrer Kehrseite so aufreizend, daß er am liebsten die Hände nach ihr ausgestreckt und sie angefaßt hätte.

Kaum hatte er festen Boden unter den Füßen, tat er es und half ihr das letzte Stück herunter. O Gott, wie schön, sie anfassen zu können.

»Das war eine Kleinigkeit«, sagte Priscilla lächelnd.

Sie wirkte strahlend und gar nicht mehr bleich, und Brendans Herz schlug höher. »Halt still«, befahl er betont streng, konnte aber die Wärme in seinem Ton nicht verbergen. Er zog ein Messer aus dem Stiefel, schnitt ein Loch in die Mitte der Decke und zog sie ihr über den Kopf. »Los jetzt.«

Hand in Hand schlichen sie durch die Dunkelheit zur Mauer, die die Anlage umgab. Brendan hob Priscilla hinauf. Er selbst bewältigte das Hindernis mit einem Satz. Dem Posten ausweichend, der eben um die Ecke gebogen war, schlichen sie die Mauer entlang, bis zu einer tiefen Wasserrinne, die sie den Blicken der Wachen entzog, und liefen zu seinem Pferd.

Er tätschelte den Hals des Tieres und raunte liebkosend den Namen, den er ihm gegeben hatte – Blackie. Ein verdammt guter Name, der noch dazu gut paßte.

Er wandte sich zu Priscilla um. »Es ist einfacher, wenn du hinter mir sitzt.« Damit stellte er sie auf einen großen Stein, stieg in den Sattel und hob sie dann hinter sich auf den Pferderücken. Sie legte die Arme um seine Mitte.

»Die Senke bietet uns Schutz, deshalb reiten wir das Bachbett entlang, solange es möglich ist.« Er trieb Blackie an, und das große Pferd reagierte sofort, spitzte die Ohren und setzte sich mit ausgreifenden, sicheren Schritten in Bewegung.

Hinter ihm drückten sich Priscillas weiche Brüste in seinen Rücken, und er spürte, wie es sich in seinen Lenden regte. Als sie ihren Kopf auf seine Schulter legte, zitterte sie.

»Frierst du?«

Sie schüttelte den Kopf. »Ich bin nur ein wenig nervös. Ehrlich gesagt, ist es das Verrückteste, was ich je gemacht habe, und ich fürchte mich zu Tode.«

Brendan lächelte in die Finsternis. »Tut es dir leid?« Ihre Nähe tat gut. Sie roch nach Flieder, und Strähnen ihrer langen Haare strichen über seine Wange.

»Nein.«

Wieder ein Lächeln seinerseits, diesmal ein erleichtertes.

»Was hast du ihm schriftlich hinterlassen?«

»Ich schrieb, es täte mir leid, daß ich ihm soviel Ungelegenheiten bereite, daß ich um eine Annullierung der Ehe ansuchen würde und ihn um sein Verständnis bäte.«

»Du hoffst aber nicht wirklich auf sein Verständnis?«

»Ich habe da meine Zweifel. Was meinst du?«

»Ich glaube, er wird unsere Verfolgung aus Rachsucht aufnehmen. Wahrscheinlich schon heute nacht. Deshalb verstecken wir uns bis zum Morgen – direkt vor seiner Nase. Morgen brechen wir dann nach Corpus auf und verwischen unsere Spuren.«

»Wie ist das möglich?«

»Indem wir erst die falsche Richtung einschlagen, einen Zweig ans Sattelhorn binden und nachschleppen lassen und wenn möglich durch Flußbetten und Gewässer reiten. Ich habe mindestens ein Dutzend Tricks auf Lager.«

Sie schmiegte sich an seine Wärme, und Brendan verspürte ein Glühen der Befriedigung. Das Drängen in seinen Lenden wurde spürbarer. Von dem Moment an, als er von der Triple R fortgeritten war, hatte er einzig und allein nur an Priscilla Mae Wills gedacht. Von dem Moment an, als er sie verlassen hatte, hatte er schmerzende Einsamkeit gespürt, eine Leere, wie er sie noch nie erlebt hatte. Eigentlich war von Anfang an klar, daß er sich mit dieser Frau große Schwierigkeiten einhandeln würde, aber er war ja mit Blindheit geschlagen gewesen.

Und Stuart Egan die Frau vor der Nase wegzuschnappen, war noch die geringste dieser Schwierigkeiten.

Priscilla mußte an seiner Schulter eingeschlafen sein, denn sie erwachte, als er das Pferd zügelte.

»Wo sind wir?« fragte sie, als er sie herunterhob.

»Nicht weit von der Ranch entfernt. Ich bin im Kreis geritten, zu einer Stelle, die ich unlängst ausgemacht habe. Damals erlegte ich einen Hasen, und als ich ihn holte, fand ich ein von Gebüsch verdecktes ausgetrocknetes Bachbett.«

»Wir sind nach Norden anstatt nach Süden geritten?«

»Morgen reiten wir südwärts. Heute möchte ich zurück und die Ranch beobachten. Sobald Egan losreitet, bin ich wieder da.«

Priscilla hielt ihn fest. »Ich komme mit.«

»Ich wünschte, du könntest mich begleiten, aber es hängt heute viel von meiner Schnelligkeit und Beweglichkeit ab. Ich mache dir einen Schlafplatz zurecht, damit du dich ausruhen kannst. Es wird dir nichts passieren, das verspreche ich.«

Sie dachte an das letzte Mal, als er sie alleingelassen hatte, an die Indianer und was diese ihr beinahe angetan hatten. Sie dachte an die Klapperschlange und wie nahe sie dem Tod gewesen war. Sie hatte Angst – und sie fühlte sich zum ersten Mal unsicher. »Hier draußen bin ich nicht gern allein.«

»Und ich lasse dich nicht gern allein. Gäbe es eine andere Möglichkeit, ich würde es nicht tun. Ich lasse dir meinen Revolver da. Du weißt doch noch, wie man ihn abfeuert?«

Priscilla erbleichte. Sie sah die blutige Masse vor sich, zu der das Gesicht des Indianers geworden war, auf den sie geschossen hatte. »Ich möchte sie nicht«, flüsterte sie mühsam. Trotz größter Beherrschung fing sie zu zittern an.

Brendans Arme umschlangen sie. Er zog sie an sich. Ihr Gesichtsausdruck verriet ihm, daß sie an die Indianer dachte.

»Ist ja gut, Baby. Wir bleiben zusammen. Wenn wir vorsichtig sind, kann es uns egal sein, was Egan macht.« Er hob ihr Kinn an. »Manchmal nehme ich zuviel für selbstverständlich. Auf unserer Ranch am Brazos wird genug Zeit dafür sein, daß du alles lernst, was du brauchst. Ich werde dir den Umgang mit der Waffe beibringen und…«

»Wirst du mir auch Reitunterricht geben?«
Er lächelte. »Im Damensattel oder rittlings?«
»Beides«, sagte Priscilla mit Nachdruck, die daran denken mußte, wie gelegen Stuart ihre mangelnde Selbständigkeit gekommen war.

»Ich werde dir alles über das Land und seine Tiere und Pflanzen beibringen. Mit der Zeit wird es dir hier ebenso gefallen wie mir.«

Hoffentlich, dachte sie. »Ich bin gern mit dir zusammen.«
»O Gott, Priscilla.« Brendan vergrub sein Gesicht in ihrem Haar. Seine Lippen fanden ihre Schulter und glitten ihren Hals entlang. Er knabberte an ihrem Ohrläppchen und blieb dann an ihren Lippen in einem versengenden, fordernden Kuß hängen, der ihr fast die Sinne raubte.

O Gott... wenn Brendan sie so küßte, dann waren ihre Ängste wie weggewischt, und sie wußte, daß sie ihm überallhin folgen würde. Seine Hände umfingen ihr Gesicht, als er sie von neuem küßte, ausdauernd und hart, ehe er sie freigab.

»Wenn wir hier lagern, dann kümmere ich mich jetzt um Blackie und suche uns einen Schlafplatz.«

In Minutenschnelle hatte er eine flache Stelle geschaffen, lose Steine entfernt und ein Plätzchen für die Nacht zurechtgemacht. Für zwei war es eigentlich nicht breit genug, wie sie sah, aber es war das Beste, was er mit der unzureichenden Ausrüstung zustande brachte.

»Ich brauche deine Decke«, sagte er mit einem Blick, den sie nicht zu deuten wußte. Als sie die Decke über den Kopf zog und sie ihm reichte, so daß sie nur in ihrem Spitzennachthemd und Negligé dastand, verdunkelten sich seine hellen Augen im Mondschein.

Mit einem Räuspern drehte er sich um und machte sich mit der Decke zu schaffen, glättete sie und schlug dann den oberen Teil zurück, so daß sie hineinkriechen konnten.

Dabei wandte er ihr zusammengekauert den Rücken zu... bis er sich in einem hitzigen Gefühlsausbruch jäh zu ihr umdrehte.

»Verdammt, Priscilla, du ahnst ja nicht, wie hart es mich ankommt – du hast praktisch nichts an, und ich begehre dich so sehr, daß es schmerzt.« Er hob den Rand des Spitzennegligés kurz an und ließ ihn wieder fallen, als hätte er sich die Finger verbrannt.

»Ich... ich könnte in meinem Kleid schlafen, wenn es dir lieber ist.«

Spöttisch zog er einen Mundwinkel hoch. »Immer ganz Dame... ich sollte mich schon daran gewöhnt haben.« Er wog eine schwere Haarlocke in der Hand. »Ich glaube, mir ist lieber, du behältst das an.« Sein hungriger Blick blieb an den dunklen Abdrücken ihrer Brüste hängen.

Priscilla legte die Arme um seinen Nacken und schmiegte sich an ihn. In Brendan spannte sich alles an, als er das wohlbekannte Gefühl in den Lenden spürte. Nach so vielen Tagen heißen Begehrens schmerzte ihn jeder Herzschlag.

»Du sollst mich festhalten«, flüsterte sie leise.

Brendan atmete schwer aus. »Priscilla, etwas müssen wir besprechen.« Er schob sie von sich.

»Und das wäre?«

Er deutete wortlos auf die Schlafmatte. »Wenn ich dich noch einmal berühre, werde ich mich nicht mehr zurückhalten können. Ich möchte in dir sein, Priscilla. Seit Tagen denke ich an nichts anderes...« Er tippte an ihr Kinn. »Vertraust du mir?«

»Ich wäre nicht hier, wenn es anders wäre.«

»Dann laß zu, daß ich dich liebe.«

»Aber ich bin... verheiratet.«

»Du bist nicht Egans Frau. Du wirst es nie sein. Ich werde dein Mann sein.«

»Aber...«

»Wir werden heiraten, sobald es sich einrichten läßt. Bis dahin sind wir Mann und Frau vor Gott.«

Priscilla befeuchtete ihre Lippen. »Ich weiß nicht...«

»Hör zu, Priscilla. Falls Egan uns finden sollte...«

»Sag das nicht... das darfst du nicht einmal denken!«

»Es wird nicht dazu kommen, aber wenn... wir haben vielleicht eine Chance, ihn zu überreden, daß er uns gehen läßt, wenn er weiß, daß du mir gehörst – daß du nicht mehr Jungfrau bist.«

Stuart hatte in der Tat diesbezüglich übertriebene Besorgnis an den Tag gelegt und sie reichlich unverblümt danach gefragt, nur um am nächsten Tag wieder davon anzufangen.

Sie dachte an Brendans Küsse, an seine Hände auf ihrem Körper, die wonnigen Gefühle, die er auslöste. Sie wollte ihn festhalten, wollte seinen Körper spüren.

Sie wollte ihn glücklich machen und ihm zeigen, wie sehr sie ihn liebte.

»Vertraue mir, Priscilla. Ich werde dir nicht weh tun, das verspreche ich.« Seine Miene drückte Zärtlichkeit und Besorgnis aus. Und ein Begehren, aber mehr als das, war sie sicher, in seinen Augen auch Liebe zu lesen.

»Ich vertraue dir, Brendan... habe dir immer schon vertraut.«

11. Kapitel

Brendan trat zurück und erlaubte sich einen Blick, wie er ihn noch nie gewagt hatte. Mondschein fiel auf ihr dichtes dunkles Haar, ihr voller rosiger Mund lockte reif und verheißungsvoll.

»Priscilla, ich werde achtgeben. Das verspreche ich.«

Er streifte ihr behutsam das Negligé von den Schultern, so daß sie im hauchzarten Nachthemd vor ihm stand. Instinktiv bedeckte sie die Brüste mit den Händen.

»Nicht«, sagte er leise und heiser. »Du siehst herrlich aus.«

»Ich... ich weiß nicht, was ich zu tun habe.« Unwillkürlich strich sie die Vorderseite ihres Nachthemdes platt.

»Aber ich.« Er führte ihre Finger an seine Lippen und küßte jeden einzelnen zärtlich. »Baby, wir haben die ganze Nacht für uns. Ich werde nichts überstürzen.«

Da faßte sie nach ihm, und Brendan zog sie an sich. Sie fühlte sich schlank und zerbrechlich an wie an jenem ersten Tag, als sie zu Boden gesunken war und er sie in die Arme genommen hatte. Er zwang sich zur Langsamkeit, als er ihren Kopf zurückbog und ihre Lippen mit Küssen bedeckte. Ihr Atem war warm und süß, und sein Körper wurde hart. Diesmal wehrte sie nicht ab und genoß sein wachsendes Verlangen.

»O Gott, wie ich dich begehre«, flüsterte er an ihrem weichen Mund, ehe er spielerisch ihre Lippen auseinanderdrängte und seine Zunge hineinglitt. Priscilla wurde schwindlig. Er spürte ihre festen Brüste, umfaßte eine mit seiner Hand durch den Spitzenstoff und vernahm ihr leises Wonneseufzen.

Brendan lächelte insgeheim. Unter ihrer züchtigen Fassade strömte wilde Leidenschaft durch ihre Adern. Das war ihm seit der Szene unter den Eichen klar. Heute wollte er diese Leidenschaft erneut entfesseln und sie zu der Seinen machen.

Und hatte er sie einmal besessen, würde sie ihn nie vergessen.

Priscilla spürte warme Finger, die sich um ihre Brust schlossen, diese hoben und kneteten. Durch das Lochmuster der Spitze reizte Brendan ihre schon harte Brustwarze noch mehr, und ihr ganzer Körper wurde von Siedehitze erfaßt. Während sie im Mondschein aneinandergeschmiegt dastanden, nippte sein Mund an ihr und reizte sie, und seine liebkosenden Hände jagten ihr heiße Schauer über den Rücken. Priscilla setzte ihre Zunge ein wie Brendan. Drängend und spielerisch zugleich ließ sie sie über seine Lippen gleiten. Sie war nicht sicher, was sie zu tun hatte, noch was sie zu erwarten hatte, doch sie ließ sich von ihm führen und mit jedem Moment, der verging, brannte das Blut in ihren Adern heißer.

Brendan schob die schmalen Träger ihres Nachthemdes herunter, entblößte ihre Brüste, um das sanfte Kneten wieder aufzunehmen. Sie spürte, wie seine männliche Härte sich entschlossen gegen ihren Körper drängte, während sein Mund abwärts glitt, über Wange und Kehle und an ihrer Brustspitze haltmachte. Als Priscilla sich gegen ihn sinken ließ, kaum imstande, sich auf den Beinen zu halten, schob Brendan einen Arm unter ihre Knie und hob sie hoch, um sie die wenigen kurzen Schritte zur Schlafstelle zu tragen und sie dort sanft auf die Matte zu legen.

»Bin gleich wieder da, meine Zukünftige«, sagte er leise, und Priscilla fühlte Erregung bei seinen Worten.

Er verließ sie nur für einen Moment, lange genug, um Hemd und Stiefel auszuziehen und seine Hose aufzuknöpfen. Er schob sie über seine muskulösen Schenkel hinunter und entblößte seine steife Männlichkeit. Priscilla stockte der Atem.

Ein Lächeln umspielte seine Lippen, als er sich neben ihr ausstreckte. »Schon gut, Baby, es wird dir nicht weh tun. Wir gehen die Sache ganz ruhig und langsam an.« Er küßte sie liebevoll und beruhigend, ehe er den zweiten Träger ihres Nachthemdes herunterschob.

Sein Blick umfaßte sie, während der Mondschein die Muskeln unterhalb seiner Rippen hervortreten ließ, die seitliche

Halswölbung. Seine unglaublich breiten Schultern liefen zu einer schmalen Taille und schlanken Hüften zusammen, die Beine waren lang und von Muskelsträngen durchzogen. Er sah geschmeidig und männlich aus, und sie wünschte sich nichts sehnlicher, als ihn zu berühren. Als sie es tat und ihre Finger durch sein gelocktes dunkles Brusthaar gleiten ließ, spannte er sich unwillkürlich an, und Priscillas Hand verharrte reglos.

»Ich mag es, wenn du mich berührst«, flüsterte er. »Ich möchte, daß du es tust.« Brendan beugte sich über sie und küßte sie, wobei er sie gegen die Schlafmatte drückte. Sein Mund bewegte sich über ihre Kehle, ehe er ihre Brustspitze zwischen die Zähne nahm und sanft daran zu saugen begann.

Priscilla, die glaubte, den Verstand zu verlieren, faßte in sein gewelltes dunkles Haar, das weich und seidig war. Als seine Zunge ihre Brust freigab, bäumte sie sich auf, wortlos um noch mehr flehend. Seine langen braunen Finger schoben ihr Nachthemd bis zur Mitte hoch, dann zog er es ihr ganz aus und fing wieder an, ihre Brust zu küssen.

Priscilla hielt den Atem an. Ihr Herz pochte aufgeregt, zwischen ihren Beinen pulsierte und brannte es. So als wollte er sie beschwichtigen, glitt seine Hand über ihren Leib hinunter, ein Finger umkreiste ihren Nabel und ließ sie erbeben, dann ging es noch tiefer, durch die dunklen Haare, die sich zwischen ihren Beinen kräuselten.

Instinktiv drückte Priscilla ihre Schenkel zusammen.

»Öffne dich für mich, Silla«, bat er leise, und seine Worte wirkten wie eine Zauberformel. Es war, als würde ihr Körper aus eigenem Willen reagieren, als ihre Beine sich teilten, damit seine Finger eindringen konnten.

»Braves Mädchen!«

Sie errötete bei dem Gedanken an die Intimität, die er sich herausnahm, an die Feuchtigkeit, die sie sich nicht erklären konnte. Sie wollte sich ihm entziehen, konnte es aber nicht. Als Brendan sie wieder küßte und sich über sie schob, umfaßte sie seine Schultern und knetete die Muskelstränge, die sich unter ihrer Hand wölbten.

»Weiter, Silla, öffne dich weiter.«

Ein Anflug von Prüderie riet ihr, es nicht zu tun, doch ihre Beine glitten auseinander, und sie wölbte sich seiner Hand entgegen. Brendans Finger bewegten sich gekonnt, streichelten und reizten sie und entflammten feurige Gefühle, die sich mit nichts vergleichen ließen, was sie je empfunden hatte. Er dehnte sie, um sie bereitzumachen, küßte sie, wobei seine Zunge mit jedem entschlossenen Vorstoß seiner Hand heiß in sie eindrang. Eine Hand umschloß ihre Brust, reizte ihre Brustwarze und steigerte ihre brennende Leidenschaft, bis sie aufstöhnte.

»Bitte«, flehte sie sanft und drängend.

»Bald, Baby. Nur noch eine Weile.«

Priscilla drehte und wand sich, in ihrem Leib ballte sich etwas zusammen, ihre Brustspitzen schmerzten. Sie ächzte und flehte an Brendans Mund – um etwas, das sie nicht kannte.

»Faß mich an, Silla.«

Mit einem Gefühl der Verzweiflung griff sie nach ihm und umschloß seinen harten Schaft mit ihrer Hand. »Brendan«, stöhnte sie auf, von glühender Leidenschaft erfaßt.

Da legte er sich auf sie, und sein Schaft glitt in ihre Öffnung. Als er auf ihre Jungfräulichkeit stieß, hielt er inne. »Ich wünschte, ich müßte dir nicht weh tun«, sagte er sanft und drang ein.

Priscillas schmerzlicher Aufschrei wurde von der Wärme seines Mundes erstickt. Brendan hielt in der Bewegung inne und ließ ihr Zeit, sich anzupassen, während er vorsichtig über ihr verharrte. Sie spürte die Anspannung seiner Muskeln, die Kraft, die es ihn kostete, sich zurückzuhalten.

»Alles in Ordnung?« flüsterte er.

»Ja«, raunte sie.

Zärtlich küßte er ihre Lippen, und Priscilla drückte sich instinktiv an ihn und grub ihre Finger in seine Rückenmuskeln.

»Du wilder kleiner Racker«, flüsterte er und fing an, sich zu bewegen.

Priscilla vergaß den Schmerz des vorangegangenen Moments. Diese süße Pein war von Schmerz weit entfernt. Ihr Körper war wie von Flammen eingehüllt, angespannt und bereit, als Brendan heraus- und wieder hineinglitt, anfangs langsam, dann schneller. Priscilla umklammerte seine Schultern, knetete die Wölbungen seines Rückens, spürte die Anspannung seiner Muskeln, seine Kraft, und in ihrem Inneren weitete sich etwas und drängte nach Erlösung. Die Spannung nahm zu und wurde unerträglich und drängte ihren Körper nach oben, zwang sie, mehr von ihm zu nehmen und jedem seiner fordernden Stöße zu begegnen.

»Schling deine Beine um mich, Silla.«

Wie Getriebene bewegten sie sich, als er nun tiefer eindrang, energisch zustieß, sie emportrug und ihr den letzten Rest Willenskraft raubte.

Priscillas Kopf fiel zurück, ein wilder Schrei drang aus ihrer Kehle. Brendan, der ihre Hüften umfaßt hielt, drang wieder ein und ließ sie von einem großen dunklen Gipfel aus zu den Sternen hochschnellen. Vor ihrem geistigen Auge sah sie wirbelnde Dunkelheit, funkelnde Lichter und spürte süße Momente so deutlich, daß sie den Tränen nahe war.

Brendan erbebte und ließ ein heiseres männliches Stöhnen hören. Momentan schien er zu erstarren, als sein Samen sich heiß in sie ergoß. Dann lockerten sich seine Muskeln, und er ließ sich aufatmend auf seine Ellbogen nieder. Als er sich auf die Matte neben sie legte, war seine Haut, die sich dunkel von ihrer abhob, so schweißnaß wie ihre.

»Silla, jetzt bist zu mein. Du gehörst keinem anderen.«

Und so war es. Sie wußte es so sicher, wie sie wußte, daß am Himmel Sterne glänzten. »Ich wußte nicht, daß es so sein würde.«

Brendan lachte leise auf und strich ihr eine feuchte Haarsträhne von den Wangen. »So ist es nicht immer. Nicht mit jedem.« *Für ihn zuvor niemals.* »Zwischen uns ist etwas Besonderes, Priscilla. Ich habe nie etwas so...«

»...so Wundervolles empfunden?« schloß sie an seiner Stelle, und er lächelte. »Ich fühlte mich, als wäre ich durch himmlische Gefilde geflogen.«

Sein Lächeln wurde breiter. »Ich auch.« Er barg ihren Kopf an seiner Schulter. »Du hast mehr Feuer in dir als zehn der Frauen, die ich kannte.«

»Und du, mein Lieber, bist ein wahrer Teufelskerl.« Sie dachte daran, wie er sie erregt hatte, wie er sie um ihre Beherrschung gebracht hatte. »Ich bin nicht sicher, ob es mir zusagt, daß jemand soviel Macht über mich hat«, neckte sie ihn, doch sie selbst war sich nicht sicher, ob es nur Neckerei war.

»Priscilla, dein Körper ist auf mich eingestimmt. Er versteht alles, selbst wenn du es nicht verstehst.«

»Muß wohl so sein.« Sie strich über sein Brusthaar und registrierte verwundert, daß sich erneut Begehren in ihr regte. Als sie an ihm hinunterblickte, sah sie, daß sein Schaft sich regte, in Sekundenschnelle aufstieg, wild und verheißungsvoll.

»Doch nicht schon wieder!«

»Nein?« Er beugte sich über sie. »Küß mich, Silla.« Und wie vorher, so gehorchte Priscilla auch diesmal.

In jener Nacht liebten sie einander noch zweimal, sanft und süß. Aber auch damit war Brendans Hunger nicht gestillt. Er hatte nur aufgehört, weil er befürchtete, Priscilla würde am Morgen wund sein, während Priscilla wünschte, er hätte nicht aufgehört.

Sie hatte feststellen müssen, daß Priscilla Mae Wills im Bett wild und ungezügelt war. Zum Glück schien der Mann, auf den sie mit so wilder Hemmungslosigkeit reagierte, mehr als entzückt.

»Du bist alles, was ein Mann sich in einer Frau wünscht«, sagte er zu ihr, als er sie hinter sich aufs Pferd setzte. »Eine Dame im Salon und eine Wildkatze im Bett.«

»Und Sie, Brendan Trask, sind der Teufel höchstpersönlich.«

Da lachte er und drückte ihr rasch einen Kuß auf den Mund.

Sie ritten diesen und den nächsten Tag, schnell und hart, und hielten immer nur so lange an, daß Blackie ausruhen konnte, oder um selbst eine Rast einzulegen, wenn sie sich vor Erschöpfung nicht mehr im Sattel halten konnten. Wie geplant, suchten sie ständig Deckung, ritten in Flußbetten und Gewässern, schlugen Haken und verwischten ihre Spuren, indem sie jeden Trick anwandten, den Brendan kannte, nur um etwaige Verfolger irrezuführen.

So müde sie waren, liebten sie sich in der Nacht und bekamen so das Gefühl, sie würden für ihre Mühsal belohnt. Und Priscilla vergaß dabei ihre Ängste, die sie tagsüber plagten, doch immer wieder flehte sie Gott an, sie entkommen zu lassen.

Am Abend vor ihrer Ankunft in Corpus Christi verzehrten sie den letzten Rest ihres Proviants, und Brendan servierte ihr einen Feigenkaktus, nachdem er die reife, rote Frucht mit dem Beerenaroma vorsichtig von der stachligen Haut befreit hatte.

Priscilla verspeiste diese Köstlichkeit mit großem Appetit,

und als Brendan ihr das klebrige Zeug von den Fingern leckte, jagte seine Zunge ihr Schauer über den Rücken. Das führte zu einem zärtlichen Liebesspiel, das damit endete, daß beide engumschlungen einschliefen.

»Gib mir das Fernglas.« Stuart hielt das lange Messingteleskop an sein Auge und begutachtete die Szenerie am Fuße des Hügels durch einen Vorhang aus hellgrünem Mesquitgesträuch.

Sie hatten das Pärchen in der Nacht überholt, nachdem sie zuerst falschen Spuren gefolgt waren, die von den Flüchtigen wegführten. Aber Hoher Wind, der das Täuschungsmanöver durchschaute, hatte – nach seiner fast tödlich ausgegangenen Begegnung mit den Komantschen vorsichtiger geworden – die richtige Spur gefunden und war auf ihr verborgenes Lager am Fuße des Hügelzuges gestoßen.

Stuarts Kiefer bewegte sich in einer mahlenden Bewegung, als er beobachtete, wie dieser Bandit nackt aufstand und sich anzog. Neben ihm lag in die Schlafmatte gehüllt die friedlich schlummernde Priscilla. Ihr dichtes Haar war wie ein Fächer über eine Decke ausgebreitet, die Stuart als seine eigene erkannte.

In seinem Inneren kochte es. *Undankbares kleines Luder. Was bildete sie sich eigentlich ein?* Indem sie wie irgendeine gemeine Schlampe mit ihrem Geliebten durchgebrannt war, hatte sie ihn vor seinen Männern zum Narren gemacht. Eines Tages würde sie dafür bezahlen, und zwar einen hohen Preis... nachdem erreicht war, was er sich vorgenommen hatte.

In diesem Moment kam Mace Harding dahergesprengt.

»Reite zurück und hole unsere Leute«, ordnete Stuart an. »Sie sollen das Lager umzingeln und auf mein Kommando hin vorrücken.«

Harding nickte und tat, wie ihm geheißen. Mace war ein großer, grobgesichtiger und grobknochiger Mann, stark und zäh wie nur wenige. Er würde einen guten Vormann abgeben, wenn sich auch seine Treue mit jener Barker Hennesseys nicht messen konnte. Mace dachte in erster Linie an sich selbst, und seine größte Schwäche waren Weiber. Ging es um eine Frau, setzte sein Verstand aus.

Stuart stellte das Teleskop auf den Mann ein, der vor Priscilla aufragte. Trask beobachtete, wie sie atmete, offenbar mit sich im Widerstreit, ob er sie wecken oder wieder zu ihr auf die Matte kriechen sollte.

Stuart kochte. Gottlob hatten nur er und Hoher Wind die beiden zusammen schlafen gesehen – nicht daß die anderen es nicht geahnt hätten. Sie hatte ihren Ruf schon hoffnungslos ruiniert, aber das war einerlei. Keinem seiner Leute würde es einfallen, auch nur ein Wort des Klatsches zu verbreiten, und die Ranch war so abgelegen, daß es niemand jemals erfahren würde.

Nein, Priscillas Sündenfall spielte keine Rolle.

Wichtig war nur, daß er seine treulose Frau wieder nach Hause schaffte.

Wieder zuckte es in Stuarts Wange. Priscilla gehörte ihm und nicht Trask oder einem anderen. Alle seine Leute hatten der Hochzeit beigewohnt. Daß sie versucht hatte, durchzubrennen, war schon schlimm genug. Er würde nicht zulassen, daß ihr die Flucht gelang.

Sie würde lernen, wo ihr Platz war. Wenn möglich, wollte er sie mit Worten zur Umkehr bewegen, falls nötig aber auch mittels handfesterer Maßnahmen – und er würde die Frau bekommen, die er für seine Karriere und seine künftigen Söhne brauchte.

Er bedeutete seinen Reitern, ein Stück vorzurücken. »Achtet auf mein Signal«, wies er sie an.

Mace Harding nickte und gab den anderen ein Zeichen, sich zu verteilen. Als sie den höchsten Punkt des kleinen Hügelzuges erreicht hatten, der das Lager umgab, hob Stuart einen Arm. Daraufhin stürmten Männer und Pferde bergab, Pistolenschüsse wurden in die Luft abgefeuert.

Trask packte sein Gewehr und legte an, drückte aber klugerweise nicht ab.

Priscilla fuhr erschrocken auf, die Decke um sich ziehend. Aus ihren großen braunen Augen sprach Angst. Wie ein Gespenst aus einem Ungewitter tauchte Stuart aus der großen Staubwolke auf und ritt langsam näher.

»Na, wenn das nicht die hold errötende Braut ist.« Er schwang sich aus dem Sattel seines großen Palomino, der seine helle Mähne schüttelte und mit den Hufen ungeduldig scharrte. »Und ihr wackerer Beschützer. Trask, Sie hätten sich eigentlich denken können, daß ich die Verfolgung aufnehme.«

»Ich habe dir eine Nachricht hinterlassen«, sagte Priscilla zu Stuart mit hoher und unsicherer Stimme. »Ich hoffte, du würdest Verständnis haben.«

Trask zog Priscilla hinter sich. »Egan, verschwinden Sie. Die Lady hat ihre Wahl getroffen.« Das Gewehr gegen seine Leibesmitte stützend, richtete er den Lauf auf Egan.

»Leider kennt Mrs. Egan«, – Stuart warf seiner Braut einen bezeichnenden Blick zu – »nicht alle Fakten. Wenn sie erst alles weiß, wird sie froh sein, daß ihr Mann gekommen ist, um sie zu holen.«

»Du wirst mich doch sicher nicht mehr wollen«, wandte Priscilla ein. »Nicht nach allem, was passierte.«

»Priscilla, man findet schwer eine gute Frau. Eine, die so jung und hübsch ist wie du, ist besonders rar.« Er sah sie hart an. »Du bist in diesem Land fremd, und du bist sehr naiv. Was passierte, ist ebenso meine wie deine Schuld. Ich hätte dich persönlich abholen sollen, anstatt dich Barkers Obhut zu überlassen. Jetzt bist du das Opfer eines Banditen, eines gesuchten Verbrechers geworden. Gottlob hat Mace es in Corpus Christi erfahren, und ich konnte euch noch rechtzeitig finden.«

Priscilla blickte Trask an, dessen Miene Wachsamkeit verriet. Dann wandte sie sich wieder an Stuart. »Was meinst du mit Verbrecher? Brendan ist kein Verbrecher…«

»Leider ist er einer. Er wird wegen eines kaltblütigen Mordes im Indianerterritorium gesucht – er hat den Bruder eines Vorgesetzten erschossen.«

»Das glaube ich nicht.« Sie trat zurück, um den großen Mann anzusehen, der mit nacktem Oberkörper vor ihr stand, sein Gewehr vor sich haltend. »Brendan?«

»Ich erschoß ihn in Notwehr«, erklärte Trask.

»So wie Barker Hennessey«, warf Stuart mit einem Anflug von Sarkasmus ein.

»So wie Hennessey«, gab Trask ihm recht.

»So wie die Männer auf der Handelsstation«, fuhr Stuart fort.

»Ja.«

»Und die Komantschen – wie viele von ihnen haben Sie getötet?«

Trask schwieg dazu.

Stuart wandte seine Aufmerksamkeit Priscilla zu, die aschfahl geworden war. »Auf den Kopf dieses Mannes sind tausend Dollar ausgesetzt – tot oder lebendig. Er hat Dutzende von Menschen getötet – einige direkt vor deinen Augen. Ist es so unglaublich, daß ich die Wahrheit sage?«

Am ganzen Körper zitternd sah Priscilla Trask an. »Stimmt es, was er sagt… daß du wegen Mordes gesucht wirst?«

»Ich sagte dir, ich habe ihn erschossen…«

»Ist es wahr!«

»Ich dachte nicht, daß man mich in Texas suchen würde.«
Priscilla raffte ihre Decke um sich. Sie schwankte auf Trask zu, als stünde sie im Begriff, in Ohnmacht zu fallen, und er streckte den Arm aus, um sie zu stützen. Priscilla stieß ihn fort. »Warum hast du es mir nicht gesagt?«
Trask gab keine Antwort. Seine Miene hatte sich verschlossen, seine Augen blickten stumpf und resigniert.
»Warum?« drängte Priscilla.
»Es tut mir leid.« Mehr sagte er nicht.
»Sie sind von über einem Dutzend Männern umstellt«, sagte Stuart zu Trask. »Sie können also getrost die Waffe fallen lassen.«
»Was wird aus Priscilla?«
»Sie kommt mit mir.«
»Es ist nicht ihre Schuld. Ich möchte nicht, daß ihr etwas passiert.«
»Priscilla ist meine Frau. Sie wird ihren rechtmäßigen Platz neben mir einnehmen.« Was sie brauchte, war eine tüchtige Tracht Prügel, doch hatte er noch nie eine Frau geschlagen und beabsichtigte nicht, damit anzufangen.
»Und ich?« wagte Trask einen Vorstoß.
»Bis nach Corpus Christi ist es ein Tagesritt. Sobald wir da sind, werden Sie dem Sheriff übergeben.«
Trask zögerte einen Augenblick, sah Priscilla an, die vor sich hin starrte, als ginge das alles über ihren Verstand, dann ließ er sein Gewehr in den Staub fallen. Kaum hatte er es getan, als ein Seil über ihm surrte. Stuart sah, wie es in Trasks Haut schnitt, als es über dessen Kopf fiel und sich um die Brust spannte. Ein zweites Lasso wirbelte durch die Luft, schlang sich um ihn und wurde festgezerrt. Die zwei Reiter, die die Seilschlingen geworfen hatten, wickelten die Enden um ihre Sattelknäufe, wendeten ihre Pferde und schleppten Trask hinter sich durch den Staub.

»Tut ihm nichts!« Priscilla stürzte vor, mit Tränen in den Augen, deren Blick sich flehend auf Stuart richtete. Blutleere Lippen und verzerrte Züge machten ihr Gesicht zu einer Maske des Schmerzes.

Genau das hatte er erwartet, und es war der Grund, weshalb er den Bastard nicht eigenhändig aufknüpfte. »Priscilla, er ist ein Verbrecher. In Corpus Christi wird man ihm einen fairen Prozeß machen, und dann wird er hängen. Finde dich gefälligst damit ab.«

Ein Wimpernschlag, und über ihr Gesicht lief eine Tränenspur, die sie mit dem Handrücken abzuwischen versuchte. »Ein Angeklagter ist unschuldig, solange seine Schuld nicht bewiesen ist«, brachte sie mit einer Beherztheit hervor, die er ihr nicht zugetraut hatte. »Als gesetzestreuer Mensch stehst du sicher für dieses Prinzip ein. Und wenn dem so ist, dann ist es nur recht und billig, daß er anständig behandelt wird, ehe es zum Prozeß kommt.« Aber Mace und Sturgis hatten Trask bereits fortgezerrt.

In Stuarts Wange zuckte es, als er Priscilla kritisch ansah. Wider Willen mußte er ihr Respekt zollen. Hatte er sie sich einmal zurechtgebogen, würde sie ein Gewinn für sein geplantes Imperium sein. Er drehte sich zu seinen Leuten um.

Oben auf dem Hügelkamm zerrten Mace Harding und Kyle Sturgis den aus zahlreichen Schürfwunden blutenden Trask, dessen Kleider und Haare mit einer dicken Staubschicht bedeckt waren, an ihren Seilen über das steinige, mit struppigem Gebüsch bewachsene Terrain.

»Anhalten!« rief er, und ihre Pferde blieben stehen. »Setzt ihn auf ein Pferd und reitet eine halbe Meile voraus. Mrs. Egan und ich werden euch in Echo Springs einholen.«

Mace warf ihm einen wissenden Blick zu. Trask sollte bekommen, was ihm gebührte, aber nicht vor den Augen der Frau.

»Wie Sie wollen, Boß!«

Nachdem sie ihren Gefangenen über den Sattel eines drahtigen kleinen Mustangs geworfen hatten, galoppierten die Männer mit ihm davon. Kaum waren sie außer Sichtweite, als Stuart seine Aufmerksamkeit Priscilla zuwandte.

»Ich... ich muß mit ihm reiten«, sagte sie. Wieder kamen ihr die Tränen, und es erboste ihn, daß ein Mann wie Trask sie dermaßen zu bewegen vermochte. »Er wird jemanden brauchen, der vor Gericht für ihn aussagt.«

Stuart unterdrückte das Verlangen, sie zu schlagen. Er bezähmte sich und holte tief Atem. »Priscilla, er ist ein Ausgestoßener. Auch wenn er den Mord nicht begangen hätte, was für ein Leben könnte er dir bieten?«

»Er... er hat mit das Leben gerettet. Ich muß ihm helfen.« Sie lief los, dem Horizont entgegen, die Decke festhaltend, blindlings Trasks Spuren folgend.

Da packte Stuart sie am Arm und hielt sie mit einem Ruck auf. »Priscilla, zieh dich an.«

Einen Moment stand sie wie betäubt da, völlig verloren aussehend, einem Zusammenbruch nahe. Dann ließ sie ihren Blick an ihrem halbbekleideten Körper hinunterwandern. Sie bezwang ihre Tränen und blickte auf. »Dreh dich um, bitte.« Ihre Stimme war unsicher und rauh.

»Tut mir leid, Priscilla, aber das werde ich nicht tun. Du hast dich meinen Männern so präsentiert und es mit Trask wie eine Schlampe getrieben.« Ein entschlossener Zug legte sich um seinen Mund. »Du bist meine und nicht seine Frau. Ich weiß, daß du viel mitgemacht hast, und ich habe mich in Geduld geübt, aber der Mann, den du geheiratet hast, bin ich, und es wird Zeit, daß du dich dieser Tatsache stellst.«

Priscillas Fingernägel gruben sich in ihre Handflächen, als sie mühsam um Beherrschung rang. Sie verdiente es – alles und noch mehr.

Sie schluckte den Kloß in ihrer Kehle hinunter und straffte ihre Haltung. Ihre Decke fiel in den Staub, als sie zu dem Stein ging, über den sie ihre Kleider gebreitet hatte. Sie wandte Stuart den Rücken zu und fing an, sich mit zitternden Händen anzuziehen.

Brendan! rief sie in Gedanken. *Warum hat dies passieren müssen? Warum hast du es mir nicht gesagt? Was wird jetzt aus dir?* Sie sah sein aufgeschürftes und mit Prellungen übersätes Gesicht vor sich, seinen Blick, aus dem Verzweiflung und bittere Resignation sprachen. Was hatte er in jenen letzten herzzerreißenden Momenten gedacht? Was dachte er jetzt?

Sie warf Stuart einen flüchtigen Blick zu. Er war wütend, nein, unter seiner beherrschten Fassade kochte er vor Wut, so sehr hatte ihn ihr Verhalten verletzt. Da sie seinen Zorn erwartet hatte, verübelte sie ihm seine Haltung nicht. Sie verdiente seinen Zorn voll und ganz. Und doch war er nach allem, was geschehen war, noch immer bereit, sie als seine Frau zu akzeptieren.

Priscilla spürte eine beklemmende Enge in der Brust, einen Schmerz, der nahezu unerträglich wurde. Stuart würde ihr Mann sein. Aber es war nicht Stuart, den sie wollte, sondern ein Revolverheld namens Trask. Ein Ausgestoßener, der sie betrogen hatte, der sie zu Sünden des Fleisches verleitet hatte.

Sie hätte ihm nicht vertrauen dürfen, hätte ihn nicht lieben sollen.

Und doch liebte sie ihn in Wahrheit noch immer.

Es kostete sie etliche Mühe, nicht in den Staub zu sinken und sich ihren Tränen hinzugeben. In ihrem Kopf herrschte ein Durcheinander von Fragen, von Reue und unerfüllbaren Träumen. Sie fühlte sich verwirrt und betrogen und unglaublich allein. Seit dem Tag, als sie in Galveston von Bord gegangen war, schien ihre Welt auf dem Kopf zu stehen. Von

Anfang an hatte sie Angst gehabt und unter bösen Vorahnungen gelitten, und doch hatte sie sich zum Weitermachen gezwungen. Sie hatte gesehen, wie Menschen getötet wurden, war durch unwirtliche, nahezu unbewohnbare Landstriche gezogen, war von den Indianern schwer mißhandelt und fast ermordet worden. Doch das alles hatte sie überstanden und hatte sich nicht unterkriegen lassen.

Und dann hatte sie sich verliebt.

Und jetzt mußte sie entdecken, daß Brendan nicht der Mann war, für den sie ihn gehalten hatte. Er wurde als Mörder gesucht. Er war nicht ihr Mann – das war Stuart –, und doch hatte sie sich ihm willig und ohne Vorbehalt hingegeben.

Es war die schwerste Sünde, die sie je begangen hatte und dennoch...

Mit noch immer zitternden Händen machte Priscilla ihren einzigen bestickten Unterrock fest und zog dann das Kleid über den Kopf. Sie bemühte sich, die Knöpfe auf dem Rücken zu erreichen, aber Stuarts grobe Finger stießen ihre Hände weg.

»Du bist wunderschön, Priscilla. Ich kann verstehen, warum ein Mann wie Trask so viel auf sich nimmt, um dich in sein Bett zu locken.« Er faßte unter ihr Kinn und drehte sie zu sich um. »Sobald wir sicher sein können, daß du nicht Trasks Bastard trägst, beabsichtige ich, mir zu nehmen, was er übriggelassen hat. Dann wirst du deinen Platz als meine Frau einnehmen, und wir können mit unserem Leben weitermachen.«

Priscilla sagte nichts. Sie war zu aufgebracht, zu unsicher, um etwas zu sagen. Außerdem... welche Wahl hatte sie denn? Sie war mittellos, besaß keine Freunde, wußte nicht, wohin sie hätte gehen sollen. Und selbst wenn ihr noch ein Zuhause geblieben wäre, so hätte sie gar nicht die Möglichkeit gehabt, dorthin zurückzukehren.

Stuart war ihre einzige Antwort. So wie schon seit langem.

Benommen, ratlos und todmüde ließ Priscilla sich von ihm zu einem fromm aussehenden Fuchs führen, der hinter Stuarts Palomino angebunden war. Er löste die Zügel und half ihr in den Sattel, worauf sie ihre Röcke so gut es ging über die Beine drapierte.

Nachdem Stuart seinen großen Palomino bestiegen hatte, nahm er das Leitseil von Priscillas Pferd und schlug die Richtung ein, in der die Männer verschwunden waren.

»Reiten wir denn nicht zurück zur Ranch?« fragte Priscilla, die undeutlich wahrnahm, daß es in die Gegenrichtung ging. Sie hörte das Beben ihrer Stimme, konnte es aber nicht unterdrücken.

Stuart zügelte sein Pferd und wartete, bis sie ihn erreicht hatte. »Nein. Von Mace weiß ich, daß wir es in Natchez mit einem Problem zu tun haben. Corpus Christi ist nicht mehr weit. Von dort wollen wir weiter nach Natchez.«

Sie sagte nichts mehr und überließ es ihm, ihr Pferd zu führen. Ihre Kehle war wie zugeschnürt, die Tränen saßen locker. Schwärze wirbelte bedrohlich nahe, die Welt um sie herum verengte sich, bis sie nur mehr Pferd und Reiter vor sich sah. Das Verlangen, sich gnädiger Bewußtlosigkeit hinzugeben, war fast überwältigend, doch sie bezwang die Schwärze.

Sie würde nicht zulassen, daß er sie wieder so sah, würde nicht zulassen, daß er ihr den Schmerz anmerkte, der ihr Herz zerriß. Statt dessen faßte sie mit letzter Kraft nach dem Sattelknauf und kämpfte darum, im Sattel zu bleiben.

Brendan erwachte in einem Nebel des Schmerzes. Seine Rippen taten höllisch weh, eines seiner Augen war geschwollen, über den Platzwunden auf Rücken und Brust hatte sich Blutschorf gebildet. Seine Lippen fühlten sich starr und aufgedunsen an, er hatte das Gefühl, den Mund voller Watte zu haben, und das Dröhnen in den Ohren war so laut, daß er sonst kaum etwas hören konnte.

Diese Schweinehunde hatten ganze Arbeit geleistet. Ein paar Meilen vom Lager entfernt, weit weg von Egan und Priscilla, hatten sie ihm die Seele aus dem Leib geprügelt.

Er verschob seine Lage auf dem harten Untergrund. Dabei schnitt sich das grobe Hanfseil tief in das Fleisch um seine Handgelenke.

»Auf die Beine, Trask«, befahl ein grobknochiger Mann mit brutaler Kinnlade, der Mace hieß. »Wir möchten vor Einbruch der Dunkelheit in Corpus sein.«

Brendan mühte sich knurrend auf die Beine. Wenigstens war er entgegen seiner Erwartung nicht abgeknallt worden. Er hatte gewußt, daß er sein Leben aufs Spiel setzte, als er sie holte – vielleicht sogar ihres. Dennoch, das Risiko hatte sich gelohnt. Würde man ihn morgen hängen, er würde in sein Grab sinken und die Erinnerung an die Nächte in Priscillas Armen mit sich ins Grab nehmen. Als einziges bedauerte er, daß es nicht in seiner Macht stand zu verhindern, daß sie nun mit einem Mann wie Egan der Welt ins Auge sehen mußte.

Er betete darum, daß der Kerl ihr nichts angetan hatte. Aber da er Egans Härte kannte und ihm die Wut angesehen hatte, die dieser zu verbergen versuchte, fürchtete Brendan das Schlimmste. Hinter Egans Beherrschung lauerte subtile Wut, die er sorgsam unter Kontrolle hielt. Was hatte er Priscilla angetan, nachdem seine Männer sie alleingelassen hatten? Wie würde er sie bestrafen?

Eines stand fest. Stuart Egan würde sie beide zur Rechenschaft ziehen – auf die eine oder andere Weise.

Sie glaubte daran, daß sie ihn wiedersehen würde. Sie würde ihn ganz sicher sehen – wenigstens noch ein einziges Mal.

Statt dessen waren die meisten von Stuarts Männern zur Ranch zurückgekehrt. Mace und einige andere hatten Brendan zum Sheriff in Corpus Christi geschafft, wo er den Bezirksrichter und seinen Prozeß erwarten sollte, und eine Handvoll waren mit ihr und Stuart geritten, wobei sie aus Rücksicht auf sie als Frau ihr Tempo ein wenig verlangsamten.

Ohne auf die Schmerzen zu achten, die sie von Anfang an begleitet hatten, ritt Priscilla wortlos dahin, ihrem Gedankenwirrwarr hingegeben.

Sie hatte gewußt, daß man sie vielleicht aufspüren würde – sie hatte es gewußt, hatte aber keinen Moment geglaubt, es würde wirklich dazu kommen. Während ihres Zusammenseins mit Brendan hatte sie sich keine Gedanken an die Folgen ihres Tuns erlaubt, an das, was sie – Mrs. Stuart Egan – getan hatte. Ihre Liebe zu Brendan war das einzige, was zählte.

Und jetzt, obwohl sie wußte, daß er ein Gesetzloser, ein Mörder war, so wie sie anfangs befürchtet hatte, stand sie entsetzliche Angst um ihn aus. Wo war er? Wer pflegte seine Verletzungen? Was würde passieren, sobald Stuarts Männer Corpus Christi erreichten? Ihr Herz verzehrte sich nach ihm. Nach allem, was sie geteilt hatten. Nach den Plänen, die sie geschmiedet hatten.

Lieber Gott, laß nicht zu, daß man ihn hängt. Was immer er getan hat, laß ihn nicht sterben.

Gottlob hatte Stuart auf ihr Flehen gehört und dem grausamen Treiben seiner Leute ein Ende gemacht. Sie würde es ihm nie vergessen, wie er sich ihren Wünschen gebeugt hatte, obwohl sie ihn betrogen hatte.

Nach ihrer kurzen Zeit auf der Ranch, nachdem sie gesehen hatte, was für ein harter Mann Stuart sein konnte, glaubte sie, daß er sie für ihre Flucht bestrafen, vielleicht sogar schlagen würde. In gewisser Weise wäre es besser gewesen. Denn so wie die Dinge lagen, hatte sie sich selbst eine eigene, eine härtere Strafe auferlegt – eine, die nicht so bald enden würde.

Sie dachte an das Verbrechen, dessen man Brendan beschuldigte, und fragte sich, ob seine Behauptungen nicht doch auf Wahrheit beruhten. Da fiel ihr Barker Hennessey und die Männer ein, die Brendan unterwegs getötet hatte. Sie dachte an den gehetzten Ausdruck, den sie in seinem Blick gesehen hatte. Sie hatte gewußt, daß er vor etwas davonlief – und jetzt wußte sie, wovor.

Gott im Himmel, wie habe ich mich in einen Mann wie ihn verlieben können? Sicherlich waren daran ihre schmerzlichen Erlebnisse schuld, der Schlangenbiß, die Schießereien, ihr Heimweh, die Angst, die sie oft ausgestanden hatte, und die vielfachen Gefahren.

Priscilla wischte sich mit dem Handrücken Staub aus den Augen. Was immer der Grund gewesen war, zum ersten Mal hatte ihre Urteilskraft sie im Stich gelassen, und sie hatte den folgenschweren Fehler begangen, sich in einen Gesetzlosen zu verlieben. Trotz ihres heftigen Bemühens, dagegen anzukämpfen, war es passiert. Nun blieb ihr nichts übrig, als diese Liebe hinter sich zu lassen, ihr zu entfliehen, als hätte sie nie existiert.

Ihr tiefer und unsicherer Atemzug hörte sich so spröde an, als bräche ein trockenes Blatt im Wind. Als Stuart im Lager auftauchte und sein Verdammungsurteil über den Mann ihrer Liebe sprach, war etwas in ihr gestorben. Ihre Energie und ihr Lebenswille, die ihr immer weitergeholfen hatten, waren wie eine flackernde Kerze erloschen. Jetzt war ihr alles gleichgültig – und ganz besonders ihr eigenes Schicksal.

Welche Rolle spielt es denn noch? dachte sie. *Was macht es schon aus?*

Sie hätte es besser wissen müssen und sich nicht verlieben dürfen. Sie hätte wissen müssen, daß sie einmal mehr der Ungewißheit ins Auge blicken würde.

12. Kapitel

Sie lagerten über Nacht und erreichten zwei Stunden nach Tagesanbruch Corpus Christi. Die Straßen waren so verlassen, wie sie sie in Erinnerung hatte, die Atmosphäre so unheimlich und bedrückend, daß ihre bereits trübe Stimmung sich noch verschlimmerte.

Wider Willen suchte ihr Blick den Amtssitz des Sheriffs, doch konnte sie auf dem kurzen Weg ins Hotel, in dem Stuart eine große Suite gemietet hatte, nirgends eine Aufschrift entdecken.

Stuart gab sich herzlich – so sehr, daß es zum Verrücktwerden war.

Was denkt er? fragte sie sich. Vermutlich würde sie es nie erfahren.

»Sobald wir einem vorüberfahrenden Schiff ein Signal geben können, fahren wir nach Galveston«, sagte er zu ihr. »Von dort geht es weiter nach New Orleans und den Mississippi aufwärts nach Natchez.«

Natchez. Allein der Name genügte, um ihr Schauer über den Rücken zu jagen.

Einst hatte sie es Heimat genannt, aber das lag Jahre zurück, fast ein ganzes Leben.

»Was ist mit... mit Brendan?« Sie mußte diese Frage stellen, obwohl sie die Antwort kannte. »Wenn ich bis zum Prozeß bleiben könnte...«

Stuarts Schultern spannten sich. »Priscilla, es gibt nichts, was du tun könntest. Der Mann steht wegen eines Verbrechens vor Gericht, von dem du nichts weißt.« Er stand neben dem Sofa in ihrer Suite und faßte sie mit unerbittlichem Blick ins Auge. »Deine Aussage könnte ihm sogar schaden. Immerhin hast du mit angesehen, wie er Barker Hennessey abknallte.«

»Aber nein. Nicht wirklich.« Wenn es nur einen Weg gegeben hätte, ihm zu helfen. »Ich weiß, daß es dich aufbringt, aber ich verdanke ihm mein Leben.«

Stuarts Finger umkrampften die Lehne des Roßhaarsofas. »Er wurde durch die Zeit in deinem Bett für seine Hilfe mehr als entschädigt.«

Priscillas Wangen erglühten.

»Priscilla, wir reisen ab, sobald ein Sheriff vorbeikommt. Je weniger Menschen über dich und Trask Bescheid wissen, desto besser für uns beide.«

Priscilla wagte keinen Widerspruch. Einmal mehr gab es nichts, was sie hätte sagen können. Auf ihr Zimmer beschränkt, hatte sie das Gefühl, als würde die Zeit überhaupt nicht vergehen, während ihre Gedanken ständig um Brendan kreisten. Schließlich versuchte sie energisch, ihrer Trübsal Herr zu werden. Am Abend des zweiten Tages hatte ein Lichtsignal an der Landspitze signalisiert, daß ein Schiff nahte. Am Morgen darauf bestiegen sie ein kleines Beiboot und wurden hinaus zum ankernden Schiff gebracht.

Unterwegs zum Schiff starrte Priscilla unausgesetzt zum Ufer hin, bemüht, nicht an den Mann zu denken, den sie hier zurückließ, doch sein attraktives Gesicht drängte sich immer wieder in ihr Bewußtsein. Es belastete sie ungemein, daß sie nichts tun konnte, um ihm zu helfen, doch es sah so aus, als hätte ihr Leben wieder einen Kurs eingeschlagen, der sich nicht ändern ließ, und wenn sie diesen neuen Kurs überleben wollte, mußte sie ihn vergessen.

Während Stuart sich um ihre Unterbringung in den Kabinen kümmerte und mit dem Kapitän Vereinbarungen für die Fahrt traf, stand Priscilla an der Reling und sah, wie das Land zurückblieb. Es war zu einem braunen Fleck am Horizont zusammengeschmolzen, kleiner noch als die Möwen, die über ihnen kreisten, als Stuarts Anwesenheit neben ihr ihre trübsinnige Stimmung durchbrach.

»Ich weiß, daß es für dich schwer war.« Er starrte zu demselben Punkt hin, den sie im Auge behielt. »Wenn ich nur einen Moment geglaubt hätte, du wärest glücklich geworden, hätte ich dich gehen lassen.«

Heute sprach er ganz sanft mit ihr, obwohl er zuweilen noch immer wütend schien. Ihr Verrat hatte ihn gekränkt. Sie hatte ihn unfair behandelt, und das wußte sie.

»Du weißt ja nicht, wie sehr ich bereue, daß ich dir soviel Ungemach angetan habe. Ich wünschte, es gäbe einen Weg, alles ungeschehen zu machen, doch das ist unmöglich. Nach ... nach allem, was passiert ist, kann ich kaum glauben, daß du mich noch immer zur Frau willst.«

Stuarts Miene wurde todernst. »Wir sind verheiratet, Priscilla. In guten wie in bösen Tagen, bis der Tod uns scheidet. Ich habe diese Tatsache akzeptiert, als ich das Ehegelöbnis sprach – du bist diejenige, die sich damit nicht abgefunden hat.«

»Ich vertraute ihm«, versuchte sie eine Erklärung und wünschte, sie könnte ihm begreiflich machen, was passiert war – ja sie wünschte, sie könnte es selbst begreifen. »Ich war allein, brauchte Hilfe, und er half mir.«

»Du hast gesehen, wie er Barker tötete, und trotzdem bist du mit ihm gegangen.«

»Er sagte, Hennessey hätte ihn glatt umgelegt, wenn er nicht schneller gewesen wäre und ihn erschossen hätte.«

»Barker war mein verläßlichster Mann und ein sehr guter

Freund. Er war ein harter Mensch, aber ich kann dir versichern, daß ihm der Revolver nicht locker saß. Das wußte Trask. Er gehört zu den Menschen, die andere gern ausnützen... sieh, was er dir angetan hat.«

Priscilla schloß die Augen gegen eine Aufwallung von Schmerz und umklammerte die Reling fester. »Bist du sicher? Kann es kein Irrtum sein?«

»Mace Harding erfuhr in Galveston die Umstände von Barkers Tod und daß du mit Trask losgezogen bist. Als er in Corpus Christi ankam, fragte er beim Sheriff nach und entdeckte, daß Trask im Indianerterritorium gesucht wird. Ein Irrtum ist ausgeschlossen.« Er sah sie forschend an. »Außerdem gilt er als Frauenheld. Offenbar ist Verführung eher nach seinem Geschmack als Zwang, sonst hätte er dich irgendwann unterwegs mit Gewalt genommen.«

Priscillas Herz krampfte sich zusammen. Wider Willen sah sie das Bild der üppigen Blondine vor sich, die er in Galveston zurückgelassen hatte. Und sie dachte an die Worte eines der Männer auf der Veranda vor dem Saloon. »Du hast es mit Frauen immer verstanden.«

Ich war nur eine von vielen Eroberungen. Er wollte mich, und er hat sich genommen, was er wollte.

Sie blickte auf ihre Hände hinunter, die noch immer die Reling umklammerten. »Ich war so dumm«, sagte sie leise. »Glaubst du, du könntest mir je vergeben?«

»Priscilla, ich verzeihe nicht leicht. Und nicht ohne Gegenleistung. Von nun an erwarte ich Treue – und Loyalität. Bekomme ich die nicht, dann wird dich das volle Ausmaß meines Zorns treffen.«

Nach allem, was geschehen war, wollte er an der Ehe festhalten. Sie wußte nicht, wohin, hatte niemanden, an den sie sich wenden konnte. »Irgendwie werde ich einen Weg finden, alles gutzumachen.«

»Es gibt Wege, meine Liebe, das verspreche ich dir. Gemeinsam werden wir sie finden.« Er strich ihr übers Haar und umfaßte eine Wange mit seiner Hand. »Du bist meine Frau. Sobald du diese Tatsache akzeptierst, wird alles sich zum Guten wenden.«

Priscilla nickte nur. Ihre Kehle war eng, sie spürte brennende Tränen. Stuart gab ihr eine zweite Chance. Er hatte ihr angeboten, über ihr skandalöses Verhalten hinwegzusehen. Er war ein starker, harter Mann, doch er war ehrlich und auf seine Weise um sie sehr bemüht.

Brendan hingegen hatte sie betrogen und verführt.

Und für diesen Menschen hätte sie freudig Reichtum, Stellung und Sicherheit aufgegeben. Sie hätte auf alles verzichtet, was sie sich je gewünscht hatte. Und wofür? Für einen Gesetzlosen. Einen Mörder. Einen Mann, der sie in sein Bett gelockt, ihr die Unschuld geraubt hatte und sie sehr wahrscheinlich verlassen hätte, wollte man Stuart glauben.

Stuart Egan hatte sie davor errettet – wie nach Tante Maddies Tod. Diesmal würde sie es nicht vergessen. Irgendwie würde sie es wettmachen. Sie würde ihre Liebe für den verlogenen Tunichtgut begraben, würde auch die Scham begraben, die sie empfand, wenn sie daran dachte, wie er sie berührt hatte und wie hemmungslos ihre Reaktion ausgefallen war.

Von nun an würde sie Stuart Egans Frau sein. Sie würde die Söhne bekommen, die er sich wünschte, und auf diese Weise seine Verzeihung verdienen. Es war der einzige vernünftige Weg.

Dann dachte sie an Brendan, dachte an den Galgen, der ihm drohte. Aus dem Winkel ihres Bewußtseins flehten seine Augen um Verständnis. Schöne sanfte Augen. Liebevolle Augen, Augen, die ihr Vertrauen und ihre Liebe gewonnen hatten. *Lieber Gott, hilf mir, ihn zu vergessen.*

Priscilla betete darum, daß sie es schaffen würde.

Während das Schiff mit Kurs auf Galveston dahindampfte, zwang sie sich, sich an Barker Hennessey zu erinnern, an die Frauen, die Brendan in seinem Bett gehabt haben mußte und verlassen hatte. Und als sie die Stadt erreichten, hatte sie den mit sich ausgefochtenen Kampf gewonnen und Brendan fast völlig aus ihren Gedanken verbannt.

Sie hatte ihre Gefühle unterdrückt und auch jeden zärtlichen Augenblick, den sie geteilt hatten. Es war eine Sache auf Leben und Tod. Wenn es sein mußte, war Priscilla im Vergessen eine wahre Meisterin.

Brendan sank auf der Strohmatratze zusammen. Es war dunkel und heiß in dem Bau mit den dicken Holzwänden, der als Gefängnis diente. Es gab nur Schlitze als Fenster, und die zwei anderen Zellen, beide leer, waren nur durch Eisenstangen von seiner getrennt.

Der kleine, heruntergekommene Bau erhob sich einsam und allein hinter dem Büro des Sheriffs – aus den Augen, aus dem Sinn. Der Distriktsrichter wurde irgendwann in dieser Woche erwartet. In der Zwischenzeit bekam er täglich eine Mahlzeit – Bohnen und Kartoffeln und was immer der Aufseher ihm zukommen ließ – und dazu ein paar Kellen Wasser. Die Behandlung war hart, aber er hatte weit Schlimmeres erlebt.

Außerdem war es ohnehin egal. Man würde ihn vermutlich hängen.

Er dachte an den bevorstehenden Prozeß. Er hatte keinen Verteidiger und keine Zeugen, die ihm halfen, seinen Namen reinzuwaschen. Gewiß, es gab Leute, die mit angesehen hatten, was passiert war, doch die waren entweder verdammt weit weg oder nicht gewillt auszusagen.

Auf der Matratze hockend schloß Brendan die Augen

und lehnte sich gegen die roh gezimmerte Wand, deren Splitter ihn in den nackten Rücken stachen. Er trug noch immer kein Hemd. Sein schmutziges, verfilztes Haar hing ihm bis in den Nacken, der Bart einer ganzen Woche sproß auf Kinn und Wangen. Komisch, dachte er, nie habe ich in einer größeren Klemme gesteckt, und doch gilt meine einzige Sorge Priscilla. Was immer passieren würde, er betete darum, Egan würde ihr das Leben nicht zur Hölle machen.

Er dachte an die gemeinsam verbrachten Stunden und daran, wie sie sich geliebt hatten. Die Erinnerung an ihre unschuldige Leidenschaft und an ihre Glut entlockte ihm ein Lächeln. Trotz seiner Erschöpfung hatte er sie sanft genommen, voller Rücksicht auf ihre Mattigkeit und weil ihr das Eindringen in ihren Körper neu war. Aber das alles war nur ein Anfang, und es gab noch so viel, was er sie lehren hätte können, so viel, das sie teilen hätten können.

Brendans Brust wurde ihm eng, als er daran dachte, daß Egan übernehmen würde, was er zurückgelassen hatte.

Das Knirschen eines Schlüssels in der schweren Holztür des stickigen Kerkers riß ihn aus seinen Gedanken. Ein Lichtstrahl durchstieß die Finsternis, und der Aufseher, ein korpulenter Mann in den Vierzigern, betrat den Bau.

»Trask, Sie haben Besuch.«

Brendan blickte auf und sah zwei Männer, die sich im Licht der offenen Tür abzeichneten.

»Sieh mal einer an, wen haben wir denn da? Ach Gott, wie siehst du jämmerlich aus.« Tom Camden trat ein, seinen ergrauenden blonden Kopf schüttelnd. Ein zweiter Mann, größer und kräftiger, trat hinter ihm ein. »Was meinst du, Badger? Glaubst du, daß dieser Stinktierduft von ihm stammt?«

Badger Wallace spuckte auf die dreckigen Holzplanken des Bodens und wischte sich mit dem Rücken seiner fleischigen Hand über den Schnauzbart. »Muß wohl so sein – sonst ist keiner da.«

Brendan stand auf und steckte die Hand zwischen den Stäben hindurch. Tom Camden ergriff sie und schüttelte sie herzhaft. »Freut mich sehr, dich zu sehen, Tom. Sie auch, Badger – das heißt, ich glaube, daß es mich freut. Seid ihr als Freunde hier oder als Gesetzeshüter?«

»Ein wenig von beidem«, sagte Tom.

»Ich schätze, ihr wißt, daß ich in der Klemme stecke.«

»Das kannst du laut sagen«, gab Badger Wallace ihm recht.

»Als wir unten in Brownsville ankamen, erfuhren wir, daß du wegen Mordes gesucht wirst«, erklärte Tom. »Kapitän Carlyle erzählte uns die Geschichte. Ich sagte zu ihm, daß ich kein einziges Wort glaube. Jetzt bin ich da, um mich deiner Sache anzunehmen, und ich möchte die Wahrheit wissen.«

Brendan stieß einen matten Seufzer aus. »Es war nicht so, wie es behauptet wird, Tom. Ich war auf der Durchreise, an einem Ort, den ich nicht kannte. Ich hatte in Fort Towson nur haltgemacht, um ein paar Vorräte zu kaufen, als ein junger Choctaw mit einem doppelt so großen Kerl Streit anfing. Ich mischte mich ein, obwohl mich die Sache nichts anging, und der Mann legte auf mich an. Es war Notwehr, Tom, das schwöre ich. Nun hätte sich die Sache ganz leicht klären lassen, aber der Bruder des Toten war ein Bundesmarschall und ist entschlossen, mich hängen zu sehen. Bislang sieht es so aus, als ob sein Wunsch in Erfüllung gehen würde.«

»Mehr wollte ich nicht hören, Bren«, sagte Tom. »Ich sagte zu Kapitän Carlyle, ich hätte mit dir in Mexiko gekämpft. Weiters sagte ich, daß du mein Leben und das einiger anderer gerettet hättest.«

»Danke, Tom«, sagte darauf Brendan. »Du warst immer ein guter Freund.«

»Richtig erfaßt, Junge«, warf Badger ein.

»Carlyle sagte, wenn du nur halb der Mann wärest, wie ich behaupte – und falls wir dich ausfindig machen könnten –, würde er versuchen, dir zu helfen.«

»Erzähl weiter«, drängte Brendan.

»Während wir sprachen, erwähnte ich zufällig, daß du Egans niedliches kleines Füllen über Land begleitet hättest. Sieht aus, als hätte Kapitän Carlyle von dem Mann keine hohe Meinung. Tatsächlich glaubt Carlyle, im großen Staat Texas sei eine Ratte drauf und dran, sich in die Regierung zu schmuggeln – und die Ratte heißt Egan.«

»Das ist der Schurke, der mich hierherbrachte.«

Badger ließ eine Prise Tabak in einem Spucknapf landen. »Der Kapitän hat Quellen, aus denen verlautet, daß Egan an Schmuggeleien in Natchez beteiligt ist. Außerdem heißt es, daß er den alten Don Dominguez um sein Land gebracht haben soll.«

»Wundert mich nicht«, sagte Brendan. »Der Mann ist an Skrupellosigkeit nicht zu übertreffen.«

»Freut mich, daß du meiner Meinung bist. Das wird dir deine Aufgabe erleichtern.«

»Welche Aufgabe?« fragte Brendan wachsam.

»Carlyle sagt, daß er mit dir ein Abkommen treffen möchte«, erklärte Tom. »Du wirst Egans Machenschaften aufdecken – wie, das ist deine Sache –, und Carlyle wird die Sache mit dem Marschall regeln. Dann bist du ein freier Mann.«

Brendan sah seinen Freund an. Er spürte, wie sich in ihm erste Anzeichen von Hoffnung regten. »Ich soll Egans Untaten aufdecken und bin frei? Ist das so?«

»Glauben Sie, es wird einfach sein?« fragte Badger.

»Ich halte es für nahezu ausgeschlossen. Aber immerhin besser, als hier zu hocken und auf den Henkersstrick zu warten.«

Tom lachte auf. »Es heißt, Egan sei unterwegs nach Natchez.«

»Das hörte ich.« Brendan hatte mit angehört, als Mace Harding ein Problem erwähnte, dem Egan sich dort widmen wollte. Er würde länger in Natchez bleiben. Mace hatte seine Witze über Noble gerissen, der unterdessen auf der Ranch das Sagen hatte und nicht annähernd imstande war, die Stelle seines Vaters auszufüllen.

»Egan ist mit der hübschen Kleinen unterwegs, die Sie ihm gebracht haben.« Badger ließ wieder einen Strahl Tabaksaft im Spucknapf landen. »'n verdammter Jammer, daß sie sich mit einem Mann wie ihm einläßt.«

Und meinetwegen steckt sie in viel größeren Schwierigkeiten, als du dir vorstellen kannst. »Wenn ich erst Ordnung in diesem Schlamassel schaffe, wird sich ihre Lage ändern.« Brendan umfaßte die Stäbe seiner Zelle. Seine Hoffnung war gewaltig gewachsen. »Wann komme ich hier raus?«

»Sobald dieser Bursche die Tür aufsperrt«, sagte Tom und wies auf den Aufseher. Brummend führte der beleibte Kerl den Schlüssel ins Schloß ein und sperrte auf.

»Hast du Geld?« fragte Tom.

»Ich hatte etwas. Egans Leute haben es mir abgenommen.« Brendan trat aus der Zelle und folgte den Männern.

»Ich werde dafür sorgen, daß du so viel bekommst, um nach Natchez zu kommen. Reicht das?«

»In Natchez habe ich Freunde und in Galveston Geld. Gib mir nur so viel, daß ich es bis dorthin schaffe.«

Camden schlug ihm auf den Rücken. »Keine Ahnung, wann das nächste Schiff fällig ist. In der Zwischenzeit aber hast du einen Drink nötig, so wie du aussiehst.«

»Erst muß ich baden und mich rasieren.«

Tom warf ihm einen Beutel mit Münzen zu. »Verschaff dir, was du brauchst. Anschließend treffen wir uns in Wiley's Saloon.«

»Du hast's erfaßt.« Brendan trat hinaus in den Sonnenschein, atmete tief durch und sog begierig die salzig-frische Luft ein. Er sah zu den Docks und zum Ozean hin. Zum ersten Mal regte sich in ihm Hoffnung auf ein gutes Ende. Wenn er versuchte, Egans schmutzige Machenschaften aufzudecken, lag im günstigsten Fall ein langer harter Weg vor ihm. Und schlimmstenfalls würde es ihn das Leben kosten. So oder so, Priscillas zartes Bild stand ihm deutlich vor Augen.

Für sie würde er alles riskieren. Selbst wenn er scheiterte, würde er es nie bereuen.

»Nicht den purpurroten Seidencrêpe, sondern die smaragdgrüne Seide mit dem Überrock aus Gold-Tüll.« Stuart lehnte sich in seinem Polstersessel mit dem Brokatüberzug zurück, während er Madame Barrière, der besten Schneiderin von New Orleans, Anweisungen erteilte und Priscilla mit so viel kalter Objektivität ansah, daß sie fast die Fassung verloren hätte.

Entschlossen kämpfte sie gegen ihren Unmut an.

»*Oui, M'sieur*«, pflichtete die feingliedrige Person ihm bei. »Natürlich haben Sie recht. Smaragd paßt viel besser zu Madames Teint. Nie bin ich einem Mann mit einem so modisch versierten Blick begegnet.«

Stuart lächelte nur.

»Stuart, allmählich werde ich müde«, sagte Priscilla, die halb bekleidet auf dem Podium stand, während einige junge Frauen den Stoff mit Stecknadeln an ihr drapierten. »Seit zwei Tagen sind wir damit beschäftigt und ich...«

Stuart zog die Brauen hoch und brachte damit ihren Protest zum Schweigen. »Ich möchte nicht, daß du unpassend gekleidet bist. Aber wenn du wirklich müde bist... sicher können wir morgen weitermachen.«

Ihr dankbares Lächeln erlosch unter Stuarts nächsten Worten.

»Außerdem haben wir eine Verabredung zum Dinner. Du mußt rechtzeitig im Hotel sein, damit deine neue Zofe dich sorgfältig frisieren kann.« Er wandte sich an die Französin. »Ich weiß zu schätzen, daß Sie sich beeilen. Wie Sie wissen, ist Zeit von großer Bedeutung.«

»Ich werde persönlich dafür sorgen, daß das für den heutigen Abend benötigte Kleid *tout de suite* fertiggestellt wird und vor ihrer Abreise noch möglichst viele andere. Der Rest wird Ihnen an Ihre Adresse in Natchez nachgeschickt.«

Ein halbes Dutzend Näherinnen hatten fieberhaft gearbeitet, um Priscilla in die neuesten Seiden und Satinstoffe zu kleiden. Neben Ballroben und Tageskleidern hatte Stuart sie mit Mänteln, Tüchern, Schirmen, Hüten, gemalten und federgeschmückten Fächern, Strümpfen und kostbarer französischer Wäsche ausgestattet.

»Danke, *Madame*.« Als er einen Beutel Goldmünzen in die dünnen, ausgestreckten Finger der Frau gleiten ließ, versank sie in einem zaghaften Knicks.

»*Merci, M'sieur.*«

Er wandte sich zum Gehen. »Priscilla, ich erwarte dich im Wagen.«

Sie nickte, als er hinausging.

Vier Stunden später reichte Stuart Priscilla im eleganten Salon ihrer Suite im St. Louis Hotel, dem vornehmsten von New Orleans, seinen Arm.

»Gehen wir, meine Liebe?«

Sie hob ihre pfirsichfarbigen Röcke an, die ihre schlanke

Figur vollendet betonten, und ließ sich von ihm über die geschwungene Treppe in den prächtigen Speisesaal des Hotels geleiten. In der Öffentlichkeit erschien es ihr immer unglaublich, daß der charmante Kavalier in ihrer Begleitung der harte Mann war, den sie von der Triple R her kannte. Privat war er zwar immer anspruchsvoll, aber auch immer voller Verständnis, was einem noch mehr erschwerte, ihn zu verstehen.

Heute war ihr zweiter Abend in New Orleans. Sie würden noch vier Tage bleiben, lange genug, um sie »standesgemäß einzukleiden«, ehe sie das Dampfschiff *Creole Lady* den Mississippi aufwärts nach Natchez bringen würde.

»Das Kleid sieht fabelhaft aus«, lobte Stuart, als sie durch die Lobby mit den massiven Marmorsäulen zum eleganten in Gold stahlenden Speisesaal schlenderten. »Madame Barrière ist ein wahres Genie.«

»Es ist wunderschön, Stuart. Ich weiß, daß du ein Vermögen ausgegeben hast. Nie hätte ich erwartet...«

»Nichts ist zu teuer für die Frau eines künftigen Senators«, neckte er sie und tätschelte ihre Hand.

Gewiß, sie fühlte sich wie eine Ehefrau. Ihr Pech war es, daß sie noch immer Brendan als ihren Mann ansah.

Als sie den Marmorboden des Foyers überquerten, wurde das Klappern ihrer Absätze von den Wänden als lautes Echo zurückgeworfen. Das Licht der Kristallüster fiel auf Stuarts schwarzen Abendanzug, dessen makelloser Sitz verriet, wie teuer er gewesen sein mußte.

»Das Essen hier ist exquisit«, sagte er. »Ich hoffe sehr, du genießt den Abend ebenso wie ich.«

Warum hörten sich seine Worte eher wie ein Befehl denn wie eine höflich geführte Konversation an? Vermutlich weil niemand, und sie schon gar nicht, Widerspruch gewagt hätte. Auch wenn das Essen ungenießbar war, würde sie lächeln und banale Höflichkeiten äußern – wie es Stuart erwartete. Nach nur wenigen Wochen in seiner Gesellschaft hatte sie sich bereits zu der vollkommenen Politikergattin entwickelt, die er sich wünschte.

»Das Hotel ist das eleganteste, das ich je gesehen habe«, sagte Priscilla in dem Bemühen, das Gespräch in Gang zu halten.

»Liebling, ich verspreche dir, daß du von nun an nur das Allerfeinste genießen wirst.«

Nach dem Essen, das so köstlich gewesen war, wie Stuart vorausgesagt hatte, führte er sie wieder über die geschwungene Treppe hinauf in ihre geräumige Zimmerflucht. Wie versprochen, war er nicht in ihr Bett gekommen. Er ließ ihr Zeit bis zu ihrer Monatsblutung, vielleicht sogar noch einen Monat länger, da er ganz sicher sein wollte, daß sie kein Kind erwartete – und Priscilla hätte gar nicht erleichterter sein können.

Sie betete darum, daß sie während ihrer gemeinsamen Zeit für den Mann, den sie geheiratet hatte, wenigstens ein gewisses Ausmaß an Gefühlen entwickeln würde. Oder wenigstens lernen würde, ihn zu verstehen.

Warum, zum Beispiel, wohnten Jaimie Walker, Mace Harding und zwei weitere von Stuarts Gefolgsleuten in einem Hotel ein Stück weiter die Straße hinunter? Warum hatte er sie mitgenommen? Waren so viele Bewaffnete wirklich nötig? Oder genoß er das Gefühl der Macht, das ihm die Befehlsgewalt über so harte Männer offenbar verlieh?

Jaimie war freilich ein wenig anders als die anderen. Zwar hegte der Rotschopf auch höchsten Respekt für Stuart, doch schien er eher sanft als hart. Priscilla hatte von Anfang an so etwas wie Freundschaft zu ihm entwickelt. Sprach sie mit Jaimie, fand sie immer ein aufmerksames Ohr. Leider war ihnen wenig Zeit zusammen beschieden.

»In Natchez wird alles ruhiger verlaufen«, sagte Stuart, der vor ihrer Schlafzimmertür stehenblieb. »Dort besitze ich ein Stadthaus – ein sehr schönes überdies. Du kannst dort weitere Einkäufe machen. Oder du kannst Bälle besuchen – oder ähnliches. In wenigen Wochen werden wir wissen, ob dein kleiner ... Fehltritt Folgen gehabt hat. Wenn es keine ... Probleme gibt, werden wir einander als Mann und Frau begegnen.«

Er lächelte sie mit einem Blick an, den man als liebevoll hätte deuten können. »Sobald dies der Fall ist, können wir alles hinter uns lassen.«

»Das wäre schön«, sagte Priscilla ehrlichen Herzens.

»Dann wird es so sein«, versprach er. Wie jeden Abend seit ihrer Rückkehr küßte er sie. In seiner Berührung lag etwas, das sie nicht zu benennen wußte.

Zorn etwa? Oder das Verlangen, sie zu besitzen? Vielleicht auch das Verlangen, sie ein wenig zu bestrafen. Sie schauderte zusammen und erwiderte den Kuß mit einer Zurückhaltung, die der seinen glich.

Sehr rasch hatte sie begriffen, daß Stuart weibliche Leidenschaft für undamenhaft ansah. Sie würde sich hingeben müssen, und nicht mehr. Da sie selbst keine Leidenschaft empfand, war Priscilla fast dankbar. Sie würde ihm die »Freuden des Ehebetts« gewähren, wie er sich auszudrücken pflegte, seine Kinder bekommen und als seine Frau fungieren.

Andere Frauen hielten es auch so. Sie war zu demselben Verhalten entschlossen.

13. Kapitel

Natchez. Wie hatte sie diese Stadt nur vergessen können? Priscilla lehnte an der Reling der hundertzweiundsiebzig Fuß messenden *Creole Lady,* des rot-weißen Dampfschiffes, das vor fast einer Stunde hier festgemacht hatte. Während sie über das vor Menschen wimmelnde Hafengelände blickte, wurde sie unausgesetzt von einer Frage gequält: Wie kam es, daß sie keine Erinnerung an diesen Ort besaß?

»Ein einmaliger Anblick, finden Sie nicht?« Jaimie Walker trat neben sie an die Reling. Stuart war vorausgefahren, um sie in seinem Stadthaus zu erwarten, um Priscilla Zeit für ihre Morgentoilette und zum Packen zu lassen.

»Ja...«, sagte sie leise. »Einmalig.«

»Natchez unter dem Hügel. Kein Ort auf dieser Welt kommt dieser Stadt gleich.« Jaimie drehte sich zu ihr um. Die Morgenbrise zauste sein dichtes rotes Haar, und seine blauen Augen funkelten so hell wie das Wasser des breiten Mississippi. »Ein Schlupfwinkel für alle Halsabschneider, Diebe, Spieler, Huren, Zuhälter – 'tschuldigung, Madam –, die je auf einem Flachboot den Fluß herunterkamen.« Sein Grinsen ließ weiße und ebenmäßige Zähne in seinem sommersprossigen Gesicht aufblitzen. »Aber ich schätze, das wissen Sie ohnehin, da Sie hier geboren wurden.« Noch nie war ihr aufgefallen, wie anziehend er wirkte. Jungenhaft und ein wenig schüchtern, aber mit hübschen Zügen ausgestattet und von gutem Wuchs.

»Woher wissen Sie, daß ich einmal hier lebte?«

»Ich... schätze, der Boß muß es wohl erwähnt haben. Na, wie ist es, die Heimatstadt wiederzusehen?«

»Natchez weckt in mir keine Heimatgefühle, Jaimie. Ich habe die Stadt mit sechs Jahren verlassen – ich kann mich gar nicht mehr richtig erinnern.« Sie blickte zu den halbverfallenen Häusern hin, die auf dem steil ansteigenden Hang zu kleben schienen.

Sie konnte sich an diese niedrigen, schiefergedeckten Häuser, an die primitiven, aus gestrandeten Flachbooten gezimmerten Spelunken nicht erinnern. Entlang der schmalen gewundenen Straßen waren eilig einige wenige Backsteinhäuser errichtet worden, die aber ebenso heruntergekommen wirkten wie alles andere. Und alle dienten als Behausung für eine ständige Abfolge betrunkener Flußleute und ihrer Liebchen, die sich in den schäbigen Kneipen am Fuß des Steilabfalls mit billigem Fusel vollaufen ließen.

»Warum sollten Sie sich an einen gotteslästerlichen Ort wie diesen erinnern.« Jaimie deutete hügelan auf eine Reihe stattlicher Herrenhäuser, die den Fluß überblickten. »Dorthin gehört eine Lady wie Sie – nach Natchez auf dem Hügel. Der Boß wird Sie bald mit einem Wagen abholen.«

Kaum hatte Jaimie die Worte ausgesprochen, als Priscilla eine elegante schwarze Kalesche bemerkte. Auf dem Bock saß ein spindeldürrer schwarzer Junge in roter Seidenlivree.

»Ehe ihn die Ranch so in Anspruch nahm«, erklärte Jaimie, »verbrachte der Boß viel Zeit hier in Natchez, wo er eigentlich sein Vermögen gemacht hat. In seinem noblen Haus beschäftigt er noch immer ein paar Bedienstete. Und wenn er sich hier aufhält, stellt er zusätzlich Leute ein.«

»Ich verstehe.« Priscilla nahm Jaimies Arm und ging mit ihm über die Gangway ans Ufer. »Werden Sie bei uns wohnen?«

»Hinter dem Haus gibt es eigene Gästequartiere. Dort wohnen die Männer immer.«

Ihr lag die Frage auf der Zunge, warum Stuart immer so viele seiner Leute mit sich nahm, doch ein Blick auf die üblen Typen am Kai sagte ihr, daß seine Vorsicht vielleicht doch nicht unbegründet war.

Als sie an Land gegangen waren, näherte sich Stuart ihnen, nahm ihren Arm und half ihr in den Wagen. »Bis zum Haus ist es nicht weit«, sagte er und nahm neben ihr Platz, während Jaimie auf den Sitz neben den Kutscher stieg. »Aber wir fahren einen kleinen Umweg. Sicher freust du dich, etwas von deinem Geburtsort zu sehen.«

Es hätte so sein sollen – doch sie empfand das genaue Gegenteil. Immer wenn der Wagen um eine Ecke bog, spürte sie unerklärliche Angst im Rücken. Was hatte diese Stadt an sich, daß sie am liebsten auf und davon gelaufen wäre und sich versteckt hätte?

»Ich habe veranlaßt, daß dein Gepäck rasch nach Hause geschafft wird. Ich schlage vor, du ruhst diesen Nachmittag. Ich habe heute und morgen einige wichtige Verabredungen und muß dich deshalb allein lassen. Am Freitag abend sind wir zu einer Soiree auf Melrose geladen. Die McMurrans – John ist ein bekannter Anwalt – sind unsere Gastgeber. Ihr Haus ist neu und soll eines der schönsten in der Stadt sein. Alles in allem müßte es ein sehr angenehmer Abend werden.«

Priscilla rang sich ein Lächeln ab, während der Wagen unter schattenspendenden Bäumen dahinrollte. Als sie einwilligte, Stuarts Frau zu werden, hatte sie nicht geahnt, was für ein Leben sie führen würde. Sie hatte sich eine einsame Existenz an der texanischen Grenze vorgestellt, keinesfalls aber das gesellschaftliche Leben, den Glanz und den eleganten Trubel von Natchez – oder vielleicht gar von Washington. Es war nicht das Leben, das sie führen wollte. Aber im Moment konnte sie nichts dagegen unternehmen.

»Wenn du Lust hast, kannst du dir ja von Jaimie die Stadt

zeigen lassen«, sagte Stuart. »Sicher übernimmt er gern diese Aufgabe.«

»Das wäre... sehr nett.« Einfach albern, dieses Gefühl des Unbehagens, das nicht von ihr weichen wollte. Sicher wurde es von ihrer traurigen Vergangenheit ausgelöst, von der vagen Erinnerung an den Schmerz, den sie beim Tod ihrer Eltern empfunden hatte. Sie hatte nichts zu befürchten und mußte endlich ihre Kindheitsängste ablegen und sich bemühen, in der Gegenwart zu leben.

Stuarts Haus, an der North Pearl Street unweit der Franklin Street gelegen, war ein einstöckiger Bau aus schönem roten Backstein, mit weißen Fensterläden und gepflegten Rasenflächen zur Straße hin.

Im georgianischen Stil erbaut, prunkte es mit Parkettböden, Türstöcken aus italienischem Marmor und prächtig verzierten Simsleisten. Unter den Einrichtungsstücken befanden sich englische Tische, Spiegel aus Frankreich und Aubussonteppiche. Schwere rote Draperien schmückten die Fenster, chinesische Vasen standen auf Rosenholzpiedestalen zu beiden Seiten der Eingangstür. Für Priscillas Geschmack war alles ein wenig zu protzig, aber nichtsdestoweniger sehr eindrucksvoll.

»Ich leiste dir um acht beim Abendessen Gesellschaft«, sagte Stuart. Nachdem er sie durch das Haus geführt hatte, begleitete er sie hinauf in ihr Schlafzimmer, das neben seinem lag. Wieder ein nur unzulänglich verhüllter Befehl, aber Priscilla gewöhnte sich allmählich daran.

»Ich freue mich schon«, erwiderte sie, ohne es ehrlich zu meinen. Erstaunlich, wie rasch man sich die Maske der Konvention aneignen konnte.

Das Abendessen, ganz im Südstaatenstil mit Huhn und Schweinefleisch, Kermesbeeren, Süßkartoffeln und Bötchen, zog sich mit denselben banalen Nichtigkeiten dahin. Priscilla entschuldigte sich sehr früh. Für die Tür zum angrenzenden Zimmer hatte sie nur einen flüchtigen Blick übrig. Zuweilen, wenn sie sich fragte, ob Stuart sie überhaupt begehrte, dachte sie an die spärlichen Male, als sie ihn ertappte, wenn er sich unbeobachtet glaubte und sie ansah. Nun, er begehrte sie, wenn auch nicht mit derselben Leidenschaft wie Brendan, denn für Stuart waren die Intimitäten vor allem ein Mittel, sie in Besitz zu nehmen und sie sich gefügig zu machen.

Brendan. Eine Zeitlang war sie imstande gewesen, ihn zu vergessen. Und auch jetzt gestattete sie sich nur selten einen Gedanken an ihn, aber an Abenden wie diesen – an warmen, schwülen Abenden, die den Sommerausklang ankündigten, wenn der Wind vom Fluß her kam und durch die Fenster Magnolienduft hereinströmte – bereitete ihr die Erinnerung an ihre gemeinsamen Nächte unter dem Sternenzelt fast körperlichen Schmerz.

Wo mochte er jetzt sein? fragte sie sich. War er noch am Leben oder schon tot?

Priscilla schloß die Augen gegen aufsteigende Tränen und ließ sich in die weichen Kissen zurücksinken. Über dem geschnitzten Kopfteil des großen vierpfostigen Bettes hing ein Bild von John James Audubon, das Schneegänse auf dem Flug in den Süden darstellte. Brendan hätte das Bild sehr gefallen, hatte sie von dem Moment an gedacht, als ihr Blick darauf gefallen war.

Priscilla, schlaf ein, mahnte ihr Verstand. *Das alles liegt hinter dir. Begrabe die Erinnerung an ihn, wie du deine Kindheitserinnerungen begraben hast.*

Und das tat sie denn auch. Es bedurfte großer Willenskraft, aber sie tat es. Und als am Morgen Jaimie im eleganten vorderen Salon wartete, um sie zu einer Stadtrundfahrt abzuholen, war sie bereit. In ihrem taubengrauen Kleid mit den schwarzen bestickten Litzen ging sie ihm auf die Veranda und den mit Steinen belegten Weg bis zum Wagen voraus.

Sie würde ihre Erinnerungen bekämpfen, sie niederringen und besiegen – und dann ihr Leben weiterleben.

»Den Teufel wirst du!« Stuart Egan beugte sich über die mit Brandflecken und Unebenheiten übersäte Tischplatte. »Du hast zwei Möglichkeiten, McLeary – du hörst auf, mit dem Geld um dich zu werfen wie ein besoffener Seemann, oder du kannst deine Tätigkeit ganz einstellen. Also, wofür entscheidest du dich?«

»Egan, Sie haben vielleicht Nerven. Selbst leben Sie auf verdammt großem Fuß, aber mir wollen Sie verbieten, mein eigenes Geld nach Belieben auszugeben.«

»Ich bin ein angesehener Geschäftsmann. Alle Welt weiß, wie ich mein Geld verdiene – von mir erwartet man, daß ich wie ein reicher Mann auftrete. Aber du besitzt nur eine stinkende Taverne in diesem verrufenen Viertel unter dem Hügel. Früher oder später werden die Leute Verdacht schöpfen, wenn du weiterhin mit deinem Geld um dich wirfst. Wenn man dich mit dem Schmuggelunwesen auf dem Fluß und mit den Raubüberfällen und Morden am Trace in Verbindung bringt, dann hat man dich am Schlafittchen. Und so wie ich dich kenne, wirst du bei der Polizei auspacken, so rasch sich deine Zunge rühren kann. Aber ich lasse mir meine politischen Ambitionen nicht ruinieren, nur weil es dich nach dem Galgen gelüstet!«

»Und ich werde nicht wie ein Hungerleider leben, während Sie fürstlich prassen!« Caleb McLeary schlug mit der Faust auf den Tisch, doch der dumpfe Aufprall und sein

Gebrüll verloren sich im Lärm und Gelächter, das den anschließenden Schankraum erfüllte.

»Immer mit der Ruhe, McLeary«, warnte Stuart ihn, und Mace Hardings Hand glitt näher an die schweren Walker Colts, die er um die Mitte trug. »Wir sind da, um unsere Meinungsverschiedenheiten zu bereinigen – und genau das werden wir tun.«

Stuart hatte die schmierige Kneipe durch die Hintertür betreten, um nicht gesehen zu werden. Es gab noch einen anderen Ausgang – durch das weitverzweigte Tunnelsystem, das der Fluß hinter den Kaschemmen und Spelunken in die weiche Lößerde gegraben hatte und in dem die Beute gelagert wurde.

»Ich verlange ja nicht, daß du das hier ewig betreibst«, beschwichtigte Stuart ihn mit einer Handbewegung, die den staubigen Lagerraum umfaßte. Auf einem umgedrehten Faß standen eine halbheruntergebrannte Kerze und kleine Gläser mit Whiskey. Daneben standen ein Stapel verstaubter Kisten und Kartons. Fliegen summten über einer verkrusteten Schüssel mit Hammelragout, in einer Ecke kratzte sich ein gefleckter Köter sein Fell.

»Anfangs einigten wir uns auf eine Laufzeit von fünf Jahren«, rief Stuart ihm in Erinnerung. »Danach kannst du deinen Anteil nehmen und abhauen. Ich will ja nur, daß du etwas vorsichtiger bist. Wenn dir das nicht paßt, dann trennen wir uns auf der Stelle.«

»Und wenn ich nicht will?« fragte der stämmige McLeary, ein ehemaliger Flußschiffer. »Was, wenn ich mir ein Prachthaus auf dem Hügel bauen und hier in Natchez bleiben möchte?«

Dann bist du ein toter Mann. »Dieses Risiko kannst du dir nicht leisten. Du lebst ohnehin schon über deine Verhältnisse.« Mace hatte herausgefunden, daß Caleb eine teure Suite im Middleton Hotel bewohnte und sich eine kostspielige Geliebte hielt. »Dann würdest du mit Sicherheit hängen.«

»Um mich machen Sie sich doch keine Sorgen – es geht Ihnen einzig und allein um Ihren kostbaren Ruf.«

»Verdammt recht hast du! Was ich besitze, ist hart erarbeitet. Ich werde nicht zulassen, daß ein mieser, dreckiger Flußschiffer die Vereinbarung bricht und alles ruiniert.«

Caleb schob seinen Stuhl zurück und stand auf. Er war ein großer dunkelhaariger Mann Mitte Dreißig mit einem dichten schwarzen Schnauzbart und wirren, langen Wangenkoteletten. Auf seine ungezügelte derbe Art mußte er aber als gutaussehend gelten, mutmaßte Stuart.

»Egan, merken Sie sich eines, und zwar gut. Ich nehme von Ihnen keine Befehle mehr entgegen, da ich jetzt über eigene Informationen verfüge. Ihr Mann ist meist einen Tag zu spät und einen Dollar zu knapp dran. Wenn Sie die Partnerschaft beenden möchten, soll es mir recht sein.«

Stuarts Miene blieb beherrscht, aber innerlich kochte er. Caleb McLeary würde noch immer auf Flachbooten den Fluß befahren, hätte Stuart ihm nicht vor vier Jahren eine Chance geboten.

»Wir haben zusammen eine Menge Geld gemacht, du und ich«, rief Stuart ihm in Erinnerung. »Es sieht dir gar nicht ähnlich, einfach aufzugeben.« *Vorsicht war angebracht. Der Mann hatte immer schon ein hitziges, ungestümes Temperament gehabt.* »Lassen wir uns doch ein wenig Bedenkzeit. Ich bleibe eine Weile in Natchez. Also, erst soll Ruhe einkehren – du bringst die Meyers-Sache zu Ende, und wir sprechen uns dann nächste Woche wieder.«

Aus McLearys mächtigem Körper wich die Anspannung. »Egan, ich möchte keinen Ärger. Ich möchte nur das, was mir zusteht.«

Genau das wirst du bekommen. »Da wir beide dasselbe wollen, sehe ich kein Problem.« Er streckte ihm die Hand entgegen. McLeary zögerte kurz, ehe er sie schüttelte.

»Dachte ich mir's doch, Sie würden Verständnis haben, wenn Sie die Sache von meiner Seite aus sehen.«

»Natürlich«, gab Stuart ihm recht. Er winkte Harding und ging auf die niedrige Hintertür aus Holz zu. »Wie ich höre, hast du eine neue Herzensdame.«

»Wir sind seit einem halben Jahr zusammen.« Caleb grinste. »Sie erinnern sich doch an Rosie O'Conner? Ein hübsches kleines Ding mit langem dunklen Haar und großen braunen Augen? Vor ein paar Jahren hat sie drüben in der Painted Lady gearbeitet – ehe Ben Slocum sie dort freikaufte. Jetzt ist sie große Klasse – und sie gehört mir.«

Stuart lächelte. »Meinen Glückwunsch.«

»Rose ist einer der Gründe, weshalb ich unter dem Hügel verschwinden muß. Sie ist zu gut für diese Art von Existenz, und ich werde dafür sorgen, daß sie nie wieder so leben muß.«

»Sehr bewundernswert, Caleb.« Stuart war an der Tür angelangt. »Sicher teilt die Dame deine Gefühle.« Er ging an Mace vorüber, der ihm beflissen die Tür aufhielt. »Also, denk daran, wir sehen uns nächste Woche.«

Die kleine Rosie O'Conner, wiederholte er für sich, als die Tür hinter ihm ins Schloß fiel. Er fand es belustigend, sich vorzustellen, was Priscilla denken würde, wenn sie je die Wahrheit über sich und das Mädchen aus dem Viertel unter dem Hügel entdecken würde.

Rose Conner, ehedem Rosie O'Conner, schritt zielstrebig die Canal Street entlang in Richtung Briel. Den ganzen Morgen hatte sie mit Einkäufen verbracht, neue Kleider bestellt, ein paar Federhüte und einen handgemalten Sonnenschirm aus

Paris. Caleb war immer so großzügig. Was machte es da schon aus, wenn er sich hin und wieder ein wenig betrank und dann brutal zulangte?

Mit Ben Slocum hatte sie viel Ärgeres mitgemacht – und dabei hatte der immer getan, als sei er Gott weiß was für ein Gentleman! Pervers – ja, das war Ben Slocum. Aber wenigstens hatte er sie unter dem Hügel hervorgeholt. Und dafür würde sie ihm ewig dankbar sein.

Und jetzt lebte sie mit Caleb McLeary in einer vornehmen Suite im Middleton. Nicht das nobelste Haus der Stadt, aber viel eleganter als alles, was sie bislang kennengelernt hatte.

Es war ein einsames Leben, da Caleb nicht viele Freunde besaß und Rose nur die Huren kannte, mit denen sie gearbeitet hatte, und die Nonnen, bei denen sie aufgewachsen war, aber das machte nichts. Sie kleidete sich wie eine Dame, sie hatte sich selbst Lesen und Rechnen beigebracht – und jetzt war sie sogar dabei, Klavierspielen zu lernen.

Das verängstigte kleine Mädchen, das mit fünf zur Waise geworden war und auf eigenen Füßen stehen mußte, lag weit hinter ihr.

Roses weite Seidenröcke – ein hellgelber Überrock über vier schwarz-gelb großgetupften Rüschenröcken – raschelten, als sie zum Hotel ging. Da sie mit Absicht den Damen auswich, von denen sie wußte, daß sie sie schneiden würden, vermied Rose meist belebte Straßen und ging sogar so weit, das Hotel über die Hintertreppe zu betreten. Eines Tages, so hoffte sie, würde sie Natchez den Rücken kehren und einen Ort finden, wo niemand ahnte, wer sie war oder wie sie gelebt hatte.

Mit Caleb würde sie es nicht erleben. Caleb war nämlich gewillt, einen Zusammenstoß mit der Gesellschaft zu wagen und schwor, daß er sich mit genügend Geld einen Weg in die besseren Kreise bahnen würde. Rose hoffte, sie würde schon ganz weit weg sein, wenn er es versuchte.

»Die Stadt ist zauberhaft, Jaimie, aber ich glaube, wir sollten umkehren.« Priscilla, die unruhig auf ihrem Sitz hin und her rutschte, zwang sich zu einem Lächeln.

»Aber wir sind erst eine Stunde unterwegs. Warum machen Sie nicht ein paar Einkäufe? Der Boß sagte, ich solle sie zu Spencers Hutladen bringen. Möchten Sie keinen neuen Hut oder sonstwas?«

Ehe sie sich ein überzeugendes Gegenargument ausdenken konnte, hatte Jaimie den Fahrer angewiesen, an den Straßenrand heranzufahren. Leichtfüßig sprang er herunter, ging um den Wagen herum und wollte ihr vom Sitz helfen.

»Ich glaube nicht...«

»Es ist nicht sehr weit. Der Spaziergang wird Ihnen guttun.« Seine sommersprossige Hand umfaßte die ihre, so daß sie praktisch gezwungen war, auszusteigen.

»Na, meinetwegen«, gab sie nach, weil sie wußte, daß es eigentlich Jaimie war, der die Ausfahrt genoß. Es war nicht seine Schuld, daß die Fahrt in ihr eine Reihe von verschwommenen Erinnerungen und unbeantworteten Fragen ausgelöst hatte, und daß sie sich verstört und aus dem Gleichgewicht gebracht fühlte. Es war nicht seine Schuld, daß sie, wenn sie nicht mit der Vergangenheit kämpfte, gegen die Erinnerungen an Brendan kämpfte und sich bemühte, nicht in Tränen auszubrechen.

Brendan. Er hatte sie so schlimm verletzt, daß sie eine Zeitlang imstande gewesen war, ihn zu vergessen. In letzter Zeit aber war sein Bild immer öfter wieder aufgetaucht, und nur ihre eiserne Entschlossenheit hatte sie davor bewahrt, in tiefe Depressionen zu rutschen.

Die Ausfahrt war Stuarts Idee gewesen, und Jaimie hatte

sich zu gern einverstanden erklärt. Er war angenehm und unbekümmert und hatte ihr die Sehenswürdigkeiten gezeigt, die er von einem früheren Besuch mit Stuart her kannte. Ihre Laune hatte sich so gebessert, daß er ihr sogar des öfteren ein Lächeln entlockte. Der junge Mann war intelligent, wie sie rasch merkte, und auch einigermaßen gebildet. Er stamme aus Charleston, erzählte er ihr, und hätte dort bis zum fünfzehnten Lebensjahr die Schule besucht, ehe er dann seinen eigenen Weg einschlug.

»Ich und der Boß sind einander in Galveston begegnet«, sagte er. »Ein Kerl betrog ihn am Kartentisch. Ich bemerkte es und machte ihn darauf aufmerksam. Er hat mich vom Fleck weg angestellt.«

»Sie mögen ihn?« fragte Priscilla.

»Es geht nicht ums Mögen. Es geht vielmehr um das, wofür er eintritt. Er möchte Texas zum größten Staat der Union machen. Und ich möchte zur Stelle sein, wenn er es tut.«

Priscilla lächelte. Jaimie gefiel ihr. Und wieder dachte sie, was für ein vielschichtiger Mensch Stuart Egan doch war. Im Begriff, sich umzudrehen und die Straße entlangzugehen, und fest entschlossen, sich zu amüsieren, egal, wie schwer es ihr fallen würde, machte sie zwei Schritte und stieß mit einer Frau zusammen, die aus der Gegenrichtung kam. Die Päckchen der Frau landeten auf dem Gehsteig, der hübsche gelbe Sonnenschirm entglitt ihren schlanken Fingern.

»Ach, verzeihen Sie«, entschuldigte sich die dunkelhaarige Frau und bückte sich nach den Päckchen.

Jaimie bückte sich ebenfalls und Priscilla folgte seinem Beispiel. »Es war nicht Ihre Schuld«, sagte sie, »sondern meine.« Priscilla tat den Deckel auf eine Hutschachtel, der heruntergefallen war. »Jaimie, warum schaffst du die Päckchen nicht an die Adresse von Miß…?«

»Conners«, sagte die Frau. »Rose Conners. Aber das ist wirklich nicht nötig.«

»Hallo, Miß Conners. Ich bin Priscilla Wills.« Nie kam ihr der Gedanke, daß sie nun Priscilla Egan war.

»Wills?« wiederholte Rose, deren Blick an Priscilla haftenblieb. Die Farbe wich aus ihrem hübschen Gesicht. »Priscilla Wills?«

»Ja. Meine Familie hat früher hier gelebt – Joshua und Mary Wills? Vielleicht haben Sie von ihnen gehört?« Rose schien in Priscillas Alter zu sein. Da Priscilla ihre Eltern mit sechs Jahren verloren hatte, konnte Rose sie nicht kennen, und doch sagte ihre Miene, daß es der Fall war.

Momentan stand Rose reglos da, dann aber hob sie ihr Kinn und straffte die schmalen Schultern. »Leider nein.« In einem gezwungenen Lächeln zog sie einen Mundwinkel nach oben. »Danke für Ihr großzügiges Hilfsangebot«, sagte sie zu Jaimie und nahm ihm die Päckchen ab. »Aber wie ich schon sagte, ist es nicht nötig.« Mit dem Rüschengeraschel ihrer gelben, getupften Röcke stolzierte sie davon.

Priscilla starrte ihr nach. Dennoch fiel ihr auf, daß auch Jaimie sich von Miß Conners' Anblick nicht trennen konnte und sein Blick unverwandt auf dem verführerischen Schwung ihrer Hüften hing.

»Was war jetzt eigentlich los?« fragte Priscilla.

»Ich weiß es nicht, aber hübsch ist sie.«

Priscilla gab keine Antwort. Miß Conners hatte etwas an sich... etwas in ihren Augen... oder vielleicht war es ihr Gesicht. Eine lange zurückliegende Erinnerung regte sich, versuchte, an die Oberfläche zu gelangen, doch ein anderer Teil ihres Bewußtseins verdrängte sie energisch wieder in den Hintergrund.

»Tut mir leid, Jaimie«, sagte Priscilla schließlich. »Ich

glaube, die Dampferfahrt hat mich mehr ermüdet, als ich dachte. Macht es Ihnen etwas aus, wenn wir ein andermal zur Hutmacherin gehen?«

»Natürlich nicht, Mrs. Egan. Ich hätte von Anfang an auf Sie hören sollen.«

Priscilla lächelte andeutungsweise und ließ sich von ihm zum Wagen bringen, während sie in Gedanken noch immer bei der Frau namens Rose war, deren Benehmen sich bei Erwähnung von Priscillas Namen jäh verändert hatte und bei dem merkwürdigen Durcheinander von Erinnerungen, die darum kämpften, in ihr Bewußtsein vorzudringen.

Während der Wagen dahinrollte, wurde ihr klar, daß sie ihre beunruhigenden Erinnerungen an Natchez noch nicht annähernd im Griff hatte.

Als sie am Gerichtsgebäude mit dem furchteinflößenden Gefängnis mit den dicken Mauern vorüberfuhren, zog sich Priscillas Herz zusammen, und sie gestattete sich ein zweites schmerzliches Eingeständnis: die Erinnerungen an den großen gutaussehenden Revolverhelden aus Texas ließen sich genauso schwer unter Kontrolle halten.

Den Rest des Weges fuhren sie schweigend dahin. Erst als der schwarze Kutscher sagte: »Wir sind am Ziel, Mr. Jaimie«, wurde sie aus ihren Gedanken gerissen.

»Würden Sie mir einen Gefallen tun, Jaimie?« fragte sie einem Impuls folgend, als er um den Wagen herumging, um ihr beim Ausssteigen zu helfen.

»Sicher, Mrs. Egan.«

»Würden Sie wohl versuchen, etwas über Miß Conners in Erfahrung zu bringen? Meine Neugierde ist erwacht.«

Jaimies Grinsen ließ darauf schließen, daß sie ihm damit nur einen Gefallen getan hatte. »Aber gern, Madam. Ich will mich gleich am Nachmittag darum kümmern.« Er half ihr aus dem Wagen und führte sie zum Haus.

14. Kapitel

In den Straßen von Natchez drängte sich die elegant gekleidete und vornehme Welt. Kutschen rollten vorüber, edle Rösser schüttelten schimmernde Mähnen, üppige Federn wippten an breitkrempigen Damenhüten aus den Fenstern.

Unter einem klaren Sternenhimmel ging Brendan ans entfernte Ende der Main Street, bog an der Ecke ab und hielt auf die Lichter zu, die die in einiger Entfernung liegenden Herrensitze erhellten.

In seinen geborgten Sachen – einem teuren schwarzen Gehrock, der ihm in den Schultern ein wenig knapp war, ansonsten aber tadellos paßte, einer burgunderroten Weste und schwarzen Hosen – war er für den Abend entsprechend gekleidet. Daß Christian Bannerman, langjähriger Freund seines Bruders Morgan, seine Größe hatte, war einer unter zahlreichen Glücksfällen, die ihm weitergeholfen hatten.

Unter anderen Umständen hätte Brendan vielleicht gelächelt.

Die Reise von Corpus Christi hierher war klaglos verlaufen. Die Verzögerungen, denen Egan sich gegenübergesehen hatte – erst, um nach Galveston zu gelangen, dann das Warten auf ein Schiff, weiters die in New Orleans verbrachten Tage –, hatten ausgereicht, daß er sie beinahe eingeholt hatte.

Nachdem er in Natchez Chris aufgesucht hatte, war es kinderleicht gewesen, sie zu finden. Chris Bannerman, ein angesehenes Mitglied der Gesellschaft von Natchez, war der einzige Sohn der reichen Bannermans aus Natchez, der es aber aus eigenem Vermögen zu Wohlstand gebracht hatte. Sein Besitz Evergreen, wo Brendan das Junggesellenquartier hinter dem Haus bewohnte, legte Zeugnis von dem Vermögen ab, das Chris als Baumwollpflanzer erworben hatte.

Vor zwei Tagen hatte Chris' Frau Sue Alice Egans Namen auf der Gästeliste der Freitagabendsoiree auf Melrose entdeckt. Daß Egan und Priscilla tatsächlich anwesend sein würden, stand für Brendan zweifelsfrei fest, da er den politischen Ehrgeiz Egans kannte.

Brendan verlangsamte den Schritt, ging aber am Haus vorüber. Er wollte von der Rückseite her durch den Garten kommen. Auch wenn jemand ihn sah, bezweifelte er, ob man ihn, gekleidet wie er war, aufhalten würde. Im Hausinneren würde er dann einen unauffälligen Standort finden, wo er nach den beiden Ausschau halten konnte. Und sobald sich ihm eine Möglichkeit bot, würde er Priscilla um eine Aussprache bitten.

Brendans Nervosität wuchs mit jeder Sekunde. Was war ihr in den Tagen seit der Trennung zugestoßen? Was für eine Strafe hatte ein Mann wie Egan sich ausgedacht?

Er konnte es kaum erwarten, sie zu sehen – in den vergangenen langen Wochen hatte er an nichts anderes gedacht. Er betete darum, daß sie unversehrt war und es bleiben würde, bis er es schaffte, reinen Tisch zu machen.

Er hielt die Anspannung kaum aus. Wenn Egan ihr etwas angetan hatte, wenn er auch nur Hand an sie gelegt hatte...

Nicht mehr lange, und er würde es wissen.

»Wir müssen gehen.« Stuart stand auf dem Korridor vor ihrem Schlafzimmer. »Wir kommen ohnehin schon zu spät, aber das entspricht der Etikette.«

Stuart stand in seinem Frack mit dem schneeweißen Hemd und der breiten, kunstvoll gebundenen Krawatte vor ihr. Der Blick seiner braunen Augen glitt über ihr schimmerndes smaragdfarbenes Kleid mit dem gewagten Ausschnitt, das um die Taille spitz zulief und diese so eng umspannte, daß sie kaum atmen konnte. Es lag Wärme in seinem Ausdruck – und etwas anderes. Priscilla wünschte nicht zum ersten Mal, sie könnte seine Wärme erwidern.

Als sie jedoch an seinem Arm den Gang entlangschritt, die Treppe hinunter und ins Foyer, empfand sie Pflichtgefühl und sonst nichts.

Seine elegante schwarze Kalesche erwartete sie mit einem rotlivrierten Diener auf dem Kutschbock. Stuart half ihr beim Einsteigen, und sie lehnte sich aufatmend in die gesteppte rote Plüschpolsterung zurück. Begleitet vom Hufgeklapper auf dem Pflaster machten sie dieselbe belanglose Konversation, die ihre Beziehung von Anfang an charakterisiert hatte.

Mit zärtlicher Erinnerung dachte Priscilla an die Briefe, die sie mehr als zwei Jahre lang gewechselt hatten. Was war aus Stuarts regem Interesse an ihren Gedanken und Träumen geworden? Wo war die Sanftheit, die sie in ihm gespürt hatte?

In der Hoffnung, die Bindung von einst wieder herzustellen, erwog sie, die Frau namens Conners zu erwähnen, der sie am Nachmittag begegnet war, aber Stuart schien in Gedanken versunken, und sie selbst wurde von einem undefinierbaren Widerstreben daran gehindert, davon zu sprechen.

Es dauerte nicht lange, und hinter der Main Street tauchten die Lichter von Melrose auf, und fröhliches Lachen drang durch die Septemberluft. Das Haus, eine Mischung aus griechischen Elementen und georgianischer Architektur, erhob sich inmitten eines eindrucksvollen gepflegten Gartens. Eine Armee schwarzgekleideter Diener stand zum Empfang des endlosen Gästestroms bereit.

»Guten Abend, Stuart«, begrüßte John McMurran Stuart in der Halle. »Freut mich, daß Sie es schaffen konnten.«

»John, es ist mir eine Freude, hier zu sein.« Stuart erwiderte McMurrans festen Händedruck. »Ich möchte Sie mit meiner Frau Priscilla bekannt machen.«

»Sehr erfreut«, sagte sie, und fragte sich, warum sie immer, wenn Stuart sie auf diese Weise vorstellte, in ihrer Brust einen unerträglichen Druck spürte.

McMurrans Frau nickte als Begrüßung, und die Damen plauderten eine Weile. Wenig später schlenderten er und Stuart in den großen Salon, in dem sich Paare unter prächtigen Kronlüstern im Tanz drehten. Das Haus wirkte mit seinen Brokatvorhängen und geschnitzten Rosenholzmöbeln sehr französisch. Die Kamine waren aus ägyptischem Marmor, die großen Spiegel prangten in Goldrahmen, und als besonderes Prunkstück sah man einen runden Tisch, dessen Platte auf Marmorvögeln mit funkelnden Edelsteinaugen ruhte.

»Wollen wir tanzen, Liebling?« Sie erkannte Stuarts Frage als Befehl und ließ sich von ihm auf die Tanzfläche führen. Nach ein paar lebhaften Weisen, unter anderem einem Schottischen und einer Polka, machte er eine Pause, um sie noch einigen Gästen vorzustellen, woraufhin sie von anderen Herren aufgefordert wurde. Erfreut nutzte sie die Gelegenheit, Stuart zu entfliehen, weil sie in seiner Gesellschaft das Gefühl nicht los wurde, von ihm ständig kritisch taxiert zu werden. Priscilla lachte so unbeschwert wie seit Wochen nicht mehr und genoß die Aufmerksamkeit der Herren, die sie, wenn auch nur kurz, ihre eigenen Sorgen vergessen ließen.

Allmählich aber meldete sich bei ihr die Müdigkeit.

Bestrebt, dem ergrauenden Professor namens Martin Duggan zu entfliehen, der sie sich für einen zweiten Walzer gesichert hatte, überflog Priscillas Blick den Raum auf der Suche nach ihrem Mann. Dutzende von schwarzen Bediensteten boten auf Silbertabletts Champagner und exotische Köstlichkeiten an, elegant gekleidete Damen und Herren tanzten und plauderten. Von Stuart keine Spur.

»Ich glaube, dieser Tanz gehört mir«, ließ sich eine rauhe Männerstimme neben dem Professor vernehmen.

»Verzeihung«, entschuldigte Duggan sich und ließ zögernd ihre Hand los. »Ich habe tatsächlich die Gelegenheit über Gebühr genutzt.«

Priscilla schwankte, als sie den Griff des großen Mannes spürte, dessen Anwesenheit sie zu bedrohen schien, dem sie aber nicht entfliehen konnte, weil von ihm eine geheimnisvolle Kraft auszugehen schien.

»Du mußt wahnsinnig sein«, flüsterte sie und zwang sich, seinem eisigen Blick zu begegnen.

Ein spöttisches Lächeln legte sich um seinen Mund. »Nur weil ich mit einer schönen Frau tanzen möchte? Das kann man wohl kaum wahnsinnig nennen.«

»Was machst du hier? Wie bist du hereingekommen?«

Sein Griff umfaßte ihre Hand fester, während seine andere Hand sich fest um ihre Mitte legte. Ohne ihre Zustimmung abzuwarten, fing er an, sich mit ihr im Takt zu drehen.

»Was für ein Willkomm«, zog er sie auf. »Und ich hatte Liebesworte erwartet, vielleicht sogar Tränen.« Sein Mund lächelte, während seine Augen ernst blieben. »Verdammt enttäuschend.«

Priscilla strauchelte beinahe. Nur sein fester Griff bewahrte sie davor hinzufallen. »Warum bist du gekommen? Was willst du?«

»Ich bin da, um dich zu retten, Süße. Ich stand unter dem falschen Eindruck, du hättest sehr viel für mich übrig. Ich erwartete, dich vor Kummer verzehrt anzutreffen – ich fürchtete sogar für deine Sicherheit.« Er schnaubte verächtlich. »Statt dessen treffe ich dich in Samt und Seide gekleidet an, an Egans Arm – oder wie du dir dein treuloses kleines Herz aus dem Leib tanzt. Du bist hier die Ballkönigin.«

Priscilla verschlug es fast die Rede. »Du solltest nicht hier sein. Was ist, wenn dich jemand sieht?«

»Ich bezweifle, daß mich jemand erwartet. Ich glaube dein ... Begleiter hält mich für tot. Und du warst wohl auch dieser Meinung.«

Priscilla musterte ihn von Kopf bis Fuß. In seiner eleganten Aufmachung, mit dem adrett geschnittenen Haar und den blankpolierten Schuhen war Brendan jeder Zoll ein Gentleman. Er tanzte auch wie einer, nur besser. Mit viel mehr Stil und Anmut. Er sprach auch wie ein Gentleman, doch als sie an die Männer dachte, die er getötet hatte, an die skandalöse Art und Weise, wie er sie verführt hatte, wußte sie, daß er keiner war. Ihr Blick kehrte zu seinem Gesicht zurück, das ihr noch immer attraktiv erschien, obwohl sie jetzt wußte, was für ein Mensch er war. Durch die Falten ihres Rockes konnte sie seinen muskulösen Schenkel spüren, der sich beharrlich zwischen ihre Beine drängte, und wieder stolperte sie beinahe.

»Du wirst müde«, sagte er mit einem Anflug von Spott und geheuchelter Besorgnis. »Warum gehen wir nicht ein wenig an die frische Luft?«

»Aber ich kann doch mit dir nicht ...« Sein harter Blick brachte ihren Protest zum Schweigen, sein Griff um ihre Mitte tat das übrige. Er hat kein Recht, zornig zu sein, dachte sie, da sie seine Miene richtig deutete. Sie war das Opfer, sie war es, die getäuscht und verführt worden war. Sie war es, der Wut und Zorn zugestanden hätten. Sie hatte

Angst, mit ihm zu gehen, noch mehr Angst aber hatte sie, sich ihm zu widersetzen, und ließ sich deshalb von ihm hinaus auf die Terrasse führen und weiter, durch den ganzen Garten, bis sie ein dunkles, verschwiegenes Plätzchen neben einer moosbewachsenen Eiche gefunden hatten.

»Wie bist du entkommen?« Sie zwang sich zu einem entschiedeneren Ton und betete darum, ihr Schwindelgefühl würde vergehen.

Als Brendan auflachte, hörte es sich verbittert und barsch an. »Umgebracht habe ich niemanden, um meine Freiheit zu erlangen, falls du das gedacht hast.«

Du lieber Gott, es war genau das, was sie tatsächlich gedacht hatte.

»Ist dir je der Gedanke gekommen, ich könnte unschuldig sein? Oder waren deine Worte, die du Egan entgegengehalten hast, nur sinnlose Phrasendrescherei?«

Ein Mensch ist unschuldig, ehe seine Schuld nicht erwiesen ist, hatte sie gesagt.

Priscilla sah weg, da sie ihn keinen Moment länger anschauen konnte. In seinen hellen Augen lag eine Kälte, wie sie sie an ihm nie zuvor gesehen hatte. »Ich weiß, was für ein Mensch du bist. Jemanden zu töten, bedeutet dir nichts.«

Brendan faßte unter ihr Kinn und drehte ihr Gesicht zu sich. »Du weißt nur, was Egan möchte, daß du weißt. Welche Lügen hat er dir in dein hübsches Köpfchen eingepflanzt?«

Priscilla macht sich mit einem Ruck von ihm los. »Vergiß nicht, daß ich gesehen habe, wie du Hennessey getötet hast...«

»Er hat als erster gezogen.«

»Er war kein Revolverheld – das wußtest du!«

»Nein? Wer sagt das? Egan?«

»Was macht das schon aus?«

»Sehr viel. Schläfst du mit ihm?«

»Das... das geht dich nichts an.«

Brendan packte sie an den Schultern. »Ich habe gefragt, ob er mit dir schläft.«

Ihre Wangen wurden heiß. »Diesen Punkt haben wir in unserer Beziehung noch nicht erreicht«, sagte sie trotzig. »Er ist mein Mann. Mit der Zeit...«

»Verdammt, Priscilla...«

»Wage ja nicht zu fluchen!«

Zum ersten Mal seit seinem Auftauchen lächelte Brendan. Seine Miene verlor etwas von ihrer Härte, und sie mußte sich zurückhalten, um nicht die Hand nach ihm auszustrecken und ihn zu berühren.

»Verdammt, ich bin froh, dich zu sehen.« Er packte ihr Handgelenk, und ehe sie ihn daran hindern konnte, zog er sie in seine Arme. Und als er sie küßte, fuhr sengende Hitze durch ihren Körper.

Gott im Himmel! Sie hatte das Gefühl, Flammen hätten sie erfaßt, Glut fließe durch ihre Adern und ließe ihr Herz heftig gegen die Rippen schlagen. Wie hatte sie seine stürmischen Küsse vergessen können, das Gefühl, seinen festen Körper an sich zu spüren? Wie hatte sie die Wonne seiner Berührung vergessen können, die männliche Kraft seiner wachsenden Erregung, die Erinnerung an seine Hände, die über ihr Fleisch glitten und ihr Blut in Wallung versetzten, bis ihr Körper um mehr flehte?

Momentan gab sie nach, erwiderte seine Küsse, empfand Verlangen, sehnte sich danach, sich enger an ihn zu drücken, ihre Finger über seinen Rücken gleiten zu lassen, durch das dichte Haar auf seiner Brust. Sein Atem war warm und vom Whiskey gefärbt, den er getrunken hatte. Er roch herb und männlich, und sie hatte ihn nie mehr begehrt.

Denk an Stuart, rief ihr Verstand. *Denk an die Gelübde, die du gesprochen hast.* Priscilla entzog sich ihm.

»Ich... ich bin überglücklich, daß man dich nicht gehängt hat«, sagte sie, sich mit beiden Händen von seiner Brust wegstoßend. Sie wehrte ihn ab und kämpfte um Fassung. »Deinen Tod habe ich nicht gewollt, egal, was du verbrochen hast. Aber hier ist nicht Texas. Du kannst nicht einfach...«

»Priscilla, du mußt mich anhören. Es gibt viele Dinge, von denen du nichts weißt. Dinge, die du nicht verstehst.«

»Ich möchte sie nicht wissen! Jetzt nicht – niemals! Ich bin die Frau Stuart Egans. Daran läßt sich nichts ändern, selbst wenn ich wollte – aber ich will gar nicht.«

»Vor Gott bist du meine Frau«, rief er ihr kalt in Erinnerung. Seine Wut regte sich von neuem. »Auch wenn ich dich nicht wie ein hübsches Püppchen herausstaffiert habe und mit dir vor meinen vornehmen Freunden paradiere.« Er faßte nach einer Strähne ihres festen, dunkelbraunen Haares. »Ich wollte dich deines Wesens wegen, weil du die Frau bist, die du bist, und nicht, weil du einem Mann bei einer ehrgeizigen politischen Karriere von Nutzen sein kannst.«

»Verschwinde!«

Brendan biß die Zähne so heftig aufeinander, daß ein Muskel in seiner Wange zuckte. »Ja, ich verschwinde. So rasch, wie ich dir in Erinnerung rufen werde, was für eine Frau du *wirklich* bist.«

Damit drückte er sie gegen den Baum, ihre Hände festhaltend, die er sich um den Hals legte. Priscilla wehrte sich heftig, als er seinen Mund auf ihre Lippen drückte, aber Brendans Kuß kannte kein Erbarmen.

Er war Hunderte Meilen weit gekommen, voller Sorge, ihr könnte etwas zugestoßen sein, nur um zu entdecken, daß sie Egans Lügen geglaubt und ihn verurteilt hatte. Er wollte sie für das strafen, was er als bitteren Verrat empfand, wollte gegen sie ausholen und sie treffen, wie sie ihn getroffen hatte.

Während er sich noch schwerer auf sie lehnte, faßte er nach ihrem Kinn, zwang ihre Lippen auseinander und drang mit seiner Zunge ein. Priscilla wimmerte, als seine Hand über ihren Körper glitt, ihr das Kleid von den Schultern schob und unter ihr Mieder griff, um eine Brust zu umfassen. Seidenweich fühlte sie sich an und füllte seine Hand vollendet aus.

Sein Körper spannte sich, seine Lenden wurden schwer und voll, der Schmerz dort noch spürbarer. Wieder verschob er seine Stellung und drückte seinen harten Schaft an sie, um sie zu zwingen, daß sie es nie vergäße. Unter seinem Mund spürte er ihre weichen Lippen erbeben, fühlte, wie Haarsträhnen eine Wange streiften. Sie schmeckte nach Champagner und roch nach Magnolien.

Brendan stöhnte auf.

Die Hand auf ihrer Brust wurde sanft und liebkoste sie. Seine harten Küsse wurden weicher, schmeckten ihre Lippen, teilten sie lockend, gaben, anstatt zu nehmen. Priscilla stieß einen gedämpften Laut aus, und er spürte ihre Reaktion in der samtenen Berührung ihrer Zunge.

Er ließ ihre Handgelenke los, und ihre Arme lagen nun aus freiem Willen um seinen Nacken.

»O Gott, wie hast du mir gefehlt«, flüsterte er an ihrem Mund. Dann ließ er warme Küsse über ihre Kehle und ihre Schultern regnen.

»Du hast mir auch gefehlt«, flüsterte Priscilla, als er das Oberteil ihres Kleides noch tiefer herunterschob. Doch sie wehrte ihn nicht ab, und er war nicht sicher, ob er hätte innehalten können.

Seine Zunge umkreiste ihre Brustspitze, zeichnete sie nach, saugte daran, während seine andere Hand ihren Rocksaum hochschob. Lange, schlanke Beine und dann ein weich gerundetes Gesäß füllten seine Hände. Er knetete die Fülle sanft und drückte Priscilla gegen sein Glied. Wie lange würde er es aushalten, bis er in sie eindrang?

Himmel, wie er sie begehrte!

»Brendan?« flüsterte sie.

Die Angst, die aus diesem geflüsterten Wort sprach, ließ ihn erstarren. Sein Herz klopfte so laut, daß er kaum hörte, wie das undeutliche Stimmengewirr näher kam.

»Schon gut, Baby«, beruhigte er sie und zwang sich tief durchatmend zur Ruhe. Mit unsicherer Hand, aber mit einer von jahrelanger Übung kündenden Geschicklichkeit half er ihr, ihre Kleidung in Ordnung zu bringen und führte sie dann aus der Dunkelheit einen anderen Gartenweg entlang zum Haus, ehe das vorübergehende Paar sie erkennen konnte.

Priscilla, die neben ihm herlief, hatte ihn dabei kein einziges Mal angesehen, doch wußte er, was sie dachte. Ihr Bedauern drückte sich in ihren hängenden Schultern aus, in der Art, wie sie ihre eleganten Röcke anhob. An den überdachten Stufen angekommen, drehte er sie zu sich um, von dem Wunsch erfüllt, ihnen wäre mehr Zeit geblieben.

»Priscilla, ich komme wieder. Halte dich von Egan fern, bis ich alles in Ordnung gebracht habe.«

»Bitte... kannst du mich nicht in Ruhe lassen?«

Da lächelte er. Ihr unsicherer Ton hatte Hoffnung in ihm geweckt. »Du bist mein, Silla. Was eben geschah, sollte Beweis genug sein.«

Zärtlich umfaßte er ihren Nacken. Sogar im matten Fackellicht des Gartens konnte er den rosigen Hauch sehen, der ihre Wangen färbte.

»Ich wollte nicht, daß es passierte«, sagte sie mit Bedauern im Blick. Dann schob sie energisch ihr Kinn vor. »Ich werde es nicht wieder zulassen.«

Brendan zog eine Braue hoch. »Bist du ganz sicher?«

»Ja.«

»Man wird sehen, Priscilla. Abwarten und sehen.« Da andere in der Nähe waren, unterdrückte er das Verlangen, sie zu küssen. Statt dessen berührte er ihre Wange, drehte sich um und verschwand lautlos in den Schatten des Gartens.

Unter Herzklopfen blickte Priscilla ihm nach, bis er nicht mehr zu sehen war. *Gott im Himmel, Brendan war gekommen!* Er war hier mit ihr im Garten gewesen. Die Erinnerung an sein Gesicht drückte ihr die Kehle zu und ließ ihren Körper vor Verlangen beben. Brendan hatte aus Texas flüchten können und war dem Galgen entgangen!

Sie dankte Gott für seine unendliche Gnade, als sie die Treppe hinaufging. Die Beklommenheit, die sie erfüllte, lockerte sich, und zum ersten Mal seit Wochen hatte sie das Gefühl, frei atmen zu können.

Aber warum war er nach Natchez gekommen? Es war unmöglich – unglaublich – und doch war er da. Die Verführung einer Frau konnte ihm doch nicht so viel bedeuten. Durfte sie zu hoffen wagen, daß sie ihm doch nicht gleichgültig war?

Auf dem Weg ins Obergeschoß begegnete sie nur einer matronenhaften Frau. Erleichtert schloß sie die Tür zu einem der Schlafräume und drückte den Kopf an das Holz.

Brendan war ihretwegen nach Natchez gekommen. Eigentlich hätte sie am liebsten Freudengesänge angestimmt, weil sie ihm nicht gleichgültig war. Der andere, sachlichere Teil ihres Ichs aber fragte: *Was soll das?* Brendan war ein Ausgestoßener, ein Mörder und nicht wie Stuart ein Mann von Ehre und Anstand. Er wurde von der Polizei gesucht und würde, wenn man ihn faßte, womöglich am Galgen, zumindest aber hinter Gittern landen. Und selbst wenn es nicht der Fall war, und er sich ändern wollte, wie groß waren die Chancen, daß er es schaffte?

Sie dachte an die Versprechen, die sie sich selbst gegeben hatte, ihre Schwüre, Brendan Trask zu vergessen, Stuart eine gute Ehefrau zu werden und ihr Leben weiterzuführen.

Es war sie schon hart genug angekommen, als Brendan in Texas gewesen war, Hunderte von Meilen entfernt. Wie konnte sie ihn vergessen, wenn sie jetzt wußte, daß er in Natchez war – und wußte, daß er sie ebenso begehrte wie sie ihn?

Stuart Egan ist dein Mann, sagte sie sich entschlossen. Er ist der Mann, den du geheiratet hast, der Mann, dem du dein Leben und deine Treue gewidmet hast – und nichts anderes zählt.

Das war leichter gesagt als getan.

Noch immer ein wenig unsicher auf den Beinen querte Priscilla den Raum und trat vor den hohen Standspiegel. Während sie ihre Haarnadeln feststeckte und ihr Kleid glattstrich, betete sie darum, Stuart würde sie nicht vermißt haben. Noch inständiger aber betete sie darum, Gott möge ihr das verzeihen, was sie fast getan hätte.

Brendan beobachtete das Haus aus der Finsternis hinter der Remise. Es war spät am Abend, als Priscilla und Egan schließlich Melrose verließen. Er folgte ihnen in einiger Entfernung. Von nun an wollte er sie ständig im Auge behalten.

Als der Wagen das Haus an der North Pearl Street erreichte, gingen Egan und Priscilla hinein. Brendan wurde die Brust eng, während er dastand und den Oberstock beobachtete, um herauszubekommen, wo Priscillas Zimmer lag. Als eine Lampe aufglühte, sah er ihre Silhouette durch das Fenster neben der einer Frau, von der er annahm, daß es ihre Zofe war.

Mit angehaltenem Atem beobachtete er, wie eine zweite Lampe angezündet wurde und Egans Umrisse sich im anschließenden Zimmer abzeichneten. Schließlich verlöschten beide Lichter, und Brendan konnte erleichtert aufatmen. Priscilla hatte offenbar die Wahrheit gesagt. Zumindest heute hatte Egan nicht ihr Zimmer – und nicht ihr Bett – aufgesucht.

Er wußte nicht, was er getan hätte, wenn es anders gewesen wäre.

Die meiste Zeit des folgenden Tages verbrachte Brendan ähnlich wie die Nacht zuvor – er beobachtete jede Bewegung Egans. Wenn das Glück ihm treu blieb, würde Egan ihm früher oder später einen Hinweis liefern, eine Verbindung zum Schmugglerring, der den Mississippi ebenso wie den Natchez Trace, die wichtigste Verkehrsverbindung ins Landesinnere, unsicher machte.

Chris Bannerman hatte ihm mehr geholfen, als er zu träumen gewagt hatte. Sein Freund hatte ihn eingehend über das Schmugglerunwesen informiert, das im Laufe der letzten Jahre an Umfang zugenommen hatte. Chris hatte sogar mit dem Constable über die gegenwärtig laufenden Ermittlungen gesprochen. Als angesehener Bürger konnte er sich dieses Interesse leisten, ohne daß er Argwohn erregt hätte.

Obwohl Brendans Bemühungen Fortschritte zeitigten – das hoffte er wenigstens –, ersehnte er nichts mehr als eine Begegnung mit Priscilla. Er brauchte eine Chance, ihr alles erklären zu können und ihr Verständnis zu wecken. Aber immer wenn Egan aus dem Haus ging und ihm die benötigte Gelegenheit lieferte, blieb ihm nichts übrig, als ihm zu folgen. Als erstes mußte er seinen Namen reinwaschen. Solange ihm der Galgen drohte, konnten sie kein Glück finden.

»Verdammt, Chris«, sagte er eines Nachmittags zu seinem Freund, als seine Ungeduld mit jedem Tag wuchs. »Ich muß sie sehen. Was soll ich nur machen?«

»Ganz einfach.« Chris umfaßte Brendans Schulter mit seinem unversehrten Arm. Den anderen hatte er über dem Ellbogen bei einem Fahrunfall einige Meilen außerhalb der Stadt auf seiner Plantage verloren. »Du mußt nach Einbruch der Dunkelheit ins Haus. Wenn also Egan nächstes Mal abends das Haus verläßt, folgst du ihm, bis er irgendwo einkehrt. Dann holst du mich, und ich übernehme seine Beobachtung, während du Priscilla besuchst.«

Chris, ein stattlicher blonder Mann Mitte Dreißig, und Sue Alice, seine Frau, und deren drei flachsköpfige Kinder hatten ihn in ihrem Heim wie ein Familienmitglied aufgenommen.

»Zu gefährlich«, wehrte Brendan ab. »Egan ist ein rücksichtsloser Schuft. Ertappt er dich, wie du ihm nachspionierst, könnte dies deinen Tod bedeuten.«

»Natchez ist meine Heimat«, konterte Chris. »Ich habe ein gutes Dutzend Gründe, mich an jedem beliebigen Ort aufzuhalten.«

Brendan schüttelte den Kopf. »Ich möchte nicht, daß du in Gefahr gerätst.«

»Ein Mann mit einem Arm ist dennoch ein Mann«, sagte Chris mit Überzeugung. »Mein Vater war nicht immer reich und verwöhnt und ich ebensowenig.« Er grinste. »Ich bin viel zäher, als du glaubst.« Sie saßen in seinem getäfelten und von Bücherregalen gesäumten Arbeitszimmer, seinem bevorzugten Raum im Haus.

»Chris, ich weiß nicht recht. Eigentlich geht dich das alles nichts an.«

»Sieh mal, Bren, dein Bruder hat mir etliche Male aus der Patsche geholfen. Nun möchte ich dir helfen.«

Brendan sah das kluge Gesicht seines Freundes an. Er zweifelte nicht an Chris Bannermans Fähigkeiten und Mut. »Na schön. Wenn Egan sich in irgendeinem Lokal niederläßt, das mir nicht als allzu riskant erscheint, hole ich dich.« Brendan drückte seinen Dank durch ein Lächeln aus.

Das lag nun zwei Tage zurück, und vor vier Tagen hatte er Priscilla im Garten von Melrose getroffen. Vier Tage der Sorge um sie... und des Begehrens. Er sehnte sich nach ihr wie noch nie nach einer Frau.

Als nun die Dämmerung den Horizont purpurn färbte und er vor dem Amtssitz des Bürgermeisters stand, wo Egan – ganz engagierter Bürger – an einer Besprechung teilnahm, witterte Brendan eine Chance.

Auf seinem Mietpferd – Blackie hatte er in einem Stall in Galveston zurückgelassen – brauchte er nicht lange, um Evergreen zu erreichen und Chris zu verständigen, der seinerseits zum Amtssitz des Bürgermeisters ritt, um seinen Posten als Beobachter einzunehmen. Brendan machte sich indessen auf den Weg zum Haus an der North Pearl.

Von seinem dunklen Standort aus sah er Priscilla in ihrem Zimmer, wie sie sich mit Hilfe ihrer Zofe zurechtmachte. Er dachte daran, wie sie unlängst ausgesehen hatte, in ihrer herrlichen Ballrobe, und wie sie beim Tanzen von einem Arm in den anderen gewandert war. Sie war ihm verändert vorgekommen, viel reifer und eleganter – ganz Egans Frau –, und Brendan hatte dies gar nicht gefallen.

Mit einem Blick vergewisserte er sich, daß niemand ihn sah, schlüpfte dann durch die Hintertür ins Haus, weiter die Hintertreppe hinauf und den Gang entlang, wo er sich in einem Wäscheschrank versteckte, von dem aus er ihre Tür im Auge behalten konnte. Als sich die Tür öffnete, sah er Priscilla in einer türkisenen Robe mit Silberglanz, offensichtlich wieder für einen abendlichen Ausgang zurechtgemacht. Daß Egan sie so kostspielig eingekleidet hatte, erbitterte Brendan.

Zum Teufel, er selbst war zwar nicht reich, aber hübsche Sachen konnte er ihr auch kaufen, und wenn alles sich so entwickelte wie geplant, dann konnte er ihr sogar alles bieten, was ihr Herz begehrte. Er verwünschte Stuart Egan und die Situation, in der er selbst sich befand.

Kaum hatte sie das Mädchen fortgeschickt, als er sich auf den Gang hinauswagte, ihre Schlafzimmertür öffnete und eintrat.

Vor dem Spiegel stehend tupfte die perfekt frisierte Priscilla, deren Busen fast ihr Mieder sprengte, Parfüm hinter ein Ohr. Unwillkürlich dachte er an ihre schlichten, hochgeschlossenen Kleider, und – so schön sie jetzt auch war – in ihm erwachte Sehnsucht nach der ungekünstelten Frau, als die er sie kennengelernt hatte.

»Na, steht wieder ein Ausgang bevor?« sagte er, nicht imstande, den spöttischen Ton seiner Worte zu dämpfen.

Priscilla drehte sich blitzschnell um. Eine Hand fuhr erschrocken an ihren Hals. »Was... was willst du hier?«

»Ich dachte, das wäre bereits besprochen worden.«

»Du mußt hier weg. Ich sagte schon, daß ich dich nicht sehen möchte.«

Brendan kam näher. Er trug eine schwarze Hose und ein weißes, am Hals offenes Hemd. Priscilla mußte seine Aufmachung gefallen, denn ihr Blick wanderte über seinen Körper, und sie benetzte unwillkürlich ihre Lippen. So heißblütig wie eh und je, dachte er mit aufflammender Begierde.

»Priscilla, ich muß mit dir sprechen. Du sollst die Wahrheit über den Mann erfahren, den ich im Indianerterritorium getötet habe. Ich schwöre, daß es kein Mord war.«

»Du hättest nicht kommen sollen.«

»Du sollst die Wahrheit wissen.« *Ich möchte, daß sie die Dinge so sieht, wie sie wirklich waren.*

Priscilla kämpfte um Beherrschung. Allein sein Anblick, wie er groß und stolz vor ihr stand, schmerzte sie tief in ihrem Herzen. Sie sah seine Augen, die Abfolge stürmischer Gefühle, die aus ihnen sprachen. Wut, Reue, Entschlossenheit... Zärtlichkeit.

»Es... es ist nicht mehr wichtig«, sagte sie, schon schwankend. »Alles ist jetzt anders. Ich bin Stuarts Frau...«

»Bist du das?«

»Ja.«

»Priscilla, eure Ehe ist ein Fetzen Papier, mehr nicht.«

»Jetzt nicht mehr.« Sie mußte ihn überzeugen. Er glaubte ihr nicht.

»Willst du mir weismachen, daß er dich in der letzten Nacht aufgesucht hat?« Brendans Hände ballten sich zu Fäusten. »Hat er dich gezwungen...«

»Das hat er nicht. Wir beide wollten es.« Lieber Gott, sie mußte ihn hier hinausschaffen. Aber allein der Anblick der Schatten, die über sein hübsches Gesicht huschten, bewirkte, daß ihr schwindelte.

»Das glaube ich dir nicht. Nicht nach allem, was im Garten passierte.«

Wie sie das Lügen haßte! Aber sie mußte ihn belügen.

»Genau deswegen habe ich es getan. Stuart ist nicht zu mir gekommen – ich ging zu ihm. Ich wollte die Vergangenheit endgültig begraben. Ich wollte, daß es aus und vorbei ist.« Sie zwang sich, ihn anzusehen. »Ich wollte dich ein für allemal aus meinem Leben verdrängen.«

Lange, von Wut geprägte Schritte trugen ihn durch den Raum. Er packte ihren Arm und riß sie an sich. »Du lügst.«

»Nein, tue ich nicht.«

Momentan stand er nur da. »Du liebst ihn nicht. Vermutlich kannst du ihn nicht ausstehen... Wie hast du es tun können?«

»Ich... ich mag ihn. Recht gern sogar. Das kannst du nicht verstehen.«

Sein Mund war eine schmale und grimmige Linie. »Das stimmt, Priscilla, ich verstehe es nicht.« Als er ihr mit einem Finger über die Wange fuhr, erbebte sie. »Wenn du Egan gehörst, dann begreife ich nicht, wie du mich im Garten so küssen konntest. Ich begreife nicht, wie du zulassen konntest, daß ich dich berühre – so wie jetzt.«

Priscilla benetzte ihre Lippen. »Du irrst dich.«

»Ja?« Sein Blick hing an ihrem Mund, sein Griff, der ihre Arme hielt, wurde fester, dann küßte er sie – es war kein strafender, brutaler Kuß, sondern ein hungriger und schmerzlicher, der ihr den Atem raubte und vielleicht sogar die Seele. Binnen Sekunden erwiderte sie ihn, öffnete ihre Lippen, ihre Zunge glitt über seine, ihr Körper wölbte sich ihm entgegen.

Lieber Gott, woher bezog er diese Macht, die er über sie ausübte?

»Silla«, flüsterte er an ihr Ohr. Er schob das Kleid von einer Schulter, umfaßte eine nackte Brust mit der Hand und reizte die Brustspitze, bis sie hart wurde. Priscilla ließ sich gegen ihn sinken.

»Stuart könnte kommen«, warnte sie ihn heiser. »Er kann jeden Moment eintreten.«

Brendan sah sie mit einer Mischung aus Wut, Begehren und Schmerz an. »Dann ist Eile geboten«, war alles, was er sagte. Er drehte sie zum Spiegel um, plazierte ihre Handflächen auf der Platte des Toilettentisches und hob den Saum ihres Gewandes an.

»Was... was machst du da?«

Seine Hände umschlossen ihre Brüste, drückten sie jetzt fester, hoben sie an. »Uns war ja so wenig Zeit vergönnt«, flüsterte er, während seine Härte sich an ihr Gesäß drückte und seine Zähne seitlich an ihrem Hals knabberten. »Du hast nur eine ungefähre Ahnung mitbekommen, welche Lust ein Mann einer Frau bereiten kann.«

Eine Hand streichelte ihre Gesäßbacken, während die andere Kleid und Unterrock über die Mitte hochschob. Sie wollte sich aufrichten, aber Brendan drückte sie nieder. Seine Hände glitten über ihre Schenkel, die nur vom dünnen Stoff ihrer Hose bedeckt war, weiter nach innen, bis er ihre weichste Stelle umfaßte. »Spreize deine Beine für mich, Silla.«

Priscilla schluckte. Seine Finger fanden die Öffnung in ihrer Unterwäsche, glitten hinein und fingen an, die feuchten Falten ihres Geschlechts zu streicheln.

»Ich weiß, daß du es magst«, flüsterte er. »Öffne dich mir.«

Flammen umzüngelten ihren Körper. Sie konnte sich nicht bewegen, konnte kaum atmen. Der Rhythmus seiner Finger, die die feuchte Glätte bearbeiteten, stimmte mit jenem der Hand auf ihrer Brust überein. Priscilla stöhnte auf.

Brendan löste die Kordel ihrer Baumwollhose, zog daran und ließ die Hose zu Boden gleiten.

»Tu es, Silla. Du willst es ja.«

Priscilla entrang sich ein kehliger Laut, und ihre Beine glitten wie von einem eigenen Willen bewegt auseinander. Seine Hände streichelten ihre Rundungen, während sein Mund auf Nacken und Schultern eine glühende, feuchte Spur hinterließ und seine Hände sie gekonnt vorbereiteten.

Er umfaßte ihr Gesäß, knetete es und führte dann einen zweiten Finger in sie ein. Wollust brach über sie herein und ließ sie vor Verlangen erbeben. Brendans Hände waren Zauberhände. Priscilla spürte, wie sich in ihr etwas zusammenballte und Hitzewogen ihren Körper erfaßten.

»Du bist mein«, flüsterte Brendan tief und rauh, immer wieder ihr heißes Fleisch streichelnd. Dann rückte er näher, einlaßbegehrend, bis seine steinharte Länge in sie eindrang.

Priscilla schwanden fast die Sinne. Ihre Brüste pulsierten und ihr Fleisch glühte. Brendan, der ihre Hüften festhielt, drang in sie ein und schürte das Feuer so heftig, daß sie seinen Namen rief. Heraus und wieder hinein. Immer drängender. Und mit jedem Stoß wuchs ihr Begehren.

Nun stieß er immer heftiger, in aufreizenden, fordernden Stößen, die in ihr das Gefühl der Schwäche hervorriefen und sie erzittern ließen. Unwillkürlich wölbte sie den Rücken, so daß ihre Hüfte sich seiner entgegendrängte, während ihre Handflächen sich fest auf die Tischplatte stützten. Ihre Nägel gruben sich ins Holz, ihr Körper wurde schweißfeucht. In Leidenschaft und Wonne gefangen, biß sie sich auf die Lippen, um nicht aufzuschreien, dann fiel ihr Kopf zurück, die Welt stürzte in Schwärze ab und zerbarst in Myriaden bunter Sterne.

Süße. So viel Süße und unaussprechliche Wonne!

Brendan folgte ihr über den Rand des Abgrunds, vor Erleichterung schaudernd und hielt sie dann an sich gedrückt. Einen Augenblick stand er nur da, die Arme um ihre Taille, schwer atmend, noch immer angespannt. Dann knöpfte er seine Hose zu, brachte Priscillas Unterwäsche in Ordnung und schob sorgsam ihre Röcke herunter.

Als Priscilla sich ihm zuwandte, versuchte sie seine Miene zu lesen, doch die markanten Flächen seines Gesichts lagen im Schatten.

»Nun, vermag Egan diese Gefühle in dir zu wecken?« fragte er mit belegter, heiserer Stimme.

Priscilla blieb ihm die Antwort schuldig. Stuart würde nie imstande sein, sie so zu bewegen wie Brendan, würde in ihr nie die Leidenschaft und Liebe – ja, Liebe, sie konnte es nicht leugnen – wecken, die in ihr das Verlangen wachrief, ihn festzuhalten und nie wieder loszulassen. Sie spürte, daß Tränen drohten, nahm sich aber zusammen.

»Danke für die... Ablenkung«, sagte er nun mit deutlich hörbarer Verbitterung. »Leben Sie wohl... Mrs. Egan.«

Es fehlte nicht viel, und sie wäre zu ihm gelaufen, hätte ihre Träume von häuslichem Glück fahrenlassen wie schon einmal und ihn gebeten, sie mit sich zu nehmen. Statt dessen aber starrte sie ihm wortlos nach, als er durch den Raum ging und die Tür hinter sich schloß.

Anstatt ihrem Herzen zu folgen, ließ sie sich in einem Gefühl aus Angst und Verzweiflung aufs Bett sinken. Zum ersten Mal seit ihrer Rückkehr nach Natchez ließ sie ihren Tränen freien Lauf und weinte um den Mann, den sie verloren hatte.

Lieber Gott, ich liebe ihn so sehr. Auf ihrer Brust lastete ein Bleigewicht, ihre Hände zitterten. So saß sie lange, schmerzlich leere Augenblicke da, mit einem Würgen in der Kehle, während heiße Tränen ihr über die Wangen flossen. Wenn sie nur an seine Unschuld hätte glauben können und daran, daß er es schaffen würde, sich vor dem Gesetz zu rechtfertigen und sein bisheriges Leben aufzugeben, um für sie beide eine gemeinsame Zukunft zu schaffen!

Aber sie glaubte es nicht.

Was Stuart ihr über Hennesseys Tod gesagt hatte, stimmte, und sie hatte mehrfach mit angesehen, wie Brendan Menschen getötet hatte. Außerdem – warum war er davongelaufen, wenn er unschuldig war? Daß er sich auf der

Flucht befunden hatte, das hatte sie in seinem Blick fast von Anfang an gelesen. Brendan war ein Gesetzesbrecher, ein Revolverheld. Solche Männer änderten sich nicht.

Und dann gab es Stuart zu bedenken, in dessen Schuld sie stand, mit dem sie eine Familie gründen wollte und dem sie durch ein Gelöbnis verbunden war.

Lieber Gott, was für eine Frau bin ich? Indem sie sich Brendan wieder hingegeben hatte, war genau das eingetreten, was sie sich geschworen hatte, nie wieder zu tun. Wie würde sie mit sich so weiterleben? Wie konnte sie Stuart gegenübertreten?

Mit tiefer Benommenheit, in die sich Traurigkeit mischte, wusch Priscilla sich, dann brachte sie Frisur und Kleid in Ordnung. Von dem Moment an, als Brendan in Natchez aufgetaucht war, hatte sie versucht, ihn abzuwehren. Heute hatte sie ihn angelogen, in der Hoffnung, er würde gehen. Und jetzt war er fort – für immer aus ihrem Leben verschwunden... aber nicht, ohne ihr seine Macht über sie auf die denkbar unsensibelste Weise demonstriert zu haben.

Brendan Trask war ihre Schwäche – es war wie die Sucht nach Opiaten, wie sie viele der Flußschiffer unter dem Hügel rauchten.

Priscillas Nägel gruben sich in ihre Handflächen. *So überlege doch!* ermahnte sie sich. *Laß nicht zu, daß dieser Mann – der vor dem Gesetz auf der Flucht ist – dich vernichtet. Diesmal kannst du nicht davonlaufen, du kannst nicht weinen und Gott um Vergebung anflehen. Du mußt selbst auf dich achtgeben!*

Sie zwang sich zur Beherrschung. Brendan würde nicht zurückkommen, dessen war sie sicher. Nicht wenn er glaubte, sie hätte sich Stuart hingegeben – nicht nachdem er so mit ihr umgesprungen war. Nein, Brendan würde nicht zurückkommen.

Priscilla wurde die Kehle eng, und die Tränen waren bedrohlich nahe, doch sie ließ nicht zu, daß sie flossen. Sie hatte Stuart betrogen wie schon einmal, da aber Brendan endgültig aus ihrem Leben verschwunden war, würde es nicht wieder vorkommen.

Priscillas Entschlußkraft gewann an Stärke. Sie würde nicht zulassen, daß ihre Zuneigung zu dem hübschen Gesetzesbrecher den Rest ihres Lebens ruinierte. Sie würde nicht zulassen, daß ihr Begehren, ihre Hemmungslosigkeit – ihre Schwäche – jede Hoffnung auf eine Familie und ein Heim zerstörte.

Die traurige leise Stimme, die ihr zuflüsterte, daß ein Heim ohne Liebe kein richtiges Heim war, ignorierte sie geflissentlich.

15. Kapitel

Brendan ließ sich auf das mit Gobelinstoff bezogene Sofa im Salon der Junggesellenwohnung auf Evergreen fallen und fuhr sich mit der Hand durch sein gewelltes dunkelbraunes Haar. Das laute Ticken der dekorativen Uhr aus Kirschholz paßte zu seinem langsamen, dumpfen Herzschlag.

Nachdem er Priscilla verlassen hatte, ebenso wütend auf sie wie auf sich selbst, war er direkt zum Amtssitz des Bürgermeisters zurückgekehrt, nur um zu entdecken, daß die Besprechung mit Egan verschoben worden war. Egan war fort – und Christian Bannerman ebenso.

Seine Besorgnis um Chris gewann die Oberhand über seine Verbitterung und Enttäuschung Priscillas wegen. Da Egan sich im Haus an der Pearl Street nicht gezeigt hatte, während Brendan da war, konnte er überall sein. Und Chris konnte in einer Klemme stecken. Da Brendan aber nicht die leiseste Ahnung hatte, wo er mit seiner Suche beginnen sollte, blieb ihm nichts übrig, als dazusitzen und zu warten.

Eine Stunde verstrich mit peinigender Langsamkeit. Immer wieder sprang Brendan auf, lief ruhelos hin und her und sah aus dem Fenster. Fast hatte er sich schon entschlossen, vor Egans Haus Posten zu beziehen und auf dessen Rückkehr zu warten, als Chris leise anklopfte und eintrat.

»Chris! Gottlob, daß du unversehrt bist!« Brendan konnte seine Erleichterung nicht verhehlen.

»Du siehst verheerend aus«, sagte Chris, als er die Schatten unter den Augen seines Freundes sah, die Anspannung, die seine Stirn furchte. »Bist du meinetwegen in Sorge? Oder gibt es Ärger mit deiner Herzensdame?«

»Leider beides. Es sieht aus, als wären meine Bemühungen um Priscilla zu spät gekommen. Sie ist entschlossen, das Schlimmste zu glauben, aber selbst wenn ich sie nicht schon verloren hätte... so wie ich mich heute zu ihr benommen habe, war es der absolute Gipfel.«

»Tut mir leid, das zu hören, mein Freund. Ich hatte gehofft, die Dinge würden sich zum Guten wenden.«

Brendan nickte nur. »Und was ist mit Egan?«

»Sein Treffen mit dem Bürgermeister endete fünf Minuten, nachdem ich ankam. Von dort ging er direkt zur Iron Butterfly.«

»Iron Butterfly? Was, zum Teufel, ist denn das?«

Chris lachte leise auf. »Das nobelste Hurenhaus in Natchez. Bedient nur die Reichen und befleißigt sich größter Diskretion. Sogar der übervorsichtige Egan kann ein solches Etablissement unbesorgt aufsuchen.«

»Wie lange blieb er?«

»Lange genug, um sich zu vergnügen. Und so wie er einem der Mädchen beim Abschied auf die Kehrseite klopfte, kann kein Zweifel daran bestehen, was die beiden getrieben hatten. Ich folgte ihm zu seinem Haus und gab dann die Beobachtung auf, weil ich es für besser hielt, nach Hause zu gehen und mich bei dir zu melden.«

Brendan lief unruhig auf dem Aubusson-Teppich auf und ab. »Chris, das ergibt keinen Sinn. Warum sollte Egan ein Bordell aufsuchen, wenn eine Frau wie Priscilla sein Bett wärmt?«

»Offenbar verhält es sich so, wie du geglaubt hast – er schläft noch nicht mit ihr. So wie es zwischen euch beiden steht, hat sie ihm vermutlich keine Avancen gemacht.«

»Ein Mann wie Egan braucht keine Erlaubnis. Außerdem habe ich mich geirrt. Gestern sagte Priscilla, daß sie...«

Chris zog eine Braue hoch. »Priscilla hat was gesagt?« fragte er, aber Brendan gab keine Antwort.

Statt dessen ließ er ihren zornigen Wortwechsel im Geist Revue passieren, wobei er bemüht war, sich jedes Wort, jeden Ausdruck in Erinnerung zu rufen – und ließ ein erleichtertes Lächeln sehen.

»Sie lügt. Zu mir sagte sie, die Ehe sei vollzogen worden, aber es stimmt nicht. Wäre ich nicht so wütend gewesen, ich hätte es ihr an der Nasenspitze ansehen müssen. Sie könnte beim Poker nie gewinnen.«

»Bist du sicher, Bren? Vielleicht ist bei dir der Wunsch Vater des Gedankens.«

Brendan schüttelte den Kopf. »Nach allem, was Priscilla zu mir sagte, wünscht Egan sich dringend Söhne. Das vor allem ist der Grund für seine Heirat. Und er war noch nicht in ihrem Bett, weil er Gewißheit möchte, daß sie nicht mit meinem Kind schwanger ist. Ein Mann wie Egan will sicher sein.«

Chris legte ihm die Hand auf die Schulter. »Wenn sie das zu dir sagte, dann ist es – auch wenn es nicht die Wahrheit ist – vielleicht das, was sie möchte. Und wenn es so ist, dann wirst du dich damit abfinden müssen.«

Brendan ließ sich nicht überzeugen. »Du kennst sie nicht wie ich. Sie ist im Moment total durcheinander. Egan hat sie davon überzeugt, daß ich ein Ungeheuer sei. Sie hat kein Geld, keine Freunde, niemanden, bei dem sie Zuflucht findet... Ihre Unerfahrenheit ist so groß, daß sie nicht mal weiß, was zwischen uns vorgeht, wenn wir zusammen sind. Sie schämt sich ihrer Gefühle, schämt sich der Dinge, die wir getan haben. Sie leidet unter Schuldgefühlen, weil sie Egan betrügt, obwohl es doch Egan ist, der sie betrügt – die ganze Zeit über.«

»Nach allem, was du da sagst, liebt sie dich, bewußt oder unbewußt.« Brendan bedachte ihn wieder mit einem Lächeln. »Genau.«

»Dann schlage ich vor, daß du sie dort herausschaffst, ehe sie etwas tut, was sie – oder was Egan bedauert.«

»Aber wohin soll ich sie bringen? Doch nicht hierher.«

»Warum nicht? Hier befindest du dich auf einem Privatbesitz. Niemand auf der Welt würde sie auf Evergreen suchen, und du gewinnst Zeit, um alles zu klären.«

Brendan sah seinen Freund forschend an. »Im Haupthaus kann sie nicht bleiben. Zu viele Gäste, zu viele Menschen, die dort Tag für Tag aus und ein gehen.«

»Sie kann hier bei dir bleiben. Gäbe es alle diese Verwicklungen nicht, wäre sie längst deine Frau. Außerdem wird sie vielleicht deinen Schutz brauchen.«

Die Vorstellung, sie hier bei sich zu haben, ließ sein Herz höherschlagen. »Chris, ich weiß nicht. Es könnte gefährlich werden, und du hast schon so viel für mich getan.«

»Schaff sie einfach her. Sue Alice und ich werden dafür

sorgen, daß ihr nichts zustößt, während du die Beweise beschaffst, die du brauchst. Aber jetzt solltest du dich gründlich ausschlafen. Wenn du sie überzeugen willst, was für ein Fang du bist, wirst du deinen ganzen rauhen männlichen Charme aufbieten müssen, der auf Damen anscheinend unwiderstehlich wirkt.«

Brendan lachte laut auf. Ja, er würde sie sich holen. Und dann würde er sie dazu bringen, ihn anzuhören. Auf die eine oder andere Weise.

Priscilla brachte die Dinnerparty, zu der eine der angesehensten Familien der Stadt auf ihr prachtvolles Anwesen Auburn geladen hatte, mit Anstand hinter sich.

Sie hatte nun schon großes Geschick entwickelt, ihre Gefühle zu verbergen, noch größeres aber, die Rolle der pflichteifrigen Gattin zu spielen. Sie brauchte nur still dazusitzen, Stuarts versiertem, meist politisch gefärbtem Geplauder zu lauschen und immer zu nicken, wenn es ihr als passend erschien. An diesem Abend schien er ungezwungener als sonst, sie war sich aber nicht sicher warum. Anschließend waren sie nach Hause gefahren und hatten sich wie immer auf dem Korridor gute Nacht gesagt. Priscilla hatte sich noch stundenlang im Bett gewälzt, ehe sie in den Schlaf totaler Erschöpfung fiel.

Und als jetzt die Morgensonne sie mit gelber Hitze bedrängte, wollten sich ihre Lider immer noch nicht öffnen.

»*Madame* Egan, Zeit zum Aufwachen.« Charmaine Tremoulet, ihre französische Zofe, eine große, dünne Person mit ergrautem Haar, rüttelte an Priscillas Schulter. »Es ist hellichter Tag, und Sie schlafen noch immer.«

Was geht dich das an? dachte Priscilla schlecht gelaunt, ehe ihr einfiel, daß sie sie angewiesen hatte, sie nur bis zehn Uhr schlafen zu lassen.

»Schon gut, Charmaine, ich stehe ja schon auf.« Der anstrengende Abend in Gesellschaft hatte seinen Tribut gefordert... und ihre schändliche und sündige Begegnung mit Brendan.

Priscilla schlug die hellblaue Seidendecke zurück. »Ich möchte ein Bad nehmen«, sagte sie, »ein schönes, heißes.« Das würde vielleicht ihre Lebensgeister wecken. Sie zwang sich zu einem Lächeln und schlüpfte in den mauvefarbenen Umhang, den die große Frau ihr hinhielt.

»*M'sieur* Egan ist schon aus dem Haus. Sie hätten früher aufstehen sollen.«

»Tut mir leid, wenn Sie ungehalten sind.« Die Frau ging ihr gewaltig auf die Nerven. Stuart hatte sie eingestellt, und wie alle anderen, die in seinen Diensten standen, ließ Charmaine es sich angelegen sein, ihm aufs Wort zu gehorchen. Sie sah nur sein charmantes Gehabe und die Münzen, die ihr in die Hand gedrückt wurden.

Charmaine rief nach dem für den Oberstock zuständigen Hausmädchen und gab Anweisung, alles für ein Bad vorzubereiten, dann ging sie an die Kommode und suchte Priscillas Unterwäsche aus, die sie aufs Bett legte. Das Schlafzimmer, prächtig ausgestattet mit Orientteppichen und Spiegeln in vergoldeten Rahmen, Stehlampen mit blauen Quasten und silbernen Türknäufen, präsentierte sich so überwältigend wie das Haus insgesamt. Für Priscillas viel dezenteren Geschmack war alles zu überladen.

»Sie gehen aus?« fragte Charmaine, die den reich verzierten Kirschholzschrank öffnete.

»Das weiß ich noch nicht sicher. Ich möchte das blaue Musselinkleid.« Der Sommer war mit Ausnahme einiger heißer Tage, die ihnen noch vergönnt waren, vorüber.

»Das aprikotfarbige Baumwollkleid würde...«

»Das Musselinkleid ist kühler.«

»*Oui, Madame.* Wie Sie wünschen.« Das Anheben der schmalen grauen Brauen sollte eine Rüge ausdrücken, aber Priscilla schenkte der Frau keine Beachtung.

Das Hausmädchen für den Oberstock, ein kleines, braunhaariges Mädchen, das Betty June hieß, kam wenig später herein. »Mr. Jaimie ist gekommen. Er möchte wissen, wann Sie fertig sein werden.«

»Sagen sie ihm, in einer halben Stunde.«

Anders als Charmaine, die von früh bis spät nörgelte, war Betty June ein liebes, fröhliches Mädchen, das nun bereitwillig hinunterlief, um Priscillas Nachricht zu überbringen. Wenigstens würde sie Jaimie als Gesellschaft haben. Stuart schien gegen ihre Freundschaft nichts einzuwenden zu haben. Es war, als erwarte er, daß Jaimie sich um sie kümmere, nicht zuletzt vielleicht deswegen, weil Jaimie wenig zu tun hatte. Mace Harding war es, der meist mit Stuart unterwegs war, falls dieser nicht überhaupt allein aus dem Haus ging.

Eine halbe Stunde darauf schritt Priscilla, deren Haar in lockeren Wellen auf die Schultern fiel, in ihrem schlichten blauen Musselinkleid die Treppe hinunter.

Jaimie erwartete sie im vorderen Salon. »Guten Morgen, Mrs. Egan.«

»Guten Morgen, Jaimie.« Sie wünschte, er würde sie Priscilla nennen, aber beide wußten, daß Stuart damit nicht einverstanden sein würde. »Würden Sie mir beim Frühstück Gesellschaft leisten?«

»Nein, vielen Dank, Madam. Ich habe schon gegessen. Ich bin nur gekommen, um Ihnen zu sagen, daß ich etwas über Miß Conners herausgefunden habe, genau wie Sie es wollten.«

Priscilla setzte sich im Eßzimmer mit den goldmarmorierten Tapeten und den goldfarbigen Seidendraperien auf einen geschnitzten Mahagonistuhl und bedeutete Jaimie mit einer Handbewegung, ebenfalls Platz zu nehmen. Schwarze Bedienstete brachten Kaffee in goldgeränderten Porzellantassen, und dazu Schinken und Brötchen für Priscilla. Das Aroma war so verführerisch, daß ihr das Wasser im Mund zusammenlief, obwohl sie eigentlich nicht hungrig war.

»Und... was haben Sie herausbekommen?« fragte sie, nachdem sie zögernd gekostet hatte.

»Sie lebt drüben im Middleton Hotel mit einem Kerl namens Caleb McLeary.«

»Ist er ein Angehöriger?«

Jaimie räusperte sich. »Nein, eigentlich nicht.«

Priscilla machte große Augen. »Sie ist seine Geliebte?«

»Caleb gibt sie als seine Nichte aus, aber alle wissen Bescheid.« Jamies sanfte Züge verfinsterten sich. »Es heißt, daß er sie mißhandeln soll. Wenn er betrunken ist, prügelt er sie.«

»Wie schrecklich. Aber warum läßt sie sich das gefallen? Eine so schöne Frau... sicher hat sie das nicht nötig.«

»Sieht aus, als bliebe ihr nichts anderes übrig. Sie kommt von unter dem Hügel. Hat in der Painted Lady gearbeitet.«

»In einem Saloon?«

Jaimie lief rot an. »Könnte man sagen.«

»Ach du meine Güte!«

»Verstehen Sie mich nicht falsch, Priscilla – ich meine Mrs. Egan. Nach allem, was ich hörte, hat Miß Conners ein hartes Leben geführt. Mit fünf verlor sie ihre Eltern...«

Priscilla fühlte, wie ihr plötzlich eng ums Herz wurde.

»Es gab damals einen Skandal, aber die Familie ihres Vaters hat alles vertuscht. Außerdem liegt das fast zwanzig Jahre zurück. Kein Mensch scheint sich daran erinnern zu können.«

Priscilla setzte die Kaffeetasse ab, so heftig, daß sie klirrend auf die Untertasse auftraf.

»Ihr richtiger Name ist Rosie O'Conner«, schloß Jaimie. »Mehr weiß ich nicht.«

Nicht Conners, sondern O'Conner. Irisch. Irgendwie kam der Name ihr merkwürdig bekannt vor. Der Druck in ihrer Brust nahm zu und machte ihr das Atmen zunehmend schwerer. »Ich weiß, es ist ein wenig verrückt, aber ich frage mich... falls es nicht zu mühsam ist... vielleicht könnten Sie in Ihren Nachforschungen fortfahren.«

»Darf ich fragen, warum?«

»Wenn ich es wüßte, würde ich es Ihnen sagen. Es ist nur ein Gefühl. Etwas an ihr...«

»Jeden Morgen um zehn geht sie spazieren. Vielleicht könnte ich sie ansprechen, um sie näher kennenzulernen.«

»Aber sagen Sie ihr nicht, daß ich Sie dazu angestiftet habe.«

»Ehrlich gesagt, wollte ich sie ohnehin ansprechen.« Jaimie verzog seine Sommersprossen in einem Grinsen.

»Caleb McLeary wird es vielleicht nicht gefallen.«

Er zog die Schultern hoch. »Er ist nicht ihr Ehemann. Und solange er es nicht ist, ist sie ihm keine Rechenschaft schuldig.«

Priscilla sagte nichts darauf. Rose war mit McLeary nicht verheiratet. Ein paar simple Worte, und das Leben einer Frau änderte sich von Grund auf. Würde sie Stuart wieder heiraten, wenn sie vor die Wahl gestellt würde? In ihrem Herzen wußte sie, daß sie es nicht tun würde.

»Die Sache mit Meyers ist wie geplant gutgegangen.« Caleb McLeary lümmelte auf einem wackligen Stuhl im Lagerraum. »Egan, Sie machen sich zu viele Sorgen. Warum gönnen Sie sich nicht ein wenig Ablenkung und genießen das Leben?«

»Gut gelaufen?« wiederholte Stuart fassungslos. Er stand vor McLeary, angespannt wie eine Feder. »Um Himmels willen, Mann, der Fluß war mit Toten bedeckt! Wir haben die Situation nicht mehr im Griff.«

Caleb lachte nur. »Jemand hat die Nerven verloren und losgeballert. Nicht unsere Schuld. Was hätten wir denn tun sollen?«

»Das Problem besteht darin, daß du jedes Maß und Ziel verloren hast. Du hast die gemeinste Bande mörderischer Flußratten um dich geschart und glaubst jetzt, dich könnte niemand mehr bremsen. Caleb, ich sage dir, daß der Bürgermeister eine Sonderabteilung aufstellen will. Die Truppe soll Jagd auf Schmuggler und Mörder machen, und sie wird hart zuschlagen. Ich denke, wir sollten den Köder abschneiden und eine Weile die Finger davon lassen. Erst soll sich alles wieder beruhigen. Du siehst zu, daß du die ärgsten Halunken loswirst, die für dich arbeiten, und alle anderen schickst du aus der Stadt. Wenn die Luft wieder rein ist, fangen wir wieder an. Ganz sachte, ohne Tote, ohne Radau, nur da und dort ein Flachboot ausrauben und einen Wagen mit Diebesgut den Trace entlangrollen lassen.«

McLeary schnaubte verächtlich. »Sie haben Ihr Geld, Sie sind aus dem Schneider. Ich aber brauche dringend noch mehr Kies.«

Unwillkürlich ballte Stuart die Hände zu Fäusten, doch er beherrschte sich. Brüllendes Gelächter von nebenan füllte den Raum. Mace Harding sah von McLeary zu Stuart und wieder zurück. Jake Dobbs, McLearys Mann, wich an die Wand zurück.

»Und wie willst du dir die Sondereinheit vom Hals halten?« fragte Stuart schließlich.

McLeary stand sichtlich erregt auf. »Ich plane einen letzten Schlag – den größten Fischzug, den dieser Fluß je gesehen hat. Ihr Mann im Schiffsbüro hat uns heute informiert, daß die *St. Louis* mit einer Ladung von Fellen, Mehlfässern, Whiskey und Hartholz flußabwärts fährt – und mit einer Ladung Gold für die Bundestruppen in New Orleans. Wir schnappen uns den Kahn, ich ziehe mich zurück, Ihr kostbarer Ruf wird nicht angekratzt, und wir alle enden als reiche Männer. Na, was sagen Sie dazu?«

Es war verlockend. Sein Problem mit McLeary wäre damit vom Tisch – eine verirrte Kugel im Feuerhagel würde nicht auffallen. Die Überfälle und Morde würden enden – oder zumindest seine Verbindung zu ihnen. Und sein Vermögen würde sich vermehren, da zu seiner üblichen Provision für Informationen Calebs Anteil kommen würde.

»Ein Dampfschiff dieser Größe zu überfallen, ist nicht einfach. Was hast du dir vorgestellt?«

McLeary ging an den zerschrammten Tisch und rollte eine Flußkarte auf. »In letzter Zeit verschiebt sich die Fahrrinne sehr stark. An der 370-Meilen-Marke baut sich eine große Sandbank auf.«

Das war zehn Meilen nördlich von Natchez, von Head of Passes aus gemessen, jenem Punkt hundert Meilen südlich von New Orleans.

»Wir versetzen die Markierungen, denken uns eine Methode aus, das Schiff auf Grund laufen zu lassen, dann stürmen wir an Bord und lassen die Kessel hochgehen. Passagiere und Besatzung werden um ihr Leben kämpfen und sich um uns nicht kümmern.«

Kein übler Plan. Mitunter konnte McLearys ansonsten stumpfsinniges Gehirn echte Geistesblitze liefern. »Wann?« fragte Stuart.

»In zehn Tagen. Sie lenken den Bürgermeister und seine Truppe bis dahin in eine falsche Richtung ab, und in wenig mehr als einer Woche sind wir alle aus dem Schneider.«

»Du lagerst das Zeug wie immer in der Höhle?« fragte Stuart.

McLeary nickte. »Bei mir stehen die Interessenten Schlange – für sämtliche Waren, die wir liefern können. Und Fragen werden nicht gestellt.«

»Und wie sieht es mit der Organisation anschließend aus?«

Stuart stellte die Frage nur, weil McLeary es erwartete. Sobald sein langjähriger Partner aus dem Weg war und mit ihm Jake Dobbs, der einzige von McLearys Leuten, der von Stuarts Beteiligung wußte, spielte es keine Rolle mehr, was die anderen Männer taten.

»Wir machen den Laden dicht und verschwinden auf Nimmerwiedersehen«, versprach McLeary.

Stuart reichte ihm lächelnd die Hand. »Laß mich wissen, was du an Informationen noch brauchst, und ich verschaffe sie dir.« Caleb ergriff die dargebotene Rechte, und die Männer wechselten einen Händedruck.

McLeary! Die Hintertür der Keelboat Taverne an der engen gewundenen Royal Street stand nur einen Moment offen, aber es reichte, damit Brendan den großen stämmigen Iren sehen konnte, laut Christian Bannerman und nach Meinung des Bürgermeisters der Hauptverdächtige, was die Schmuggelaktivitäten auf dem Fluß und die Morde auf dem Trace betraf.

McLeary gehörte die Keelboat Taverne, der Urtyp einer verkommenen Spelunke. Obwohl Caleb die Kneipe gehörte und er dort die meiste Zeit arbeitete, lebte er auf großem Fuß und brauchte mehr Geld, als ihm ein Loch wie dieses einbringen konnte. Es war auch allgemein bekannt, daß er sich eine teure Geliebte hielt. Darüber hinaus aber war wenig bekannt. Hätte es für eine Verhaftung genügt, daß jemand auf großem Fuß lebte, wäre halb Natchez hinter Gittern gelandet.

Brendan beobachtete, wie Egan zu einem eleganten Fuchswallach ging. Den braunen Filzhut trug er tief in die Stirn, die einfache Hose und sein Baumwollhemd unterschieden sich nicht von der Kleidung der anderen Männer unter dem Hügel. An sich bot Egans Treffen mit McLeary keine Handhabe, aber nun wußte Brendan wenigstens, wo er die so dringend benötigten Beweise suchen mußte.

Laut Chris hatte es auf dem Fluß letzte Nacht wieder einen Überfall gegeben. Ein von Memphis kommendes, mit sechs Mann bemanntes Flachboot war ausgeraubt, Stoffballen, Whiskey und ein kleiner versteckter Goldvorrat waren erbeutet worden. Vier Tote hatte man aus dem Wasser geborgen, die anderen zwei Besatzungsmitglieder waren inzwischen Fischfutter.

Brendan eilte hügelan, nach Evergreen. Über Egan hatte er in Erfahrung gebracht, was er wollte. Jetzt galt es, Zeitpunkt und Ort des nächsten Überfalls auszukundschaften, und zwar in der Keelboat Taverne. Anders als der Sheriff oder irgendein anderer aus der Stadt konnte Brendan die Kneipe aufsuchen, ohne aufzufallen, und sich zwanglos unter die trinkfesten Flußschiffer mischen.

Er konnte sich unbefangen unter ihnen bewegen und mit ihnen reden und sie aushorchen – falls nicht Mace Harding oder ein anderer von Egans Leuten sich ebenfalls dort volllaufen ließ. Nun, er würde auf der Hut sein. Bei einem Mann wie Egan gab es keine zweite Chance.

Brendan dachte an Priscilla, die unter Egans Dach lebte, ihm vertraute und die Wahrheit nicht ahnte. Er mußte sie aus dem Haus schaffen.

Sobald sich die Chance bot, wollte er sie nutzen.

»'n Morgen, Miß Conners.«

Die dunkelhaarige junge Frau drehte sich beim Klang von Jaimies Stimme um und erkannte auf den ersten Blick sein rotes Haar und die sanften und doch männlichen Züge, obwohl sie ihn nur einmal gesehen hatte. »Hallo.«

»Schöner Tag, nicht?« Jaimie schlenderte neben ihr einher, seine langen Schritte ihren kürzeren anpassend. In ihrem hellgrünen Tageskleid sah sie besonders hübsch aus.

»Wunderbar. Es war so schwül, daß man sich über die paar Wolken richtig freut.« Sie machte ein Gesicht, als erwarte sie, er würde es dabei bewenden lassen, doch er ließ es sich nicht verdrießen.

»Könnte auf ein Unwetter hindeuten«, fuhr er freundlich fort.

»Schon möglich. Aber irgendwie mag ich Regen.«

Jaimie lächelte. »Ich auch.«

Eine Weile ging es wortlos dahin. »Haben Sie etwas auf dem Herzen, Mr....?«

»Walker. Jaimie Walker. Eigentlich nicht. Ich genieße nur Ihre Gesellschaft. Stört es Sie?«

Auf der Suche nach dem möglichen Motiv seiner Freundlichkeit sah sie ihn abschätzend an. Da sie keines fand, schüttelte sie den Kopf, daß ihre dunkelbraunen Haare locker um ihre Schultern schwangen. »Mich stört es nicht, aber ich habe einen Freund, den es stören könnte.«

»McLeary?«

Rose blieb stehen. »Wenn Sie ihn kennen, dann wissen Sie auch, wer und was ich bin, und gehen lieber wieder Ihrer Wege.« Sie ging weiter, mit steifem Rücken, die Schultern gerade, aber Jaimie packte ihren Arm.

»Miß Conners, ich weiß nur, daß Sie eine bildhübsche Frau und eine reizende Gesellschaft sind. Sie sind mit McLeary nicht verheiratet, deshalb können Sie tun, was Ihnen beliebt. Wenn Ihnen meine Gesellschaft auch zusagt, dann können wir noch ein Stück zusammen gehen.«

Braune Augen blickten in blaue. Rose sah in sein Gesicht, in dem sie nur Sanftheit und warmes männliches Interesse sah. Sie lächelte. »Haben Sie vor ihm keine Angst? Alle fürchten McLeary.«

»Sie auch?«

»Ein wenig. Aber er ist nicht so übel wie einige der Männer, die ich kannte.«

»Er ist sehr viel schlimmer als ein anderer.« Damit meinte er sich, und das gab er ihr durch einen Blick zu verstehen.

»Komisch«, sagte sie mit einem Blick, der ihn zu taxieren schien, »manchmal ist derjenige, der unerwartet auftaucht, auch jener, der den Sieg davonträgt. Laden Sie mich zum Essen ein, Jaimie Walker?«

Jaimie grinste. »Es ist mir ein Vergnügen, Miß Rose.«

Brendan hatte in der Dunkelheit hinter dem Haus an der Pearl Street Stellung bezogen. Im Dienstbotentrakt nach hinten hinaus spielten Egans Getreue Karten. Ihr Gelächter drang zwischen immer wieder grollenden Donnerschlägen an sein Ohr. Leichter Regen hatte eingesetzt. Es würde nicht lange dauern, und über der Stadt würde ein gewaltiges Unwetter niedergehen.

In Anbetracht seiner Absichten konnte Brendan nichts gelegener sein.

Egan war ausgegangen, elegant gekleidet, hoffentlich, um seine hübsche kleine Hure zu besuchen. Priscilla saß oben und las. Er konnte ihre Umrisse im Schein einer Öllampe sehen.

Wie schon einmal erklomm Brendan die Hintertreppe zum Obergeschoß. Diesmal war die Tür verschlossen, doch unter Zuhilfenahme seines Messers, das er im Stiefel trug, brauchte er nicht lange, um sie zu öffnen und ins Haus zu gelangen. Da er niemandem begegnete, gelangte er ungehindert zu Priscillas Zimmer, drehte den Türknauf, trat ein und schloß hinter sich die Tür.

Priscilla fiel das kleine Lederbändchen, in dem sie gelesen hatte, aus der Hand und landete mit dumpfem Poltern auf dem Boden, als sie aufsprang.

»Brendan! Was... warum bist du... nicht zu fassen... du kommst wieder?!«

»Ich muß mit dir reden.«

»Ich sagte schon, daß es zwischen uns nichts zu bereden gibt.« Sie trug ein züchtiges weißes Nachthemd. Ihr kastanienbraunes Haar fiel offen auf die Schultern, da sie es schon für die Nacht gelöst und gebürstet hatte. Ihre Lippen waren gerötet und wirkten voll und einladend. Als er spürte, wie sein Körper sich regte, lächelte er. Wie leicht es für sie war, ihn zu erregen.

»Es gibt viel zu besprechen«, sagte er zu ihr, »aber das können wir nicht in Egans Haus. Ich möchte, daß du mit mir kommst.«

»Du bist verrückt.« Brendan ging auf sie zu, aber Priscilla wich zurück... »Bleib, wo du bist, oder ich schreie.«

Er grinste nur. »Wenn du schreist, kommen Egans Leute gelaufen. Und diesmal erschießen sie mich – möchtest du das?«

Priscilla schluckte so schwer, daß er es hören konnte. »Natürlich... nicht. Aber du kannst nicht einfach hier eindringen... und...«

»Und was, Priscilla? Dich wieder im Sturm nehmen?«

Sie benetzte ihre Lippen. »Bitte, sag das nicht.«

»Warum nicht? Es ist das, was du dachtest. Was du willst...« Sein Blick nahm sie genau in Augenschein, registrierte die Spitzen ihrer Brüste, die auf seine Worte hin unter dem zarten Nachthemd steif wurden. »Auch ich möchte es«, gestand er heiser. »Aber nicht deswegen bin ich gekommen.«

»Warum dann?«

Ihm entging nicht, daß ihr Ton weicher geworden war, als ihr Blick über sein Gesicht glitt. Wie süß sie aussieht, dachte er, wie zerbrechlich, wie begehrenswert. Die Priscilla, die er hatte heiraten wollen – und nicht die unnahbare Frau, die Egan aus ihr gemacht hatte.

»Ich bin da, um dich zu holen. Ich habe für uns einen sicheren Unterschlupf gefunden, bis ich alles geklärt habe.« Er kam näher, aber wieder wich Priscilla zurück.

»Ich gehe nicht mit dir. Ich dachte, du hättest begriffen. Stuart und ich – wir werden eine Familie gründen. Alles ist geregelt.«

Brendan hörte es mit verächtlicher Miene. »Nichts ist geregelt, und das wissen wir beide.« *Kleine Närrin.* Verdammt, wenn er ihr nur die Wahrheit über Egan hatte präsentieren können. Was, wenn ihm etwas zustieß? Wenn Egan davonkam? Priscilla würde keine Minute sicher sein.

Wieder kam er näher. Seine Miene zeigte Entschlossenheit. »Du kommst mit – wir nützen diese Chance, wir beide verdienen sie, und ich werde dafür sorgen, daß wir sie kriegen.«

Brendans Arm schnellte vor, umfaßte ihre Taille und zog sie an sich. Er drückte ihr die Hand auf den Mund und hielt die Widerstrebende fest, während er sich bemühte, ihre Arme hinter dem Rücken festzuhalten, ohne ihr weh zu tun.

»Süße, du kannst es mir schwer- oder leichtmachen. So oder so, du kommst mit.«

Er war nicht unvorbereitet. Nachdem er ein Stück Seil aus der Tasche gezogen hatte, band er ihr die Handgelenke zusammen, stopfte ihr ein Taschentuch in den Mund und schlang ein zweites um ihren Kopf, um es zu befestigen. Er glaubte eigentlich nicht, daß sie schreien würde – aber als er sah, wie zornig ihn ihre Augen anfunkelten, war er sich da nicht mehr so sicher.

Brendan legte sie auf den Boden, fesselte ihre wild um sich tretenden Beine, um dann ans Bett zu gehen und die eisblaue Bettdecke herunterzuziehen. Sie tobte trotz ihres Knebels, als er sie in die Decke einrollte, sie hochhob und über die Schulter warf. Auf Evergreen stand ihm ja allerhand bevor.

Er konnte es kaum erwarten.

16. Kapitel

Wie kann er es wagen, wieder mein Leben zu zerstören! Und diesmal würde es keine Rettung geben. Priscilla trat um sich und stieß erstickte Laute hervor, doch es nützte ihr nichts, gefesselt und in die Decke eingerollt.

Sie spürte schmerzhaft jeden Schritt, den Trask auf der Hintertreppe machte, jeden Stoß auf dem Weg durch den Garten. Inzwischen hatte stetiger Regen eingesetzt, und sie hörte es donnern, wiewohl sie die schweren Regentropfen nicht spürte. Die Luft roch nach feuchter Erde und nach Laub.

Unweit vom Haus legte Brendan sie auf die Ladefläche eines kleinen Wagens, stieg auf den Kutschbock und trieb das Pferd mit einem Zungenschnalzen an. Der Wagen rollte dahin, und als nächstes merkte sie, daß sie herausgehoben und in ein Haus getragen wurde. Dann landete sie auf einer weichen Matratze und wurde von ihrer Hülle befreit.

Als er sich niederkniete, um ihre Fußfesseln zu lösen, und das Seil sie freigab, trat sie ihm mit dem nackten Fuß mitten gegen die Brust. Brendan landete rücklings auf dem Boden und stieß dabei gegen eine Blumenvase, die krachend umfiel.

»Du kleines Biest«, sagte er, sich mühsam aufraffend. »Dafür wirst du bezahlen.« Doch er grinste sie dabei an und sah, obwohl naß von der Fahrt durch den Regen, so großartig aus, daß er ihr den Atem raubte.

Brendan erlöste sie vom Knebel.

»Verdammt!« Es war der erste Fluch, den sie je geäußert hatte, und er bewirkte, daß sie sich unglaublich gut vorkam. »Du bist der gemeinste, abscheulichste...«

»Priscilla, du sollst nicht fluchen. Es ist nicht damenhaft.«

Wieder versuchte sie ihn zu treten, er aber wich behende aus. »Warum nimmst du es nicht ganz gelassen? Wir werden die Aussprache führen, und wenn es die ganze Nacht dauern sollte.«

»Ich habe dir nichts zu sagen, du... du... Entführer!«

»Du brauchst nur zuzuhören.«

Priscilla funkelte ihn an.

»Wenn du dich benimmst, befreie ich deine Hände.«

Sie nahm eine entschlossene Haltung an, nicht gewillt, sich davon beeinflussen zu lassen, wie ihm eine dunkle Locke in die Stirn fiel, oder wie der Schein der Lampe seine glatte gebräunte Haut schimmern ließ. Als er den Blick seiner blauen Augen auf ihren Mund richtete, ballte sich weiche Hitze in ihrem Inneren zusammen.

Eine Tatsache, die ihre Erbitterung nur noch steigerte.

Mit gespieltem Gleichmut nickte sie, doch als Brendan ihre Handfessel löste, riß Priscilla sich los und holte gegen ihn aus. Brendan aber bekam ihren Arm zu fassen. Seine Miene war alles andere als freundlich.

»Priscilla, du wirst mich anhören, und wenn ich dich an die Bettpfosten binden müßte.« Dazu lächelte er, als fände er Gefallen an dieser Vorstellung. Sie versuchte, sich loszumachen, doch er ließ es nicht zu. »Nicht, bis du gehört hast, was ich zu sagen habe.«

Es sah aus, als hätte sie keine andere Wahl. »Also gut, rede. Aber es wird dir nichts nützen.«

»Als erstes wollen wir von dem Mord sprechen, den man mir in die Schuhe schiebt.« Knapp, aber eindrucksvoll schilderte Brendan die Ereignisse, die zu der Schießerei in Fort Towson geführt hatten, und hob hervor, daß er den Mann nur in Notwehr erschossen hatte. Dann erklärte er, daß er in Corpus mit Tom Camden und Badger Wallace gesprochen hätte und sie gemeinsam eine Möglichkeit gefunden hätten, seinen Namen von jeglichem Verdacht reinzuwaschen. Ohne Einzelheiten preiszugeben, sagte er nur, daß er dabei sei, Informationen über einen Schmugglerring in Natchez zu sammeln, und man als Gegenleistung die Anklage gegen ihn fallenlassen würde.

Sie sah ihn lange an. »Also deswegen bist du hier? Meine Anwesenheit in Natchez hat nichts damit zu tun. Du bist mir nicht eigens nachgekommen, sondern hast nur entdeckt, daß ich hier bin und daß du von mir noch nicht genug hast und dich noch bedienen möchtest. Du bist ja noch schlimmer, als ich dachte.«

Sie riß sich los und holte von neuem aus – und diesmal traf sie, so fest, daß der Schlag im Raum widerhallte. Sie sprang vom Bett und rannte zur Tür, aber Brendan hatte sie mit zwei ausgreifenden Schritten eingeholt.

Mit einer leisen Verwünschung hielt er sie fest und drückte sie an die Tür. »Du irrst dich, Priscilla. Ich wäre dir nachgekommen, egal, wo du auch gewesen wärest. Du bist mein seit jener Nacht in der Prärie, als wir uns liebten –

Egan ist nicht der einzige, der behalten möchte, was ihm gehört.«

Damit senkte sich sein Mund auf ihren. Priscilla wehrte sich, spürte die harte Länge seines Körpers, spürte das Begehren in seiner Berührung, seinen Hunger und seine Leidenschaft. Und sie spürte, wie sehr er sie brauchte. Das sprach aus der Art, wie er sie festhielt, sie sicherte, aber ihr nicht weh tat. Er hat mir nie weh getan, dachte sie. Niemals.

Seine Hände mit den schlanken Fingern glitten ihren Körper hinunter, besänftigten sie, machten sie zur Reaktion bereit. Wie hätte sie auch nicht reagieren sollen, wenn sie ihn doch so liebte? Brendan ließ ihre Arme los, die sie um seinen Nacken schlang. Als ihre Zunge in seinen Mund glitt, stöhnte er auf. Er küßte sie wieder, so stürmisch, daß ihr die Knie weich wurden. Dann rückte er von ihr ab.

»Priscilla, du hast mir einmal vertraut. In einer dreckigen Hafenstadt am Golf von Texas, wo es reiner Wahnsinn war, einem Mann zu trauen. Du hast mir in die Augen geschaut und mir geglaubt. Ich bitte dich nun, mir auch jetzt zu glauben.«

Priscilla gab keine Antwort. Ihre Kehle war wie zugeschnürt, in ihren Augen standen Tränen. »Warum warst du auf der Flucht, wenn du unschuldig warst? Ich wußte es, daß du auf der Flucht warst – ich sah es dir an.«

»Aber jetzt siehst du es nicht, oder?«

Ihr Blick forschte in seiner Miene und suchte nach der Wahrheit. »Nein.«

Brendan fuhr sich mit der Hand durchs Haar. »Ich lief davon, aber nicht vor einer Mordanklage. Jenen Mann hatte ich getötet, weil er mich erschießen wollte. Ich habe mich nur verteidigt, und ich habe nie wirklich geglaubt, man würde mich bis nach Texas verfolgen. Wovor ich auf der Flucht war und wovor ich mich versteckte, war der Krieg.

Unten in Mexiko geschahen Dinge... Dinge, denen ich mich nicht stellen wollte.«

Sie mußte diese Äußerung erst verarbeiten. Sie wußte noch, wie er sich immer verschlossen hatte, wenn jemand seine Teilnahme am Krieg erwähnte. »Und jetzt kannst du es?« fragte sie leise.

»In Texas wurde mir klar, daß ich etwas gefunden hatte, für das es sich zu leben lohnt – nachdem ich dich bei Egan auf der Triple R zurückgelassen hatte. Grund für mich, die Vergangenheit endgültig abzuhaken und etwas aus mir zu machen. Ich möchte, daß wir uns ein Leben aufbauen, Priscilla, daß wir die Kinder bekommen, von denen wir sprachen. Ich brauche dich, Silla, und ich möchte dich heiraten.«

Da streckte sie die Hand nach ihm aus, berührte sein Gesicht mit zitternden Fingern und wußte über allen Zweifel hinaus, daß er die Wahrheit sagte. Seine starken Arme schlangen sich um sie. Es fühlte sich so richtig an, von ihm umfangen zu werden, als sei sie endlich dort angelangt, wo sie hingehörte.

Tränen flossen ihr über die Wangen. »Liebe mich«, flüsterte sie. Es war Wahnsinn, das wußte sie, denn noch immer konnte alles mögliche passieren. Doch in dem Moment, als Brendan sie aus dem Haus an der Pearl Street entführte, hatte sie gewußt, daß die Chance eines Ehelebens mit Stuart vertan war. Sie liebte Brendan Trask, und daran konnte alles Leugnen nichts ändern.

Es war Stuart gegenüber nicht fair, war es seit dem Abend ihrer Hochzeit nicht gewesen. Was immer jetzt geschehen mochte, sie wollte zwischen ihnen alles in Ordnung bringen. Aber jetzt war Brendan hier, und sie liebte ihn, und sie wollte ihm zeigen, wie sehr.

Brendan trat zurück, um sie anzublicken, und sein Herz

floß über vor Liebe. Seine nassen Sachen hatten ihr Nachthemd vorne durchweicht, so daß es an ihren geschmeidigen Kurven klebte. Mit jedem Atemzug drückten sich ihre Brustspitzen durch den Stoff, und an ihren Schläfen hafteten schimmernde dunkle Haarsträhnen. Sein Körper, der hart war, pulsierte vor einem Schmerz, den er nur zu gut kannte. O Gott, wie gut es tat, sie nur anzusehen!

Indem er einen Arm unter ihre Knie schob, hob er sie hoch, trug sie durch den Raum und legte sie behutsam aufs Bett.

»Du bist naß«, sagte Priscilla leise, mit dem Finger durch die Feuchtigkeit an seinem Nacken streichend. Wassertropfen glänzten in seinem Brusthaar. »Du solltest dich lieber ausziehen.«

Brendan lächelte träge. »Genau das hatte ich vor.« Er zog sein Hemd aus der Hose und streifte es ab, dann setzte er sich aufs Bett, um sich seiner Stiefel zu entledigen. Priscilla zeichnete mit den Fingern seine Rückenmuskeln nach, die sich unter ihrer Berührung anspannten.

»Ich mag es, wie du dich anfühlst«, sagte sie und folgte der Spur ihrer Finger mit kleinen weichen Küssen, so daß seine Lenden schwer wurden.

Er drehte sich zu ihr um, hob ihr Haar an und küßte sie auf die Schulter, ehe er aufstand, um seine Hosen zu öffnen. Priscilla machte sich an den Knöpfen zu schaffen.

»Nur dieses eine Mal«, sagte sie, »werde ich nicht an das denken, was wir tun, ob es gut oder schlecht ist. Heute will ich dich berühren, wie ich dich immer berühren wollte, will so hemmungslos sein wie die anderen Frauen, die du kanntest.« Sie löste den ersten Knopf, aber Brendan hielt ihre Hand am zweiten zurück.

»Ich weiß, daß dir dies alles fremd ist. Ich wünschte, wir wären verheiratet, damit du dich nicht um die Probleme sorgen mußt, die wir noch lösen müssen. Aber du mußt endlich begreifen, daß an der Liebe nichts Schlechtes ist, was immer auch geschieht.« Er hob ihr Kinn an. »Es ist schön. Es ist Teilen und Freude, Geben und Empfangen. Manchmal kann es spielerisch sein, dann wiederum leidenschaftlich, aber nichts war je richtiger als das, was wir jetzt hier tun.«

Sie zwinkerte, um ihre Tränen zurückzuhalten. Brendan faßte nach ihrer Hand, küßte sie und legte sie dann wieder an die Härte vorne an seiner Hose. »Ich glaube, du wolltest mir beim Ausziehen helfen«, sagte er mit einem Anflug von Rauheit.

Priscilla spürte, wie ihr Mund trocken wurde. Mit noch unsicheren Fingern knöpfte sie die Hose auf, um verblüfft innezuhalten, als sie entdeckte, daß er darunter nichts anhatte.

»Brauchst du Hilfe?« neckte er sie mit belustigtem Aufblitzen seiner blauen Augen. Auch Hunger sprach aus seinem Blick und kühne, männliche Kraft.

Sie schüttelte den Kopf. »Nein.«

Das Wort kam auf einem sanften Atemhauch, als sie seine Hose über die muskelbepackten Schenkel schob. Brendan stand nackt vor ihr. Priscilla starrte seine aufgerichtete Männlichkeit an, die ihr nie herausfordernder erschienen war. In der Prärie hatten sie sich zwischen Erschöpfung und der Angst vor Verfolgern geliebt. Es hatte keine Zeit zum Erkunden gegeben, nur Zeit, um ihre Bedürfnisse zu befriedigen.

Jetzt ließ Priscilla im Schein der Laterne ihren Blick über ihn gleiten, nahm die Breite seiner Schultern wahr, seine schmale Taille und die glatte dunkle Haut. Die Matte aus sprödem braunen Brusthaar lief unter seinem flachen Bauch spitz zu und umgab seine Männlichkeit.

»Faß mich an, Silla.«

Es war das, was sie wollte, wonach sie sich schmerzlich sehnte. Sie griff nach ihm und umfaßte seine harte Länge mit der Hand. Brendan stöhnte auf.

Sie hatte erst angefangen, seine Geheimnisse zu erkunden, als er sie vor sich auf die Füße zog und ihr das Nachthemd über den Kopf streifte. Nackt standen sie vor dem großen Bett, berührten und liebkosten einander und schlossen Bekanntschaft mit dem Körper des anderen.

Brendan umfaßte eine Brust, liebkoste gekonnt eine Brustspitze, und Priscilla spürte die Hitze bis in die Zehen. Er zog sie näher an sich und ließ den Mund seinen Fingern folgen. Flammen züngelten um ihren Körper. Schauer verursachten Gänsehaut am Rücken. Ihre Brüste fühlten sich prall und schmerzend an, und zwischen ihren Beinen pulsierte es feucht.

Noch hatte er sie nicht geküßt, und sie glaubte, sie würde sterben, wenn er es täte. Da er sie wie immer durchschaute, zog er sie an sich und nahm ihren Mund in Besitz. Seine Zunge war wie Seide, und sein Atem verströmte sauberen Regengeruch. Als Brendan den Kuß vertiefte, glitt seine Hand zu ihrem Gesäß, umfaßte es, um sie an sich zu drücken, und Priscilla schwankte und umfaßte Halt suchend seinen Hals.

»Ich begehre dich«, flüsterte sie an seinem Ohr. Brendan stöhnte auf und hob sie hoch. Schon glaubte sie, er würde sie nehmen, doch er setzte sie nur auf die Kante des großen Himmelbettes. Während er sie noch küßte, schob er ihre Beine auseinander und ließ sich dazwischen nieder.

»Denk daran, was ich dir sagte, Baby. Nichts von dem, was wir tun, ist schlecht.« Indem er Küsse über ihre Kehle und weiter über ihre Schulter regnen ließ, spielerisch eine Brust zwischen die Lippen nahm, die flache Stelle unter ihrem Nabel liebkoste, glitt er immer tiefer. Priscilla erstarrte und spannte die Beine gegen sein Eindringen an, als sie merkte, wohin er wollte.

»Öffne dich für mich, Silla«, flüsterte er und drängte ihre Beine auseinander. »Laß mich dich lieben.«

Priscilla entspannte sich, nahm die Finger auf, die er in sie gleiten ließ, spürte seine Lippen heiß über ihre Schenkel gleiten. Er drückte sie auf die Matratze nieder, als sein Mund ihre intimsten Teile berührte und er zu saugen und sie zu reizen begann, so daß sie vermeinte, ihr Körper müßte verglühen.

Priscilla konnte nicht denken, konnte sich nicht rühren, ja sie konnte kaum atmen. Feuer umgab sie, Wellen flüssiger Glut und sich steigernder Lust. In Sekundenschnelle bauten sich die feurigen Empfindungen auf, bis sie sich gegen ihn drängte und ihn um mehr anflehte.

»Ich möchte dich in mir«, keuchte sie, als die Ekstase sich zu unerträglicher Wollust steigerte. »Bitte, Brendan.«

Er küßte ihre Brüste, als er sich über sie erhob. Sie spürte seinen dicken Schaft an sich, dann glitt er hinein.

»Brendan...«, flüsterte sie, während sie ihn in sich spürte, die Hitze aufnahm, die er schuf, die Wogen sich steigernder Leidenschaft. Er hielt einen Moment inne, rang um Fassung, und Priscilla wand sich verzweifelt. »Mehr... ich brauche mehr, Brendan... bitte...«

Da stieß er heftig zu. »Was du willst, Baby«, versprach er und füllte sie völlig aus. »Was du vertragen kannst.«

Seine Worte ließen Priscilla aufstöhnen. Als sie seine Schultern umfaßte und sich ihm entgegenwölbte, begann Brendan sich zu bewegen, langsam zunächst, vorsichtig hinein und heraus, indem er einen Rhythmus fand, der jeden anderen Gedanken aus ihrem Bewußtsein verbannte. Mit jedem Stoß wurde er kühner, forderte mehr, drang tiefer ein. Priscilla erfüllte sein Verlangen und flehte um mehr.

Sie sollte nicht enttäuscht werden. Brendan drang tief und hart ein, steckte sein Gebiet ab und zwang sie, es zu akzeptieren. Ihre Körper stießen in uraltem Rhythmus aufeinander, der sie immer höher und höher trug. Gemeinsam erreichten sie den Gipfel, und in Priscillas Bewußtsein zersprangen Sterne vor einem Hintergrund dunkler Süße, so spürbar, daß sie sie schmecken konnte. Brendan erschauerte, seine Muskeln spannten sich, und sein warmer Samen ergoß sich in sie. Er ließ sich vom Wellenkamm tragen, und sein Schweiß mischte sich mit dem ihren.

Ein paar Herzschläge später legte er sich neben sie und zog sie an sich. »Alles wird gut«, sagte er mit Überzeugung. Aber an der Art, wie er es sagte, war etwas, das es schwer glaubhaft machte.

Ich liebe dich, hätte sie am liebsten gesagt, unterließ es aber. Es waren zu viele Dinge unerledigt, zu viele noch ungelöst.

Statt dessen lag sie wach neben ihm, sah wie seine breite Brust sich bewegte, dachte an das, was sie getan hatten, wie sie sich fühlte. Er hatte recht, entschied sie. Etwas so Wundervolles konnte nicht schlecht sein.

Mit etwas mehr Zuversicht ließ sie die Finger über seine Brustbehaarung gleiten und weiter über seinen Leib. Ein schlanker Finger zeichnete seine Brustwarze nach, so daß sie sich aufstellte und starr wurde. Aber es war nicht das einzige war erstarrte, entdeckte sie, als seine Männlichkeit sich wieder regte.

»Du Biest«, raunte er in die Dunkelheit. »Ich darf annehmen, dies bedeutet, daß du mehr möchtest.«

Priscilla lachte leise. »Du hast gesagt, ich könnte haben, was ich wollte.«

Brendan lachte auf, ein heiserer männlicher Laut. »Süße, ich habe eine Überraschung für dich – es gilt für beide. Ich gedenke mir zu nehmen, was du geben kannst.«

In jener Nacht liebten sie sich noch dreimal. Befriedigt und zufrieden wie nie zuvor schliefen sie bis spät in den hellen Morgen. Priscilla erwachte als erste, selig, einfach dazuliegen und das Heben und Senken seiner mächtigen Brust zu beobachten.

Als er Minuten später die Augen öffnete und ihren Blick auf sich spürte, zog er sie unter sich und nahm sie sanft noch einmal.

In der nun folgenden Stille kuschelte Priscilla sich an ihn. »Ich habe dich wegen Stuart angelogen«, sagte sie leise. »Ich war mit keinem Mann außer dir beisammen.«

Brendan lächelte nachsichtig. »Das dachte ich mir. Du bist eine schlechte Lügnerin.«

Sie stützte eine Hand auf seine Brust und sah ihn an. »Bren, ich habe Angst. Was machen wir jetzt?«

»Als erstes lassen wir wie geplant deine Ehe annullieren. Der Besitzer dieses Hauses ist ein Freund von mir, ein Baumwollpflanzer namens Bannerman. Er kennt einen Anwalt, der uns helfen wird, einen gewissen Barton Stevens, den er bereits aufgesucht hat. Stevens empfängt uns, wann es uns beliebt.«

»Meinst du wirklich, es wird klappen und Stuart wird mich freigeben?«

»Mit Hilfe der Familie Bannerman und dem Druck, den sie dank ihrer gesellschaftlichen Stellung ausüben kann, wird ihm keine andere Wahl bleiben.«

Sie stieß einen unsicheren Seufzer aus. »Hoffentlich hast du recht.«

Brendan schob eine Haarsträhne von ihrem Hals und

küßte ihr Ohr. »Heißt das, daß du mich heiraten möchtest?«

In einer Aufwallung von Wärme lächelte Priscilla. »Du bist noch immer ein Gesetzloser. Das gilt es zu bedenken.«

»Ich arbeite daran«, beruhigte er sie. »Gib mir nur noch ein wenig Zeit.«

Sie blieben noch eine Weile liegen und genossen die Nähe, für die ihnen bis jetzt die Zeit gefehlt hatte.

»Ich glaube, wir müssen jetzt aufstehen«, sagte Brendan schließlich. »Obwohl ich mit dir weiß Gott den ganzen Tag im Bett bleiben könnte.« Er schlug die Decke zurück und schwang seine Beine aus dem Bett.

»Das sagt sich so leicht«, konterte Priscilla, »aber dir habe ich es zu verdanken, daß mir nur mein Nachthemd als einziges Kleidungsstück geblieben ist.«

Brendan grinste träge. »Wenn wir Glück haben, wird sich diesbezüglich vielleicht etwas tun.«

»Sehr komisch.« Er reichte ihr das Nachthemd.

»Ich will hinüber ins Haupthaus und sehen, wie sich das Problem lösen läßt.« Er zog seine Hose und die Stiefel an. Sein Hemd war zu verknittert, deshalb suchte er ein frisches, und nachdem er es angezogen hatte, ging er zur Tür. Dort hielt er inne.

»Du wirst doch nicht davonlaufen, oder? Zurück zu Egan?«

Priscilla schüttelte den Kopf. Ihre Wangen hatten sich gerötet. »Nicht nach... nach allem was passierte. Es wäre Stuart gegenüber nicht fair.«

Brendans Anspannung wich von ihm. »Denk lieber daran, was fair gegenüber Priscilla ist. Alles andere findet sich.« Damit drehte er sich um und ging hinaus.

Sie hörte ihn kommen, lange ehe sie ihn durchs Fenster sah, gefolgt von einem Schwarm schwarzer Bediensteter, von denen einer eine kupferne Badewanne trug, zwei andere schleppten Eimer mit dampfendem Wasser, eine kleine schwarze Frau brachte einen Nähkorb, und Brendan hatte im Arm einen Stapel Kleider. Priscilla verkroch sich unter der Decke, als die ganze Prozession lautstark in ihrem Schlafzimmer Einzug hielt. »Was, um alles auf der Welt...«

»Die Dame des Hauses bestand darauf«, sagte Brendan mit einem Grinsen und ließ weiße Zähne blitzen. »Von nun an wirst du einen Butler und eine Zofe haben. Die Kleider sind zu groß, aber Jewel wird sie für dich ändern.« Brendan breitete die Sachen auf dem Bett aus.

»Ich kann nicht bleiben – was werden die Leute sagen?«

»Die Bannermans kennen die Wahrheit – alles – und wollen uns helfen. Das Personal glaubt, daß wir verheiratet sind, und sonst weiß niemand, daß du hier bist.«

Und was blieb ihr auch anderes übrig? Sie sah die Kleider an und zählte etliche Musselinkleider, einige aus Baumwolle, ein rostrotes Tageskleid aus Seide, eines aus rosenfarbenem Moiré, ein mitternachtsblaues Seidenkleid und eine grüne Abendrobe. »Ich kann doch nicht fremde Kleider annehmen – sie sind viel zu kostbar. Wie könnte ich sie je zurückzahlen?«

Brendan sah sie unwillig an. »Ich sagte schon, Priscilla, daß ich kein armer Schlucker bin. Ich kann es mir leisten, die Kleider zu bezahlen. Ich kann es mir leisten, dich zu ernähren. Wann wirst du mir endlich Glauben schenken?«

Sie senkte betroffen den Blick. »Verzeih, ich sehe dich noch immer als rauhen Mann der Grenze. Dich hier anzutreffen... in der Rolle des Gentleman... nun, daran muß ich mich erst gewöhnen.«

»Du wirst vom Gentleman bekommen, was du aushalten kannst... oder vom rauhen Grenzmann – was dir lieber ist.« Priscilla lief rot an. »Vor uns liegt ein ganzes Leben, Silla.«

Sie betete darum, er möge recht behalten, aber sicher war sie sich da nicht. Es gab so vieles, das geregelt werden mußte, so viele Probleme, die es zu lösen galt.

»Können wir heute mit Mr. Stevens sprechen?« fragte sie, in der Hoffnung, das Thema der Annullierung ihrer Ehe würde ihn ein wenig besänftigen.

»Je eher desto besser«, war alles, was er sagte.

Nachdem sie beide ein Bad genommen hatten und Priscilla mit Jewel die Änderung der geborgten Kleider besprochen hatte, gingen sie und Brendan zum Haupthaus, um Priscilla ihren Gastgebern vorzustellen.

»Die werden Gott weiß was von mir denken«, murmelte sie, als sie sich der Hintertür näherten.

»Sie werden denken, daß du schön und lieb bist, und daß wir wahnsinnig verliebt sind. Und du wirst denken, daß sie eine wunderbare Familie sind, was auch der Wahrheit entspricht.«

Sie mußte feststellen, daß er recht hatte. Susan Alice – sie zog Sue Alice vor – war eine anmutig gerundete Blondine mit Engelsgesicht und Kußmund. Taktvoll und warmherzig ließ sie in Priscilla kein einziges Mal ein Gefühl der Verlegenheit aufkommen.

»Brendan hat uns so viel von Ihnen erzählt«, sagte sie mit leichtem Südstaatenakzent, als sie zu zweit beim Jasmin-Tee saßen. »Ich weiß einfach, daß alles sich klären wird.«

»Das hoffe ich, Mrs. Bannerman.«

»Ich würde mich freuen, wenn Sie mich Sue Alice nennen würden. Ich habe jetzt schon das Gefühl, als wären wir Freundinnen.« Sie drapierte ihre Seidenröcke auf dem Sofa vor dem Marmorkamin. Ein Aubusson-Teppich deckte den Boden, auf dem Queen-Anne-Tisch stand eine Vase mit herrlichen gelben Rosen.

Priscilla, die bereits großen Gefallen an der Dame des

Hauses gefunden hatte, lächelte. »Ja, sehr gern – wenn Sie mich Priscilla nennen.«

»Wie wär's mit einem Brandy, Bren?« fragte Chris Bannerman. »Geben wir den Damen die Chance, ungestört zu plaudern.«

Auch Chris gefiel ihr sehr. Daß er einen Arm verloren hatte, schien ihn nicht daran zu hindern, fest mit anzupacken, wie seine staubige Kleidung verriet, in der er gekommen war.

»Gute Idee«, sagte Brendan. Er blinzelte Priscilla zu und folgte Chris aus dem üppig eingerichteten Salon hinaus. Gleich darauf nahm ein lärmiger Wirbelwind in Gestalt der drei hellblonden Bannerman-Kinder den Raum in Besitz.

»O Gott, Kinder, benehmt euch«, schalt Sue Alice das Trio. »Wir haben Gäste.«

Die Kinder, ein Junge von acht oder neun und zwei jüngere Zwillingsmädchen, ließen sich nicht einschüchtern.

»Matthew läßt mich nicht auf sein Schaukelpferd«, klagte eines der kleinen Mädchen, »aber Charity hat er es erlaubt – und ich möchte auch.«

»Matthew, ich habe dir schon gesagt, nur weil du der Älteste bist, heißt das nicht, daß du nicht teilen mußt.« Sue Alice bemühte sich um eine strenge Miene, konnte sich aber ein Lächeln nicht verkneifen und streckte ihm die Hand entgegen. Seine weißen Finger waren schmutzig, dennoch zögerte sie nicht, sie zu ergreifen. »Kinder, laßt euch mit Miß Wills bekannt machen.« Sie sprach den Namen eher wie *Wiiils* aus. »Sie ist eine Freundin von Mr. Trask – und jetzt ist sie auch unsere Freundin.«

Priscilla empfand Dankbarkeit, weil die nur um weniges ältere Frau die Situation so taktvoll meisterte.

»Da sind Matthew, Patience und Charity«, sagte Sue Alice. »Matt ist acht, die Zwillinge sechs.«

»Ach... sie sehen so erwachsen aus...«, Priscilla raffte ihren rosa Seidenrock, um sich neben den Kindern hinzuknien, »... ich hätte geschworen, sie wären viel älter.«

Die Kinder strahlten. Matt war tatsächlich groß für sein Alter, dünn, ohne knochig zu sein. Aus seinem klugen, aufgeweckten Gesicht strahlten sanfte blaue Augen. Die Mädchen versprachen Schönheiten zu werden: Pfirsichteint, große grüne Augen und der weibliche Kußmund ihrer Mutter.

Allein der Anblick dieser drei Kinder ließ in Priscillas Brust einen warmen, weiblichen Instinkt erblühen. »Sie sind ganz reizend«, sagte sie zu Sue Alice. »Immer schon habe ich mir eigene Kinder gewünscht.«

Ihre Gastgeberin schien erfreut. »Wenn es auf Ihren Mann ankommt, dann bin ich sicher, daß Ihr Wunsch sich erfüllt.« Sie wandte sich ihrer flachshaarigen Schar zu. »So, jetzt habt ihr unseren Gast kennengelernt und könnt wieder hinauslaufen und spielen.«

»Können wir nicht bleiben und mit Miß Wills plaudern?« bettelte Matt.

»Miß Wills wird uns beim Essen Gesellschaft leisten. Anschließend kann Matt das Gedicht aufsagen, das er eben gelernt hat, und jedes der Mädchen kann uns auf dem Klavier ein Lied spielen. Na, was haltet ihr davon?«

»Könnte sie nicht kurz mit uns nach draußen kommen?« bat Charity. »Ich möchte ihr mein Häschen zeigen.«

Sue Alice wollte schon abwehren, aber Priscilla kam ihr zuvor: »Ich würde zu gern dein Kaninchen sehen, Charity.« Sie wandte sich an ihre Gastgeberin. »Wenn deine Mutter nichts dagegen hat.«

»Herrje, manchmal können sie eine echte Geduldsprobe sein«, sagte Sue Alice, in deren schöne grüne Augen ein warmer Schimmer trat, als sie ihre drei Kinder ansah.

»Magst du Kaninchen?« fragte Patience, nach Priscillas Hand fassend.

»Ich liebe Häschen. Früher hatte ich selbst eines.« Momentan war sie perplex ob dieses vergessenen Wissens. Woher war es gekommen, um alles auf der Welt?

»Die Käfige sind hinten draußen«, sagte Matt, der männlich die Führung übernahm.

Priscilla nickte und folgte ihm zur Tür. Der Aufenthalt in Natchez hatte ganz natürlich Erinnerungen an ihre Vergangenheit hochkommen lassen, und in gewisser Hinsicht war sie froh darüber. Es tat gut zu wissen, daß sie ähnliche Dinge getan hatte wie andere Kinder auch. Sie griff nach Charitys Hand. »Wie hast du dein Häschen genannt?« wollte sie wissen.

»Herbert.«

Priscilla lachte laut auf.

Die nächsten vier Tage waren die unbeschwertesten, die Priscilla je erlebt hatte. Sie und Brendan verbrachten lange träge Stunden mit der Liebe, spazierten verschwiegene Pfade den Fluß entlang, und plauderten bis tief in die Nacht. Brendan sprach oft von Texas, von dem Heim, das sie sich an der harten Grenze schaffen würden.

Er sprach vom Land und seiner Schönheit und daß sie es sicher liebgewinnen würde. Und wenn er sie festhielt und küßte, war sie sicher, daß es so sein würde.

Sie führten eine Unterredung mit Barton Stevens, dem Anwalt, den Chris Bannerman am ersten Tag vorgeschlagen hatte. Priscilla wußte, daß Stuart über ihr Verschwinden außer sich sein würde, und sie wollte ihm möglichst wenig Kummer bereiten, obwohl sie ihn nicht liebte. Schon am Abend des ersten Tages nach ihrem Verschwinden waren ihm die zur Ungültigkeitserklärung der Ehe nötigen Papiere, aus denen ihre Absicht klar hervorging, übermittelt worden.

Brendan setzte seine Ermittlungen gegen den Schmugglerring fort, dessen Zerschlagung ihm die endgültige Freiheit bringen würde. Er verbrachte etliche Nächte außer Haus und wollte ihr nicht sagen, wo er gewesen war.

»Je weniger du darüber weißt, desto besser«, sagte er. »Ich möchte nicht, daß du dich in Gefahr begibst.«

»Wie könnte ich in Gefahr geraten? Wenn du allein unterwegs bist, mache ich mir deinetwegen Sorgen. Ich möchte nur wissen, was vorgeht.«

»Silla, du mußt mir vertrauen.« Er nahm ihren Mund in einem sengenden Kuß in Besitz, der sie dahinschmelzen ließ. Dann drehte er sich um und ging zur Tür.

Jeden Nachmittag empfahl er sich für mehrere Stunden und weigerte sich, ihr zu sagen, wohin er gegangen war. Sie verbrachte indessen die Zeit mit Sue Alice und den Kindern, las den Mädchen Geschichten vor und ließ sich von Matt seine Zinnsoldaten vorführen. Sie unternahmen lange Spaziergänge, veranstalteten Tee-Partys, und sie half den Mädchen beim Ankleiden ihrer Puppen. Da die Anrede Miß Wills zu förmlich war, entschied man sich, sie Tante Silla zu nennen, was Priscilla über die Maßen entzückte.

Manchmal leistete ihnen Brendan Gesellschaft und setzte sie damit in Erstaunen, wie gut er mit den Kindern umgehen konnte.

»Es ist nicht weiter schwierig«, sagte er. »Ich muß mir nur in Erinnerung rufen, was ich gemacht habe und wie ich behandelt werden wollte.«

»Sie halten große Stücke auf dich«, sagte sie.

»Und in dich haben sie sich verliebt«, konterte er, »aber das kann ich ihnen nicht verargen.«

Priscilla lächelte. Zum ersten Mal im Leben bekam sie

eine Ahnung davon, was es bedeutete, Frau und Mutter zu sein. Und ihr wurde klar, daß es das war, was sie wollte, mehr als alles auf der Welt.

Obwohl sie die meiste Zeit zusammen verbrachten, stand Brendan mehrmals bei Tagesanbruch auf und begleitete Chris auf die Baumwollfelder.

»Wir werden auch Baumwolle anpflanzen«, erklärte er ihr. »Chris ist Experte auf diesem Gebiet. Von niemandem könnte ich mehr lernen.«

»Werden wir ... Sklaven haben?« fragte Priscilla.

Er schüttelte den Kopf. »Die Menschen strömen zu Tausenden nach Texas. Deutsche, Franzosen, Iren – Einwanderer aus aller Welt, alle auf der Suche nach Arbeit. Wir werden soviel Arbeitskräfte haben, wie wir brauchen.«

Priscilla lächelte nur.

Am Donnerstag fuhr sie mit Brendan zu einem Picknick aufs Land – an einem verschwiegenen Plätzchen auf der Plantage, wo kein Mensch sie stören konnte.

Nach dem Essen, das aus kaltem Backhuhn, frischen Erdbeeren und Pudding bestand, ruhten sie sich an einen Baumstamm gelehnt aus. Es war eine stille, nachdenkliche Pause – bis Priscilla die Fragen stellte, von denen sie wußte, daß er sie fürchtete.

17. Kapitel

Zikaden zirpten über ihnen im Laub, der Mississippi floß in majestätischer Breite vor ihnen dahin. Priscillas Kopf schmiegte sich in Brendans Schoß, und er faßte nach einer Locke, um ihre Wange zu kitzeln.

Sie setzte sich auf und drehte sich zu ihm um. Wie gut er

aussah in seinem am Halse offenen weißen Hemd und der schwarzen Hose, den Kopf an den Baum gelehnt. Sein dunkles Haar wurde vom Wind zerzaust.

»Wir haben von so vielen Dingen gesprochen«, sagte sie zu ihm, »von Texas, über unsere Zukunft, unsere Hoffnungen und Träume. Wir haben über Freunde und Familie gesprochen, aber ein Thema wurde geflissentlich vermieden.« Sie spürte, wie er sich anspannte, wie seine Finger momentan erstarrten. »Ich weiß, daß es für dich schmerzlich ist, aber würdest du mir heute sagen, was sich in Mexiko zugetragen hat? Was passierte damals im Krieg?«

Er ließ ihre Hand los und fuhr sich mit den Fingern durchs Haar. »Ich wollte es dir sagen. Einige Male habe ich angesetzt, aber... ich weiß nicht... irgend etwas schien mich zurückzuhalten.«

»Vielleicht wirst du imstande sein, dich davon zu lösen, wenn du es mir gesagt hast.«

Brendan nickte, doch sein Blick wich ihr aus, und seine Miene nahm einen härteren, einen geistesabwesenden Ausdruck an. Er blickte hinaus über den Fluß, ohne wirklich etwas zu sehen.

»Es war, wie Tom Camden sagte«, begann er. »Wir kämpften auf Yucatán und gerieten unter schweren Kanonenbeschuß. Ich konnte die Kanone zerstören, aber eine Kugel traf mich in den Arm. Im Verlauf dieser Aktion geriet ich in einen Hinterhalt der Mexikaner. Es war schrecklich, Silla. Drei der längsten Tage meines Lebens wurden wir von etwa der Hälfte der mexikanischen Truppen durch den Dschungel getrieben. Insekten, groß wie die Hand, krochen über uns, stachen und bissen uns. Es war dampfend heiß – wie in den Sümpfen Georgias im Sommer, nur zehnmal ärger. Wir hatten nichts zu essen und nur so viel Wasser, daß wir uns auf den Beinen halten konnten.

Im Gefängnis wurde es noch schlimmer. Ein paar Tagesmärsche von Campeche entfernt, wurden wir in einer Ruine der Mayas gefangengehalten. In der ersten Woche wurde die Hälfte unserer Leute von Dysenterie befallen. Ich selbst hatte viel Blut verloren, meine Wunde infizierte sich. Ich stand Todesängste aus, daß ich meinen verdammten Arm verlieren würde.

…Dann lernte ich einen Mann namens Alejandro Mendez kennen.«

»Weiter«, drängte Priscilla leise, als Brendan zögerte.

»Mendez war Föderalist, einer der Rebellen, die die Texaner unterstützen sollten. Die Zentralisten kämpften gegen die Republik Texas – seit Santa Anna und der Schlacht von Alamo. Die Texaner hofften, daß die Föderalisten mit texanischer Hilfe die zentralistische Regierung stürzen und sich einem Frieden zugänglicher zeigen würden, der die texanischen Grenzen akzeptiert.«

»Dieser Mendez war also auch Gefangener.«

Brendan nickte. »Mendez war verwundet und dem Tod geweiht. Aber er war der geborene Führer. Du hättest ihn sehen sollen, Silla. Nie bin ich jemandem begegnet, der es an Mut und Entschlossenheit mit ihm aufnehmen konnte. Er sammelte seine Leute um sich und trieb sie an, egal, wie schlimm es wurde. Und er war in der Heilkunde bewandert. Kannte im Dschungel jede Heilpflanze und ihre Wirkung. Er behandelte die Verwundeten und kümmerte sich auch um meine Armwunde. Er konnte die Infektion heilen. Danach wurden wir Freunde – enger als alle anderen, der Umstände wegen. Er war der Älteste im Gefängnis und für die meisten von uns wie ein Vater.«

Brendans Blick war über den Fluß gerichtet, auf ein Flachboot, das langsam mit der Strömung treibend nur ein Punkt in der Ferne war. Der Sirenenton des Dampfers wurde zum Ufer getragen. »Wir befanden uns schon einige Monate in Gefangenschaft, als die Zentralisten entdeckten, daß die Texaner unter der Leitung meines Bruders, den zum Glück für mich damals in Mexiko niemand kannte, einen Rettungstrupp ausgeschickt hatten. Die Mexikaner schäumten vor Wut. Sie wollten Informationen, und sie waren gewillt, sich diese zu verschaffen. Einige von uns wurden gefoltert...«

Daß er darunter gewesen war, sah sie an seiner Miene, die schmerzliche Erinnerung ausdrückte. Unwillkürlich faßte sie nach seiner Hand, die zitterte, wie sie sogleich spürte.

»Aber trotz allem, was sie uns antaten und wie sehr sie uns prügelten, keiner machte den Mund auf. So kam es, daß sie damit anfingen, Gefangene zu töten.« Seine Stimme gehorchte ihm kaum, wurde tonlos und dumpf. »Ein Mann pro Tag, hieß es, bis einer von uns nachgeben würde.«

»O Gott...«

»Wir warfen unter uns das Los. Fünfzehn waren bereits getötet worden, als es mich traf...« Als er zu ihr aufblickte, waren seine Augen stumpf vor Schmerz. »Fast war ich froh darüber. Mir war alles recht, nur um meinen inneren Schmerz zu stillen. Mitanzusehen, wie Menschen gefoltert wurden und verhungerten... um Hilfe schreiende Verwundete... in der Morgendämmerung wurde ich geholt, aber...« Brendan schluckte und blickte weg.

»Du mußt nicht weitersprechen«, sagte Priscilla leise. »Es spielt keine Rolle mehr. Das alles liegt lange zurück.« Ihr drehte sich das Herz im Leib um, als sie seinen Schmerz sah.

»Nein«, sagte er, »du sollst wissen, was geschah. Ich bete nur darum, daß es zwischen uns nichts ändert...«

Lieber Gott, welche Dämonen hatte sie entfesselt?

»Brendan...«

»Alejandro kroch zu mir – auf Händen und Knien, weil

er sich nicht mehr aufrecht halten konnte. ›Laß mich an deiner Stelle gehen‹ – das sagte er zu mir. Ich hätte mein ganzes Leben noch vor mir, während er ein alter Mann sei, dem nur mehr wenig Zeit beschieden sei.

Zuerst wollte ich nichts davon wissen – und war Manns genug, seinen Vorschlag abzulehnen.«

»Nicht! Um Himmels willen, Brendan, das ist die Sache nicht wert.«

»Ich sagte, er sei von Sinnen. Und ich ging weg, doch er hörte nicht auf, mich zu rufen. Ich hätte weitergehen und mein Schicksal auf mich nehmen sollen, doch er ließ nicht locker, flehte mich an, ihm diesen Wunsch zu erfüllen. Ich konnte seinen rasselnden Atem durch den ganzen Raum hören – und ich fing an, auf ihn zu hören.«

»*Du mußt es mir gestatten. Ich erbitte es als Gunst.*«

»*Stirbst du heute für mich, Alejandro, dann werde ich eben morgen sterben müssen. Das ist nur fair.*«

»*Jeder Tag ist es wert, gelebt zu werden. Du lebst einen Tag länger, und ich sterbe als Soldat und nicht als welker Greis. Außerdem... man weiß nie, was das Schicksal einem beschert.*«

»Er sagte, ich würde ihm einen Gefallen tun, wenn ich ihn als Mann sterben ließe. Damals... ich weiß nicht... es muß wohl so gewesen sein, daß ich ihm glauben wollte... ich wollte weiterleben.« Brendan wandte sich zu ihr um. Über seine Wangen zogen sich feuchte Spuren. »Silla, ich habe es getan. Ich habe zugelassen, daß er meinen Platz einnahm. Man schleppte ihn hinaus in die Sonne, und er starb im Kugelhagel eines Erschießungskommandos. Nie werde ich das Geräusch der Musketen vergessen – ich spürte jede Kugel, als wäre sie in mein Herz gedrungen.«

Priscilla berührte seine Wange, aber Brendan entzog sich ihr.

»Du darfst dich nicht so quälen. Damals hast du getan, was du glaubtest, tun...«

»Am nächsten Tag erkämpfte sich mein Bruder den Weg in den Kerker, und wer von uns noch lebte, brach aus. Der Alte hätte noch leben können, wäre ich nicht gewesen.«

Da legte sie die Arme um seinen Hals, um seinen Kopf auf ihre Schulter zu lehnen und ihr Gesicht an seine Wange zu drücken. Sie spürte seine Tränen, die sich mit den ihren mischten.

»Nichts geschieht grundlos.« Priscilla strich ihm übers Haar. »Gott hatte einen Grund, dich am Leben zu lassen. Alejandro Mendez glaubte es und opferte sein Leben für dich. Es steht dir jetzt nicht zu, Gottes Willen in Frage zu stellen.«

Die Anspannung seines Körpers ging auf sie über, und sie wünschte, sie hätte sie ihm zusammen mit seinem Schmerz abnehmen können.

Er rückte ein wenig ab, um sie anzusehen. »Glaubst du das wirklich?«

»Deinem Freund war es vergönnt, Zeit und Ort seines Sterbens zu bestimmen. Er ging mit Würde in den Tod. Das war Gottes Geschenk für ihn. Und sein Geschenk für dich war das Leben.«

»Es ist lange her, daß ich an Gott dachte.«

»Gott hat dir längst vergeben, Brendan. Es wird Zeit, daß du dir selbst vergibst.«

In ihm löste sich etwas. Sie spürte, wie seine Anspannung von ihm wich. Er umfaßte ihr Gesicht mit beiden Händen. »Mendez hätte dich geliebt, Priscilla. Aber niemand wird dich jemals so lieben wie ich.« Sein liebevoller Kuß war deutlicher als alle Worte.

Priscilla erwiderte ihn in der Hoffnung, mit jeder Berührung, mit jeder Liebkosung den Kummer zu lindern, der ihn so lange bedrückt hatte. Sie küßte seine Augen, die Tränen auf seinen Wangen, um dann zu seinem Mund zurückzukehren. Als er ihre Lippen auseinanderdrängte und seine Zunge die ihre berührte, flammte etwas zwischen ihnen auf.

Brendans Kuß verlor an Sanftheit und schürte das Feuer in ihr. Mit einer für sie unerwarteten Leidenschaft öffnete er das Vorderteil ihres Kleides und umfaßte sodann mit einer Hand eine Brust. Während er ihre Brustspitze reizte, versengten heiße Küsse ihren Nacken.

»Silla, ich brauche dich«, flüsterte er. »Du ahnst nicht, wie sehr.« Er zog sie auf die Decke nieder, die den Blicken vom Fluß aus durch eine schmale Strauchreihe entzogen war, schob ihre Röcke hoch, knöpfte seine Hose auf und fand den Schlitz in ihrer Unterhose.

In drängendem Begehren schob er ihn auseinander, brachte sich in Stellung und drang mit einem einzigen entschlossenen Stoß in sie ein.

Priscilla stöhnte auf.

Mit zügelloser Begierde, die beide erschütterte, liebten sie einander wild und leidenschaftlich. Als Brendan in sie eindrang, bäumte sich Priscilla auf, voller Verlangen nach ihm. In Minutenschnelle hatte sie ihren Höhepunkt erreicht und drängte ihn, es ihr gleichzutun. Sterne sprühten, der Himmel schien sich zu öffnen und die Bürde von Priscilla zu nehmen, um die sie ihn erleichtert hatte.

Nachher lagen sie in satter Befriedigung da, einander näher als je zuvor. Brendan hatte das Gefühl, die Vergangenheit sei endlich begraben worden. Und für Priscilla zählte einzig die Zukunft. Gott hatte Brendans Leben bewahrt und ihm eine zweite Chance gegeben.

Priscilla betete darum, Gott würde ihr dasselbe Schicksal gewähren.

Am späten Nachmittag kehrten sie in ihr Quartier zurück, wo sie schon vor der Tür von den Kindern erwartet wurden. Priscilla blickte errötend an ihrem leicht zerdrückten Kleid hinunter und bemühte sich, lose Haarsträhnen zu bändigen.

Brendan grinste nur unbekümmert. Als er sich bückte, scharten sich die Kinder sofort um ihn, und wieder ging es Priscilla durch den Sinn, wie gut er sich als Vater machen würde.

»Kinder, meint ihr, daß ihr Tante Silla beschäftigen könnt, während ich fort bin?« fragte er.

»Aber sicher, Onkel Brendan«, sagte Matt. »Sie darf mit uns Soldat spielen. Mama hat mir ein paar neue Dragoner gekauft. Möchtest du sie sehen?«

»Jetzt ist dafür keine Zeit, mein Junge, aber wenn ich wieder zurück bin, sehr gern. Dann zeige ich dir auch, wie die Texaner die Schlacht von San Jacinto schlugen.«

Matt nickte so energisch, daß ihm sein hellblonder Haarschopf in die Augen fiel.

»Ich werde nicht lange ausbleiben«, sagte Brendan zu Priscilla. Sie gingen ins Haus, und Brendan eilte direkt zum Waffenschrank, in dem er sein Gewehr und seine zwei Revolver aufbewahrte.

Während die Kinder auf Priscilla einredeten, öffnete er die Schreibtischlade und holte einen Schlüssel hervor, um dann seinen 36er aus dem Waffenschrank zu nehmen. Nachdem er den Revolver hinten in seinen Hosenbund gesteckt hatte, ging er ins Schlafzimmer und kam mit einer Lederweste wieder, die die Waffe ein wenig verdeckte.

Priscilla, die auf dem Sofa saß, blickte auf. »Wie lange wirst du ausbleiben?«

»Nicht lange. Eine Stunde oder zwei.« Er ging auf sie zu, beugte sich vor und küßte sie, ehe er ging.

»Sei vorsichtig!« rief sie ihm nach.

»Da kannst du sicher sein.« Mit einem Blick, den man nur als begehrlich bezeichnen konnte, ging er hinaus und schloß die Tür.

Der Mann hatte Appetit – soviel stand fest. Priscilla lächelte. Zu ihrer Verblüffung hatte sie jedoch entdecken müssen, daß ihr Appetit auch beachtlich war.

Brendan ging die Silver Street entlang und hielt auf die Royal Street und die Keelboat Taverne zu. Nie hatte er sich besser gefühlt, nie war er sicherer gewesen, daß alles klappen würde: Dank Priscilla hatte er sich der Vergangenheit gestellt und sie zur Ruhe gebracht. Und jetzt, da er auf diese schreckliche Zeit einigermaßen objektiv zurückblicken konnte, wußte er, daß die Entscheidung, die er an jenem schicksalsträchtigen Morgen in Mexiko getroffen hatte, richtig gewesen war.

Er hatte an seine und an Alejandros Leute denken müssen, und sein betagter Freund hätte, geschwächt wie er war, die Flucht nie überlebt. Die Last seines Todes, die ihn so lange beschwert hatte, war nun durch Priscillas Worte endlich von ihm genommen.

Vor der Taverne angelangt, stieß Brendan die Doppelschwingtür auf, die in das geduckte, an den Berghang gebaute Fachwerkhaus führte. Im halbdunklen Inneren herrschte geräuschvoller Trubel, Männer lachten, eine sparsam in grelles Orange gekleidete Frau klimperte auf einer Gitarre. Brendans Blick überflog die Männer, die an den Tischen Karten spielten oder sich um die lange, rohgezimmerte Bar drängten, sah aber niemanden, dem es auszuweichen galt.

Sich mit den Schultern durch die Menge drängend, ging er durch den Raum und stellte sich an die Bar. Unmittelbar neben ihm stand ein fleischiger Mann mit breiter Brust, einem dichten grauschwarzen Bart und zottigem, grau durchsetztem Haar.

»Einen Whiskey, Mann«, wies Brendan den Barkeeper an. Mit einem Blick auf das leere Glas des Mannes neben ihm setzte er hinzu: »Und meinem Freund hier auch einen.«

»Danke, Mister.«

»Mein Name ist Avery«, log Brendan. »Jack Avery.« Er streckte seine Hand aus, die der Mann erfaßte.

»Und ich heiße Marlin. Boots Marlin. Sie kommen von flußaufwärts?«

Mit seinem weißen Rüschenhemd, der schwarzen Lederweste und dem flachkrempigen Hut sah Brendan aus wie der Spieler, der er sehr oft gewesen war. »Aus New Orleans. Und Sie?«

»Bin schon fast zwei Jahre hier. Früher war ich mit dem Flachboot flußabwärts unterwegs, und dann ging es über den Trace wieder nach Hause. Ein Höllenleben, kann ich Ihnen flüstern.« Boots strich über seinen dichten Graubart.

»Deswegen sind Sie hier gelandet?«

Boots' Grinsen enthüllte eine Zahnlücke ganz vorn. »Hier habe ich bessere Möglichkeiten...«

Brendan genehmigte sich einen Schluck von seinem Whiskey. »Welche denn?«

Boots' Grinsen verflüchtigte sich. »Nichts, was einen Schnösel wie Sie interessieren könnte.«

»Ach?«

Boots beschränkte sich auf ein Knurren.

»Warum nicht?«

Der Flußschiffer griff hinter sich und förderte den längsten »Arkansas-Zahnstocher« zutage, der Brendan je untergekommen war. »Schon so was in der Hand gehabt?« Er stieß die gefährlich blitzende Klinge in die Bar, so nahe an Brendans Hand, daß es ihn fast einen Finger kostete.

Brendan lächelte dünn. Vorsichtig zog er seine Hand weg und griff nach hinten, riß seinen Revolver aus dem Gürtel und rammte den Lauf dem Großen unters Kinn, ehe dieser sich rühren oder auch nur Atem holen konnte. »So was braucht man nicht, wenn man das hier hat.«

Wieder grinste Boots, diesmal aber mit einer gewissen Nervosität. »Einzusehen. Also, nichts für ungut.«

Brendan riß das Messer aus der Theke und gab es Boots zurück, der es langsam einsteckte. Daraufhin steckte er selbst sein Schießeisen wieder unter die Lederweste. »Geht in Ordnung.«

»Einen Drink für meinen Freund hier«, bestellte Boots, der zu seiner Lässigkeit zurückgefunden hatte. Der Barkeeper stellte zwei Gläser vor sie hin, und Brendan leerte das seine mit einem einzigen Zug. Der Alkohol brannte sich einen glühenden Pfad seine Kehle hinunter.

»Allmählich habe ich das Leben auf dem Fluß satt«, gestand nun Brendan. »Das Glücksspiel ist nicht der verläßlichste Broterwerb. Falls Sie bei Ihren *Möglichkeiten* Hilfe brauchen, dann lassen Sie es mich wissen.«

Boots beäugte ihn eingehend, ehe er sein Glas leerte. »Mal angenommen, es wäre so – wo kann ich Sie finden?«

Brendan leerte sein zweites Glas und setzte es ab. »Nicht nötig. Ich finde Sie.« Er tippte zum Abschied an seine Krempe, drehte sich um und ging zur Tür.

Draußen ging er hügelan, ohne den Gestank nach totem Fisch und faulendem Holz zu beachten. Endlich kam Schwung in die Sache – das spürte er in den Knochen. Wenn das Glück ihm noch eine Zeitlang gewogen war...

Brendans gute Laune verflog jäh wieder. Sein Spielerinstinkt sagte ihm, daß jede Glückssträhne früher oder später ein Ende hatte, und die seine währte schon viel zu lange.

»Wenn ihr Kinder mir nur einen Moment Zeit laßt, damit ich mein Umschlagtuch holen kann, können wir spazierengehen. Na, was haltet ihr davon?« Als alle drei kleinen Bannermans begeistert nickten, ging Priscilla aus dem Salon ins Schlafzimmer, um das blaue Wolltuch zu holen, das Sue Alice ihr geborgt hatte.

Sie gesellte sich auf der Veranda wieder zu ihnen und dachte bei sich, wie Matt seinem Vater doch ähnelte und wie entzückend die zwei kleinen Mädchen in ihren identischen spitzenbesetzten Schürzen aussahen. Unterscheiden konnte Priscilla die beiden nur, weil Patience um eine Spur größer war.

»Wohin sollen wir zuerst gehen?« fragte sie.

»Laß uns Herbert besuchen«, schlug Charity vor.

»Zuerst möchte ich dir meine neuen Soldaten zeigen«, wandte Matt ein. »Sie bewachen feindliche Truppen draußen im Garten.«

Wie früh sie es lernen, dachte Priscilla, die sich wünschte, kleine Jungen müßten nicht Krieg spielen. Aber Patience ergriff eine ihrer Hände und Charity die andere, und beide drängten sie zum Gehen. Sie schlenderten hinaus in den Garten und halfen Matt, seine Truppen neu aufzustellen, und sahen anschließend nach Herbert und einigen anderen Haustieren. Und die ganze Zeit über hatte Priscilla ein offenes Ohr für die Abenteuer, die sie ihr erzählten.

Trotz ihres begeisterten Nickens fand sie es aber schwer, sich zu konzentrieren, da sie in Gedanken bei Brendan war. Zu gern hätte sie gewußt, wo er sich aufhielt und was er machte.

Wenn er sich ihr nur anvertrauen wollte!

Da fiel ihr die Szene am Fluß ein, und wie er ihr Seele und Herz geöffnet hatte. Mit der Zeit würde er ihr sicher sagen, was sie wissen wollte.

Doch mit dem Fortschreiten des Nachmittags wuchs ihre Besorgnis. So kam es, daß sie es kaum registrierte, als die Zwillinge zappelig wurden und baten, zum Haus vorauslaufen zu dürfen. Da es nicht weit war, nickte sie, und die beiden rannten los, während sie ihnen mit Matt an der Hand langsam folgte.

Kaum waren sie um die Ecke des Haupthauses gebogen, als sie den Schuß hörten – einen lauten widerhallenden Knall, der die Luft erbeben ließ. Priscilla brauchte nur einen Moment, um sich darüber klarzuwerden, daß der Schuß in der Junggesellenwohnung gefallen war. Ihr Herz drohte auszusetzen. Sie raffte die Röcke und lief los.

Klopfenden Herzens und voller Angst davor, was sie vorfinden mochte, lief sie in die Richtung des Geräusches, öffnete die schwere Haustür, die direkt in den Salon führte, und blieb wie angewurzelt stehen.

Die Schreibtischlade stand offen. Der Schlüssel zum Gewehrschrank steckte noch im Schloß der offenen Tür. Brendans zweiter Revolver lag auf dem Boden zu Füßen der ausgestreckt daliegenden Charity.

Herr im Himmel! Charitys Schürze war rot, der Teppich unter ihr mit Blut durchtränkt, selbst an den Vorhängen waren Blutspritzer. Priscilla suchte am Türrahmen Halt.

»Lieber Gott...« Sie starrte den leblosen kleinen Körper an und geriet wieder ins Schwanken. *Tu etwas!* schrie ihr Verstand, doch die Wände drohten auf sie einzustürzen, ihr den Atem zu rauben, und der Raum wurde eng und dunkel. Ihre Sicht verschwamm, ihr Blick verengte sich, so daß sie nur den blutüberströmten kleinen Körper vor sich sehen konnte.

»Was, zum Teufel...?« Plötzlich stand Brendan vor ihr, aber nur einen Moment. »O Gott!« Und schon war er in Bewegung und rannte auf das daliegende Kind zu. »Schnell, ich brauche etwas zum Blutstillen«, rief er ihr zu, aber Priscilla rührte sich nicht.

Er wandte sich nun an die zitternd dastehende Patience. Ihr Gesicht war so bleich, daß es fast durchscheinend wirkte. »Hol rasch deine Mutter. Sag ihr, daß Charity verletzt ist und einen Arzt braucht.« Das Kind drehte sich um und rannte hinaus. Priscilla konnte ihr schreckliches Schluchzen hören, war aber noch immer nicht imstande, sich zu rühren.

»Ich brauche Verbandszeug, Priscilla!« rief Brendan, doch der Raum hatte sich verändert, war entrückt und verzerrt, und die Blutlache lief auf sie zu. Jetzt waren die Wände rot, auch die Gardinen und Teppiche. Alles stürmte auf sie ein – so wie vorhin.

»Verdammt, Priscilla!«

Sie wußte, daß sie sich hätte bewegen müssen, doch das Blut lief auf sie zu, und seine Stimme klang wie aus weiter Ferne. Sie hörte das Geräusch laufender Füße, sah zu Brendan, sah, daß sein Mund sich bewegte, konnte aber seine Worte nicht hören. Als sie abermals hinsah, war es nicht mehr Brendan, sondern plötzlich ihr Vater. Verwundet, im Sterben. Im großen Messingbett neben ihm eine Frau, die sie nie gesehen hatte, nackt und reglos und über und über mit Blut bedeckt. Priscilla drehte sich um und stürzte davon.

Sie glaubte zu hören, wie jemand nach ihr rief, war aber ihrer Sache nicht sicher. Es spielte auch keine Rolle – sie mußte fort.

So wie damals.

Sie wollte laufen, bis der Schmerz nachließ, bis ihre blutrote Vision sich klärte, laufen, bis sie sich nicht mehr erinnern konnte, wie ihr Vater mit den Schüssen in der Brust und die Frau auf dem blutdurchtränkten Laken neben ihm ausgesehen hatten. Wie ihre Mutter in der roten Lache auf dem Boden ausgesehen hatte.

Priscilla lief, bis sie Seitenstechen bekam und ihre Beine brannten. Ihr Haar, das sich aus Nadeln und Kämmen gelöst hatte, hing ihr ungezügelt um die Schultern. Zweige zerkratzten ihre Wangen und zerrten an ihrem Kleid. Noch immer lief sie weiter. Zweimal fiel sie hin, ohne den Schmutz auf ihren Röcken wahrzunehmen, als sie sich wieder aufraffte und weiterrannte.

Als sie nicht mehr imstande war, auch nur einen einzigen Schritt zu tun, und ihre Beine sie nicht mehr trugen, sank sie unter einer moosbewachsenen Eiche auf den Boden, schwer atmend und von Schluchzen geschüttelt.

Wie lange sie dort saß, wußte sie nicht, doch der Himmel flammte als blutrote Kuppel über ihr, und an der Kühle spürte sie, daß es Abend geworden sein mußte. Priscilla lehnte sich an den Baumstamm, ausgebrannt und erschöpft. Und bereit, ihre Seele auszuleeren. Sie hatte zu weinen aufgehört. Ihre Tränen waren versiegt.

Noch eine weitere Stunde verging, bis sie ihr Bewußtsein völlig geleert und ihr Herz sich aller Gefühle entledigt hatte, und sie sich so weit gefangen hatte, daß sie den Rückweg zum Haus antreten konnte.

Zurück zur armen kleinen Charity, die dort tot auf dem Boden lag.

Lieber Gott im Himmel!

Ihr Magen revoltierte, Übelkeit drohte sie zu überwältigen. Brendans Revolver hatte sie getötet, hatte Sue Alices süße kleine Tochter ums Leben gebracht, so wie eine Schußwaffe ihre Eltern getötet hatte. Sie dachte an den Indianer, den sie auf der Ladefläche des Planwagens erschossen hatte, sah sein blutiges Gesicht und schloß die Augen gegen das schreckliche Bild. In ihrem Inneren fühlte sie sich krank und fast so tot wie das Kind auf dem Boden.

Als Dunkelheit sie umgab und Kälte in ihre Knochen drang, ging Priscilla den Weg zurück, den sie gekommen war. Die Taubheit, die sie spürte, ließ sie nicht los, löschte etwas von dem Schmerz aus und erlaubte ihr zu funktionieren. Etliche Male bog sie falsch um die Ecke, korrigierte sich aber, bis die Lichter von Evergreen ihr den Weg wiesen. Sie wollte gar nicht zurück, wußte jedoch nicht, wohin sie hätte gehen sollen.

Sie wollte zur Tür des Herrenhauses, als ihr Blick auf ihr zerrissenes und beschmutztes Kleid fiel. Da machte sie kehrt und ging zum Haus dahinter. Es kostete sie ihre ganze Entschlußkraft, um den blutigen Salon zu betreten. Den Blick auf die Schlafzimmertür heftend, trat sie ein und schloß die Tür. In Minutenschnelle hatte sie ihr Haar in einem strengen Nackenknoten zusammengefaßt und sich in ein sauberes braunes Kleid umgezogen.

Auf dem Rückweg durch den Salon starrte sie wieder unbeirrt geradeaus, verließ das Haus und hielt auf die Lichter des Haupthauses zu, die durch den Garten schimmerten. Bis zu diesem Abend war ihr nie aufgefallen, wie dunkel und kalt es auf dem Pfad zwischen den zwei Häusern war.

An der Hintertür innehaltend, holte Priscilla tief und bebend Atem, öffnete und trat ein. Bedienstete, die sie kannte, an die sie sich jetzt aber nicht mehr zu erinnern schien, waren schweigend im Salon am Werk, sonst befand sich niemand im Erdgeschoß.

»Wo sind sie?« fragte sie wie von weitem.

»Oben, Ma'am.«

Auf müden Beinen, die sie kaum trugen, schleppte sie

sich die Treppe hinauf und schaffte es schließlich. Als sie Brendans große Gestalt unter der Gruppe sah, die sich vor einer Tür drängte, hielt sie auf ihn zu.

»Priscilla!« Er löste sich aus der Gruppe, kam zu ihr, um ihre kalten Hände in seine warmen zu nehmen. »Um Himmels willen, wo hast du gesteckt?« Er sah ihre roten und verquollenen Augen, den grauen Ton ihrer Haut. »Komm und setz dich.« Er wollte sie zu einem Stuhl auf dem Korridor führen, sie aber machte sich los.

»Ich muß zu Sue Alice. Wo ist sie?«

»Sie ist drinnen bei Charity.«

Priscilla nickte und wollte zu ihr gehen, aber Brendan hielt sie auf.

»Du kannst jetzt nicht hinein, der Arzt ist bei ihr. Er möchte nicht gestört werden, solange er sie behandelt.«

Das waren Worte, die endlich ihren Panzer durchdrangen. »Er behandelt sie? Das verstehe ich nicht. Charity ist doch tot.«

Brendan schüttelte den Kopf. »Die Kugel ist in ihre Brust eingedrungen. Ihr Zustand ist zwar kritisch, aber...«

Mit einem leisen Aufschrei ließ Priscilla sich gegen ihn fallen, und er legte den Arm stützend um sie. »Sie lebt?«

»Ja. Und du setzt dich jetzt hin, Silla.«

Sie schüttelte den Kopf, machte sich los und ging zur Tür.

Brendan packte ihre Arme. »Du kannst nicht hinein, Silla. Der Arzt sagt, wir müßten warten.«

Es dauerte eine Weile, bis sie seine Worte erfaßte. Ihr Blick hob sich von seiner Brust zu seinem Gesicht. »Das alles ist deine Schuld – du und dein Waffenarsenal. Die Waffe gehörte dir. Hättest du nicht...«

Chris Bannerman schnitt ihr die Rede ab. »Priscilla, Sie irren sich. Meine Waffen waren ebenfalls im Schrank. Es hätte genausogut einer meiner Revolver sein können.«

Sie schluckte mühsam. »Dann ist es mein Fehler. Ich hätte sie nicht aus den Augen lassen dürfen.«

»Die Kinder sind alt genug, um sich in ihrem Elternhaus frei bewegen zu können. Sie, Priscilla, waren nur ein Stück weiter weg und konnten nicht wissen, daß die drei beobachteten, wohin Brendan den Schlüssel tat.« Er räusperte sich, doch seine Stimme klang noch immer heiser, als er fortfuhr: »Wenn Sie unbedingt jemandem die Schuld geben wollen, dann bürden Sie sie am besten mir auf. Meinem Sohn habe ich stundenlang erklärt, man müsse Schußwaffen mit Respekt und Vorsicht behandeln, aber kein einziges Mal habe ich mit den Zwillingen darüber gesprochen. Ich hielt es bei Mädchen für unnötig. Hätte ich sie so erzogen wie Matthew, dann läge Charity jetzt nicht dort drinnen.« Die letzten Stunden hatten ihn sichtlich altern lassen, doch aus seinen Zügen sprachen Stärke und unbeugsame Willenskraft.

Priscilla fehlten die Worte: »Wie... wie geht es ihr?« fragte sie schließlich.

»Das kann man noch nicht sagen.« Chris richtete den Blick auf die geschlossene Tür. Aus dem dahinterliegenden Raum drangen eine Männer- und eine Frauenstimme gedämpft hervor. »Morgen werden wir mehr wissen. In der Zwischenzeit können wir nicht mehr tun als beten.«

Und das taten sie denn auch.

Brendan war nach Priscillas Anschuldigungen in Schweigen verfallen, und sie selbst verharrte in ihrem Zustand erschöpfter Benommenheit. Beide aber beteten während der endlos scheinenden Nachtstunden mit den anderen. Als am Morgen die Tür aufging und der kleine kahlköpfige Arzt aus dem Zimmer trat, rafften sie sich auf und gingen ihm entgegen.

»Die Prognose ist günstig«, sagte der Arzt. »Sie ist ein

kräftiges kleines Mädchen, und wir haben alle Vorkehrungen getroffen, um eine Infektion zu verhindern. Ich habe ihr Laudanum verabreicht. Sue Alice hat auch eine Dosis bekommen und die arme kleine Patience ebenfalls. Sie werden eine Weile schlafen.« Er musterte Priscilla von oben bis unten. »Und Sie, meine Liebe, sehen aus, als könnten Sie selbst eine Dosis gebrauchen.«

»Eine gute Idee«, pflichtete Brendan ihm bei.

»Nein, mir geht es gut. Ich brauche nur etwas Ruhe.«

»Dann schlage ich vor, daß Sie sich diese verschaffen.«

»Chris hat deine Sachen ins Gästezimmer bringen lassen«, sagte Brendan zu ihr. »Ich bleibe im Zimmer daneben.«

Priscilla hörte es mit großer Erleichterung, da sie die Rückkehr ins Gästehaus gefürchtet hatte. Und sie brauchte eine gewisse Zeit für sich allein, eine Chance, um alles gründlich zu überdenken. Nachdem sie sich entschuldigt hatte, ging sie den Korridor entlang zum Gästezimmer und schloß leise die Tür.

»Priscilla nimmt es fast so schwer wie Sue Alice«, sagte Chris, der ihr nachstarrte.

»Sie liebt Kinder sehr und hat deine ins Herz geschlossen.«

»Ich glaube, da steckt mehr dahinter. Bren, da stimmt etwas nicht. An deiner Stelle würde ich sie im Auge behalten.«

Brendan ließ einen matten Seufzer hören. »Sie möchte allein sein. Das hat sie klar zu verstehen gegeben.« Ihm war ihre Erleichterung nicht entgangen, als sie hörte, daß sie getrennte Zimmer bewohnen würden, ebensowenig, wie ihm ihre scharfe Anklage entgangen war, er sei an dem Unfall schuld.

Chris warf einen Blick auf Priscillas Tür, ehe er wieder zu

Brendan hinsah, der angespannt und überbeansprucht wirkte. »Was ich über die Waffe sagte, war ehrlich gemeint. Es war nicht deine Schuld, Bren, ebensowenig wie es die Schuld von Patience oder Priscilla war. Es war ein Unfall, einer den wir mit Gottes Hilfe überleben werden. Als vor Jahren mein Vater mit dem Wagen umkippte und dabei mein Arm zerquetscht wurde, haßte er sich deswegen. Er hat sich fast zu Tode getrunken, bis er es überwunden hatte. Aber es war ein Unfall so wie dieser. Gottes Wille, Brendan, und nicht mehr.«

Brendans Lächeln fiel matt und gezwungen aus. »Danke, Chris.«

18. Kapitel

»Wie geht es ihr, Doktor Seely?« Priscilla stand schon den ganzen Tag vor der Schlafzimmertür und wartete nun beklommen auf die Antwort des kahlköpfigen Arztes.

Er nahm den Kneifer von seiner Knollennase und blickte lächelnd zu ihr auf. »Sie ist über den Berg.« Chris und Sue Alice waren schon vor einer Stunde ans Krankenbett geeilt, während Brendan und Priscilla draußen auf dem Korridor warteten. »Ab morgen kann sie Besucher empfangen – nicht so viele, daß sie ermüdet, aber immerhin so viele, daß ihre Lebensgeister sich heben.«

»Gott sei Dank«, sagte Priscilla leise.

»Danke, Doktor Seely.« Brendan ergriff die schmale Hand des Arztes und schüttelte sie.

»Ihren Dank statten Sie lieber dem lieben Gott ab. Er hat mehr mit der Genesung zu tun als ich.«

Brendan lächelte. »Das werden wir tun.«

Beide traten nun ein und gingen ans Bett, um auf die schlafende Charity hinunterzuschauen. »Darf ich eine Weile bei ihr wachen?« fragte Priscilla Sue Alice.

»Ich möchte zur Stelle sein, für den Fall, daß sie erwacht«, sagte Sue Alice, der man ansah, wie sehr ihr der Schlaf fehlte.

»Sobald sie sich rührt, werde ich Sie wecken, das verspreche ich.«

»Sie hat das Schlimmste überstanden«, sagte Chris. »Jetzt müssen wir uns eher um dich sorgen.«

Seine Frau lächelte müde. »Vermutlich hast du recht.«

»Komm.« Chris faßte nach ihrer Hand. »Ich glaube, ein wenig Ausruhen wird uns beiden helfen.« Er führte sie hinaus und schloß die Tür.

»Soll ich mit dir zusammen Wache halten?« fragte Brendan.

»Nein.«

»Bist du sicher?«

»Mir geht es gut.«

»Falls dich Müdigkeit übermannen sollte... ich bin ein paar Türen weiter.« Brendan sah sie noch einmal an, ehe er leise hinausging.

Danach brachte Priscilla viele Stunden am Bett der Kleinen zu, um Sue Alice zu entlasten, und vertrieb Charity mit allerhand Geschichten die Zeit. Oft saß auch Patience bei ihnen und hielt die Hand ihres Schwesterchens. Priscilla machte sich um das zweite Zwillingsmädchen zumindest ebenso Sorgen wie um Charity, die sich bemerkenswert rasch erholte.

Priscilla verbrachte viel Zeit mit beiden Mädchen und sprach kaum mit Brendan. Er hatte wieder das Junggesellenquartier bezogen, sie aber war im Haupthaus geblieben.

»Priscilla, das will mir nicht gefallen«, hatte er zu bedenken gegeben. »Was ist, wenn jemand entdeckt, wer du bist und es Egan berichtet?«

»Wenn jemand kommt, bleibe ich auf meinem Zimmer. Ich... ich bin noch nicht bereit, wieder nach hinten umzuziehen.«

Sie war nicht bereit. Tatsächlich hatte er den Eindruck, daß sie froh um die Distanz war, die damit zwischen sie gelegt wurde.

Mehrmals hatte er versucht, mit ihr ins Gespräch zu kommen, sie aber flüchtete sich in Ausreden, kaum daß er damit angefangen hatte. Eines Abends nach Tisch hielt er sie auf der Treppe auf.

»Priscilla, es ist ein herrlicher Abend. Warum gehen wir nicht im Garten spazieren?«

»Ich muß bei Charity nachsehen.«

»Sue Alice ist oben, und wir müssen miteinander reden.«

Brendan glaubte schon, sie würde sich seinem Vorschlag widersetzen, doch dann nickte sie mit resigniertem Blick.

Draußen ließ der Vollmond die Blätter eines breitgefächerten Magnolienstrauches schimmern, als sie einen Gartenpfad entlangschlenderten. Brendan bot Priscilla seinen Arm, doch er spürte, wie leblos er war, und er sah ihren umwölkten und entrückten Blick.

»Ich weiß, daß es für dich sehr schwer war«, sagte er, sie ins Dunkel unter der Magnolie ziehend. »Aber Charity wird wieder ganz gesund, und es wird Zeit, daß wieder Normalität einkehrt.«

Priscilla blickte zu ihm auf: »Normalität? Was läßt dich glauben, daß je wieder Normalität einkehren wird?«

»Wovon sprichst du?«

»Du siehst, was mir zustieß. Als ich Charity im Blut daliegen sah, geriet ich in Panik. Ich konnte mich nicht mal rühren. Was wäre geschehen, wenn es unser Kind gewesen wäre? Was wäre geschehen, wenn wir in Texas in der Wildnis gelebt hätten und du nicht zur Stelle gewesen wärest? Ich hätte die Situation nicht gemeistert, Brendan. Wärest du nicht gewesen, es hätte weiß Gott wie enden können.«

»Hör mir zu, Priscilla...«

»Nein, Brendan. Wenn ich dir zuhöre, glaube ich, daß ich die Dinge kann, die du sagst. Ich glaube, daß wir glücklich werden und daß alles gut wird. Aber jetzt bin ich dessen nicht mehr sicher.«

»Du bist übermüdet, das ist alles. Sobald du dich besser fühlst...«

Priscilla schüttelte den Kopf. »Meine Eltern haben mich in eine gutgepolsterte Welt gesetzt. Tante Maddie hat mich zur Dame erzogen. Ich wüßte nicht, wie ich mich als Pionierfrau machen würde.«

Bleich und mit abwesendem Blick stand sie vor ihm. Er erkannte sie gar nicht wieder.

»Stuart hat die Wahrheit gesehen«, sagte sie. »Mit seinem Geld hätte er mich beschützen und mir Sicherheit geben können. Du hingegen verlangst von mir, daß ich die gräßliche Gewalt, die dich zu umgeben scheint, akzeptiere und damit leben lerne. Ich weiß nicht, ob ich das kann.«

Brendans Miene verhärtete sich. Wer war diese Frau, die zwar aussah wie Priscilla, aber so ganz anders klang? Wo war die tapfere Frau, die ihm durch Texas gefolgt war?

»Ich glaube, daß du schaffst, was immer du dir vornimmst. Aber du bist diejenige, die zu entscheiden hat.« Er sah sie forschend an, in der Hoffnung, zu ihr durchzudringen, irgendein Gefühl in ihr zu wecken. »Du kannst das kleine Mädchen deiner längst verstorbenen Eltern sein, die allzu damenhafte Nichte deiner Tante oder Stuart Egans Eigentum. Oder du kannst dein eigener Herr sein – und dein Leben leben, wie es dir paßt. Es liegt bei dir, Priscilla.«

Sie gab keine Antwort. Brendan sah sie wieder an, bemüht, ihre Miene zu deuten. Nie hatte er sie so entrückt erlebt, so abweisend. Unglaublich, daß dies dieselbe Frau war, die sich mit ihm im texanischen Grenzland durchgeschlagen hatte, entschlossen, sich ein neues Leben aufzubauen.

Als Priscilla auch nach längerem Schweigen nichts sagte, drehte Brendan sich um und entfernte sich. Es dauerte Stunden, bis sie ins Haus zurückkehrte. Und als sie kam, war er schon fort.

»Das kann nicht dein Ernst sein.«

»Ich versichere dir, Chris, es ist mein voller Ernst.« Brendan saß neben Chris Bannerman an einem Tisch in einer Ecke der Main Street Taverne. Es war ein stilles kleines Lokal, und wurde, nicht zuletzt, weil es gut geführt war, von den erfolgreicheren ortsansässigen Pflanzern besucht. »Sie glaubt, daß sie für ein Leben in der texanischen Wildnis nicht geschaffen ist.«

Brendan hatte eine so bekümmerte Miene zur Schau getragen, daß Chris vorschlug, auf einen Brandy auszugehen, ein Vorschlag, der von Brendan dankbar angenommen wurde. Im Anschluß daran wollte er seine gewohnte Runde machen und in den zwielichtigen Saloons von Natchez-unter-dem-Hügel seine Suche nach Informationen fortsetzen.

»Aber sie liebt dich«, sagte Chris. »Es steht ihr ins Gesicht geschrieben, wenn sie dich ansieht.«

»Neuerdings nicht mehr. Seit dem Unfall nimmt sie mich kaum mehr wahr. Vermutlich gibt sie mir die Schuld... Oder vielleicht... ach was, Chris, ich weiß es einfach nicht.«

»Bren, du mußt ihr Zeit lassen. Sicher wird sie diesen Zustand überwinden.«

»Mag ja sein... aber vielleicht auch nicht. Ich bin ihr zu

großem Dank verpflichtet, weil sie mir half, meine Vergangenheit zu bewältigen, aber ich bin nicht willens, als Gegenleistung den Rest meines Lebens aufzugeben. Wenn sie mich nicht will, dann will ich sie genausowenig.«

»Mit ein wenig Geduld gelingt es dir vielleicht, sie umzustimmen, sie zu einer andern Sichtweise zu bringen.«

»Das hat ein Dutzend Menschen mit mir versucht, und es hat nichts gebracht. Nur ein Mensch kann für Priscilla die Dinge ins Lot bringen – und das ist Priscilla selbst. Ich kann gar nichts sagen oder tun. Es ist allein ihre Entscheidung.«

Er nippte an seinem Brandy. »Um die Wahrheit zu sagen, Chris, langsam glaube ich, daß sie recht haben könnte. Am Anfang unserer Bekanntschaft habe ich alles getan, um sie zu überzeugen, daß sie für ein Leben in der Wildnis nicht geschaffen ist. Und jetzt...« Er griff nach seinem Glas, um es mit einem Zug leerzutrinken. Als die Flüssigkeit seine Kehle verbrannte, verzog er das Gesicht.

»Eine Rückkehr nach Savannah kommt für dich wohl nicht in Betracht? Dein Bruder könnte dir dort zu einem Neuanfang verhelfen.«

Brendan drehte das leere Glas in seiner Hand. »Wenn ich eine Chance auf Erfolg sähe, könnte ich es sehr wohl in Betracht ziehen, aber ich gehöre nicht dorthin. Ehrlich gesagt, das Leben in der texanischen Wildnis ist nur ein Teil des Problems.« Er stellte das Glas lautstark auf den Tisch.

»Ich muß jetzt gehen«, sagte er, ein paar Münzen neben das Glas werfend. »Ich habe Kontakt mit einem Burschen geknüpft, der mit McLeary in Verbindung stehen könnte. Bei jedem Treffen geht er ein wenig mehr aus sich heraus. Noch ein freundschaftlicher Rempler und eine Einladung zum Whiskey, und ich habe es vielleicht endgültig geschafft.«

»Wenn du herausbekommst, wann der nächste Überfall geplant ist, ziehen wir den Sheriff ins Vertrauen. Wenn McLeary auf frischer Tat ertappt und verhaftet würde, kann man ihn sicher dazu bringen, die Beziehung zu Egan preiszugeben.«

»Wenn das passiert, bin ich rehabilitiert und kann zurück nach Texas.« *Mit oder ohne Priscilla*, dachte er bei sich, ließ es aber unausgesprochen.

Priscilla band die Schleifen ihres breitkrempigen Hutes unter ihrem Kinn, griff nach ihrem Ridikül, schob es über eine behandschuhte Hand und ging über die Dienstbotentreppe hinunter und aus dem Haus. Hinter dem Haus stieß sie auf Zachary, den riesigen Schwarzen, der Remise und Stall unter sich hatte, und bat ihn, eine der kleineren Kutschen vorfahren zu lassen.

Sie fühlte sich ein wenig schuldbewußt, weil sie nicht um Erlaubnis gebeten hatte, aber Chris war nicht da, und Sue Alice war oben und las Charity vor. Außerdem hätte man sie womöglich nicht fortgelassen, wenn sie gesagt hätte, wohin sie wollte.

Da es schon spät war, führte Zachary selbst die Zügel. Sie vermutete, daß er sich zu ihrem Beschützer aufgeschwungen hatte. Wenn ja, dann war sie ihm dankbar.

»Wohin geht die Fahrt, Ma'am.«
»Zum Middleton Hotel.«
Er sagte nichts dazu und trieb die Pferde mit einem Zungenschnalzen zum Trab an. Sie fuhren durch die schon stiller werdenden Straßen und bogen schließlich in die Washington Street ein. Unweit der Ecke des Walls stand das Middleton Hotel. Zachary zügelte das Gespann.

»Ich warte hier draußen«, sagte er mit einem abschätzenden Blick seiner dunklen Augen.

Sie wußte, was er dachte – warum fuhr ein weibliches Wesen ohne Begleitung abends allein zu einem Hotel?

Zum Glück mußte sie es ihm nicht sagen. Priscilla hob ihre rostroten Ripsseidenröcke, stieg aus und überquerte den Gehsteig, um den massiven Bau mit den grünen Fensterläden zu betreten. In der im spanischen Stil mit dicken Holzbalken und rotgefliestem Boden ausgestatteten Lobby näherte sie sich der Rezeption, hinter der ein dünner, fahlhäutiger Mann in dunkelgrauem Gehrock zurückgelehnt saß und ein Buch las.

»Entschuldigen Sie«, sagte Priscilla. »Ich suche eine gewisse Rose Conners. Können Sie mir sagen, welches Zimmer sie bewohnt?« Als der Mann sich mit der Antwort Zeit ließ, setzte sie hinzu: »Sie ist Mr. McLearys... Nichte.«

Er zog eine schmale graue Braue hoch. »Mr. McLearys Suite ist im ersten Stock am Ende des Korridors. Soll ich Bescheid geben, daß Sie da sind?«

»Sind... sind beide da?« *Bitte, lieber Gott, gib, daß McLeary arbeitet.*

»Nur Miß Rose ist da. McLeary ist unten in der Kneipe.«

Danke, lieber Gott. »Dann gehe ich gleich hinauf.« Sie wollte, daß diese Begegnung unter vier Augen und nicht in einer Hotel-Lobby stattfände. Auch ohne Zaungäste würde es schwer genug sein.

»Wie Sie wollen«, sagte der Portier und steckte die Nase wieder in sein Buch.

Priscilla ging entschlossen und von geradezu gespenstischem Fatalismus erfüllt hinauf. Seit sie mit Rose Conners auf der Straße zusammengestoßen war, schien diese Begegnung unausweichlich.

Als Priscilla an die massive Tür aus Eichenholz klopfte, hörte sie weibliche Schritte und das Rascheln von Röcken, dann wurde der Schlüssel umgedreht, und die Tür ging auf.

»Hallo«, sagte Priscilla leise. »Darf ich eintreten?«

Rose Conners musterte sie von Kopf bis Fuß. »Warum nicht? Es war zu erwarten, daß Sie früher oder später kommen würden.«

Priscilla folgte ihr in den guteingerichteten Salon. »Dann darf ich annehmen, daß Sie wissen, wer ich bin?«

»Ich weiß es.«

»Dann müssen Sie auch wissen, warum ich gekommen bin.«

»Ich habe nicht die leiseste Ahnung« sagte Rose, »aber ich konnte mir ausrechnen, daß Sie mit der Zeit dahinterkommen würden. Und wenn es soweit wäre, dachte ich, würden Sie kommen und frohlocken.«

»Frohlocken?« wiederholte Priscilla. »Warum, um alles auf der Welt, sollte ich das wohl tun?«

Rose bot ihr mit einer Handbewegung Platz auf dem braunen Roßhaarsofa, und Priscilla setzte sich und ordnete ihre rostbraunen Röcke. Im Raum roch es angenehm nach den Mhyrrewachskerzen, die auf dem Tisch standen. Die Einrichtung war im spanischen Stil gehalten und makellos sauber.

»Ein Brandy gefällig? Sie müssen entschuldigen, aber der Tee ist mir ausgegangen.« Jedes einzelne Wort ließ Härte heraushören, eine Bitterkeit, die bei der ersten Begegnung noch nicht spürbar gewesen war.

»Ich glaube, ich könnte einen Drink gebrauchen«, sagte Priscilla, die sich nicht einschüchtern lassen wollte, obwohl sie noch nie zuvor Alkohol genossen hatte.

Rose goß Brandy aus einer Kristallkaraffe in zwei Kristallgläser, ging durch den Raum auf Priscilla zu und reichte ihr ein Glas. Sie trug einen teuren türkisfarbenen Morgenmantel aus gesteppter Seide, hochgeschlossen und an den Handgelenken gerafft. Langes dunkelbraunes Haar von derselben Farbe wie das Priscillas hing ihr fast bis zur Taille, und ihre Haut sah glatt und klar aus.

Sie war fülliger als Priscilla, schlank, doch mit mehr Kurven ausgestattet, und ihre Züge waren um einen Hauch weniger fein. Doch die Ähnlichkeit war vorhanden – Priscilla sah es an der Wölbung der Lippen, der Zeichnung der dunklen Brauen. Zum ersten Mal fiel ihr die kleine Prellung neben dem linken Auge auf.

»Sie bewundern wohl Calebs Handarbeit?« Rose setzte sich ihr gegenüber in einen Stuhl mit geschwungener Lehne und nahm einen Schluck Brandy.

Noch mehr Gewalt. Lieber Gott, wie sehr sie das haßte!
»Warum ... warum hat er es getan?«

»Offenbar hat einer seiner Handlanger ihm gesteckt, daß ich mit Ihrem Freund Jaimie Walker essen war. Caleb mag es nicht, wenn ich mich mit anderen Männern abgebe.«

»Warum verlassen Sie ihn nicht einfach?«

Rose tat die Frage verächtlich ab. »Wohin sollte ich wohl gehen? Wovon sollte ich leben?«

»Sie sind intelligent. Sicher könnten Sie Arbeit finden und sich irgendwie durchbringen.«

»Sehen Sie, Priscilla – sie heißen doch so, wenn ich mich recht erinnere. Was ich tue, geht Sie nichts an. Es ist Sie vor achtzehn Jahren nichts angegangen und jetzt auch nicht.«

»Ich war erst sechs. Ich konnte mich bis vor wenigen Tagen gar nicht erinnern, was passierte.«

»Sie konnten sich nicht erinnern?« Rose schien völlig fassungslos. »Ihre Mutter hat meine Eltern umgebracht, und Sie hatten all die Jahre keine Erinnerung daran? Nun, um so deutlicher ist mir alles im Gedächtnis geblieben. Jeden Tag meines Lebens habe ich diese Frau wegen ihrer Tat verflucht. Jeden Tag habe ich Sie verflucht, weil Sie eine Familie hatten, die sich um Sie kümmerte, während ich unten im

Hurenhaus hungern und auf einem Strohsack schlafen mußte. Sie konnten sich nicht erinnern – und ich konnte es nie vergessen.«

Priscilla saß nur da. »Es tut mir leid«, brachte sie schließlich heraus. »Meine Tante hat mir nie gesagt, was sich zutrug. Mein Gedächtnis... setzte aus. Wäre ich nicht nach Natchez zurückgekehrt, hätte ich mich vielleicht nie mehr erinnert. Aber ich erlebte einen Unfall mit einer Schußwaffe aus nächster Nähe mit... und da fiel es mir wie Schuppen von den Augen. Mir fielen Dinge ein, die meine Tante sagte, wenn sie glaubte, ich könnte es nicht hören. Mir fiel ein, daß ich meine Mutter in Tränen aufgelöst sah und wie sie von Ihnen und Ihrer Mutter sprach. Sie sagte, Megan O'Conner hätte ihr die Liebe meines Vaters gestohlen.«

»Mit Ihrer Mutter war er verheiratet, in meine war er verliebt. Wir waren eine Familie.«

Priscilla spürte ein Würgen im Hals. »Ich habe ihn auch geliebt.«

»Sie können sich ja an ihn gar nicht erinnern.«

Was konnte sie darauf sagen? »So viel Gewalt«, sagte sie schließlich. »Warum muß das so sein?«

»Das ist das Leben, Priscilla. Sie sollten sich damit abfinden.«

»Ich kann nicht. Das weiß ich jetzt. Sobald ich Geld habe, fahre ich nach Cincinnati. Dort werde ich Arbeit finden, eine Möglichkeit, mich durchzubringen.«

»Und was ist mit Ihrem fabelhaften Ehemann? Mir scheint, er ist sehr um Ihr Wohl besorgt.«

»Stuart habe ich vor einigen Tagen verlassen. Ich liebe ihn nicht – habe ihn nie geliebt.« Brendans Gesicht tauchte vor ihr auf, doch sie verdrängte es. »Ich bemühe mich um eine Annullierung der Ehe und möchte nach Hause.« *Wo ich hingehöre.* »Warum kommen Sie nicht mit?«

Rose lachte laut auf. »Den Großteil meines Lebens habe ich gebraucht, um mich aus der Gosse hochzuarbeiten. Ich denke nicht daran, jetzt dorthin zurückzukehren.«

»Sie bleiben lieber bei einem Mann, der Sie schlägt?«

»Vielleicht. Und vielleicht... kommt einmal jemand, der mich nicht schlägt.« Sie richtete sich im Sessel auf. »Bis dahin bleibe ich hier. Und wenn Sie klug wären, täten Sie das gleiche.«

Fast wünschte Priscilla sich, sie könnte es tun. Es wäre so einfach, sich Stuart anzuvertrauen, wie sie es von Anfang an geplant hatte. Aber sie liebte ihn nicht, und sie hatte ihn fortgesetzt mit Brendan betrogen. Jetzt konnte sie nicht mehr zu ihm zurück.

Priscilla stellte das Brandyglas hin und stand auf. »Danke, daß Sie mich empfangen haben. Nach allem, was geschah, haben Sie zu Recht Grund, mich zu hassen, aber ich hoffe, Sie lassen sich durch den Kopf gehen, was ich gesagt habe, und bemühen sich um Verständnis. Ob es Ihnen gefällt oder nicht, wir sind Schwestern.«

»Halbschwestern«, korrigierte Rose sie.

»Ob es Ihnen gefällt oder nicht, wir sind das einzige an Familie, was uns geblieben ist.«

Rose setzte ihr eigenes Glas ab und ging an Priscilla vorbei zur Tür. »Für Familie ist es zu spät. Ich habe mich – das hat mir immer gereicht.«

Priscilla studierte das hübsche Gesicht ihrer Schwester, und in ihr rührte sich etwas. Sie spürte eine zarte Regung von Wärme, die allerdings nicht ausreichte, um den Eispanzer zu schmelzen, den sie um ihr Herz aufgerichtet hatte. »Vielleicht, wenn wir mehr Zeit gehabt hätten...«

»Vielleicht...«

Aber sie hatten diese Zeit nicht gehabt. Priscilla durchschritt die Tür.

Am Morgen hatte sie eine Unterredung mit Sue Alice. Obwohl Priscilla ihn nicht gesehen hatte, war Brendan irgendwann in der Nacht nach Hause gekommen. Die Dienerschaft sprach davon, daß er zum Frühstück erschienen sei und daß er Chris auf die Baumwollfelder begleitet hatte.

Priscilla, deren einziges Gefühl Erleichterung war, sprach zu Sue Alice von ihrem Entschluß, nach Cincinnati zurückzukehren. Wie erwartet, versuchte ihre Gastgeberin es ihr auszureden, doch als sie die eiserne Entschlossenheit Priscillas spürte, zeigte sie sich bereit, ihr das dafür nötige Geld zu geben.

»Ich möchte Ihre Großzügigkeit nicht in Anspruch nehmen«, sagte Priscilla. »Aber falls Sie und Chris mir ein Darlehen gewähren, werde ich es so bald als möglich zurückzahlen. Ich brauche nicht viel, nur das Geld für die Schiffspassage und eine Unterkunft, bis ich Arbeit gefunden habe.«

»Sind Sie Ihrer Sache ganz sicher? Bis zu Charitys Unfall schienen Sie mit Brendan so glücklich. Warum warten sie nicht eine Weile, bis die Wogen sich wieder geglättet haben?«

Priscilla weigerte sich standhaft. »Ich möchte nach Hause. Ich möchte dort leben, wo alles normal ist. Ich möchte mich nicht unangenehmen Erinnerungen stellen oder versuchen müssen, jemand zu sein, der ich nicht bin.«

»Wann wollen Sie abreisen?«

»Morgen. Falls es Ihnen recht ist.«

»Und was ist mit Brendan?«

»Ich will heute abend mit ihm sprechen. Wenn er sich alles gründlich überlegt, wird er einsehen, daß ich das Richtige tue.«

Sue Alice schüttelte den Kopf. »Das Leben ist nie einfach, Priscilla. Manchmal erweist sich der einfachste Weg als der schwierigste. Manchmal ist es besser, man stellt sich den Dingen, als sie liegenzulassen.«

»Diesmal nicht.«

Sue Alice seufzte. »Im Interesse von euch beiden hoffe ich, daß Sie recht behalten.«

Das Abendessen verlief in einer gewissen Spannung und ein wenig schweigsam. Alle schienen die bevorstehende Konfrontation zu spüren. Als Priscilla einen Sherry im Salon mit ihrer Gastgeberin ablehnte und um einen Moment unter vier Augen mit Brendan bat, zogen sich die anderen verständnisvoll zurück.

Sie nahm seinen Arm und ließ sich von ihm hinaus in den Garten führen. Der Mond war nur noch eine Sichel, erhellte aber noch den Pfad. Öllaternen entlang des mit zerkleinerten Austernschalen bestreuten Weges sorgten für zusätzliche Helligkeit.

»Hoffentlich geht es mit deinen Ermittlungen nach Wunsch voran«, sagte Priscilla, um das verlegene Schweigen zu brechen.

Brendan zog eine kleine Zigarre aus seiner Hemdtasche und strich ein Zündholz am Stamm einer Magnolie an, ehe er es an seine Zigarre hielt und beißenden Tabakrauch aufsteigen ließ. »Tatsächlich glaube ich, daß wir einer Lösung sehr nahe sind.«

»Das freut mich zu hören.«

»Sobald alles geklärt ist, kehre ich nach Texas zurück.« Hellblaue Augen tasteten ihr Gesicht ab. »Wirst du mitkommen, Silla?«

Schmerz durchströmte sie. »Ich fürchte, das wird nicht gehen. Ich habe viel darüber nachgedacht, Brendan. Es kann zwischen uns einfach nicht klappen. Ich bin für das Leben nicht geschaffen, das du mir abforderst. Ich gehe zurück nach Cincinnati, dort gehöre ich hin.«

Ein Muskel in seinem Kinn zuckte. »Wer läuft jetzt fort?«
Priscilla wich seinem Blick aus. »Vielleicht tue ich es. Aber es ist unwichtig. Mein Entschluß steht fest. Ich fahre irgendwann morgen ab.«

»Ich höre deine Stimme, Priscilla, ich höre deine Worte, erkenne die Frau aber nicht wieder, die sie ausspricht. Ich wünschte, ich würde verstehen, was passiert ist. Wenn ich etwas getan habe... falls du noch immer der Meinung bist, ich sei an Charitys Unfall schuld...«

»Das ist es nicht. Chris hatte recht, es war ein Unfall.«

»Falls es etwas gibt, das ich tun kann, etwas, das ich sagen kann, um alles wieder so werden zu lassen, wie es war, dann laß es mich wissen.« Sie schüttelte nur den Kopf. »Wir hatten etwas ganz Besonderes, Priscilla. Wenn wir beisammen waren, wenn wir uns liebten...«

»Was zwischen uns geschah, war ein Irrtum. Ich hoffe sehr, du wirst es mit der Zeit einsehen.«

Er zog ganz tief an seiner Zigarre, atmete langsam aus und ließ den Rauch gekräuselt zum kühlen Nachthimmel aufsteigen, ehe er die Zigarre auf den Boden warf und sie mit dem Stiefelabsatz austrat.

»Priscilla, es gab eine Zeit, da habe ich dich bewundert. Ich habe mit angesehen, wie du die Prärie unbeirrt und allen Gefahren zum Trotz durchquert hast. Du wußtest nichts vom Land, nichts von der dortigen Lebensweise und doch hast du dich nicht unterkriegen lassen. Du hattest mehr Schneid, mehr Entschlossenheit als zehn Frauen zusammen. Und jetzt sehe ich dich an und frage mich, was mich zu der Meinung verleitet hat, du könntest mir helfen, mein Land zu erobern – was mich überhaupt denken ließ, du könntest auch nur überlegen.«

Er faßte unter ihr Kinn und zwang sie, ihn anzusehen. »Ich glaube, ich hatte mit meiner ersten Meinung recht.

Morgen besteigst du das Schiff und kehrst dorthin zurück, wo du hergekommen bist. Ich möchte dich nicht, ich brauche dich nicht. Und ich liebe dich nicht – habe dich vielleicht nie geliebt.«

Brendan ließ sie los. Mit einem Blick, der ihr genau sagte, was er von ihr hielt, drehte er sich um und strebte dem Haus zu. Sie sah die verärgerte Haltung seiner breiten Schultern, die Bewegung seiner schmalen Hüften, sie sah, wie seine Muskeln sich unter dem Hemd wölbten, den Mondschein auf seinem dichten dunklen Haar.

Ich möchte dich nicht, ich brauche dich nicht. Und ich liebe dich nicht – habe dich vielleicht nie geliebt.

Als er im Haus verschwand, spürte Priscilla die Einsamkeit wie ein Gewicht auf ihren Schultern. Sie starrte die Tür an, die sich zwischen ihnen geschlossen hatte – die Tür, die sie zugeschlagen hatte – und fragte sich zum ersten Mal, ob sie richtig gehandelt hatte.

Nur wenige Minuten waren verstrichen, dann ging die Tür wieder auf, und Brendan kam heraus, um zu den Stallungen hinter dem Haus zu gehen. Zum ersten Mal seit Tagen beschleunigte sich ihr Herzschlag, ging über ein dumpfes Pochen hinaus und steigerte sich zu angsteinflößender Intensität. Beklemmung legte sich über ihre Brust, während ihr die Tränen kamen und übers Gesicht liefen.

Ich möchte dich nicht. Ich brauche dich nicht. Und ich liebe dich nicht – habe dich vielleicht nie geliebt.

Priscilla saß zitternd da, von innerem Weh erfüllt, unfähig zu begreifen. Es war doch das, was sie wollte, oder etwa nicht? Als sie ihren Entschluß gefaßt hatte, war er ihr so richtig erschienen. Und jetzt sah sie im matten Mondschein Brendans Umrisse auf einem von Chris Bannermans großen Füchsen. Er zog seinen Hut in die Stirn und ritt ohne einen Blick zurück davon.

Zum allerersten Mal wurde ihr klar, was sie aufgab. Brendan war der Mann, den sie liebte, der einzige, den sie je lieben würde. Er war stark und liebevoll, er war fürsorglich und bereit zu geben, leidenschaftlich und zugleich beschützend. Für sie würde es nie mehr einen Mann geben, der seinen Platz einzunehmen vermochte.

Sie hatte sich vor allem ein Heim und eine Familie gewünscht – aber ebenso wünschte sie sich Liebe.

Der Kloß in ihrer Kehle wurde so groß, daß er sie zu ersticken drohte. Sie *mußte* nach Cincinnati zurück. Sie war für dieses Leben nicht geschaffen.

Ich möchte dich nicht. Ich brauche dich nicht. Und ich liebe dich nicht – habe dich vielleicht nie geliebt.

Sie hatte ihre Beziehung auf die behutsamste Weise lösen wollen. Nie wäre sie auf den Gedanken gekommen, daß auch Brendan ein Ende herbeiführen wollte.

Priscilla zwang sich, einen Schritt vor den anderen zu setzen, zwang sich, den einsamen Pfad durch den Garten zu gehen. Solange sie geglaubt hatte, daß er sie liebte, hatte sie ihre Fassung bewahren können, hatte ihre enge, schützende Mauer erhalten. Auf perverse Weise wurde ihr plötzlich klar, daß es die Stärke von Brendans Liebe war, die es ihr ermöglichte, ihn aufzugeben. Ohne sie sah sie die Wahrheit, sah, wie einsam und öde ihr Leben sein würde.

Ich möchte dich nicht. Ich brauche dich nicht. Und ich liebe dich nicht – habe dich vielleicht nie geliebt.

Niemals hatten so wenige Worte sie so tief verletzt. Eigentlich hätte es eine Erleichterung sein sollen zu wissen, daß er dasselbe wollte. Statt dessen aber durchstieß neuer Schmerz ihr Herz, brannte und wühlte darin und nahm mit jedem Schritt zu. Nun gab es keine Benommenheit, keine Leere, die sie schützten. In den Tagen nach dem Unfall hatte sie ihn verloren, als ihre Kälte ihn vertrieben hatte. Es war das, was sie angestrebt hatte – was sie tun mußte, um zu überleben.

Nun, da sie ihr Ziel erreicht hatte, wünschte sie sich nichts mehr als ein gnädiges Ende ihres Schmerzes.

Priscilla, da mußt du hindurch. So wie er lebt, kannst du nicht leben. Ihre innere Stimme bestärkte sie in ihrem Entschluß. Sie dachte an die kleine Charity, in einer Blutlache auf dem Boden liegend, und wie sie selbst in Panik geraten und davongelaufen war. Sie dachte an den Indianer, den sie getötet hatte, wie übel und leer sie sich gefühlt hatte. Sie tat das Richtige.

Außerdem wollte Brendan sie nicht – sie hatte eigentlich keine andere Wahl.

Einen unsicheren Schritt vor den anderen setzend, hatte sie fast die Veranda erreicht, als das Knacken eines Zweiges sie aufhorchen ließ.

»Matthew?« Sie betete darum, das Geräusch möge von einem kindischen Spiel des Jungen herrühren. Statt dessen trat Mace Harding aus dem Schutz eines Baumes hervor. In seinen Augen blitzte es triumphierend. »'n Abend, Mrs. Egan. Zeit zur Heimkehr.«

19. Kapitel

Grundgütiger Himmel, wann hat dieser Alptraum ein Ende? wollte Priscilla ausrufen, doch Hardings Hand drückte fest auf ihren Mund. Dave Reeves und Kyle Sturgis, zwei von Stuarts Gefolgsleuten, traten neben Mace, um ihm zu helfen, um sie zu überwältigen, sie zu knebeln und Hände und Füße zu fesseln. Sie stülpten ihr einen Leinensack über den Kopf, dann hob einer von ihnen sie über seine Schulter.

»Ich muß noch etwas erledigen«, sagte Mace, der sie grob auf den Boden eines Wagens fallen ließ. »Ihr beide übernehmt sie jetzt.«

»Keine Angst, wir schaffen sie nach Hause«, ließ sich der eine vernehmen. Maces Schritte verklangen, sie hörte Hufschlag, der sich entfernte, dann setzte sich der Wagen in Bewegung.

Wie hatte man sie gefunden? Nur die Bannermans und Brendan wußten, daß sie sich auf Evergreen aufhielt. Und natürlich Barton Stevens, der Anwalt, dessen Name auf dem Annullierungsgesuch erschien.

Wenn sie es sich recht überlegte, würde Stuart wenig Mühe gehabt haben, einen schmächtigen Mann wie Stevens zum Reden zu bringen. Aber was machte das schon aus? Diesmal hatte sie Stuart eindeutig gezeigt, daß sie nicht seine Frau sein wollte. Warum ließ er sie nicht einfach gehen?

Der Wagen rollte über Pflastersteine und holperte über jedes Hindernis und jedes Schlagloch. Endlich wurde angehalten. Jemand trug sie ins Haus, das sie als Stuarts Haus erkannte, als Kyle ihr den Sack vom Kopf zog und zugleich ihre Haarnadeln, so daß das Haar ihr nun in einem Durcheinander langer dunkler Locken um ihre Schultern wallte.

»Willkommen daheim, meine Liebe.« Stuart, der in der Eingangshalle stand, sah so stattlich und eindrucksvoll aus wie eh und je – dunkelgrauer Gehrock, silbergraue Brokatweste und hellgraue Hosen. Sein Haar war tadellos gekämmt. »Bringt sie hinauf auf ihr Zimmer, löst ihr die Fesseln und sperrt sie ein.«

Sturgis hob sie hoch und stieg mit ihr in den Armen die Treppe hinauf, um sie in das Zimmer zu schaffen, das sie zuvor bewohnt hatte. Mit einem Messer, das er aus der Scheide an seinem Gürtel zog, durchschnitt er die Seile, die Hände und Knöchel banden und befreite sie von ihrem Knebel.

»Wie der Boß sagt ›Willkommen daheim, Ma'am‹.« Er bedachte sie mit einem Blick, aus dem eindeutig Ablehnung sprach, ehe er hinausging und die Tür versperrte.

Priscilla ließ sich aufs Bett sinken. »Lieber Gott, was soll jetzt aus mir werden?«

Brendan würde vielleicht viele Stunden nicht zurückkommen, und selbst wenn er wieder auf Evergreen eintraf, war es angesichts seiner Probleme mit dem Gesetz und so wie die Dinge zwischen ihnen lagen, gar nicht sicher, ob er wieder in ihr Leben eingreifen würde. Auch wenn Chris und Sue Alice ihre Abwesenheit entdeckten, würden sie nicht sofort mit der Suche beginnen, da sie in letzter Zeit nach Belieben gekommen und gegangen war. Und was würde Stuart ihr in der Zwischenzeit antun?

Sie hatte den Gedanken kaum zu Ende gedacht, als auf dem Korridor Schritte zu hören waren. Zwei Männer. Die schwereren Schritte erkannte sie als jene Stuarts. Ein Schlüssel knirschte im Schloß, dann schwang die Tür auf, und Stuart trat ein, in einer Hand einen Brandyschwenker, in der anderen ein Sherryglas. Während Priscilla dastand und ihm entgegenstarrte, querte er den Raum und wollte ihr den Sherry reichen.

»Ich bin nicht durstig.«

»Nimm es.«

»Ich will es nicht.«

Stuart stellte seinen Schwenker auf die Kommode, behielt das Sherryglas in der Hand und umfaßte ihren Nacken, um ihr das Glas an die Lippen zu drücken. Priscilla versuchte sich loszumachen, sein Griff aber wurde fester, ihr Widerstand hoffnungsloser. Schließlich würgte sie einen brennenden Schluck hinunter, und er setzte das Glas ab.

»Schon besser«, sagte er.

»Stuart, ich möchte eine Annullierung.« Sie hoffte inständig, er würde nicht bemerken, wie unsicher ihre Worte klangen. »Sicher hat Mr. Stevens dir das gesagt.«

»Mr. Stevens war nicht in der Stadt«, sagte er mit einer eisernen Beherrschung, die ihm nur zu deutlich anzumerken war. »Sonst hätte ich deinen Aufenthalt früher ausfindig machen können.«

»Warum tust du das? Du liebst mich nicht, und ich liebe dich auch nicht. Ich möchte zurück nach Cincinnati.« *Nein, willst du nicht. Du möchtest bei Brendan sein.* Dieser ungebetene Gedanke erschütterte sie fast so sehr wie Stuarts Gegenwart. »Ich ... ich möchte nach Hause.« *Lügnerin.*

»Dein Zuhause ist bei mir, meine Liebe. Du bist meine Frau, auch wenn du dich damit nicht abfinden kannst.« Er nahm einen Schluck von seinem Brandy, stellte das Glas ab und zog seinen Gehrock aus, den er ordentlich über die Lehne eines mit Brokatseide bespannten Stuhls hängte.

»Es ist zum Teil meine eigene Schuld«, sagte er. »Hätte ich in jener ersten Nacht an dir meine Pflicht getan, dann wäre das alles nicht passiert.« Er löste seine diamantbesetzte Krawattennadel, nahm seine schwarze Halsbinde aus Seide ab und legte sie über den Stuhl.

»Was ... machst du da?«

»Was ich schon längst hätte tun sollen – ich schaffe die Gründe aus der Welt, die du für eine Annullierung ins Treffen führst. Zieh dein Kleid aus, Priscilla. Es kann sich nicht mit den Sachen messen, die ich für dich kaufte, aber du wirst es sicher nicht in Fetzen sehen wollen.« Er fing an, sein Hemd aufzuknöpfen.

»Aber ... aber was ist mit der Zeit, die ich mit Brendan verbrachte ... und mit deiner Sorge wegen eines legitimen Erben?«

Er zerrte das Hemd aus dem Hosenbund, löste die Manschettenknöpfe, streifte es von den Schultern und warf es fort. Das sandfarbige Haar auf seiner Brust glänzte im Schein der Lampe. Gesicht und Nacken waren gebräunt wie Hände und Gelenke, und hoben sich dunkel vom übrigen Körper ab.

»Erwartest du Trasks Kind?« fragte er.

»Es... es ist möglich.« Sie hatte keinen Gedanken daran verschwendet – nun aber verspürte sie auf seine Frage hin freudige Erregung.

»Deine Tage sind gekommen und vergangen – entweder bist du schwanger oder nicht. So oder so, es spielt keine Rolle.«

Er weiß nicht, daß Brendan in Natchez ist. Mace Harding hatte sie nicht zusammen gesehen! Brendan war also in Sicherheit. Stuart wollte auf sie zu, aber Priscilla wich zurück.

»Stuart, bitte, mit uns beiden wird es nichts. Ich möchte nicht deine Frau sein.«

Stuarts Blick verhärtete sich. »Priscilla, ich habe die Absicht, dich in Besitz zu nehmen. Ob du es glaubst oder nicht, ich habe eine gewisse Zuneigung zu dir entwickelt. Und jetzt ziehst du dein Kleid aus, legst dich ins Bett und kommst deiner Pflicht als Ehefrau nach – oder du mußt dich zur Wehr setzen. In diesem Fall werde ich Kyle Sturgis rufen, der dich festhalten und nackt ausziehen wird. Und selbst wenn alle vier meiner Leute nötig wären, ich habe die Absicht, heute meine Rechte bei dir geltend zu machen, meine Liebe. Ich schlage vor, du findest dich damit ab.«

Priscilla stand nur da. »Nein.«

In zwei wütenden Schritten war Stuart bei ihr, bekam das Vorderteil ihres dunkelgrünen Seidenkleides zu fassen und riß es bis zur Mitte auf. Das Geräusch zerreißenden Stoffes widerhallte im Raum. Priscilla, der das Herz bis zum Halse klopfte, versuchte sich ihm zu widersetzen, er aber war stärker, als sie ahnte.

Er zerrte sie zu dem großen Himmelbett und drückte sie auf die weiche Matratze nieder, packte ihr Hemd und riß es auf, so daß ihre Brüste oberhalb des Korsetts zu sehen waren. Als Priscilla ihre Nägel in seinen Rücken krallte, ließ Stuart einen Wutschrei hören. Sein Mund wurde schmal, er schlug ihr mit aller Kraft ins Gesicht und ließ dem ersten Schlag noch einige folgen. In ihren Ohren dröhnte es, und ihre Augen flossen über.

»Ein Jammer, daß ich dir weh tun mußte, aber du hast mir keine andere Wahl gelassen. Ich begehre dich, Priscilla. Du hast mich zwar mehrfach hereingelegt, aber das hat mein Begehren nur gesteigert.« Er schob ihre Röcke hoch und ließ seine feuchte Handfläche über ihren Schenkel gleiten, während er mit seiner Hose kämpfte.

Priscilla versuchte davonzukommen, doch ihre Haarflut wurde festgehalten, so brutal, daß der Schmerz an ihrer Kopfhaut unerträglich war. Sie versuchte, sich mit Tritten und Bissen zu wehren – und hätte fast überhört, daß an die Tür gehämmert wurde.

Zunächst glaubte sie, es sei ihr Herz, das so laut in ihrer Brust schlüge.

»Was, zum Teufel, ist los?« rief Stuart schwer atmend und ohne Priscillas Hände loszulassen aus.

»Tut mir leid, Sie zu stören, Boß, aber Harding hat eine Nachricht geschickt – es ist dringend, läßt er sagen.«

Stuart kämpfte um Fassung. »Dann will ich hoffen, daß es wirklich so wichtig ist, Sturgis, oder ihr beide seid euren Job los.« Er gab ihre Arme frei, mit denen Priscilla ihre Brüste bedeckte. »Nütze die Zeit, um dich damit abzufinden, Priscilla. Wenn ich das nächste Mal diese Schwelle überschreite, wirst du in jeder Hinsicht meine Frau.«

Priscilla schluckte das Schluchzen in ihrer Kehle hinunter. Stuart erhob sich, zog sein Hemd an und stopfte es in seine Hose. Nach seinem Gehrock greifend, ging er zur Tür.

Als er sie hinter sich zuknallte und den Schlüssel umdrehte, brach Priscilla in Tränen aus.

»Ja, das ist er, dieser Halunke.« Außer sich vor Wut spähte Stuart durch die Ritze in der Lagerraumtür.

Durch den Rauch, der den Schankraum voller verdreckter lärmender Flußschiffer füllte, sah er Brendan Trask an der Bar lehnen und einen Whiskey trinken. Er war gekleidet wie ein Spieler – weißes Rüschenhemd, Lederweste und schwarze Hose. Ein Flachbootschiffer namens Boots Marlin, einer von McLearys Leuten, stand neben ihm.

Stuart drehte sich mit geballten Fäusten zu Mace um. »Du hast recht getan, nach mir zu schicken. Wir müssen in Erfahrung bringen, weshalb er hier ist.«

»Sollen wir ihn schnappen? Ich bringe ihn zum Reden – das verspreche ich.«

Stuart sah zur Tür hin. »Mir wäre lieber, du folgst ihm, damit wir wissen, was er vorhat. Aber ich fürchte, so viel Zeit haben wir nicht, da morgen der große Überfall bevorsteht. Nimm dir einige von McLearys Männern und lauere ihm vor der Kneipe auf. Sobald du ihn hast, schaffe ihn gefesselt in die Höhle. Tu alles, um ihn zum Reden zu bringen, aber laß ihn am Leben – das Vergnügen möchte ich mir selbst gönnen.«

Stuart dreht sich um und ging zur Hintertür. »Für den Abend habe ich etwas vor«, schloß er. »Aber morgen komme ich wieder. Wenn ich mit ihm fertig bin, bringen wir ihn hinaus zur Sandbank und schaffen ihn uns zugleich mit McLeary und Dobbs vom Hals. Ihren Anteil am Profit von der *St. Louis* sacken wir ein und machen uns dann auf den Rückweg.«

Hardings Lächeln machte sein Gesicht hager und gemein. »Alles wird wie geschmiert laufen.« Ein kehliges Lachen entrang sich seiner Kehle.

»Genau«, gab Stuart ihm recht. *In der Zwischenzeit nehme ich mir die verlogene kleine Hure vor, die ich geheiratet habe.* »Es wird schon spät«, sagte er. »Ich muß zurück.«

Mace lächelte schmallippig. »Na, dann viel Vergnügen, Boß.«

Es verging etwas über eine Stunde, ehe Priscilla sich so weit erholt hatte, um aufstehen zu können. Und als sie es tat, geschah es, weil sie Metall auf Metall hörte – jemand machte sich am Schloß ihrer Tür zu schaffen!

Auf der Suche nach einem Gegenstand, mit dem sie sich verteidigen konnte, ließ Priscilla den Blick durch den Raum wandern, sah aber nur die schwere, reichverzierte chinesische Vase auf dem Piedestal neben der Tür und ging darauf zu.

Entsetzt merkte sie, daß das Oberteil ihres Kleides offenstand und ihre Brüste entblößt waren. Sie erfaßte die Enden des zerfetzten grünen Stoffes, band sie in einem provisorischen Knoten zusammen und lief dann, um die Vase zu packen. Sie trat in dem Moment hinter die Tür, als diese aufschwang.

Mit angehaltenem Atem und zitternden Händen hob Priscilla die Vase hoch über den Kopf.

»Priscilla?« hörte sie es flüstern. »Ich bin es ... Jaimie.«

Erleichtert atmete sie auf und kam hinter der Tür hervor. »Jaimie – Gott sei Dank.«

Er schloß die Tür hinter sich. »Ich habe das Schloß geknackt«, erklärte er. »Ich mußte ja nachsehen, ob es Ihnen einigermaßen geht.« Sein Blick musterte ihr Gesicht, sah die

Prellung, die bereits ihre Wange dunkel färbte, die Schürfwunde an ihrem Kinn. Dann bemerkte er ihr zerrissenes Kleid und die Kratzer auf Nacken und Schultern. »O Gott – ich kann nicht glauben, daß der Boß so etwas tut.«

»Er will etwas zu Ende bringen, was er begonnen hat, Jaimie. Sie müssen mir helfen.«

»Wenn ich nur eine Ahnung gehabt hätte... wenn ich nur einen Moment geglaubt hätte, er würde Ihnen etwas antun, hätte ich ihm nie verraten, wo Sie sind.«

»*Sie* haben es ihm gesagt? Wie sind Sie denn dahintergekommen?«

»Ich habe mit Stevens gesprochen. Ihn ein wenig bedroht. Es war nicht weiter schlimm.« Er berührte ihre Wange, und sie zuckte unwillkürlich zurück. »Verdammter Kerl – wir müssen Sie hier 'rausschaffen.«

Priscilla, die wieder Hoffnung schöpfte, nickte. Sie hätte wissen müssen, daß auf Jaimie Verlaß war. »Ich kann nicht zurück nach Evergreen.« Das würde Egan direkt zu Brendan führen. »Ich muß ein anderes Versteck finden, bis ich die Stadt verlassen kann.«

Jaimie ging durch den Raum und riß die Tür ihres Schrankes auf, um eine Reisetasche, die darin auf dem Boden stand, zu nehmen und aufs Bett zu werfen. »Wir gehen zu Ihrer Schwester. Dort werden Sie sicher sein.«

»Wie... woher wissen Sie von Rose?«

»Nach Ihrem Besuch hat sie es mir gesagt.« Er deutete auf die Tasche. »Priscilla, Sie müssen sich beeilen.«

Priscilla zog die Schubfächer der Kommode auf und holte soviel an Wäsche und Kleidern heraus, wie sie in der Tasche unterbringen konnte. Von Stuart Egan wollte sie nichts, doch hielt sie die Spuren in ihrem Gesicht und das Ungemach, das er ihr bereitet hatte, für Bezahlung genug.

»Und was ist mit McLeary?« Sie schloß die Tasche.

»Er ist einige Tage weg. Rose ist allein.«

»Woher wissen Sie, daß sie mir helfen wird?«

Jaimie lächelte. »Sie ist ein guter Mensch, Priscilla. Trotz ihrer harten Schale hat sie ein Herz aus Gold. Sie wird Ihnen helfen.«

Jaimie ging an den Schreibtisch und zog die Lade auf.

»Was suchen Sie?«

»Das da.« Er hielt einen Brieföffner mit Silbergriff in die Höhe, ging damit zur Tür und machte sich damit am Schloß zu schaffen. Dann warf er den Öffner auf den Boden. »Er wird glauben, Sie hätten sich selbst befreit.« Ihre Tasche über die Schulter werfend, bedeutete er ihr, ihm zu folgen. Leise gingen sie den Korridor entlang.

Nachdem sie einen Moment gehorcht hatten, ob niemand in der Nähe war, schlichen sie die Hintertreppe hinunter. Draußen gingen sie ein Stück zu Fuß, riefen dann eine Droschke und stiegen ein.

Es dauerte nicht lange, und sie waren vor dem Middleton Hotel angekommen. Nachdem sie ihr Umschlagtuch enger um sich gezogen hatte, um ihr zerrissenes Kleid zu verbergen, betraten sie die Lobby und stiegen die Treppe hinauf.

Jaimie klopfte an. »Ich bin es, Rose«, rief er durch die schwere Tür.

Priscilla entging die Wärme in seinen Worten nicht. Gleich darauf wurde geöffnet, und Rose stand da. Sie erfaßte Priscillas Zustand mit einem Blick.

»Mein Gott, was ist passiert?«

»Egan hat den Verstand verloren«, sagte Jaimie. »Ich mußte sie fortschaffen.«

Rose zögerte nur kurz, bedeutete ihnen einzutreten und schloß die Tür.

»Ich weiß, es ist viel verlangt«, sagte Priscilla, »aber ich wüßte nicht, wohin ich sonst gehen sollte.«

Rose sah sie achselzuckend an. »Was bedeutet schon eine streunende Katze mehr?« Sie bot Priscilla auf dem Roßhaarsofa Platz an.

Jaimie trug die Reisetasche in eines der Schlafzimmer, und Rose folgte ihm. Priscilla hörte, wie beide sich leise unterhielten, hörte, wie ihre Sachen aus der Tasche genommen und aufgehängt wurden, dann kamen die beiden wieder herein.

»Ich kann leider nicht bleiben«, sagte Jaimie.

»Egan wird vor Wut schäumen«, prophezeite Rose.

»Er wird nicht wissen, daß ich meine Hand im Spiel hatte.« Er ging, gefolgt von Rose, zur Tür. »Noch vor Ablauf der Woche möchte er zurück nach Texas auf die Triple R. Falls er Priscilla bis zur Abfahrt seines Dampfers nicht findet, steht zu vermuten, daß er sie aufgibt. Ich lasse euch wissen, was sich tut.«

Rose sah ihn an. Ihre Miene wurde ganz weich. Jaimie sah es und berührte ihre Wange. »Rose, ich komme wieder. Ich lasse dich nicht hier bei McLeary. Ich lasse nicht zu, daß er dich wieder schlägt.«

Roses hübsche braune Augen wurden groß. Sie wollte etwas sagen, verkniff es sich aber.

»Ich komme wieder«, wiederholte er, beugte sich zu ihr und küßte sie. Es war ein sanfter, aber besitzergreifender Kuß, der beide zu erstaunen schien.

»Gib acht.« Rose schien ein wenig atemlos.

Jaimie grinste. Er war männlicher und entschlossener, als Priscilla ihn je erlebt hatte. »Das werde ich.« Damit ging er hinaus und schloß die Tür.

Als Rose durchs Zimmer ging, sah sie ein wenig benommen aus. Unter Priscillas forschendem Blick errötete sie, dann straffte sie ihre Schultern und hatte sich wieder in der Gewalt. »Soll ich Tee servieren lassen?«

Priscilla lächelte matt. »Mir ist eher nach Brandy zumute.«

Rose schaute sie erstaunt an, las aber nur Dankbarkeit in der Miene ihrer Schwester und erwiderte deren Lächeln.

»Gute Idee.« Sie schenkte zwei Kristallschwenker voll, reichte einen Priscilla und setzte sich ihr gegenüber in den Sessel.

Priscilla nahm einen Schluck. Der Brandy wirkte wärmend und entspannend. »Jaimie ist wunderbar«, sagte sie schließlich.

»Er ist ein sehr guter Mensch.« Rose wich ihrem Blick aus und spielte mit ihrem Glas, indem sie mit einem langen schlanken Finger den Rand entlangfuhr. »Zu gut für eine wie mich.«

Von einem Beschützerinstinkt getrieben, den sie sich nicht zugetraut hätte, beugte Priscilla sich vor. Ihr Blick wanderte vom dunkelbrünetten Haar ihrer Schwester, das ihrem so glich, zu deren vollen rosa Lippen und den großen braunen Augen. Ihre Züge waren ähnlich, aber Roses Gesicht verriet Wachsamkeit, ja fast Weisheit, die Priscilla fehlte. Ihr Herz schlug für die Frau, die schon so viel Leiden erfahren hatte.

»Jaimie ist nicht dieser Meinung. Er hält offensichtlich große Stück auf dich. Und mir scheint, du denkst ähnlich von ihm.«

»Wir waren nicht viel beisammen«, sagte Rose. »Du kennst ihn viel besser als ich.«

Priscilla wölbte eine Braue. Der Ton ihrer Schwester gab ihr Rätsel auf. »Jaimie und ich sind Freunde, nicht mehr. Ich habe ihn erst auf der Triple R kennengelernt.«

Rose schien erleichtert, obwohl sie bemüht war, sich nichts anmerken zu lassen. »Ich dachte... nun, du mußt wissen, daß Jaimie es war, der dir die Briefe schrieb.«

Nun war es an Priscilla, große Augen zu machen. »Jaimie hat die Briefe geschrieben? Aber sie kamen von Stuart.«

»Egan sagte ihm ein paar Dinge, von denen er wollte, daß du sie erfährst. Alles andere steuerte Jaimie bei. Stuart wollte sich nicht die Mühe machen.«

Priscilla griff in die Falten ihres Rockes. »Ich hätte es wissen müssen! Ich spürte, daß etwas an ihm nicht stimmte. Der Mann, der die Briefe schrieb, war so aufrichtig, so sanft. Doch ich dachte, Stuart hätte diese Eigenschaften irgendwo tief in sich, und ich hoffte, daß sich mit der Zeit zwischen uns alles zum Guten wenden würde.« Sie sah Rose an. »In Wahrheit ist er wirklich der brutale, selbstsüchtige – Schurke, der er zu sein scheint.«

Rose beobachtete sie aufmerksam, als gäbe es für Priscilla noch mehr zu sagen. Doch diese ließ es unausgesprochen. »Jaimie sagte, es gäbe einen Mann… in den du dich verliebt hast… einen texanischen Revolverhelden.«

Priscilla spürte, wie ihr die Kehle eng wurde. »Er heißt Brendan.« Allein der Gedanke an ihn genügte, daß sie einen Stich im Herzen spürte. »Ich habe mich in ihn verliebt, kaum daß ich ihn sah.«

»Jaimie sagte, Egan hätte ihn wegen Mordes hinter Gitter gebracht. Weißt du, ob er… ob er…?«

Priscilla lächelte. Sie konnte nicht anders, da sie an seine Berührung dachte, an seine warmen Lippen, die ihren Mund bedeckten. Sie dachte daran, wie sein harter Körper sich auf ihrem angefühlt hatte, wie seine Männlichkeit in sie eingedrungen war. Errötend setzte sie sich auf dem Sofa zurecht.

»Ja, er lebt – er ist sogar sehr lebendig.« Konnte sie ihrer Schwester die Wahrheit sagen? Sie seufzte. »Leider ist alles sehr kompliziert.«

Rose, die an ihrem Brandy nippte, lehnte sich zurück. Sie

studierte Priscilla mit einem ruhigen Blick, der sie genau abzuschätzen schien. »Caleb ist nicht in der Stadt. Ich bin es gewöhnt, daß es bei mir spät wird – und du hast nichts vor. So wie ich es sehe, brauchst du jemanden, bei dem du dich aussprechen kannst.«

»Ich dachte, du würdest mich für das hassen, was deinen Eltern zustieß.«

Rose seufzte tief. »Du hast ja selbst gesagt, daß du nicht älter als sechs warst. Und im Leben geht es nun mal zu wie beim Würfelspiel. Du hast die Sieben gewürfelt und ich die Null. Was mit mir geschah, war ebensowenig deine Schuld wie meine.«

Priscilla sah Rose an. Obwohl ihre Schwester ein Jahr jünger war, wirkte sie viel älter und um vieles reifer. »Ich würde mich gern mit jemandem aussprechen, sehr gern sogar.«

»Alles ist wie geplant gelaufen.« Mace Harding ging durch das von Bücherregalen gesäumte Arbeitszimmer, um sich aus der Karaffe auf dem schweren Mahagoni-Sideboard einen Whiskey einzugießen. Stuart saß steif hinter seinem prächtigen Nußholzschreibtisch, eine dicke Zigarre im Mund.

»Nicht ganz.« Unwillkürlich ballte er eine Hand zur Faust. »Meine Frau, das kleine Luder, ist ausgerissen.«

»Was?« Mace fuhr herum und sah ihn an. »Wie hat sie entkommen können?«

Stuart befingerte den Brieföffner mit dem Silbergriff, den er in ihrem Zimmer auf dem Boden gefunden hatte. »Sieht aus, als hätte sie damit das Schloß geöffnet.« Wieder einmal hatte er sie unterschätzt.

»Verflucht... meinen Sie, daß sie zurück nach Evergreen ist?«

Stuart hatte seit seiner Rückkehr diese Möglichkeit – sowie einige andere erwogen. »Vielleicht. Wenn sie glaubt, daß sich Trask dort befindet. Aber sie weiß nicht, daß wir ihn haben, deswegen wird sie wahrscheinlich versuchen, ihn zu schützen und sich anderswo verstecken. So oder so, sie wird mit ihm Kontakt aufnehmen wollen. Du mußt ein paar Männer anheuern, die Evergreen im Auge behalten. Jeder Besucher muß überprüft werden. Früher oder später wird uns jemand zu ihr führen.«

»Und was ist mit der Triple R?« fragte Mace. »Sollten wir nicht zurück?« *Nichts wie raus aus Natchez*, dachte er insgeheim.

»Sobald wir sie finden – was nicht zu lange dauern dürfte. In der Zwischenzeit befassen wir uns mit Trask und den anderen.«

»Heute abend?«

Stuart schüttelte den Kopf. »Heute wollen wir uns ausruhen und ausschlafen. Wir müssen für morgen bereit sein.« Er drückte seine Zigarre aus. »Ich freue mich schon auf... die Festlichkeiten.«

»Glaubst du wirklich, ihm könnte noch etwas an mir liegen?« Stunden waren vergangen, und noch immer saßen sie da und redeten. Seit Priscilla mit rückhaltloser Offenheit ihren Bericht begonnen und Rose wie einer richtigen Schwester alles anvertraut hatte, war deren Haltung milder geworden.

Seine eigene Schwester konnte man schwer hassen, besonders, wenn man nie richtig eine gehabt hatte. Und Priscilla *hatte* ihr Hilfe angeboten, hatte sie sogar zu überreden versucht, mit ihr nach Cincinnati zu gehen.

»Natürlich will er dich noch«, sagte sie. »Ein Mann folgt einer Frau nicht den ganzen Weg von Texas her, wenn er sie nicht liebt. Er ist nur verletzt und zornig – und sehr enttäuscht.«

Priscilla wischte sich eine Träne von der Wange. Sie hatte nicht weinen wollen, hatte ihrer Schwester eigentlich nicht soviel erzählen wollen, aber nachdem sie angefangen hatte, gab es kein Halten mehr.

»Auch wenn er mich noch will, weiß ich gar nicht, ob ich die Frau bin, die er braucht. Ich habe keine Ahnung vom Leben einer Pioniersfrau.«

»Ich auch nicht«, erwiderte Rose, »aber wenn ich einen Mann so lieben würde wie du Brendan, würde ich ihm an jeden Ort der Welt folgen.«

Es hatte eine Zeit gegeben, da Priscilla ihr beigepflichtet hätte.

»Du hast mir eben gesagt, du wärest nach Texas gegangen, um Stuart zu heiraten und eine Familie zu gründen«, fuhr Rose fort, »um dir ein Heim zu schaffen, ohne Rücksicht auf die Umstände. Aber dann bist du Brendan begegnet und hast entdeckt, daß dies ohne Liebe nicht geht.«

Priscilla lächelte verloren. »Wenn ich mit ihm zusammen bin, habe ich das Gefühl, es gäbe nichts, das ich nicht schaffen könnte.«

Rose stand aus ihrem Sessel auf und setzte sich neben sie aufs Sofa. »Priscilla, du hast noch Aussicht auf Glück – auf eines, wie es nur wenigen Menschen beschieden ist. Wenn du es nicht am Schopf packst, wirst du es dein Leben lang bereuen.«

»Und wenn er mich nicht mehr will?«

»Das wirst du erst wissen, wenn du ihn fragst.«

»Und wenn ich mit ihm gehe und es nicht schaffe? Wenn ich versage?«

»Dann hast du es wenigstens versucht. Mehr kann man nicht tun.«

Priscilla grübelte über den Worten ihrer Schwester. In den Stunden vor Tagesanbruch hatte sie Rose Conners mehr über sich erzählt als irgend jemandem auf der Welt – mehr sogar, als sie Brendan gesagt hatte. »Jaimie hatte recht«, sagte sie leise. »Du hast ein Herz aus Gold.«

Rose hob den Kopf. Sie sah Priscilla an, als sähe sie diese zum ersten Mal, dann wandte sie den Blick ab. »Hat Jaimie das gesagt?«

Priscilla nickte. »Wirst du mit ihm gehen, wenn er dich fragt?«

Rose seufzte. »Ich bin mir nicht sicher.«

»Warum nicht?«

»Weil ich mir nicht sicher bin, ob es Jaimie gegenüber fair wäre. Ich habe Dinge getan ... das Leben, das ich führte, war zuweilen sehr schmutzig.«

»Meinst du, daß es Jaimie stört?«

»Eigentlich schon.«

»Du machst dir Jaimies wegen Sorgen ... und ich Brendans wegen. Wie fair wäre es, wenn ich mit ihm nach Texas ginge und ihn dann enttäusche? Wenn ich nicht die Frau sein kann, die er braucht – wie fair ist das?«

Diesmal gab Rose keine Antwort.

Lange Zeit sprach keine der beiden ein Wort. »Warum gehen wir nicht zu Bett?« sagte Rose schließlich. »Morgen werden wir eine Nachricht nach Evergreen schicken, sie wissen lassen, daß du in Sicherheit bist.«

Einem Impuls folgend, beugte Priscilla sich vor und umarmte sie. »Ich bin froh, daß ich diese Chance hatte, dich kennenzulernen.«

Rose drückte ihre Hand. »Ich auch.«

Gemeinsam gingen sie ins Schlafzimmer, um sich zur Ruhe zu begeben. Beide ahnten wohl, daß der Schlaf lange auf sich warten lassen würde.

20. Kapitel

Jaimie hämmerte laut an die Tür. »Rose! Ich bin es – laß mich eintreten!«

Rose, die ein schlichtes blaues Baumwollkleid trug, lief zur Tür und öffnete. »Jaimie! Komm herein.« Hinter ihm schloß sie rasch wieder die Tür.

Durch das offene Fenster fielen die Strahlen der späten Nachmittagssonne und warfen einen Lichtstreifen auf das besorgte Gesicht des hochgewachsenen rothaarigen Mannes. Ein Blick in seine angespannten Züge, und auf Priscillas Brust legte sich beklemmender Druck.

»Was ist, Jaimie? Was ist geschehen?« Nachdem sie von Stuarts unsanfter Behandlung erschöpft und zerschlagen kurz vor Tagesanbruch eingeschlafen war und fast den ganzen Tag verschlafen hatte, war sie aufgestanden, hatte ein Bad genommen und sich angezogen. Ihr frischgewaschenes und noch feuchtes Haar fiel ihr auf die Schultern.

Sie packte Jaimies Arm. »Sagen Sie, was geschehen ist.«

»Es geht um Trask. Egan hat ihn in seiner Gewalt – und will ihn töten.«

Priscilla verschluckte ein Aufschluchzen. »O Gott, nein!«

»Priscilla, Sie hätten mir sagen sollen, daß er hier ist.«

»Das wollte ich ja. Ich wollte nur sicher sein, ob ich Ihnen trauen kann.«

»Wie hast du es herausgefunden?« fragte Rose.

»Ich habe Egan und Mace im Arbeitszimmer miteinander sprechen gehört. Ich wäre schon eher gekommen, aber ich konnte mich nicht früher loseisen.«

»Was machen wir jetzt?« fragte Priscilla, deren Hände heftig zitterten.

Rose stieß einen matten Seufzer aus. »Ehe wir etwas unternehmen, hör dir lieber den Rest an.«

»Welchen Rest?« Jaimie sah sie an.

»Egan und Caleb sind Partner – seit Jahren schon. McLeary ist der Mann hinter den Flußpiraten. Egans Verbindungen zu den Frachtunternehmen ermöglichten ihm Zutritt zu Informationen, die dann an McLeary weitergegeben wurden.« Ihre Handbewegung umfaßte die luxuriöse Einrichtung. »Wie sonst hätte er sich das leisten können?«

»Du hast von seiner Beteiligung an diesen Verbrechen gewußt und bist bei ihm geblieben?« fragte Priscilla entgeistert.

Momentan schien Rose gekränkt, dann aber hob sie trotzig ihr Kinn. »Daß von dir kein Verständnis zu erwarten war, ist klar.«

Jaimie legte ihr den Arm um die Taille. »Schon gut, mein Schatz. Das alles ist jetzt unwichtig. Wichtig ist, daß Egan nicht der Mann ist, für den ich ihn hielt«, er warf Priscilla einen Blick zu, »– daß er nicht der Mann ist, den wir in ihm sahen. Man muß ihm Einhalt gebieten.«

In Priscillas Bewußtsein blitzte Verständnis auf. »Brendan muß es entdeckt haben, bevor er hierherkam. Er sagte, er hätte ein Abkommen mit den Texas Rangers getroffen. Er sei nach Natchez gekommen, um mitzuhelfen, dem Schmuggelunwesen auf dem Fluß ein Ende zu machen. Die Rangers müssen gewußt haben, daß Stuart dabei seine Hände im Spiel hat.«

»Wahrscheinlich hat jemand Trask erkannt und es Egan gesteckt«, sagte Jaimie.

»Lieber Gott… wir müssen eine Möglichkeit finden, ihm zu helfen.«

»Ich weiß, daß es für heute abend geplant ist«, sagte Jaimie, »aber wo und wann, das weiß ich nicht genau.«

»Zehn Meilen außerhalb der Stadt«, sagte Rose tonlos. »Dort gibt es eine Sandbank – es ist geplant, die *St. Louis* auflaufen zu lassen. Ich habe gehört, wie Caleb zu Jake Dobbs davon sprach.«

»Die *St. Louis*«, wiederholte Jaimie ungläubig. »Meine Güte, das ist der größte Flußdampfer, der den Mississippi befährt.«

»Für McLeary ist nichts zu groß«, entgegnete Rose mit einem Anflug von Bitterkeit. »Er hält sich für den König des Flusses.«

»Na, dann wird Seine Hoheit eben entthront werden.« Jaimie ging zur Tür. »Es wird bald dunkel – Eile ist geboten. Ich muß zum Sheriff, und der wird eine Weile brauchen, um eine ausreichende Zahl von Männern zusammenzutrommeln.«

»Chris Bannerman wird Ihnen behilflich sein«, sagte darauf Priscilla. »Ich weiß, daß Sie auf ihn zählen können. Sagen Sie Chris einfach, man hätte Brendan geschnappt und Sie hätten mit mir gesprochen.«

Jaimie nickte. »Wenn das so ist, dann gehe ich zuerst zu Bannerman. Ich kann jemanden gebrauchen, der meine Geschichte bestätigt.«

Rose faßte nach seinem Arm. »Jaimie, sei vorsichtig.«

Er neigte sich zu ihr und küßte sie – nicht sanft, sondern hart. Rose legte die Arme um seinen Hals und erwiderte seinen Kuß.

»Ich komme wieder und hole dich«, versprach Jaimie. »Du bleibst hier.« Nach einem flüchtigen Kuß ging er.

Priscilla sah ihre Schwester, die geradeaus starrte und ihre Gefühle verbarg, forschend an.

Sie wünschte, sie hätten miteinander reden können wie am Abend zuvor, aber jetzt war nicht der richtige Zeitpunkt. »Ich wünschte, ich könnte etwas tun.« Priscilla fing an, auf und ab zu gehen. »Aber wenn man Brendan hinaus auf den Fluß geschafft hat...«

Rose schien in Gedanken verloren. »Ich glaube nicht, daß man das getan hat«, sagte sie schließlich.

»Was?«

»Wenn jemand von der Bande ihn erkannt hat, dann war es vermutlich unten in der Keelboat Taverne. Auch wenn man ihn anderswo geschnappt hat, wäre dies der beste Ort, um ihn festzuhalten, bis man einen Weg findet, ihn...«

»...ihn was?«

»Es wird dir nicht gefallen, was ich sagen werde.«

»Sag es trotzdem.«

Rose richtete sich auf. »Wenn man ihn nicht schon getötet hat, wird man es wahrscheinlich heute tun – und dann wird man ihn hinaus zur Sandbank schaffen und es so einrichten, daß sein Leichnam für den eines Flußpiraten gehalten wird, damit niemand auf eine Verbindung zu Egan oder McLeary und der Keelboat Taverne schließen könnte. Er ist dann einfach einer von vielen Toten, die flußabwärts treiben.«

Priscilla spürte würgende Übelkeit. *Lieber Gott, nicht!* Dann überfiel sie ein anderes Gefühl – eine Aufwallung von so unbeugsamer Entschlossenheit, daß es sie fast umwarf. »Du meinst also, er könnte noch in der Taverne sein?«

»Man wird nicht riskieren, ihn vor Einbruch der Dunkelheit fortzuschaffen.«

Priscillas Entschluß stand fest. »Ich brauche eine Waffe. Hat McLeary hier eine Schußwaffe?«

»Eine Schußwaffe?« wiederholte Rose.

»Wenn man Brendan in der Keelboat Taverne festhält, muß ich ihn dort herausschaffen, ehe es zu spät ist.«

Rose starrte sie verblüfft an. Dann schmunzelte sie. »Du bist vielleicht wirklich meine Schwester.« Sie ging durch den Raum ins Schlafzimmer, das sie mit Caleb teilte. Gleich darauf kam sie mit einer Flinte über dem Arm wieder. Der Lauf war nach unten gerichtet.

»Brandneu, mit acht Schüssen und drehbarem Verschlußstück«, verkündete Rose stolz. »Will man Caleb glauben, dann ist es das Allerneueste auf diesem Gebiet. Mr. Timmons, der Ladenbesitzer, hat sie gestern geliefert, aber Caleb war schon gegangen. Er hat sie vor Monaten bestellt – und er war wütend wie eine gereizte Hummel, weil sie nicht früher zu haben war.«

Priscilla nahm die schwere Waffe aus der schmalen Hand ihrer Schwester entgegen. »Ist sie geladen?«

»Ja. Mr. Timmons sagte, sie sei geladen und schußbereit, wie Caleb es wollte.« Sie warf Priscilla einen Seitenblick zu. »Mein Leben war zwar hart, aber ich bin ein Stadtmädchen ohne die leiseste Ahnung, wie man mit dem verdammten Ding umgeht.«

Priscilla befingerte die schwere Waffe, bemüht, nicht an Charity oder an den indianischen Krieger zu denken, den sie getötet hatte. »Sie ist genauso wie Brendans Waffe. Er hat mir nie gezeigt, wie sie funktioniert, doch konnte ich ihn des öfteren beobachten. Man legt einfach an und drückt ab. Für den nächsten Schuß zieht man diesen Metallring, der das Magazin weiterdreht.«

»Bist du sicher, daß du es tun willst?«

Priscilla dachte an Brendan, der sich allein dem Tod gegenübersah. »Noch nie im Leben war ich so sicher.«

»Dann komme ich mit.«

Priscilla blickte erstaunt auf. »Warum möchtest du das?«

»Ohne mich würdest du ihn wahrscheinlich gar nicht finden. Außerdem... sind wir nun Schwestern oder nicht?«

Priscilla, die spürte, wie ihr Herz sich wärmte, lächelte. »Doch, das sind wir.«

»Caleb hat im Stall nebenan einen Wagen. Ich könnte anspannen lassen, kann aber selbst nicht kutschieren.«

Priscilla warf ihr einen Blick zu, der alles sagte. »Das übernehme ich.«

»Sie haben den Henker also um seine Arbeit betrogen?« Stuart umkreiste den Stuhl, auf dem Brendan mit tief auf die Brust gesunkenem Kopf gefesselt saß.

Es kostete ihn seine ganze Willenskraft, um aufzuschauen und dem triumphierenden Blick seines Widersachers zu begegnen. »Tut mir leid, Sie enttäuscht zu haben«, stieß er keuchend mit aufgedunsenen Lippen hervor.

Mit schräggelegtem Kopf versuchte er ihn anzusehen, obwohl er die Augen kaum offenhalten konnte. Das eine war verquollen und dunkel umrändert, das andere schmerzte von den heftigen Schlägen, die er seitlich ins Gesicht abbekommen hatte.

»Keine Ursache. Wir freuen uns, ihm diese Arbeit abnehmen zu können.« Auf eine Kopfbewegung Stuarts hin versetzte Mace Harding Brendan einen Fausthieb in den Magen. Er blutete aus der Nase, seine Rippen schmerzten schier unerträglich von Hardings brutalen Tritten, und aus den Mundwinkeln liefen Blutrinnsale.

»Was haben Sie in der Keelboat Taverne getrieben?« fragte Stuart, während Brendan sich nach Kräften bemühte, gegen das Schwindelgefühl anzukämpfen, das bewirkte, daß die Höhlenwände sich um ihn drehten. Es roch muffig und modrig, Ratten huschten um seine Füße.

»Ich war auf einen Drink da«, sagte er. Es war die Antwort, die er Harding immer wieder aufgetischt hatte. Egan war eben erst eingetroffen.

»Und wenn Sie nicht in der Taverne waren, haben Sie es auf Evergreen mit meiner Frau getrieben.«

Auf diese Äußerung hin hob Brendan den Kopf. »Ich weiß nicht, wovon Sie reden«, brachte er heraus.

»Nein? Nun, sie ist ein heißes kleines Ding – Sie haben es ihr gut beigebracht.«

Innerhalb seines Seil-Kokons ballte Brendan die Hände zu Fäusten. »Wenn Sie ihr etwas angetan haben... wenn Sie sie angerührt haben, werde ich Sie töten.« Die Vorstellung von Egans plumpen Fingern auf Priscillas schlanken Formen ließ ihn an seinen Fesseln zerren.

Egan lachte nur, ein Geräusch, das von den Höhlenwänden hohl zurückgeworfen wurde. »Denken Sie sich nur, Trask, während Sie mit meinem Freund Mace... beschäftigt waren, habe ich mich mit Priscilla vergnügt. Hat sie nicht wundervolle Brüste? Gerade so viel, um die Hände eines Mannes auszufüllen... Mir gefällt besonders, wie sie nach oben weisen...«

Brendan ließ ein Grollen aus tiefster Kehle hören. Er schnellte gegen Egan vor, schaffte es aber nur, seinen Stuhl umzukippen und auf dem schmutzigen Höhlenboden zu landen. Um sie herum lagerten Kisten mit Hanf, Baumwollballen, Whiskey und Zuckerfässern.

Mace packte zu und stellte Brendans Stuhl auf, ehe er ihm einen heftigen Hieb in die Rippen versetzte.

Brendan entfuhr zischend ein Schmerzenslaut.

»Ich brauche jetzt einen Drink«, äußerte Stuart, der eine Öllampe nahm und auf McLearys Lagerraum zusteuerte. »Wir kommen wieder, Trask. In der Zwischenzeit können Sie sich erholen und amüsieren.«

Das Gelächter seiner Peiniger wurde von den Höhlenwänden zurückgeworfen.

Priscilla staunte selbst nicht schlecht, wie gut sie das Gespann lenkte. Trotz der einbrechenden Dämmerung, die verhinderte, daß sie deutlich zu sehen war, hatten etliche fragende Blicke sie gestreift, da es ungewöhnlich war, daß eine Frau um diese Zeit allein eine Ausfahrt unternahm. Rose saß voller Anspannung hinten im Wagenfond.

»Wenn er in ihrer Gewalt ist, wird er in den Höhlen hinter der Taverne festgehalten.«

»Und wie kommen wir dorthin?«

»Es gibt einen Geheimgang hinten hinaus, den ich nicht kenne. Wir müssen durch die Hinterseite der Kneipe hinein. Nebenan liegt ein verlassenes Haus – besser gesagt eine Bruchbude. Dort können wir den Wagen unterstellen.«

Priscilla befolgte Roses Vorschlag, und Minuten später machten sie die Pferde fest, kletterten über die heruntergefallenen Deckenbalken des verlassenen Hauses und schlichen zur Hinterseite der Keelboat Taverne.

»Ich stehe Todesängste aus«, flüsterte Rose im Laufen.

Priscilla lächelte. »Ich auch.« Aber die Angst konnte nicht schaden, wie sie allmählich merkte, solange man tat, was man tun mußte. An der Hintertür angelangt, blieben sie stehen und lauschten auf Stimmen.

»Stuart«, flüsterte Priscilla, die die dunkle Tonlage erkannte. »Der andere ist Mace Harding. Den dritten Mann kenne ich nicht.«

»Das ist Jake Dobbs, die rechte Hand von Caleb.« Die Stimmen entfernten sich und verstummten dann. »Sie gehen in die Höhle.«

Priscillas Herzschlag beschleunigte sich. Draußen war es dunkel. Für Egan war die Zeit gekommen, seine Pläne durchzuführen. »Wir müssen sie aufhalten.« Sie lauschte noch einen Moment, hörte nichts und öffnete die Tür.

»Wir brauchen eine Lampe«, sagte Rose. »Ich weiß, wo Caleb sie aufbewahrt.« Sie lief zu einer Kiste und holte eine kleine Laterne hervor. Nachdem sie ein Streichholz an der groben Holzwand angestrichen hatte, hielt sie die Flamme an den Docht und schraubte den Zylinder herunter. »Wenn wir so nahe herangekommen sind, daß wir sie sehen können, löschen wir das Licht und lassen uns den Rest der Strecke von ihren Lichtern leiten.«

Priscilla nickte. *Bitte, lieber Gott, laß ihn noch am Leben sein.* Außerdem betete sie darum, ihr möge einfallen, wie man mit dem Gewehr richtig umging. »Los, gehen wir.« Sie hatte ihr dichtes dunkles Haar nur mit einem Band zusammengebunden, und es wippte nun gegen ihren Rücken, als sie durch die Finsternis liefen.

Priscillas Magen revoltierte, als sie Feuchtigkeit, Moder und Fäulnis roch. Etwas Pelziges streifte ihren Fuß, doch sie unterdrückte einen Aufschrei und ging weiter. Es zeigte sich, daß die Höhle längst nicht so tief war, wie sie es sich vorgestellt hatte. Schon nach der ersten Ecke sahen die beiden vor sich einen gelben Lichtstrahl.

Er bewegte sich nicht.

Priscilla löschte die Lampe und bog um die Ecke in die Dunkelheit des Ganges ein. Sie konnte nicht sehen, wohin sie ging, doch der Lichtkreis vor ihr gab ihr die Richtung an. Als sie Rose über einen Stein stolpern hörte, wurde das Geräusch als Echo zurückgeworfen, und beide erstarrten vor Entsetzen.

»Was war das?« fragte Mace Harding.

»Eine Ratte vermutlich.« Sie lauschten kurz und schlichen weiter, als sie nichts mehr hörten.

»Kipp ihm Wasser ins Gesicht«, befahl Stuart. »Er soll genau wissen, was mit ihm geschieht.«

Priscilla hörte ein Spritzen, gefolgt von einem leisen gepeinigten Ächzen und wußte sofort, daß es Brendan war. Das Herz drehte sich ihr im Leib um. *Gott im Himmel, was hat man mit ihm gemacht?*

Priscilla schlich sich vorsichtig an den Rand des Lichtkreises heran. An einen Stuhl gefesselt, hing Brendan nach vorwärts geneigt in den Seilen, die sich tief in sein Fleisch einschnitten. Harding riß seinen Kopf am Haar in die Höhe. Priscilla stockte der Atem beim Anblick seines mit Schwellungen und Platzwunden übersäten Gesichtes.

Liebe drohte sie zu überwältigen. Und dazu eine so heftige Aufwallung ihres Beschützerinstinktes, daß es eiserner Beherrschung bedurfte, um nicht sofort an seine Seite zu stürzen. Priscilla umfaßte die Waffe fester. Von den nächsten entscheidenden Augenblicken hing Brendans Leben ab – und sie würde ihn nicht im Stich lassen.

Mit überraschend ruhigen Händen hob Priscilla das Gewehr und legte auf die drei Männer an.

»Ich ziele genau auf euch«, kam ihre Stimme warnend aus der Dunkelheit. »Tretet von ihm zurück – ganz langsam – und Hände hoch.«

Brendans Kopf fuhr beim Klang ihrer Stimme herum. Stuarts Blick richtete sich mit einem Ruck auf die Dunkelheit. Mace Harding griff nach seiner Waffe.

»Nicht!« warnte Priscilla ihn und trat nun in den Lichtkreis, den Gewehrlauf direkt auf Hardings Brust richtend.

»Priscilla!« Aus dem heiser hervorgestoßenen Wort war Angst herauszuhören. Brendan zerrte an den Fesseln, die ihn banden.

»Mein tückisches kleines Eheweib hat sich also zu uns gesellt.« Stuart lachte auf, und das Geräusch widerhallte gespenstisch. »Damit ersparst du mir die Mühe, dich ausfindig zu machen. Danke, meine Liebe.«

»Binde ihn los«, ordnete Priscilla an, die sich gegen Stuarts Hohn und gegen ihre eigene, mühsam unterdrückte Angst wappnete. »Ich hole ihre Waffen.« Rose trat aus der Dunkelheit und wollte auf die Männer zu.

»Das würde ich nicht tun«, warnte Harding sie in gefährlich drohendem Ton. Rose hielt inne. Mace bewegte sich Zoll um Zoll auf sie zu, ohne den Gewehrlauf zu beachten, den Priscilla noch immer auf seine Brust gerichtet hielt.

»Priscilla, du hättest nicht kommen sollen.« Brendans Worte klangen eher wie eine flehentliche Bitte.

»Ich erschieße Sie«, warnte sie Harding.

»Das glaube ich nicht«, sagte er. »Sie sind nicht imstande, einen Menschen kaltblütig umzulegen.« Wieder ging er einen Schritt weiter.

»Ich werde schießen, das verspreche ich.« Er lächelte nur und bewegte sich weiter. Priscillas Finger krümmte sich um den Abzug. »Zwingen Sie mich nicht, Sie zu töten.«

Wieder ging Harding einen Schritt weiter. Er glaubte ihr nicht. Er würde nicht stehenbleiben, ehe er sie nicht erreicht und ihr die Waffe entwunden hatte. Er würde nicht stehenbleiben, ehe nicht Brendan und vielleicht auch sie und Rose tot waren.

»Lauf, Priscilla«, drängte Brendan. »Sieh zu, daß du davonkommst, solange du noch eine Chance hast.«

Mace ging weiter, kam näher, auf der Lauer nach einem Anzeichen von Schwäche.

»Wenn es sein muß, erschieße ich Sie glatt.«

Mace lachte auf. »Sie sind keine Mörderin.« Der nächste Schritt brachte ihn auf Armeslänge an den Gewehrlauf heran.

»Raus hier, Priscilla!«

Sie blickte von Brendans geliebtem, geschundenem Gesicht zu Harding, bemerkte aus dem Augenwinkel dessen triumphierendes Lächeln, zielte unwillkürlich tiefer – und drückte ab.

Mit einem Schmerzensschrei, der die Höhlenwände erzittern ließ, ging Harding zu Boden. Priscilla drehte den Ring, ließ das Magazin rotieren und zielte auf Stuart. »Sag Dobbs, er soll zurück!«

Stuart bedeutete dem schwergebauten Mann mit einer Kopfbewegung zurückzutreten.

»Du Luder!« brüllte Mace, der sein zerschmettertes Knie hielt, sich auf dem schmutzigen Höhlenboden vor Schmerzen windend.

»Stuart, wirf deine Waffe auf den Boden.« Vorsichtig kam er der Aufforderung nach. »Und jetzt Sie«, sagte sie zu Dobbs. »Ordentlich und brav.«

Er zog mit den Fingerspitzen seinen Revolver aus dem Halfter und ließ ihn fallen. Rose bückte sich rasch nach den Waffen und warf sie in die Dunkelheit des Tunnels, außerhalb des Lichtkreises.

Rose wollte eben auf Mace zu, um dessen Waffe aus der Gefahrenzone zu bringen, als er sich blitzschnell umdrehte und gleichzeitig seinen Revolver zog. Priscilla legte an und drückte ab. Mace schnellte mit einem zweiten Schmerzensschrei zurück, Blut schoß aus seiner Brust. Sie drehte das Magazin und legte auf Stuart an.

»Ich hätte nicht gedacht, daß so etwas in dir steckt«, sagte er in einem Ton, in dem ein sonderbarer Anflug von Stolz mitschwang. Rose trat an Brendans Seite und machte sich daran, seine Fesseln zu lösen.

»Bei manchen Dingen lohnt es sich, um sie zu kämpfen«, sagte darauf Priscilla, der zum ersten Mal aufging, wie ernst sie es meinte.

»Wir beide hätten ein gutes Gespann abgegeben, du und ich.«

»Das glaube ich kaum.«

Rose hatte Brendan von seinen Fesseln befreit, worauf er unsicher aufstand und sich schwer auf sie stützte.

»Schaffst du es?« rief Priscilla ihm zu. Es zerriß ihr das Herz, wenn sie daran dachte, was er durchgemacht hatte. Ihre Blicke trafen sich, der ihre beschützend, seiner forschend, fragend, dankbar und daneben noch von einem Ausdruck erfüllt, den sie nicht deuten konnte.

»Ich schaffe das schon.« Er machte auf Rose gestützt einen Schritt, und dann brachten sie langsam und sicher das Stück hinter sich, das sie von Priscilla trennte. Als er ihr das Gewehr aus der Hand nahm, berührten ihre Finger einander, und in Priscillas Herz wallte Liebe auf.

»Jetzt geht es zum Sheriff«, sagte Brendan mit schon festerer Stimme zu Egan. »Sie gehen voraus. Und Sie auch, Dobbs.« Der massive Mann ging an ihnen vorüber.

So lässig, als ginge er zu einem Abendbummel in die Stadt, schritt Stuart den nur unzulänglich erhellten Gang entlang. Als Rose die Laterne vom Boden aufhob, mußte Brendan sich auf Priscilla stützen. Stuart folgte Dobbs, doch in dem Moment, als er an Brendan vorüberging, vollführte er eine blitzschnelle Wendung, packte das Gewehr und stieß damit mit aller Kraft zu. Brendan ließ die Waffe nicht los, mußte aber zu Boden und riß Priscilla mit sich. Ein Schuß löste sich und traf ins Leere.

Brendan fluchte wütend, als Dobbs in die eine Richtung losrannte und Egan mit laut widerhallenden Schritten an ihnen vorüber in die andere, um in der Dunkelheit zu verschwinden.

»Es gibt einen zweiten Ausgang!« rief Rose. »Er muß wissen, wo er liegt.«

»Schon gut«, gab Brendan von sich. »Sollen sie laufen. Ich weiß, wohin sie wollen. Und jetzt schleunigst weg von hier.«

Brendan legte einen Arm über Priscillas Schulter und hielt somit das Haar fest, das sich aus dem Band gelöst hatte.

Sie spürte die Anspannung seiner Muskeln, doch seine Schritte waren sicherer geworden, und seine Kraft war zurückgekehrt. Sie erreichten das Hinterzimmer der Taverne, sahen niemanden, durchquerten den Raum und gingen durch die Hintertür hinaus.

»In dem leeren Haus nebenan haben wir einen Wagen versteckt«, sagte Priscilla.

Brendan nickte nur. Sie spürte, wie seine Kraft mit jedem Schritt zunahm. Als sie den Wagen erreichten, konnte er schon ohne Stütze gehen.

Er blickte sich suchend nach dem Kutscher um, konnte aber niemanden sehen.

»Ich bin selbst gefahren«, sagte Priscilla hinter ihm. Er sollte wissen, daß sie es geschafft hatte – sollte ihr zutrauen, daß sie es auch in Texas schaffen würde. Sie selbst wußte es jetzt, mit größerer Gewißheit, als sie jemals etwas im Leben gewußt hatte.

Ich möchte dich nicht. Ich brauche dich nicht. Und ich liebe dich nicht – habe dich vielleicht nie geliebt.

Lieber Gott, gib, daß es nicht wahr ist.

Im Inneren des verlassenen Hauses half Brendan ihr in den Wagen, dann half er Rose, ehe er selbst auf den Kutschbock kletterte. Er ließ die Zügel schnalzen und trieb die Pferde hinaus auf die Royal Street und weiter, den Hügel hinauf.

»Wohin fahren wir?« fragte Priscilla.

»Nach Evergreen. Dort bist du in Sicherheit.«

»Und was ist mit dir?«

»Ich muß Egan schnappen.«

»Und ich muß zurück ins Hotel«, unterbrach Rose den Dialog entschlossen. »Jaimie wird mich schon suchen.«

Brendan hielt auf dem Hügel unter einer ausladenden Eiche an. Er stieg ab, wobei er bei jeder Bewegung sein Gesicht schmerzlich verzerrte, und setzte sich zu ihnen nach hinten.

»Bevor wir weiterfahren, halte ich es für angebracht, daß ihr beide mir ein paar Erklärungen liefert.« Er sah Priscilla mit undeutbarer Miene an. »Du könntest damit beginnen, daß du mir sagst, wer die Dame ist.«

»Rose ist meine Schwester. Und sie ist McLearys Freundin.«

»Rose Conners«, sagte Brendan. Er war Caleb auf Schritt und Tritt gefolgt und wußte natürlich, wer das war. Er sah Priscilla erstaunt an. »Ich wußte gar nicht, daß du eine Schwester hast.«

»Ich auch nicht – zumindest konnte ich mich nicht an sie erinnern.« Er wirkte so beiläufig. Wie ein Bekannter, und nicht mehr. Priscilla spürte ein Würgen in der Kehle, sie kämpfte gegen Tränen an. »Es ist eine längere Geschichte.«

»Und wie bist du Egan entwischt?«

»Jaimie Walker hat mir bei der Flucht geholfen. Er brachte mich zu Rose. Als sie ihm von Egans Verbindung mit McLeary und dem geplanten Raubüberfall berichtete, wollte er sofort zum Sheriff. Ich habe ihm geraten, sich zuerst an Chris Bannerman um Hilfe zu wenden.«

Brendan nickte nur. »Ich bin Ihnen zu Dank verpflichtet«, sagte er zu Rose, aber zu Priscilla sagte er kein Wort. Sie mußte den Blick von ihm abwenden.

»Sie sollten sich bei Priscilla bedanken«, gab Rose ihm das Stichwort. »Ich bin nur mitgefahren.«

»Wenn ich Sie jetzt ins Hotel bringe«, sagte er, als hätte er nichts gehört, »sind Sie dann vor McLeary sicher?«

»Er wird nicht vor Tagesanbruch kommen. Wenn Jaimie bis dahin nicht aufgetaucht ist, packe ich meine Sachen und gehe zu Priscilla nach Evergreen – wenn es ihr recht ist.«

Priscilla faßte nach der Hand ihrer Schwester. »Ich

wünschte, du würdest jetzt gleich mitkommen, aber ich verstehe, warum es nicht geht.«

Rose sah Priscilla an, erkannte ihr Kümmernis, schaute auch Brendan an, konnte aber seiner Miene nichts entnehmen. Sie drückte Priscillas Hand. »Das weiß ich.«

Brendan kletterte wieder auf den Kutschbock. In wenigen Minuten waren sie vor dem Middleton Hotel angelangt. Priscilla umarmte ihre Schwester, und Rose lief hinein.

Nur von Hufgeklapper unterbrochenes Schweigen begleitete sie bis Evergreen. Brendan hielt vor dem Haus an, und ein Stallbursche übernahm die Zügel. Brendan ging um den Wagen herum und half Priscilla beim Aussteigen. Als sie seine Hände um ihre Mitte spürte, war sein Griff ein wenig fester, als es nötig war, aber er sagte noch immer nichts. Er nahm ihre Hand und führte sie zum Junggesellenquartier hinter dem Haus, während Priscilla die ganze Zeit mit den Tränen kämpfte.

Ich möchte dich nicht. Ich brauche dich nicht. Und ich liebe dich nicht – habe dich vielleicht nie geliebt.

Lieber Gott, er hatte jedes Wort ernst gemeint.

Drinnen schloß er die Tür und wandte sich ihr zu. »Nun?« Aus diesem einzigen Wort sprach Tadel – und noch etwas anderes, das sie nicht zu benennen wußte.

»Nun was?« fragte Priscilla verständnislos.

»Nun, was hast du zu deinen Gunsten zu sagen?«

Priscilla hob den Kopf mit einem Ruck. »Wovon sprichst du?«

»Du wolltest auf einem Dampfer unterwegs nach Cincinnati sein. Statt dessen treibst du dich in der Keelboat Taverne herum und legst es darauf an, erschossen zu werden.«

Priscilla zog die dunklen Brauen hoch. »Hast du den Verstand verloren? Ich habe mein Leben für dich aufs Spiel gesetzt.«

»Genau das meine ich. Was hast du dir dabei gedacht? Fast hätte es dich erwischt.«

»Was ich mir dabei gedacht habe?« wiederholte sie fassungslos. »Ich dachte mir, daß ich deinen eigensinnigen arroganten Hals rette! Ich dachte, damit könnte ich beweisen, wie sehr ich dich liebe. Ich dachte vielleicht, daß du... falls es uns glückt, von diesem schrecklichen Ort lebend fortzukommen... zu der Einsicht gelangen könntest, daß du mich doch brauchst – daß du mich noch liebst –, daß du mich bei dir in Texas haben willst.«

Sie reckte stolz ihr Kinn vor, doch in ihren Augen brannten Tränen.

»Das tue ich«, sagte er rauh und heiser.

»Du tust was?« Das alles ergab keinen Sinn. Priscilla hätte am liebsten ihren Tränen freien Lauf gelassen.

»Nie habe ich jemanden gesehen, der mehr Mut zeigte als du, als du in der dreckigen Höhle standest und dich den bewaffneten Männern gegenübersahst. Nie habe ich so viel Liebe in den Augen eines Menschen gesehen wie in deinen, als du mich angeschaut hast. Nie habe ich jemanden so sehr gebraucht, wie ich dich in jenem Moment brauchte... und wie ich dich jetzt brauche. Nie habe ich jemanden so geliebt wie dich, Silla. Nie habe ich mir etwas sehnlicher gewünscht, als dich zu heiraten und mit mir zu nehmen.«

Die Tränen, gegen die sie angekämpft hatte, flossen ihr nun langsam über die Wangen.

»Draußen in der Wildnis entdeckte ich, was für eine Frau du bist«, sagte er leise. »Du warst es, die nicht begriffen hat.«

In ihrer Kehle staute sich ein leises Schluchzen. Sie stürzte auf ihn zu, und er nahm sie in die Arme. Priscilla klammerte sich an ihn, ihre Wange an seiner, ihre Finger in seinem Haar.

»Du hast nicht ernst gemeint, was du im Garten gesagt hast?«

»Ich war verzweifelt. Ich mußte dich zur Einsicht bringen.«

»Ich liebe dich«, flüsterte sie, »mehr als alles andere auf der Welt. Ich war ja so dumm.«

»Das spielt keine Rolle. Wichtig ist nur, daß wir zusammen sind.«

»Es spielt eine Rolle. Es ist so viel passiert... und es gibt so viel, das ich dir nicht gesagt habe.«

Er wich zurück, um sie anzusehen, begutachtete die Prellung auf ihrer Wange. In seinen Augen flammte kurz etwas auf und verschwand wieder. »Wenn ich zurückkomme, haben wir viel Zeit zum Reden. Im Moment möchte ich nichts, als dich küssen.«

Er umfaßte ihr Gesicht mit den Händen, und sein Mund senkte sich auf ihren, zuerst sanft, dann voller Verlangen. Er küßte sie feurig und wild, forderte ihren Besitz und zeigte ihr seine Liebe so kühn, daß sie nur ebenso leidenschaftlich reagieren konnte.

»Ich begehre dich«, sagte er rauh. »Am liebsten möchte ich dich jetzt hier in Besitz nehmen.«

»Ich möchte es auch.«

Da küßte er sie wieder und umfaßte ihr Gesäß, um sie fester an sich zu drücken. Durch die Falten ihres Kleides hindurch spürte sie seine Härte – dann löste er sich von ihr.

»Jetzt ist keine Zeit dafür«, sagte er atemlos. »Erst muß ich Egan in meine Gewalt bekommen. Sobald es sich einrichten läßt, komme ich zurück.«

»Ich komme mit.«

Da lächelte er, und seine weißen Zähne blitzten aus seinem geschundenen Gesicht. »So wie du dich in der Höhle aufgeführt hast, sollte ich dich mitnehmen.« Er küßte sie hart und schnell. »Sei zur Stelle, wenn ich wiederkomme. Ich habe mit dir etwas vor, das mit Schlaf nichts zu tun hat.«

Sie faßte nach seiner Hemdbrust. »Gib acht, Bren. Versprich mir, daß du vorsichtig sein wirst.«

»Ganz sicher. Ich habe allen Grund der Welt, leben zu wollen. Diesem Halunken werde ich doch jetzt nicht den Sieg gönnen.«

Brendan ging an den Waffenschrank, sperrte auf und zog sein schweres Lederholster heraus, in das er seinen 36-Kaliber-Paterson schob. Dann legte er sich das Holster um die Mitte und befestigte die Lederlasche. Zusätzlich steckte er eine von Chris Bannermans kleinen Derringers in die Tasche, zog ein Stilett heraus, das jenem Mace Hardings ähnelte, und steckte es in seinen Stiefel.

»Silla, du hast mehr als deinen Anteil geleistet. Jetzt bin ich an der Reihe.« Ein letzter, knapper Kuß und fort war er.

21. Kapitel

Brendan ging direkt zu den Stallungen, sattelte eines von Chris' besten Pferden und ritt zu jener Stelle am Fluß, wo McLearys Männer der nichtsahnenden *St. Louis* in einem Hinterhalt auflauerten.

Trotz seines zerschundenen Zustands fühlte er sich hochgestimmt und hoffnungsvoll, besser jedenfalls als seit Tagen. Er hatte sich in Priscilla nicht geirrt – sie war jeder Zoll die Frau, die er in ihr gesehen hatte. Als sie dagestanden hatte, mit der Waffe in der Hand auf Egan zielend, hatte er nie größere Angst ausgestanden – und war nie stolzer gewesen.

Für ihn stand zweifelsfrei fest, daß er sein Leben allein ihrer Beherztheit verdankte. Kaum war er von seinen Fesseln befreit gewesen, als er sie am liebsten an sich gerissen und ihr gesagt hätte, wie sehr er sie liebte. Statt dessen hatte er gewartet.

Er hatte sicher wissen müssen, ob sie ihn so sehr begehrte wie er sie.

Er hatte wissen müssen, daß sie ihn liebte.

Als er an ihren Wutanfall dachte, grinste er unwillkürlich. Sie würde ihm manches aufzulösen geben – aber er würde an ihr eine Frau gewinnen, die den Teufel im Leib hatte.

Dieser Gedanke ernüchterte ihn. Ehe er die Sache mit Egan nicht in Ordnung gebracht hatte, war sie nicht frei, und er auch nicht. Er dachte an Egans Worte in der Höhle, dachte daran, wie dieser in Priscilla eindrang, sie berührte, ihr Schmerz zufügte.

Sein Magen revoltierte, und sein Mund wurde trocken. Diesem Schurken gebührte der Tod, aber er würde ihn nicht töten, da er einem toten Egan seine Beteiligung am Schmuggelring nicht nachweisen und somit seinen eigenen Namen nicht reinwaschen konnte. Der Schlüssel war McLeary, und wenn Brendans Vermutung zutraf, mußte Egan sich auf dem Weg zum Fluß befinden, um die Bedrohung, die Caleb darstellte, auszuschalten.

Brendan ritt die Uferstraße entlang, rasch, in großer Eile. Egan konnte keinen allzu großen Vorsprung haben. In der Höhle hatte er aus Gesprächsfetzen genug mitbekommen, um zu wissen, was McLeary plante. Er konnte nur hoffen, Chris und der Sheriff würden die Falle nicht voreilig zuschnappen lassen und damit die Übeltäter in die Flucht schlagen.

Seine Besorgnis war unnötig.

Als er die Stelle unweit der Sandbank zehn Meilen nördlich der Stadt erreichte, war die Hölle los. Im Licht des abnehmenden Mondes war die *St. Louis* mit ihren ganzen fünfundsiebzig Fuß nahe dem anderen Ufer auf Grund gelaufen, die Schiffssirene heulte durch die kühle Nacht. Doch die Dampfkessel waren nicht explodiert, und die Passagiere drängten sich an der Reling, im Moment ungefährdet, da das Schiff nicht Gefahr lief zu sinken. Der Sheriff hatte durch sein Eingreifen den Überfall vorzeitig beendet.

Vom diesseitigen Ufer her ertönte Gewehrfeuer, da der Sheriff und seine Männer sich mit McLearys Flußratten ein erbittertes Gefecht lieferten. Brendan band sein Pferd in einiger Entfernung an und näherte sich vorsichtig dem Ort des Geschehens.

Geduckt und lautlos schlich er weiter, um sodann hinter einem umgestürzten Baumstamm Stellung zu beziehen. In den Bäumen zu seiner Linken feuerten drei Mann, die er aus der Keelboat Taverne kannte, blindlings auf die Angreifer, drei andere lagen schlaff und blutüberströmt über einem Felsen, und in einiger Entfernung sah er etliche leblose Gestalten auf dem Boden.

Nun faßte er die Bäume auf der linken Seite ins Auge. Zwei Männer schossen sporadisch, während Jake Dobbs sein Gewehr auf eine Astgabel stützte und abdrückte. Neben ihm feuerte ein kräftiger Mann in rotkariertem Hemd Runde um Runde auf den Sheriff und seine Truppe ab. Caleb McLeary. Brendan schlich sich lautlos näher und hielt jäh inne, als er von rückwärts eine Bewegung wahrnahm. Stuart Egan legte auf die Gruppe im Baumdickicht an und drückte ab. Dobbs ging zu Boden, McLeary und die anderen drehten sich wie der Blitz um und stellten sich der Bedrohung.

Niemand war zu sehen.

Verdammt! Wenn es Egan glückte, McLeary zu töten,

dann stand sein Wort gegen das Brendans, was die Beziehung zu den Schmugglern anlangte – das Wort eines Gesetzlosen gegen das eines wohlhabenden Geschäftsmannes und angesehenen Politikers. Jaimie Walker würde vielleicht aussagen, aber wieviel wußte Walker denn tatsächlich? Auch Rose würde in den Zeugenstand treten, aber ihr Ruf war alles andere als glänzend. Und Priscilla? Eine Frau konnte gegen ihren Mann nicht aussagen.

McLeary veränderte, einem Kugelhagel ausweichend, seine Position und ging in Ufernähe in Deckung. Brendan erspähte in der Nähe ein kleines Boot, das am Ende eines Taues auf dem Wasser tanzte. Glückte es Caleb, das Boot zu erreichen, konnte er es schaffen. Aber dieses Risiko wollte Brendan nicht eingehen. Den Revolver in der einen Hand, das Gewehr in der anderen, schlich er näher, indem er die Lichtung umging und sich lautlos den Weg zwischen den Bäumen hindurch bahnte.

Auf der gegenüberliegenden Seite der Lichtung sah er Chris Bannermans blonden Kopf und daneben einen Mann, der der Sheriff sein mußte. Er erinnerte sich, dem rothaarigen Walker auf der Triple R begegnet zu sein und sah ihn jetzt neben Chris. Drei weitere Männer kauerten neben ihnen. McLeary setzte sich in Bewegung. Der Sheriff ebenso.

»Stehenbleiben, McLeary!« Brendan trat auf die Lichtung, seine Waffe auf Caleb richtend. Der kräftige Ire fuhr herum und feuerte. Brendan drückte ebenfalls ab und streckte ihn nieder. Eine Schulterwunde. Er hatte verdammt achtgegeben, ihn nicht zu töten.

Hinter ihm knackste ein Zweig. Brendan wirbelte herum und duckte sich hinter einem umgestürzten Baumstamm. Egan feuerte auf McLeary, als der Sheriff auf Egan schoß. Dieser sank rücklings gegen einen Baum. Verwundet, aber bewegungsfähig, fing er zu laufen an. Brendan setzte ihm nach, Chris, Walker und der Sheriff taten es ihm gleich. Egan hielt auf das Boot zu, schob es tiefer ins Wasser und schwang sich hinein. Einen letzten Schuß gab er auf Brendan ab, dann einen auf den Sheriff, der nun auch anlegte und abdrückte.

Die Kugel ließ Egan rücklings taumeln und ins Wasser fallen. Brendan rannte auf ihn zu, doch das Wasser bildete in Ufernähe einen Wirbel, und die Strömung war an der schmalen Stelle zwischen den zwei Ufern besonders stark. Wild um sich schlagend ging Egan unter.

Brendan erreichte das Wasser zugleich mit dem Sheriff und seinen Männern. Alle standen da und warteten angespannt, ob Egan wieder auftauchte. Dabei starrten sie unausgesetzt zu dem Punkt hin, wo er versunken war.

Sie behielten auch die Ufer im Auge, jede nur mögliche Stelle, die er hätte erreichen können, obwohl der Schuß aller Wahrscheinlichkeit nach tödlich gewesen war. Mit ihren Gewehrläufen ins dichte Gestrüpp stoßend, suchten sie das ganze Uferstück ab.

Nichts.

»Alles in Ordnung?« Chris Bannerman kam zu ihm und sah seine Abschürfungen, seine Platzwunde und die Schwellungen im Gesicht.

»Priscilla sei Dank.«

»Priscilla?«

»Das ist eine lange Geschichte.«

Chris nickte.

»Nirgends eine Spur von ihm.« Jaimie Walker tauchte an Chris' Seite auf. »Freut mich, daß Sie wohlauf sind«, sagte er zu Brendan.

»Ein bißchen angekratzt, aber das wird schon wieder.« Er streckte ihm die Hand entgegen, und die zwei Männer wechselten einen Händedruck. »Ich danke Ihnen für alles, was Sie für Priscilla getan haben. Wir stehen beide in Ihrer Schuld.«

»Freut mich, wenn ich helfen konnte.« Sie beobachteten die Männer, die das Ufer erfolglos absuchten.

»Ich wünschte, sie würden den Schuft finden.« Brendan sah aufs Wasser hinaus. »Mir ist es nicht geheuer, wenn etwas ungeklärt bleibt.«

»Er war schon tot, als er unterging«, sagte Chris.

»Richtig«, pflichtete Jaimie ihm bei. »Einen Schuß wie diesen kann er nicht überlebt haben.« Er stieß einen matten Seufzer aus und furchte die Stirn. »Ich kann kaum glauben, daß es derselbe Mensch war, für den ich gearbeitet habe.«

»Viele seiner Männer werden ähnlich denken«, sagte Chris.

»Was ist mit Sturgis und Reeves?« fragte Brendan. »Die Männer, die Priscilla von Evergreen entführten?« Jaimie staunte nicht schlecht, daß Brendan von ihnen wußte.

»Sie waren nur Egans bezahlte Handlanger, ohne Einblick in seine Machenschaften.«

»Der Sheriff wird sich um sie kümmern«, sagte Chris. »Wenn sie mit dem Schmugglerring nichts zu tun hatten, dürfte es nicht weiter schwierig sein, sie zu finden.«

Jaimie nickte und wandte sich ab. »Ich habe in der Stadt etwas zu erledigen«, sagte er. »Ich muß zurück.« Mit einem letzten Winken, das Brendan galt, ging er den Weg zurück.

Brendan starrte im Mondlicht auf den vorüberfließenden Fluß. »Die Sache will mir nicht gefallen.«

»Unser Ol' Miss gibt seine Opfer nicht kampflos frei.« Chris schlug Brendan auf die Schulter. »Egan ist tot. Und McLeary singt bereits wie ein Vöglein. Gehen wir nach Hause.«

Brendan lächelte zum ersten Mal. »Das ist die beste Idee dieser Nacht.«

»Ich nehme nicht an, daß du noch auf einen Brandy hereinkommen möchtest?« Ein wissendes Lächeln lag auf Chris Bannermans Gesicht. Evergreen ragte vor ihnen auf, als sie ihre erschöpften Pferde durch die hohen eisernen Tore und die mit Austernschalen bestreute Zufahrt entlanglenkten.

Brendan lächelte nur. »Ich muß etwas anderes erledigen.«

»Das dachte ich mir. Sag ihr, es freut mich, daß es ihr gutgeht.«

Sie passierten das Haus und ritten weiter zu den Stallungen. Trotz der späten Stunde war Zachary noch wach und erwartete sie. Die zwei Männer saßen ab und überließen die Zügel dem großen schwarzen Stallknecht.

»Sie haben die Flußratten erledigt, Sir?«

»Nicht allein« – Chris grinste –, »aber ich glaube, man kann sagen, daß sie aus dem Verkehr gezogen wurden, auf Dauer, wie ich hoffe.«

Zachary führte mit beifälligem Lächeln die Pferde in ihre Boxen.

»Danke, Chris – für alles.« Brendan streckte ihm die Hand entgegen, und Chris ergriff sie. »Ohne dich hätte ich es nicht geschafft.«

Sie trennten sich auf dem Weg, der das Junggesellenquartier vom Haupthaus separierte. Chris ging zu Sue Alice, Brendan kehrte zu Priscilla heim, so sehr von Wiedersehensfreude beflügelt, daß er die Strecke fast im Laufschritt hinter sich brachte.

Noch ehe er die Tür erreichte, wurde diese aufgerissen. Priscilla erwartete ihn mit einem Blick, aus dem Liebe und Erleichterung leuchteten.

»Bren!« Sie lief auf ihn zu, und er riß sie in seine Arme und drückte sie an sich.

»Es ist vorbei«, sagte er an ihrem Ohr. »Stuart ist tot.«

Sie erstarrte in ihrem von Sue Alice geborgten spitzenbesetzten Nachthemd und trat einen Schritt zurück. Das schimmernde dunkle Haar fiel ihr locker auf die Schultern, als sie fragend zu ihm aufblickte. »Hast du…?«

»Nein. Sheriff Harley hat ihn erschossen. Es war unvermeidlich.«

Sie drückte ihre Wange an seine und schmiegte sich an ihn. »Ich wünschte, das alles wäre nicht passiert. Es ist so schwer zu glauben.«

»Ich weiß. Mit der Zeit wirst du es vergessen.«

»Nicht ganz. Das möchte ich gar nicht.«

Brendan lächelte andeutungsweise. Einen Arm unter ihre Kniekehlen schiebend, hob er sie hoch, um sie durch den Salon ins Schlafzimmer zu tragen, wo er sie sanft aufs Bett legte.

»Ich muß dir einiges sagen«, flüsterte sie, »Dinge, die…«

»Später.« Sein Mund senkte sich auf sie. Er spürte ihr Zittern, als er ihre Lippen teilte, und ihre Finger seine Schultermuskeln kneteten. Ihre Zunge war warm und seidenweich. Sie roch nach Veilchen und schmeckte nach Honig.

Seine Hand umfaßte und hob eine Brust, wog sie, während sein Daumen ihre Brustwarze streichelte, spürte, wie sie hart wurde. Ihre Zunge berührte die seine, brachte sein Blut in Wallung, und sein Schaft wurde dicker und härter und fing zu pulsieren an, als er ihn an ihre Haut drückte.

Er bewegte seine Zunge in ihrem Mund, fordernd, besitzergreifend, und spürte dabei unausgesetzt ihre Finger in seinem Haar, dann an seinem Nacken, bis sie seine Schultern umfaßten.

Seine Hände wurden drängender, glitten an ihrem Körper hinunter, hoben ihr Nachthemd, umfaßten ihre nackte Kehrseite und zwangen Priscilla gegen seine harte Männlichkeit. Er hörte ihr leises Stöhnen, als er anfing, mit unsicheren Händen ihr Nachthemd aufzuknöpfen. Leise fluchend fingerte er daran herum, packte dann fester zu und riß es bis zur Mitte auf. Ihre köstlichen straffen Brüste bebten unter ihren raschen Atemzügen, die ihn drängten, sie zu berühren.

Er dachte an Egans Worte in der Höhle, stellte sich vor, was der Schurke ihr angetan hatte, und sofort floß Wut in seine Leidenschaft. Er wollte sie nehmen wie nie zuvor, ihr seine Liebe zeigen, sie von Egans Berührung reinigen. Von diesem Tag an sollte sie ihm gehören und keinem anderen.

Priscilla spürte Brendans drängendes Verlangen, seine brennende Leidenschaft, der sie mit ähnlicher Glut begegnete. Wie sehr sie ihn begehrte! Während er ihr das zerrissene Nachthemd von den Schultern und weiter hinunter schob, machte sie sich ungeduldig an seinen Hemdknöpfen zu schaffen. Ihre Hände glitten über seine Brust, befühlten die hervortretenden Muskeln, ertasteten die Senken zwischen den Rippen, streiften eine flache kupferfarbige Brustwarze.

Sie senkte den Kopf und nahm sie in den Mund, befeuchtete sie, küßte sie und zerrte sanft daran. Seine Brustmuskeln verkrampften sich, die Hand, die ihre Brust umfaßt hielt, wurde fest und massierte mit erneutem Drängen. Sie riß sein Hemd aus dem Bund und öffnete nun die Knöpfe seiner Hose, um hineinzugreifen und sein drängendes Fleisch zu befreien.

»O Gott, Priscilla.« Brendan küßte sie hart, ehe sein Mund eine glühende Spur auf Nacken und Schultern brannte. Sie streichelte sein Glied, das sich samtglatt unter ihren Händen anfühlte, spürte, wie seine Muskeln sich spannten. Dann entzog er sich ihr.

»Nicht so hastig, Baby.« Mit einem Blick, der seinen Hunger verriet, setzte er sich aufs Bett, entledigte sich seiner Stiefel und zog dann die Hose aus.

Als endlich beide nackt waren, drückte er sie auf die Matratze nieder und drängte seinen Körper zwischen ihre Beine. Nach heißen Küssen liebkoste er ihre Brüste mit den Lippen, um sich dann mit dem Mund den Weg über ihren Körper bis zu ihrer feuchten Weiblichkeit zu bahnen. Als sie ihn dort spürte, bäumte sie sich stöhnend auf, von glühendem Feuer verzehrt.

Es dauerte nur wenige Sekunden, da flehte sie ihn vor Wollust erbebend an, in sie einzudringen. Sie brauchte ihn wie noch nie zuvor. Sie wollte, daß er sie in Besitz nähme. Sie wollte jeden Zoll seines drängenden Körpers spüren.

Alle Ungewißheit, alle Ängste waren wie weggeblasen. Sie war seine Frau – mit der er es aufnehmen konnte und mehr. Sie wußte ohne Zweifel, daß sie ihm zu geben vermochte, was er brauchte und daß sie es an Feuer und Leidenschaft mit ihm aufnehmen würde.

Als könne er ihre Gedanken lesen, schob Brendan sich über sie. Mit seiner festen Länge, die heiß und kühn war, fand er ihren weichen Eingang, küßte sie lange und ausdauernd und versenkte sich voll in sie.

Er fühlte sich riesig und glühend an und erregte sie auf eine Weise wie noch nie zuvor. Sie wölbte ihren Rücken, und er drang hart und tief in sie ein. Seine Hände glitten über ihren Körper, umfaßten ihre Hinterbacken und hoben sie jedem seiner treibenden Stöße entgegen.

»Was für ein Feuer«, flüsterte er heiser.

Und welche Schönheit, dachte Priscilla, während die Glut eines jeden Stoßes über sie hinwegrollte, sie zum Himmel hob, immer höher. Sie krallte ihre Nägel in seinen Rücken, bäumte sich auf, kam ihm entgegen. Ein leiser Wonneschrei war zu hören, als sie in ein süßes Nichts gerissen wurde, in einen grellen Wirbel der Lust und des Einsseins, größer, als sie es je erlebt hatte.

»Du bist mein«, flüsterte er sanft und leise, dann spannten sich seine Muskeln an, und er erreichte seinen Höhepunkt. Priscilla spürte, wie sich sein warmer Samen in sie ergoß, und ihre Wonne war so groß, daß sie ihr Tränen in die Augen trieb.

»Ich liebe dich«, flüsterte sie, als sie, einander umfangen haltend, von den Gipfeln der Leidenschaft herabsanken.

»Ich liebe dich, Silla. Mehr als du ahnst.« Er dachte an das, was Egan ihr angetan hatte, und in seinem Inneren ballte sich glühende Wut zusammen. War Egan wirklich tot oder war es dem Halunken geglückt, zu entkommen?

Er starrte hinaus in die Dunkelheit. *Es ist vorbei*, sagte er sich. *Sie ist jetzt in Sicherheit, und selbst wenn sie gefährdet wäre, hat sie jetzt mich, um sie zu beschützen.*

Doch seine innere Stimme erinnerte ihn daran, daß er schon einmal versagt hatte, als es darum ging, sie zu beschützen.

Noch immer in den Kleidern, die sie am Vortag getragen hatte, erwachte Rose mit den ersten Strahlen der Morgendämmerung. Jaimie lag neben ihr auf dem Roßhaarsofa, ohne Hemd, sie an sich drückend, schon wach.

»Gut geschlafen?« fragte er. Die Worte klangen ihr wie eine weiche Liebkosung in den Ohren.

Sie lächelte. »Ja, weil du bei mir warst.«

»Rose, mit dir erwache ich gern.«

Sie gab keine Antwort. Als er in der Nacht gekommen war, hatte sie Freudentränen vergossen, weil er unversehrt war. Und jetzt brachte sie die Güte, die sie aus seinen Worten heraushörte, fast wieder zum Weinen.

Sie strich sich ihr vom Schlaf zerrauftes Haar aus dem Gesicht, setzte sich auf und sah ihn an. »Jaimie, ich muß dir einiges sagen. Du sollst alles von Caleb wissen.« Sie hatte es ihm schon in der Nacht erklären wollen, doch irgendwie waren ihr die richtigen Worte nicht eingefallen.

»Du brauchst nichts zu sagen.«

»Bitte, Jaimie...«

Er faßte nach ihrer Hand. »Also gut.«

Rose nahm ihren ganzen Mut zusammen. »Nachdem ich entdeckt hatte, was er trieb und daß er mit den Überfällen auf dem Fluß zu tun hatte, hätte ich ihn verlassen sollen. Ich weiß, es war falsch, daß ich blieb, aber... das hier war meine erste anständige Wohnung, und der Gedanke, wieder in die Painted Lady zurückzukehren, war mir unerträglich.«

Sein Griff wurde fester, behütender.

»Ständig sagte ich zu mir, es wäre ja nur für eine Weile. Ich hatte etwas Erspartes von dem, was Caleb mir ab und zu gab. Ich wußte, daß ich bald genug beisammen haben würde, um fortzugehen und irgendwo ein anständiges Leben anzufangen.« Sie starrte auf ihre Hand nieder, die unter der seinen auf den Falten ihres Rockes bebte. »Ich wußte, daß es nicht richtig war. Ich hätte...«

»Du hast getan, was du tun mußtest! Ich kann dir nicht die Schuld geben, und niemand, der nicht in deiner Lage war, darf es tun.«

Meinte er das wirklich? Sie betete darum, es möge so sein.

»Es kümmert mich nicht, was geschah, ehe wir einander begegneten«, sagte Jaimie mit Überzeugung. »Ich möchte, daß du mich heiratest.«

»Dich heiraten?« Er hatte wohl davon gesprochen, sie mitzunehmen, aber daß er an Heirat dachte, hätte sie nicht zu träumen gewagt. Eine Frau mit ihrer Vergangenheit wurde die Geliebte eines Mannes, und nicht mehr.

»Warum nicht? Ich weiß, das alles ist sehr rasch gegangen, und ich weiß, daß du in mich nicht verliebt bist, aber ich habe genug Liebe für uns beide.«

Rose starrte ihn nur an. »Das kann nicht dein Ernst sein.«
Jaimies blaue Augen verdunkelten sich. Er ließ ihre Hand los. Dann schwang er die Beine auf den Boden und griff nach seinem Hemd. »Tja, eigentlich hatte ich mit einem Korb gerechnet. Aber daß du es als Scherz auffassen würdest, hätte ich nicht gedacht.«

Er packte seine Stiefel, zog erst einen an und dann den anderen. Als er aufstehen wollte, hielt Rose seinen Arm fest.

»Ist es wirklich dein Ernst?«

»Natürlich ist es das.« Er sah sie prüfend an. »Rose, ich liebe dich. Ich glaube ... wenn wir genügend Zeit haben ... dann wirst auch du etwas für mich empfinden. Ich würde gut zu dir sein und dir Zeit lassen, dich an alles zu gewöhnen. Und wenn du dazu bereit bist, könnten wir ein Leben als Mann und Frau beginnen.«

Alle anderen, die sie gekannt hatte, wollten nur eines. Und Jaimie war bereit zu warten. Er würde sie heiraten, auch ohne sich zu nehmen, was von Rechts wegen ihm gehörte. »Du würdest das für mich tun?«

»Wir könnten nach Texas gehen. Noble Egan führt jetzt die Triple R. Er ist ein guter Junge, muß aber noch verdammt viel lernen. Einen Mann wie mich könnte er jetzt gut gebrauchen.«

Und ich könnte einen Mann wie dich gebrauchen.

»Natürlich muß man bei einer Heirat auch an Kinder denken. Magst du Kinder, Rose?«

Ihre Kehle wurde eng. Ihr Leben lang hatte sie alles getan, um keine zu bekommen. Bastarde von Männern, die sie nicht kannte. Nun erschien ihr der Gedanke an eine Familie wie ein Traum, den sie verschlossen in sich getragen hatte. Unerreichbar. Nie hatte sie gewagt, daran auch nur zu denken.

»Ich liebe Kinder«, sagte sie leise.

»Rose, heirate mich.«

»Und Caleb? Und meine Vergangenheit?«

»Das alles spielt keine Rolle.«

»Bist du ganz sicher? Bist du sicher, daß du mich heiraten möchtest?«

»Ich wäre stolz, dich meine Frau nennen zu können.«

Sie konnte es ihm nicht antun. Er verdiente so viel mehr. »Jaimie, ich werde mit dir gehen«, flüsterte sie. »Heiraten brauchst du mich nicht. Ich werde dein Bett wärmen und bei dir bleiben, solange du mich möchtest.«

Er hob ihr Kinn, sah den Tränenschleier, wischte eine Träne mit der Fingerspitze ab. »Rose, ich liebe dich. Ich *möchte* dich heiraten. Sag, daß du meine Frau wirst.«

»Ach, Jaimie.« Die Wahrheit seiner Worte lag in seinen Augen. »Ich liebe dich. Habe dich fast von Anfang an geliebt.«

»Rose…« Ein einziges Wort, aber mit so viel Liebe ausgesprochen. »Soll das ein Ja sein?«

Sie nickte. Jaimie zog sie an seine Brust, und sie legte die Arme um seinen Hals. »Jaimie, du wirst es nie bereuen.«

»Das weiß ich, Rose.« Ihr Gesicht mit beiden Händen umfassend, küßte Jaimie sie.

Und Rose erwiderte den Kuß voller Liebe und aus ganzem Herzen. Sie würde nach Texas gehen. Neu beginnen. Aber anstatt allein zu sein, anstatt jeden Moment ums Überleben kämpfen zu müssen, hatte sie Jaimie.

Die Träume, die sie nie gewagt hatte zu träumen, würden wahr werden.

Als Brendan und Priscilla am nächsten Morgen von den Sonnenstrahlen geweckt wurden, die durch ein offenes Fenster einfielen, war es schon sehr spät. Aus Rücksicht auf die Blessuren, die sie abbekommen hatte und weil er ihr seine Liebe zeigen wollte, nahm er sie ganz behutsam. Nachher kuschelte sie sich an ihn.

»Diesmal ist das Zusammensein mit dir anders«, sagte sie leise. »Bis jetzt war ich immer voller Ungewißheit. Als ob ich aufwachen würde und entdecken müßte, daß alles nur ein Traum war.«

»Jetzt wird alles gut.« Er rollte sich auf die Seite, um sie anzusehen. Mit einer Hand strich er ihr dunkle Haarsträhnen aus dem Gesicht. »Sobald wir die Formalitäten erledigt haben, wird geheiratet.«

Priscilla sah ihn an. »Ich habe mich nie als Stuarts Frau gefühlt. Egal, wie oft er mich so nannte, immer warst du es, den ich als meinen Mann sah, seitdem wir uns zum ersten Mal liebten.«

»Ich wünschte, ich hätte dir über ihn reinen Wein einschenken können, aber es war einfach zu gefährlich.« *Ich wünschte, man hätte den Leichnam dieses Schuftes gefunden.* »Wäre etwas schiefgegangen, wäre dein Leben in Gefahr gewesen.«

»Ich hätte an dich glauben, dir vertrauen sollen. Stuart war so überzeugend... und ich wußte, daß du auf der Flucht warst... Ich war so durcheinander.«

»Schon gut, Baby.« Er streifte ihre Lippen mit einem Kuß. »Jetzt ist alles vorüber.«

»Eines sollst du noch wissen.«

Er drehte sich um und setzte sich im Bett auf. »Wenn du mir sagen willst, was zwischen dir und Egan passierte – tu es nicht.« Er sagte es nicht ohne Schärfe, und seine Finger krallten sich unwillkürlich in die Decke. »Er wird dich nie wieder anfassen... dich nie wieder berühren.«

»Hat er dir gesagt, was passierte?«

Brendan sah weg. »Du bist jetzt vor ihm sicher. Was er getan hat, spielt keine Rolle mehr.«

Priscilla legte ihm die Hand auf die Wange, die vom Bartwuchs etlicher Tage rauh war. »Ich weiß nicht, was du glaubst, aber dank Jaimie hat er nicht getan, was er hätte tun können.«

Forschende Augen sahen sie an, schienen sie zu durchdringen. »Egan hat dich nicht... gezwungen?« Er berührte die Prellung in ihrem Gesicht.

»Versucht hat er es. Und es wäre ihm gelungen, aber Mace Harding hatte nach ihm geschickt, und in seiner Abwesenheit half Jaimie mir bei der Flucht.«

»O Gott, Priscilla.« Brendan faßte in ihr Haar und zog ihren Kopf an seine Brust.

Dann hob er ihr Gesicht zu sich und küßte sie. Priscilla erwiderte den Kuß und zeigte ihm damit, wie sie empfand. Es tat so gut, ihm nahe zu sein, so sehr Teil von ihm zu sein.

Eine Weile lagen sie still da, teilten die Nähe, genossen das Beisammensein. Dennoch gab es Dinge, die gesagt werden mußten.

»Da wäre noch etwas, das ich dir sagen muß... was ich dir schon gestern sagen wollte.«

Er lächelte träge. »Letzte Nacht wurden wir... abgelenkt.« Ein langer brauner Finger strich liebevoll über ihre Wange. »Warum sagst du es mir jetzt nicht?«

Priscilla faßte nach seiner Hand und drückte einen Kuß auf die Handfläche. Als sie aber keine Anstalten machte, ihr Herz auszuschütten, drängte er sie nicht und ließ ihr Zeit.

»Silla?« sagte er schließlich.

Jetzt oder nie. »Ich möchte erklären, was mir an dem Tag widerfuhr, als die kleine Charity verunglückte... warum ich mich so benahm. Ich hätte es dir damals gleich sagen sollen, aber... irgendwie konnte ich nicht.«

Die unangenehme Erinnerung ließ sie den Kopf schütteln.

»Es war wie ein Alptraum, Bren, nur konnte ich nicht aufwachen. Als ich das Mädchen auf dem Boden liegen sah... als ich das viele Blut sah... da war es, als würde in meinem Bewußtsein ein Fenster in die Vergangenheit aufgestoßen.« Sie blickte zu ihm auf, und sah, wie besorgt er sie anschaute. »Plötzlich konnte ich mich erinnern, was vor achtzehn Jahren in Natchez geschah – und es war so schrecklich, daß ich mich den Tatsachen nicht stellen konnte.«

In der nun folgenden halben Stunde sprach sie von ihrer Familie, von ihrer Mutter und ihrem Vater, von Megan O'Conner, der Geliebten ihres Vaters, und von ihrer Halbschwester Rose. Sie sprach von der Eifersucht ihrer Mutter, die schließlich unter grauenhaften Umständen drei Tote gefordert hatte. Als sie geendet hatte, weinte sie.

»Schon gut, Baby.« Brendan drehte sie in seinen Armen um. »Diese Dinge machen einen stärker. Du hast es bewiesen, indem du mir in die Höhle gefolgt bist.«

Priscilla wußte, daß es stimmte. Sich den schrecklichen Tatsachen zu stellen, hatte sie stärker gemacht. »Ich weiß, daß du recht hast. Ich habe das Gefühl, endlich befreit worden zu sein.«

Er legte ihren Kopf an seine Schulter und strich ihr Haar zurück. »So war es auch, Baby. Du bist jetzt frei.«

Einen Moment länger hielt er sie fest, so daß Priscilla sich ausweinen und von der Vergangenheit lösen konnte. Dann ließ er ihr den Rand der Decke, damit sie sich die Augen trocknen konnte. »Alles in Ordnung?«

Sie nickte.

Als sie sich wieder an ihn lehnte, spielte er mit einer langen Haarsträhne. Priscilla sagte lange gar nichts, genoß seine Nähe und das Gefühl, ganz und gar unbelastet zu sein.

Brendan war es, der das Schweigen brach. »Wie hast du dir unsere Hochzeit vorgestellt?«

Priscilla drehte ihm ihr Gesicht zu. »Ehrlich gesagt, habe ich nicht viel darüber nachgedacht. Bis gestern glaubte ich nicht wirklich, daß es eine Hochzeit geben würde.«

»Wir könnten zu meinem Bruder nach Savannah gehen«, sagte er. »Du könntest ein prächtiges Kleid und Brautjungfern haben – alles was zu einer Hochzeit gehört, wenn du es möchtest.«

Sie schüttelte lächelnd den Kopf. »Das alles ist unwichtig. Ich möchte nur das Ehegelöbnis sprechen, damit es endlich legal wird. Was mich betrifft, sind wir seit jener Nacht in der Wildnis Mann und Frau.«

Aus Brendans Lächeln strahlte so viel Freude, daß Priscillas Herz frohlockte. »Da du vor dem Gesetz Witwe bist, könnten wir heute heiraten – falls es uns glückt, alles so schnell zu regeln. Wir werden hier im Garten getraut.«

»Ich möchte meine Schwester und Jaimie dabeihaben. Ohne deren Hilfe wären wir nicht zusammen.«

Er nickte. »Aber ich möchte trotzdem zu gern nach Savannah – nachher, meine ich. Dort ist es im Herbst wunderschön und... nun ja, ich habe meinen Bruder seit Jahren nicht mehr gesehen. Und ich habe eine großartige Schwägerin und zwei kleine Neffen, die ich noch gar nicht kenne.« Seine Zähne blitzten, als er lächelte. »Außerdem möchte ich mit meiner neuen Braut angeben.«

Priscillas Herz flog ihm zu. »Sehr gern, Bren. Hoffentlich gefalle ich ihnen.«

»Ihnen gefallen? Das soll wohl ein Scherz sein? Die Frau, die den abtrünnigen Bruder zähmte? Man wird glauben, du könntest Wunder wirken.«

»Nicht zu fassen«, sagte sie, sich an ihn lehnend, »noch vor heute abend werde ich Mrs. Brendan Trask sein.«

Mit leuchtenden Augen beugte Brendan sich über sie und küßte sie. Wie immer erweckte die Berührung seiner Lippen Wärme in ihren Gliedern und bald wurden die Atemzüge der beiden schneller, abgehackter. Ihre Hände glitten von seinen unglaublich schmalen, mit harten Muskeln bepackten Hüften zu seiner breiten behaarten Brust, dann weiter nach oben, bis ihre Arme sich um seinen Nacken schlangen.

Brendan lachte leise auf. »Du kleines Biest, du willst mich wohl unbedingt müde machen.«

»Das wird meine größte Herausforderung sein.«

»Dann fangen wir am besten gleich damit an.« Er küßte sie wieder und glitt in sie hinein, als Vorübung für die vor ihnen liegende Hochzeitsnacht.

22. Kapitel

Schließlich mußten sich Brendan und Priscilla doch noch einen Tag gedulden, da Sue Alice wild entschlossen war, Priscilla eine richtige Hochzeit auszurichten, wenn auch in kleinem Rahmen. Es mußte daher für Blumenschmuck und leibliche Genüsse gesorgt werden – ganz zu schweigen von einem Brautkleid.

»Ich wünschte, wir hätten genügend Zeit, um ein richtiges Kleid machen zu lassen«, sagte Sue Alice, als sie in den großen Salon hereinfegte, »etwas Besonderes, nur für dich. Da dies nicht der Fall ist, hast du hoffentlich nichts dagegen, meines zu tragen.«

Priscilla starrte sie entgeistert an. Mit unsicherer Hand legte sie ihre Näharbeit beiseite und drehte sich um. Sue Alice hielt das zauberhafteste weiße Spitzenkleid hoch, das Priscilla je gesehen hatte. Die Ärmel und das Oberteil oberhalb der Büstenlinie waren durchsichtig, der weite Rock mit Reihe um Reihe der feinsten weißen Spitze besetzt. Aufgestickte Zuchtperlen schimmerten in dem vom Kristallüster reflektierten Sonnenlicht.

»Sue Alice, es ist ein Traum, aber ich kann doch nicht… das Kleid muß dir sehr viel bedeuten.«

»Ich möchte, daß du es trägst.«

»Und was ist mit deinen Töchtern?« Priscilla berührte die feine weiße Spitze. »Solltest du es nicht für eine der beiden aufbewahren?«

»O Gott, diese Wildfänge werden womöglich nie Ehemänner finden. Außerdem sind es ja zwei. Vermutlich würden sie sich darum prügeln. Jedenfalls wird es nicht schaden, wenn du es trägst.« Sie musterte Priscilla abschätzend von Kopf bis Fuß. »Wenn man es da und dort ein bißchen einnäht, wird es dir passen, und du wirst sicher hinreißend darin aussehen.«

Das blütenweiße Kleid ließ Priscilla bei dem Gedanken erröten, daß man sie kaum als jungfräuliche Braut bezeichnen konnte. Doch der Mann, den sie heiraten würde, war bereits ihr wahrer und echter Ehemann. In den Augen Gottes hatten sie nie eine Sünde begangen.

»Können wir Brautjungern sein, Tante Silla?« fragte Charity und zupfte an ihrem Rock.

»Dafür seid ihr zu klein«, erwiderte die Mutter der Kinder, »aber ihr könnt als Blumenmädchen fungieren.«

»Was machen Blumenmädchen?« fragte Patience sofort.

»Sie schreiten vor der Braut einher und streuen Rosenblätter«, erklärte Priscilla.

»Und dann sind sie mucksmäuschenstill, bis die Feier vorüber ist.« Sue Alice tätschelte die Hand ihrer Tochter, und Priscilla verkniff sich ein Lächeln.

Mit dem Näherrücken der Trauung wurde Priscilla zunehmend nervöser. Sue Alice hatte darauf beharrt, daß es einer Braut Unglück bringe, wenn sie ihren Zukünftigen vor der Hochzeit zu Gesicht bekäme, deshalb war Priscilla für die Nacht ins Haupthaus gezogen, und Brendan hatte es grollend geschehen lassen. Seither hatte sie ihn nicht mehr gesehen.

Rose hatte eingewilligt, als ihre Ehrendame zu fungieren. Priscilla war nicht bei ihr gewesen, aber Sue Alice hatte mit ihr gesprochen, und die zwei Frauen hatten sich gemeinsam in die Vorbereitungen gestürzt.

Am Fenster ihres Schlafzimmers stehend blickte Priscilla, die schon das schöne Spitzenkleid trug, hinunter auf die weiße Laube, die man im Garten aufgestellt und mit Magnolien geschmückt hatte. Ein weißer Läufer markierte den Weg, den sie gehen würde. Ein schwarzgekleideter Geistlicher stand schon mit der Bibel in der Hand da und plauderte mit Jaimie. Der kleine blonde Matthew stand neben seinem ebenso blonden Vater. Chris trug einen korrekten schwarzen Gehrock über einer tannengrünen Weste und einer Hose im gleichen Grünton, während sein Sohn in Kniehosen und einer kurzen braunen Jacke erschienen war.

Als leise an die Tür geklopft wurde, wünschte Priscilla sich, es möge Rose sein.

»Ich hole es«, hörte sie Sue Alice sagen. »Dann muß ich mich um die Mädchen kümmern.« Sie öffnete die Tür, und Rose trat ein. »Wie bin ich froh, daß Sie da sind. Sie können Ihrer Schwester mit dem Schleier helfen.« Nach einem letzten anerkennenden Blick, der Priscilla galt, lief sie wieder hinaus auf den Gang.

»Du siehst wunderschön aus«, sagte Rose und kam auf sie zu.

»Danke.«

»Ich bin glücklich für dich.«

Priscilla lächelte. »Sue Alice sagte, sie hätte dich mit Jaimie gesehen. Heißt das, daß alles sich in Wohlgefallen aufgelöst hat?«

Rose streckte ihr lächelnd die Hand entgegen. Ein schlichter Goldreif an ihrem dritten Finger schimmerte im Sonnenlicht. »Wir sind verheiratet.«

»Ach, Rose!« Priscilla umarmte Rose, die sich ihrer kürzlich entdeckten Verwandtschaft noch nicht sicher zu sein schien. Priscilla hingegen war überzeugt, ihre Beziehung würde wachsen und gedeihen. »Ich bin so glücklich für dich.«

»Fast hätte ich es nicht gewagt, aus Angst, daß es ihm später... wenn er es sich überlegt hätte... leid tun würde.«

»So einer ist Jaimie nicht. Wenn du seine Briefe gelesen hättest, würdest du es wissen.«

»Aber dann dachte ich mir, wenn er es mit mir versucht, dann kann ich es mit ihm versuchen. Gestern am Nachmittag wurden wir vom Friedensrichter getraut. Jaimie nimmt mich mit nach Texas.«

»Er geht auf die Triple R zurück?«

»Noble würde ihn brauchen, sagt er.«

»Und Jaimie braucht dich. Ich sah es in seinem Blick, wenn er dich ansah.«

Rose lächelte wieder, und Priscilla nahm ihre Hand. »Ich muß mich bei dir entschuldigen, Rose.«

»Entschuldigen? Warum, um Himmels willen?«

»Als du mir sagtest, daß Caleb McLeary an den Schmuggelraubzügen auf dem Fluß beteiligt wäre, konnte ich nicht verstehen, daß du bei ihm geblieben bist.«

»Du hattest recht. Ich hätte...«

»Ich hatte nicht recht. Du hast getan, was du tun mußtest. Hätte ich dasselbe durchgemacht wie du, wäre ich verlassen worden und hätte ich mich allein durchschlagen müssen, ich weiß nicht, ob ich es geschafft hätte. Du hast nicht nur überlebt, sondern alles getan, um deine Lage zu verbessern. Sieh doch, wieviel du erreicht hast...« Priscilla faßte das blaue Seidencrepekleid ihrer Schwester ins Auge, dessen Schnitt modischen Geschmack verriet. »Du hast dich aus eigener Kraft zur Dame gemausert. Und jetzt wirst du als Jaimies Frau in jeder Hinsicht eine sein.«

»Glaubst du das wirklich?«

»Absolut.« Priscilla hob die Hand ihrer Schwester an, um deren Ring zu bewundern. »Dies ist das schönste Hochzeitsgeschenk, das du mir hättest machen können.«

Rose lächelte. Doch dann zog sie ihre dunklen Brauen zusammen, als sie im Ausschnitt von Priscillas Kleid etwas golden aufblitzen sah. Es war ein Medaillon, das am Hals ihrer Schwester schimmerte und nach dem sie jetzt griff.

»Das hat Papa mir gegeben«, erklärte Priscilla. »Ich habe es seither immer bei mir gehabt.«

Roses Hand zitterte, als sie das Medaillon genauer in Augenschein nahm. Dann ließ sie es los, griff in den Ausschnitt ihres Kleides und holte ihr eigenes, an einer Goldkette hängendes Medaillon hervor. Die Medaillons waren identisch.

Priscilla spürte, wie Rührung sie zu überwältigen drohte.

»Er muß uns beide geliebt haben«, sagte Rose leise. Sie starrte Priscilla an, blinzelte, und wischte sich diskret eine Träne von der Wange. »Das beste Geschenk, das ich jemals bekommen habe, bist du, Priscilla«, sagte Rose. »Nie habe ich an dich als Schwester gedacht. Jahrelang habe ich dich gehaßt... habe dir die Schuld gegeben – und dich beneidet. Aber als ich dich kennenlernte, merkte ich, daß du ganz anders warst, als ich es mir vorgestellt hatte. Du warst teilnahmsvoll und voller Wärme, und mein Schicksal lag dir am Herzen. Du sollst wissen, daß ich sehr froh bin, dich zu kennen, daß ich glücklich bin, dich als Schwester zu haben.«

Heiße Tränen flossen über Priscillas Wangen. »Und ich bin auch so froh, daß ich dich fand.«

Rose putzte sich die Nase mit einem spitzengesäumten Taschentuch, das sie aus ihrem Ridikül zog. »Ich glaube, es wird Zeit, daß wir mit diesem Getue Schluß machen und du dich auf deine Hochzeit vorbereitest! Ich habe so eine Ahnung, daß dein Bräutigam seine Ungeduld nicht zügeln kann.«

Priscilla tupfte sich die Augen trocken. »Wahrscheinlich hast du recht«, sagte sie ganz ernst. »Er nimmt die Heirat sehr ernst. Als wir letztes Mal beisammen waren, hat er mich die halbe Nacht wach gehalten – und seine ehelichen Pflichten geübt.«

Sie mußte sich sehr zurückhalten, um nicht vor Lachen herauszuplatzen, aber die Miene ihrer Schwester war unbezahlbar. Beide brachen in Gelächter aus und konnten sich kaum fassen.

»Wo, zum Teufel, steckt sie?« Brendan, der in einer schwarzen Jacke aus feinem Tuch, die von einer silbergrauen Weste samt taubengrauer Hose ergänzt wurde, vor dem Altar stand, trat ungeduldig von einem schwarz beschuhten Fuß auf den anderen und warf immer wieder Blicke zum Haus hin.

»Immer mit der Ruhe, mein Junge. Es gehört zu den Vorrechten einer Frau, ihren Bräutigam vor dem Altar warten zu lassen.« Der Geistliche strich das Lesezeichen in der Bibel glatt.

»Besser als im Bett«, knurrte Brendan.

»Wie bitte?«

Er räusperte sich. »Ich sagte, sie täte gut daran, einen verdammt triftigen Grund zu haben.« Da fiel sein Blick auf die Zwillinge in ihren schönsten blauen Taftkleidchen, das

Blondhaar zu Löckchen gedreht, die ihnen auf die Schultern hingen, und er lächelte. Sie streuten Blütenblätter aus ihren Körben, als sie zu den Klängen einer Harfe dahinschritten.

Rose folgte den Zwillingen. Aus dem Augenwinkel sah Brendan, daß Jaimie sie mit stolzgeschwellter Brust keinen Moment aus den Augen ließ. Sie trug ein Kleid aus blauem Seidencrêpe, ihr dunkles Haar schimmerte in der Sonne wie Ebenholz. Das Lächeln, das auf ihren Zügen lag, spiegelte ihr Glück wider.

Die Harfenistin stimmte den Hochzeitsmarsch an, und Priscilla betrat den langen weißen Läufer. Schön wie nie zuvor schritt sie an Chris Bannermans Arm zum Altar.

O Gott, wie ich sie liebe! Wie es geschehen war, konnte er nicht sagen. Nie hätte er gedacht, daß aus dem zerbrechlichen jungen Mädchen, das in Galveston auf der staubigen Straße in Ohnmacht gefallen war, eines Tages seine Frau würde. Daß sie es sein würde, die es schaffte, ihn von seiner Vergangenheit zu befreien. Daß sie sich als Frau von Mut und Entschlossenheit entpuppen würde, als Frau, die ihm den Weg zur Liebe wies.

Nie hätte er gedacht, daß er so viel Glück haben könnte.

Chris legte Priscillas Hand in die Brendans, der von heißem Stolz und unleugbarem Verlangen erfüllt war.

»Geliebte im Herrn«, setzte der Prediger an, »wir sind hier vor Gott und diesen Zeugen versammelt, um diesen Mann und diese Frau im heiligen Ehestand zu vereinen.«

Brendan hörte den Worten aufmerksam zu. Doch sein Blick hing an dem Wesen, das seine Frau werden sollte – die ihm in seinem Herzen gehört hatte, seitdem er zur Triple R zurückgekehrt war, um sie für sich zu fordern.

Es folgten die üblichen Phrasen. Er hörte sie, doch für ihn zählte nur, daß Priscilla bald die seine sein würde. Aus dem Augenwinkel sah er Sue Alice in einem hübschen rosa Seidenkleid Hand in Hand mit Chris stehen. Sie war sichtlich den Tränen nahe, und ihr Mann drückte ihr beruhigend die Hand. Neben Priscilla stand Rose, die ihr Taschentuch an die Augen führte.

Nun wandte sich der Prediger an ihn. »Willst du, Brendan, Priscilla zu deiner gesetzlich angetrauten Frau nehmen? Gelobst du, sie zu lieben, zu trösten, zu ehren und hochzuhalten in guten wie in bösen Tagen, bis daß der Tod euch scheidet?«

Er hatte geglaubt, die Worte würden keine Bedeutung für ihn haben. Nun aber spürte er, wie die Rührung ihm die Kehle zuschnürte. »Ja.«

»Willst du, Priscilla, Brendan zu deinem gesetzlich angetrauten Mann nehmen? Versprichst du, ihn zu lieben, zu trösten, zu ehren und ihn hochzuhalten, in guten wie in bösen Tagen, bis daß der Tod euch scheidet?«

Priscilla, die spürte, wie ihr die Stimme zu versagen drohte, hauchte kaum hörbar ihr Ja. In wenigen Minuten würde sie Brendans Frau sein, der aus einem tief in ihm selbst verborgenen Ort gekommen war, eine große Strecke zurückgelegt und viele bittere Erinnerungen begraben hatte. Sie war überzeugt, daß sie es nie bereuen würde.

»Sie können ihr den Ring an den Finger stecken.«

Chris reichte ihm den schlichten Goldreif, und Brendan steckte diesen an den dritten Finger ihrer linken Hand, die unmerklich zitterte. Er blickte auf sie hinunter, und sie betete darum, er würde Glück und Liebe in ihren Augen sehen.

»Mit diesem Ring nehme ich dich zur Frau«, wiederholte Brendan, aus dessen Ton so viel Besitzerstolz sprach, daß es an Priscillas Herz rührte.

»Da ihr euch gemeinsam vor Gott und diesen Zeugen das Jawort gegeben und euch Treue gelobt habt, erkläre ich euch nun im Namen Gottes des Allmächtigen zu Mann und Frau. Sie dürfen die Braut küssen.«

Aus Priscillas Lächeln leuchtete alles Glück, das sie empfand. Als sie den Schleier lüftete und er sie in die Arme nahm, blitzten Tränen an ihren Wimpern. Er küßte sie innig und drückte sie trotz des mahnenden Räusperns des Geistlichen fest an sich. Schließlich ließ Brendan sie los.

»Ich liebe dich, Silla«, sagte er, und dann grinste er. »O Gott, wie bin ich froh, daß es vorbei ist.«

Priscilla lächelte strahlend. »Ich auch.«

Chris umarmte sie und gab ihr einen keuschen Kuß und Jaimie desgleichen. Dann begab sich die kleine Gesellschaft in eine Ecke des Gartens, wo ein gedeckter Tisch mit allerlei Köstlichkeiten wartete. Kristallene Champagnergläser funkelten neben einem silbernen Eisbehälter. Chris brachte als Hausherr einen Trinkspruch auf die Jungvermählten aus und wünschte ihnen lebenslang Glück und Wohlergehen. Dann wurde auf Jaimie und Rose getrunken.

Es war eine schöne, liebevoll arrangierte Feier, die sich über mehrere Stunden erstreckte und damit endete, daß das junge Paar in einer Kutsche zu einem Hotel in Natchez fuhr. Die Bannermans hatten dort als Geschenk eine Suite gemietet.

Nach einem üppigen Dinner in ihren eleganten Räumlichkeiten zogen sie sich in ihr riesiges Bett zurück, um offiziell ihre Ehe zu vollziehen. Mehrere Stunden waren vergangen, als Priscilla sich rührte, langsam erwachte und sich mit befriedigtem Lächeln auf Brendans nackte Brust stützte.

»Das ist der schönste Tag meines Lebens«, sagte sie.

Er lächelte und zog spielerisch an einer Locke. »Für mich ist es der glücklichste. Tatsächlich kann ich mich nicht erinnern, jemals eine solche Glückssträhne gehabt zu haben.

Wäre ich ein Spieler – was ich nicht mehr bin –, wäre ich reich. Aber reich bin ich ohnehin schon.«

Brendan küßte Priscilla leichthin und drückte sie an sich. Er war so glücklich wie nie zuvor, doch trotz seiner überschwenglichen Worte spürte er, daß irgend etwas sein Glück trübte. Etwas, das er nicht zu benennen vermochte, war nicht in Ordnung.

Er war verrückt, wie er genau wußte, doch dasselbe unbehagliche Gefühl, das ihm ein Kribbeln im Rücken verursachte, hatte ihm mehr als einmal das Leben gerettet.

Priscilla rückte ein wenig ab, um ihn ansehen zu können. »Ist etwas?«

Er schüttelte den Kopf. »Ich habe eine nackte Frau in meinem Bett. Ich liebe sie, und sie liebt mich. Ich stehe im Begriff, zum dritten Mal, seit wir hier liegen, leidenschaftlich Liebe mit ihr zu machen – was könnte also los sein?«

Priscilla lächelte. »Du hast ja recht. Das einzige Problem könnte sein, daß du der Herausforderung vielleicht nicht gewachsen bist.«

Brendan grinste nur. »Wie wär's mit einem Versuch?« neckte er sie und drang auch schon in sie ein.

Zwei Tage darauf gaben sie ihre Suite auf und kehrten nach Evergreen zurück, um sich von den Bannermans und deren drei Kindern tränenreich zu verabschieden.

»Hoffentlich bleibt ihr nicht zu lange weg«, sagte Sue Alice. »Die Kinder werden dich sehr vermissen.«

»Und wir werden sie vermissen«, meinte Priscilla. Von Matthew, Charity und Patience hatte sie sich schon etwas früher verabschiedet. Sie zu verlassen, fiel ihr schwerer, als erwartet.

»Wenigstens werdet ihr bis New Orleans Rose und Jaimie als Gesellschaft haben«, sagte Chris.

»Walker ist ein guter Mann.« Brendan war froh, ihn dabeizuhaben, nicht zuletzt, weil er den nagenden Verdacht nicht loswurde, daß alle ihre sorgsam ausgeklügelten Pläne zum Scheitern verurteilt waren. »Aber ich bezweifle, ob wir viel voneinander sehen werden.« Er warf Priscilla einen vielsagenden Blick zu. »Sicher werden wir alle viel Zeit in unseren Kabinen verbringen.«

Alle lachten. Man umarmte sich, das Gepäck wurde verladen. Jaimie und Rose warteten bereits im Hafen.

»Ich kann euch gar nicht genug danken«, sagte Priscilla mit einem letzten tränenreichen Blick auf Sue Alice. »Schreib mir, sooft es geht.«

»Bestell deinem Bruder, er soll uns mit Silver und den Kindern besuchen«, sagte Chris zum Schluß. »Wir würden sie zu gern bei uns haben.«

»Ich werde es ausrichten.« Brendan streckte seine Hand aus, und Chris schüttelte sie. Dann legte er in einer knappen Umarmung den Arm um die Schulter des Freundes. »Ich werde dir nie vergessen, was du für uns getan hast.«

»Es war mir ein Vergnügen.«

Die Dampferfahrt nach New Orleans verlief so, wie Brendan es vorausgesagt hatte. Sie nahmen das Dinner mit Jaimie und Rose ein, aber die meiste Zeit verbrachten die Paare allein. Da nichts Unvorhergesehenes passierte, ließ Brendans Besorgnis nach.

In New Orleans blieben die Walkers nur einen Tag, da sie den ersten Dampfer nach Galveston nehmen wollten. Jaimie versprach Brendan, sich mit Badger Wallace und Tom Camden in Verbindung zu setzen, obwohl Sheriff Harley und Chris Bannerman an den Chef der Texas Rangers bereits einen Bericht geschickt hatten, in dem sie Egans Verbindung zur Schmugglerbande darstellten und Brendans Rolle bei der Aufdeckung der Verbrechen hervorhoben.

Brendan und Priscilla begleiteten das junge Paar zu den Docks.

»Jaimie sagt, daß wir euch besuchen könnten, sobald Noble auf der Triple R alles einigermaßen im Griff hat«, sagte Rose.

»Wir wollen unverzüglich mit dem Bau eines Hauses anfangen«, sagte darauf Brendan. »Ich brauche viel Platz für Gäste.« Er ließ ein spitzbübisches Lächeln folgen. »Und Kinderzimmer werden wir natürlich auch brauchen.«

Rose machte große Augen. »Ihr bekommt ein Baby?«

Priscilla lief rot an. »Nicht daß ich wüßte. Aber ich hoffe in naher Zukunft darauf.«

»Man stelle sich vor«, meinte Rose sinnend, »eines Tages werde ich Tante sein.«

»Rose, du warst wundervoll«, wechselte Priscilla das Thema. »Wärest du und Jaimie nicht gewesen...«

»Wärest du nicht gewesen«, erwiderte darauf Jaimie, »dann wären Rose und ich einander nie begegnet.«

Die Schiffssirene ertönte, die Mädchen umarmten einander, und die Männer wechselten einen Händedruck. Priscilla sah mit Tränen in den Augen, wie Jaimie und ihre Schwester Hand in Hand die Gangway hinaufgingen.

»Komm, Kleines.« Brendan legte den Arm um ihre Mitte. »Wir gehen jetzt lieber.« Damit warf er einen Blick zurück und überflog das Menschengewimmel am Dock und entlang des Kais.

Das ungute Gefühl meldete sich wieder, und zwar stärker als zuvor. Jemand folgte ihnen und beobachtete sie – Brendan war seiner Sache so gut wie sicher.

»Wie oft warst du schon in New Orleans?« fragte Priscilla. Sie standen am Fenster ihres Zimmers in einem intimen kleinen Hotel im französischen Viertel, von dem sie Ausblick auf das Cabildo, den Sitz der ehemals spanischen Verwaltung, hatten.

»Ich war 1840 mit dem Militär mehrere Wochen hier, davor schon einige Male, und seither auch schon öfter.«

»Das ist mein dritter Besuch, aber ich habe trotzdem nicht mehr als einige Häuserblocks gesehen. Möchtest du für mich nicht Fremdenführer spielen?«

Er schien zu zögern. »Ich hatte gehofft, du würdest hier im Hotel bleiben, während ich etliches erledige.«

Sie schlang ihre Arme um seinen Nacken. »Es sind unsere Flitterwochen. Du solltest mich mit Aufmerksamkeiten überhäufen.«

Brendan zog eine Braue in die Höhe. »War ich denn nicht überaus aufmerksam? Mrs. Trask, ich glaube, Sie wurden mit soviel Aufmerksamkeit überschüttet, wie Sie eben noch vertragen konnten.«

Sie errötete. »Du weißt, daß ich nicht das gemeint habe.«

»Also gut. Ich erledige meine Angelegenheiten, während du dich anziehst. Wenn ich zurückkomme, machen wir einen Rundgang, und dann essen wir im Café St. Marie, einem alten französischen Bistro an der Chartres Street.«

»Das klingt ja wundervoll.«

Er küßte sie, bis sie seine Schultern Halt suchend umklammerte, dann zog er sich grinsend zurück. »Nur damit du mich während meiner Abwesenheit nicht vergißt.«

Wie konnte sie ihn je vergessen? In den Tagen seit ihrer Hochzeit hatte sich ihre Liebe zu ihm verzehnfacht. Sie wußte, daß es so war, weil sie ihm endlich trauen konnte, weil sie über alle Zweifel hinaus wußte, daß er für sie da war und daß sie ihm gehörte.

»Ich könnte dich in den nächsten hundert Jahren nicht vergessen.«

Brendans Blick wurde ernst. »Das will ich auch nicht hoffen.« Seine Lippen streiften ihre erst sanft, dann fester. »Sperr die Tür zu, wenn ich weggehe. Ich werde mich sehr beeilen.«

»Wohin gehst du?« wollte sie fragen, doch er war schon aus der Tür und fort.

Aber er hielt Wort und blieb nicht lange fort.

»Ich mußte mich um ein paar Ranch-Angelegenheiten kümmern«, erklärte er ihr bei seiner Rückkehr. »Wenn wir ankommen, möchte ich, daß alles in Ordnung ist.«

Am Nachmittag unternahm er mit ihr einen Einkaufsbummel und spazierte an ihrer Seite durch die Straßen des Vieux Carré, dann rief er eine Droschke und wies den Kutscher an, er solle sie den Fluß entlangfahren. Nachher speisten sie wie versprochen im Café St. Marie.

»Priscilla, unser künftiges Land wird dir gefallen... direkt am Fluß auf einer kleinen Anhöhe. Der ideale Platz, um dort unser Haus zu bauen.« Er sprach von der Zukunft, und Priscilla entdeckte, daß sie sich auf die Herausforderung freute, die es bedeutete, sich ein Leben auf einem eigenen Stück Land zu schaffen.

»Wir werden es fest und massiv bauen«, sagte er, »und so, daß es sich mit dem Größerwerden der Familie erweitern läßt.« Er lächelte ihr zu. »Ich würde gern einen der Jungen nach Chris nennen, wenn es dir recht ist.«

Priscillas Herz weitete sich. »Nie hätte ich mir träumen lassen, daß ich einmal so glücklich sein werde.«

»Silla, ich will dir nichts vormachen. Leicht wird es nicht sein. Wir werden uns Gefahren stellen müssen, Krankheiten, Härten... aber diesen Dingen muß sich jede Familie stellen. Anfangs wird es schwer sein, aber wir haben ja einander. Das Land ist reich, und wenn wir uns Mühe geben, schaffen wir uns mit der Zeit eine Zukunft, auf die wir stolz sein können.«

»Ich habe keine Angst mehr. Ich weiß, daß wir es schaffen können. Solange du bei mir bist, kann ich alles.«

Brendan nahm ihre Hand. »Ich liebe dich, Silla.«

Und weil er sie liebte, machte er sich Sorgen. Er hatte keine Spur eines Verfolgers entdecken können, doch er spürte sicher, daß sie jemand belauerte. Verdammt, es war alles zu glatt gegangen!

23. Kapitel

Brendan strich vom Schlaf zerzaustes Haar von Priscillas Wange, beugte sich über sie und küßte sie. Sie rekelte sich auf der weichen Matratze und schlug die Augen auf.

»Schlaf weiter«, drängte er liebevoll. »Letzte Nacht bist du nicht viel zur Ruhe gekommen.«

»Du aber auch nicht«, flüsterte sie leise errötend und mit schlaftrunkener Stimme. »Was willst du so zeitig?«

»Ehe wir losfahren, habe ich noch ein paar Dinge zu regeln. Ich muß hinunter zum Hafen und unsere Schiffspassage holen.«

Sie wollten am Morgen mit der *H. J. Lawrence* nach Savannah fahren. »Warum kann ich nicht mitkommen?« Sie streckte sich gähnend und wollte sich aufsetzen, aber Brendan drückte sie zurück.

»Warte lieber hier auf mich.« Sein sehnsuchtsvoller Blick wärmte sie. »Ich bleibe nicht lange fort. Halte die Tür verschlossen, solange du allein bist.«

Es tat gut, sich wieder unter das weiche Federbett zu kuscheln. Draußen war es ein frischer Oktobermorgen, kühl und klar. »Ich werde warten, wenn du versprichst, daß du dich beeilst.«

Brendan strich mit dem Finger über ihre Schulter, schob die Decke weg und dann den Träger ihres Seidennachthemdes, ein Geschenk, das er ihr erst am Tag zuvor im Französischen Viertel gekauft hatte. Er umfaßte ihre Brustspitze, ließ sie erstarren und anschwellen.

»Worauf du dich verlassen kannst«, sagte er mit trägem Grinsen.

Er ging zu dem winzigen Kamin an der Wand und schürte die Glut, ehe er einen kleinen Scheit nachlegte. Das Feuer prasselte munter, und Priscilla ließ sich tief in die Kissen sinken.

Er trat an ihr Bett. »Schöne Träume«, sagte er mit einem letzten kurzen Kuß. Dann war er fort.

Als sich der Raum langsam erwärmte, versank Priscilla wieder in angenehmen Halbschlaf. Schließlich waren es ihre Flitterwochen. Sie hatte es sich verdient, ein wenig verwöhnt zu werden. Wenig später war sie eingeschlafen und träumte von der Hochzeit, von Brendan und den warmen, liebeerfüllten Nächten, die sie teilten.

Im Traum glaubte sie, seine Hände auf ihrem Körper zu fühlen, vermeinte zu spüren, wie er den Träger des Nachthemdes herunterschob. Fast spürte sie sogar die Berührung seiner Finger, seine Hand, die über ihren Leib glitt, seinen rauhen Daumen an ihrer Brust.

Priscilla rührte sich, der Traum wurde lebhafter, die Gefühle echter. Seine Hand umfaßte ihre Brust, drückte zu, seine Finger strichen über ihre Haut. Die Sanftheit ging in forderndes Drängen über, war keine Liebkosung mehr, sondern ein brutaler Griff. In seinen Bewegungen war eine vorher nicht spürbare Grobheit, und in ihrem Bewußtsein änderte sich der Traum.

Nicht mehr Brendan war es, der sich über sie beugte, sondern Stuart, dessen Hand ihr Fleisch abtastete. Es war

Stuart und nicht Brendan, der ihre Brust anhob und ihre Haut streichelte. Stuarts ungeduldiges Fordern, der die Decke bis zur Mitte zurückschob, das Nachthemd von ihren Schultern schob und sich über sie beugte, um ihre Brustwarze mit den Lippen zu erfassen.

Priscilla versuchte sich aufzurichten, wünschte, sie hätte aus diesem Traum erwachen können, der irgendwie häßlich geworden war. Ihre Finger faßten in sein Haar. Sie versuchte, seinen Kopf wegzuschieben, um diesen unangenehmen Berührungen ein Ende zu machen. Sie drehte sich hin und her und versuchte, sich zum Erwachen zu zwingen. Es ist nur ein Traum – ein Alptraum –, ermahnte sie sich mit Nachdruck. Ach, aber er erschien ihr so wirklich.

Priscilla wimmerte, als Stuart nach ihrem Kinn griff, und sein Mund sie brutal in Besitz nahm. Sie schmeckte Whiskey und Tabak und den metallischen Geschmack ihres eigenen Blutes.

Erschrocken riß sie die Augen auf.

Ihr Herz pochte wie wild, als sie sich zu befreien versuchte, aber ihre Hände wurden fest gegen ihre Brust gedrückt.

Lieber Gott, das kann nicht wirklich sein!

Doch es war die Wirklichkeit.

Mit einem aus Entsetzen geborenen Kraftaufwand riß sie sich aus seinem Kuß los und versuchte, sich zu befreien.

Nun sah sie ihn zum ersten Mal richtig und erschrak zu Tode. »Harding!« keuchte sie atemlos.

Er verzog den Mund, so daß es aussah, als lächelte er, doch seine Augen, schwarz wie die Nacht, sahen so kalt aus, wie sie sie in Erinnerung hatte.

»Hast wohl deinen Gemahl erwartet? Nun, den kannst du vergessen. Dieser elende Bastard ist so tot, wie ihr es von mir geglaubt habt.«

»Sie lügen!« Sie versuchte sich loszureißen, doch er hielt ihre Handgelenke fest und drückte zu, bis sie zusammenzuckte. »Ich glaube es nicht.«

»Mir doch egal, was du glaubst, du kleine Hure. Niemand schießt auf Mace Harding und überlebt es lange.«

»Lassen Sie mich los!« Sie warf den Kopf hin und her, bäumte sich auf und kämpfte darum, ihre Beine aus der hindernden Decke zu befreien.

Da riß Harding die Decke mit einem Ruck herunter. Ihr bis zu den Hüften hochgeschobenes Nachthemd gab den Blick auf ihre langen schlanken Beine frei.

»Wie hübsch«, gab er anerkennend von sich. »Kein Wunder, daß der Boß sich in dich vergafft hat.«

»Das zeigt, was für ein Dummkopf Sie sind. Stuart hat außer sich selbst nie jemanden geliebt.« Sie mußte Zeit gewinnen und etwas finden, das sie als Waffe benutzen konnte.

»Egan war der Dummkopf. Er hat sich von dir einwickeln lassen, und was hat es ihm eingebracht? Ein wäßriges Grab, sonst nichts. Ich habe die Absicht, mir mein Vergnügen zu holen und es dabei bewenden zu lassen.«

Hardings Worte weckten Unsicherheit in ihr. Womöglich hatte er Brendan tatsächlich erschossen. Wie sonst hätte er gewagt, so frech in ihr Zimmer einzudringen?

»Wie sind Sie hereingekommen?«

Er verzog den Mund zu einem bösartigen Lächeln. »Hotelportiers sind meist unterbezahlt.«

Wieder versuchte Priscilla, gegen ihn anzukämpfen, und er stieß ein böses Knurren aus, als sie dabei sein verletztes Knie traf. Jetzt bereute sie, daß sie nicht höher gezielt hatte.

»Benimm dich anständig, denn es wird dir alles heimgezahlt. Also kannst du es dir leicht- oder schwermachen.«

»Sie sollten sich lieber über meinen Mann den Kopf zerbrechen.« Sie zwang sich zu einem festen Ton. »Er muß jeden Moment zurückkommen und wird Sie umbringen, wenn er entdeckt, was Sie getan haben.«

Er riß ihre Hände über den Kopf hoch und verschob ihre Lage im Bett. Mit seinem gesunden Bein schob er ihre Beine auseinander und ließ sich dazwischen nieder, so daß sein Gesicht Priscilla in die Matratze drückte.

»Ich sagte schon, daß er tot ist. Finde dich damit ab, daß du mir ein wenig von dem geben mußt, das du ihm gegeben hast. Dann werden wir beide gut miteinander auskommen.«

Lieber Gott, laß es nicht wahr sein! Eine innere Stimme sagte ihr, daß es nicht stimmte, und das verlieh ihr Mut. Sie klammerte sich fest daran und zwang sich damit zur Ruhe.

»Mace, Sie mögen ja recht haben. Und ich bin praktisch veranlagt. Wenn Sie die Wahrheit sagen, stehe ich mutterseelenallein da und könnte männlichen Schutz gebrauchen.«

Mace rückte wachsam von ihr ab und musterte sie von Kopf bis Fuß, ehe sein Blick an ihren Brustspitzen hängenblieb. Sie unterdrückte ein Schaudern.

»Ich will es mir überlegen. Wenn du mir beweist, daß du es ehrlich meinst, könnten wir ins Geschäft kommen.«

Er umfaßte ihre beiden Handgelenke mit einer Hand und griff mit der anderen nach ihrer Brust. Priscilla verspürte würgenden Ekel und dazu glühenden Zorn, der sie zu überwältigen drohte. Sie zwang sich zur Ruhe, zwang sich, die Lippen aufreizend zu schürzen und senkte schmachtend die Wimpern.

»Wenn du mich immer so ansiehst«, sagte er, »dann könnte es klappen.« Während er an seinen Hosenknöpfen fingerte, beugte Mace sich vor und küßte sie. Priscilla unterdrückte ihren Widerwillen vor seinem schlechten Atem und erwiderte den Kuß. Als Mace ihre Hände losließ, legte sie die Arme um seinen Nacken.

Sein Atem wurde mit wachsender Ungeduld schneller. Fluchend kämpfte er mit seiner Hose und richtete sich kurz auf, um sie herunterzustreifen.

Priscillas Hand bewegte sich unauffällig vor, bis sie ihm mit einem Ruck den Revolver aus dem Holster zog und ihn entsicherte, aber da hatte Mace ihre Hand schon wieder gepackt. Priscilla verdrehte die Waffe, so weit sie konnte und feuerte, doch der Schuß verfehlte ihn um ein gutes Stück. Harding entriß ihr die Pistole und schlug ihr quer übers Gesicht.

»Du kleines Luder!«

Priscilla schrie auf, als er ihr die Arme hinter dem Rücken verdrehte und Schmerz ihren Körper durchschoß.

»Laß sie los, Harding.« Brendans Stimme durchschnitt kalt wie Texasfrost den Raum. »Laß sie los – sofort.«

Harding drehte sich in die Richtung um, aus der die vor eisigem Zorn triefende Stimme kam. »Du Bastard, ich habe dich getötet...«

Priscilla, die sich mühte, über die Schulter ihres Bedrängers zu blicken, konnte Brendan kaum sehen, ihr entging aber nicht der rote Fleck auf seinem Hemd.

»Ich dachte, es wäre Egan«, sagte Brendan. »Hätte ich gewußt, daß du es bist, du wärest ihr nicht in die Nähe gekommen. Und jetzt zurück, ehe ich abdrücke.«

Mace ließ von Priscilla ab, die mit zitternder Hand ihr Nachthemd in Ordnung brachte.

»Zurück jetzt.«

»Ich werde nicht hängen«, sagte Mace. »Einer von uns geht drauf – ich wette, das bist du.« Mace riß sein Schießeisen heraus, Brendan feuerte, Mace feuerte, und Priscilla schrie. Mit ungläubig aufgerissenen schwarzen Augen vollführte Mace, aus dessen Brust Blut schoß, eine Drehung und sank langsam zu Boden. Die Waffe schlug dumpf neben ihm auf, und Brendan stieß sie mit dem Fuß beiseite. Maces Körper zuckte einmal, ehe seine Augenschlitze sich ganz schlossen und er tot dalag.

»Brendan!« Priscilla raffte sich vom Bett auf und stürzte durch den Raum in seine Arme.

»Wie – wie arg bist du verletzt?« Sie riß sich los, um zurückzutreten und ihn voller Besorgnis anzusehen.

»Nur ein Schuß durch die Schulter. Ich habe schon Schlimmeres überlebt.«

»Er sagte, du seist tot. Er sagte...«

»Ich habe gehört, was er sagte. Und ich habe auch gesehen, was *du* getan hast. O Gott, Priscilla, du bist schon eine tolle Nummer...« In seinem Blick lag so viel Stolz, daß Priscilla zu Tränen gerührt war.

An der Tür ertönte ein lautes Pochen, und Brendan ging hin und öffnete. Draußen stand der Hotelmanager.

»Ich dachte, ich hätte Schüsse gehört«, sagte er. »Was geht hier vor?«

»Sie holen am besten jemanden von der Polizei«, riet Brendan ihm. Als der Mann in den Raum spähte und Mace Hardings blutbedeckten Körper sah, wurde sein Gesicht fahl. Er drehte sich um und lief zur Treppe.

»Wir müssen für dich einen Arzt kommen lassen«, drängte Priscilla.

Brendan nickte. »Alles halb so schlimm. Die Kugel ist glatt durchgegangen. Bis wir in Savannah ankommen, ist alles wieder in Ordnung.«

Mit unsicheren Händen wickelte Priscilla ein Handtuch um seine Schulter, um die Blutung zu stillen. Dann gingen sie langsam die Treppe hinunter in die winzige Lobby.

»Wenigstens ist jetzt wirklich alles vorbei«, sagte Priscilla.

»Ich wußte, daß wir verfolgt wurden und wollte den Schurken fassen, ohne dich zu beunruhigen.«

Er winkte eine Droschke herbei, und Priscilla half ihm beim Einsteigen. »Wenn nächstes Mal so etwas passiert«, schalt sie ihn, »dann wärest du verdammt gut beraten, es mir zu sagen.«

»Verdammt?«

Priscilla errötete. »Na ja, du wärest gut beraten.«

»Was für eine herrschsüchtige kleine Frau du geworden bist.« Sein Blick lag voll inniger Liebe auf ihrem Gesicht. »Es tut mir leid, daß du das alles durchmachen mußtest. Ich wünschte, ich wäre eher zur Stelle gewesen.«

»Du warst rasch genug da«, sagte sie leise. »Nur das zählt.«

Diese Nacht verbrachten sie in einem anderen Zimmer des Hotels in einem Himmelbett. Ein Feuer knisterte angenehm im Kamin, und Priscilla lag in Brendans Armbeuge. Er war immer wieder eingeschlafen, da das Laudanum, das ihm der Arzt verabreicht hatte, seine Wirkung tat. Wie Brendan vorausgesagt hatte, sah die Wunde schlimmer aus, als sie wirklich war, doch der Arzt hatte ihm Bettruhe verordnet.

Ein Polizist war ins Hotel gekommen, um ihnen einen Besuch abzustatten, da aber Brendan schon vor ein paar Tagen beim Sheriff gewesen war und ihm mitgeteilt hatte, was in Natchez geschehen war, und auch seinen Verdacht, verfolgt zu werden, meldete, galt Mace Hardings Tod als geklärt. Anschließend hatte Priscilla ihn entschlossen ins Bett befördert.

»Was ist los, Liebling, kannst du nicht schlafen?« Er strich ihr mit dem Finger das Kinn entlang.

Er sah so gut aus und war so durch und durch männlich. Ihr Blick wanderte zu seinem dunkelbraunen Brusthaar, den darunterliegenden Muskeln, den dunklen Rippenbögen. Am liebsten hätte sie die Hand ausgestreckt und ihn berührt, um ihm zu zeigen, wie sehr sie um ihn besorgt war.

»Ich hatte mir nur Sorgen um dich gemacht.«

Er grinste. »Mir geht es gut. Nun... fast gut. Eigentlich habe ich irgendwie Hunger.«

»Soll ich dir etwas aus der Küche holen?«

»Nein.«

»Es macht mir keine Mühe. Es dauert nur eine Minute, um mich anzuziehen.« Schon wollte sie aufstehen, aber Brendan zog sie zu sich. »Was machst du da?« rügte sie. »Du sollst deine Schulter schonen.«

»Schon recht, Baby, ich brauche Schonung, aber einschlafen kann ich nicht.«

»Was ist los?«

Er nahm ihre Hand und strich damit über seine Brust, weiter über den flachen Leib, bis sie seine Härte berührte.

Priscilla hielt den Atem an. »Du bist mir doch der...«

»Sag mir, daß es nichts mit dem zu tun hat, was du eben dachtest.«

Wie konnte sie es leugnen? »Aber deine Schulter... wir können doch nicht...«

»Was können wir nicht, Silla?« In seinem Ton lag eine wohlbekannte Rauheit. »Was können wir nicht?«

Sie schluckte schwer und versuchte, ihr Herzklopfen zu ignorieren. »Wir können uns nicht lieben.«

Mit einem resignierten Seufzer verschränkte er die Hände hinter dem Kopf. »Vermutlich hast du recht. Ich bin viel zu schwach. Werde ich eben leiden müssen. Natürlich werde ich auch nicht schlafen können, so daß ich mich am Morgen vermutlich schlechter fühlen werde. Zu schwach für die Liebe, also werde ich keine Ruhe finden und mich noch schlechter fühlen und dann...«

Priscillas Lachen schnitt ihm das Wort ab. »Na ja, wenn du versprichst, nichts zu übertreiben... ich könnte ja...« Priscilla beugte sich über ihn und küßte ihn.

»Was für ein lüsternes kleines Ding du bist«, flüsterte er ihr neckisch ins Ohr, als sie Anstalten machte, sich rittlings auf ihn zu setzen.

»Ich liebe dich, Silla«, sagte er zu ihrer Verwunderung.

»Ich liebe dich auch, Bren.«

Erfüllt von einer Befriedigung, von der sie einst nur zu träumen wagte, ließ sie sich von seiner Zauberkraft erneut bannen.

Epilog

Brazos River, Texas
3. April 1852

»Ich setze die Kinder in den Wagen. Bist du fertig?«

Priscilla, die die am Morgen gepflückten Wiesenblumen an die Brust drückte, sah ihren stattlichen Ehemann an.

»Eine Minute noch. Ich habe sie für Chris gepflückt. Es waren seine Lieblingsblumen.«

Er nickte ernst. Sie wollten nach Waco zu ihrem allmonatlichen Kirchenbesuch. Bis dorthin war es ein hübsches Stück Weges, doch unterwegs wurden Spiele gespielt, oder sie machten ein Picknick. In Waco wartete auch Post von Angehörigen und Freunden. Letztes Mal hatte Rose von ihrem neuen Familienzuwachs, einem rothaarigen Jungen, geschrieben, und von Silver und Morgan war die Ankündigung ihres Besuchs gekommen.

»Sag den Kindern, sie sollen nicht ungeduldig sein«, bat Priscilla. »Es wird nicht lange dauern.«

»Soll ich mitkommen?« fragte Brendan, aus dessen blauen Augen Mitgefühl sprach, das ihr Kraft verlieh.

»Nein, es geht schon.« Sie berührte seine Wange mit der Hand. »Ich gehe gern allein.«

Wie immer hatte er Verständnis. »Laß dir so viel Zeit, wie du möchtest.«

Mit einem Nicken drehte sie sich um und strebte der gewaltigen alten Eiche zu, die unten am Fluß einen grasbewachsenen Hügel überschattete. Der Brazos wälzte sich vorüber, um diese Jahreszeit träge, im Winter zuweilen als reißender Strom.

Sie raffte ihre Röcke hoch und ging den Pfad entlang, der am Garten vorüberführte. Kürbisse, Melonen, Mais, Bohnen – alles gedieh auf der schwarzen Erde, die ihnen gehörte, im Überfluß. In der Ferne sah man Baumwollfelder, und auf einer Weide, die sich meilenweit nach allen Richtungen erstreckte, grasten Rinder.

Ihr Blick glitt zum kleinen Hügel. Ein sanfter Windhauch bewegte das weiche Gras, das die von einem Granitstein markierte Erhebung bedeckte. Stumm und andächtig ging sie näher und ließ sich ins Gras sinken, um den kalten grauen Stein mit liebevollen Händen zu berühren.

Christopher Thomas Trask
Geboren am 15. Dezember 1848
Gestorben am 8. Januar 1850
Von seinen Eltern geliebt
Nunmehr in Gottes gütigen Händen

Der Enge in ihrer Brust nicht achtend fuhr sie mit dem Finger die in den harten Stein gehauenen Lettern entlang und legte die Blumen auf das winzige Grab. Über zwei Jahre waren vergangen, und noch hatte sie den Verlust nicht verwunden. Daran würde sich wohl nie etwas ändern.

Sie riß ein Unkraut aus, das über Nacht gewachsen war. Chris war einem Fieber zum Opfer gefallen, von dem das ganze Land heimgesucht worden war, aber Gott hatte in seiner Barmherzigkeit die anderen verschont. Mit Brendans unermüdlicher Hilfe hatte sie das Kind Stunde um Stunde gepflegt, hatte an seinem Bett gewacht und es kraft ihres Willens zum Leben zwingen wollen.

In seiner Weisheit, die nur wenigen Sterblichen und am

allerwenigsten Priscilla begreiflich war, hatte Gott entschieden, ihn zu sich zu nehmen.

Die Erinnerung ließ ein bittersüßes Lächeln um ihre Lippen spielen. Was für ein Glück, ihn gekannt zu haben, wenn auch nur ganz kurz. Sie wünschte, ihre Zeit mit ihm hätte länger gewährt. Christopher Thomas, ihr zweiter Sohn, war wie auch die anderen Kinder das Ebenbild seines Vaters gewesen.

Priscilla erhob sich vom Grab und wischte die Erde von den Handflächen. Einst hatte der Gedanke, ein geliebtes Kind zu verlieren, sie fast ihr Glück gekostet, und sie war vor dem einzigen Mann davongelaufen, den sie je geliebt hatte.

Ihr Blick glitt zurück zum Haus, einem großen weitläufigen Bau, den er für sie errichtet hatte, so wie er sich sein Land untertan gemacht hatte. Sie sah ihn neben dem Wagen stehen, neben ihrem Ältesten, dem Kind, das im Sommer nach ihrer Hochzeit zur Welt gekommen war. Ein hübscher Junge, den sie Morgan genannt hatten.

Auch Morgan sah schon aus wie Brendan, aufrecht und stolz. Er hielt sein Schwesterchen Sarah an der Hand, wie immer der Beschützer des kleinen Mädchens, und wartete geduldig, daß seine Mutter zurückkäme.

Allein der Anblick ihrer über alles geliebten Familie genügte, daß ihr Herz sich zusammenkrampfte. Sie hatte ein Kind verloren, ein Schicksalsschlag, wie sie ihn sich schwerer nicht vorstellen konnte. Doch sie hatte ein Geschenk gewonnen, kostbarer, als sie es sich je erträumte. Die Liebe von Mann und Kindern.

Sie hatten ihr die nötige Kraft gegeben.

Wie von Brendan vorausgesagt, hatten sie die Härten geteilt – verheerende Härten – aber sie hatten auch unaussprechliche Freude geteilt.

Sie verließ das Grab und ging den Weg zurück zum Wagen.

Brendan suchte ihren Blick, als sie näher kam. »Alles in Ordnung?«

Sie lächelte andeutungsweise. »Solange ich dich und die Kinder habe, wird immer alles in Ordnung sein.«

Brendan zog sie in die Arme, und seine Wange fühlte sich warm und fest an. »Silla, es gibt so vieles, worauf wir uns freuen dürfen, auf Jahre voller Glück, die vor uns liegen.«

Sie nickte an seiner Schulter. Es war die Wahrheit.

»Papa, fahren wir doch«, mahnte Morgan. »Wir kommen sonst zu spät.«

»So wie seine Mutter«, sagte Brendan darauf. »Immer verläßlich und pünktlich.«

»So wie sein Vater«, zog Priscilla ihn auf. »Hübsch wie die Sünde und hinreißend charmant. Wahrscheinlich hat er ein Stelldichein mit einem der kleinen Porter-Mädchen.«

Beide lachten und stiegen ein. Die Sonne beschien wärmend die von bunten Blumen gesprenkelte Prärie.

»Es ist so schön, wie du es vorausgesagt hast.« Priscilla lächelte. Sie hatte sich längst in die rauhe texanische Landschaft verliebt, in die Freiheit und die Weite, in die Flora und Fauna. Und in die tapferen Siedler des Grenzlandes.

»Ja, weil du das Land zu deiner Heimat gemacht hast«, entgegnete er leise.

Priscilla wußte, daß es stimmte.

GOLDMANN

Kat Martin

»Hinreißende Liebesgeschichten, süß und feurig zugleich«
Affaires de Cœur
»Rasant, sexy und packend bis zur letzten Seite!«
Romantic Times

Hungrige Herzen, Roman   42409   Heißer Atem, Roman   42224

Der Pirat und die Wildkatze, Roman   Kreolisches Feuer, Roman   42054
42210

Goldmann · Der Taschenbuch-Verlag

GOLDMANN

*Das Gesamtverzeichnis aller lieferbaren Titel erhalten Sie
im Buchhandel oder direkt beim Verlag.*

Taschenbuch-Bestseller zu Taschenbuchpreisen
– Monat für Monat interessante und fesselnde Titel –

✳

Literatur deutschsprachiger und internationaler Autoren

✳

Unterhaltung, Thriller, Historische Romane
und Anthologien

✳

Aktuelle Sachbücher, Ratgeber, Handbücher
und Nachschlagewerke

✳

Esoterik, Persönliches Wachstum und
Ganzheitliches Heilen

✳

Krimis, Science-Fiction und Fantasy-Literatur

✳

Klassiker mit Anmerkungen, Autoreneditionen
und Werkausgaben

✳

Kalender, Kriminalhörspielkassetten und
Popbiographien

Die ganze Welt des Taschenbuchs

Goldmann Verlag · Neumarkter Str. 18 · 81673 München

Bitte senden Sie mir das neue kostenlose Gesamtverzeichnis

Name: _____

Straße: _____

PLZ / Ort: _____